한 권의 책

지은이 **최성일**

1967년 인천 부평에서 태어나 인하대학교 국어국문학과를 나왔다. 〈출판저널〉 기자로 출판계에 입문하여 한때 〈도서신문〉 기자로도 일했으며, 여러 지면에 출판 시평과 북 리뷰를 기고하였다. 2011년 7월 뇌종양으로 세상을 떠났다.

지은 책으로는 『어느 인문주의자의 과학책 읽기』(연암서가, 2011), 『책으로 만나는 사상가들』(한국출판마케팅연구소, 2011), 『전집 디자인』(공저, 북노마드, 2011), 『테마가 있는 책읽기』(한국출판마케팅연구소, 2004), 『미국 메모랜덤』(살림, 2003), 『책으로 만나는 사상가들』(책동무논장, 2002), 『베스트셀러 죽이기』(한국출판마케팅연구소, 2001) 등이 있다.

한 권의 책

2011년 10월 25일 초판 1쇄 발행
2011년 12월 10일 초판 2쇄 발행

지은이 | 최성일
펴낸이 | 권오상
펴낸곳 | 연암서가
등　록 | 2007년 10월 8일(제396-2007-00107호)
주　소 | 경기도 고양시 일산동구 장항동 591-15 2층
전　화 | 031-907-3010
팩　스 | 031-912-3012
이메일 | yeonamseoga@naver.com

ISBN 978-89-94054-16-2 03800
값 15,000원

한 권의 책

최성일 지음

연암서가

머리말을 대신하여

『한 권의 책』은 남편의 유고집이 되고 말았다. 『어느 인문주의자의 과학책 읽기』처럼 미리 저자의 머리말이 준비되었더라면 좋을 걸 그랬다. 남편은 이 책이 묶일 것을 꿈에도 생각지 못하고 훌쩍 떠나 버렸다. 그래서 이 책의 머리말을 부득불 그의 아내가 쓰게 되었다. 여느 책의 머리말에 보이는 책의 성격이나 감사의 인사말을 적는 대신, 나는 출판평론가라는 남편의 직업에서 파생되는 몇 가지 기억을 더듬으면서 그에게 끝내 고백하지 못한, 고맙고 미안한 마음을 토로하면서 머리말을 갈음하고자 한다.

남편 글의 첫 독자로서 누리던 호사(?)를 더 이상 누릴 수 없게 돼 유감이다. 워낙 꼼꼼한 성격의 남편이어서 교정까지 마친 남편의 원고는 흠잡을 만한 구석이 거의 없었다. 간혹 내가 그의 글에서 눈에 띄는 조사나 어미 등의 오탈자를 잡아내면 그는 글을 보는 눈썰미가 제법이라고 나를 추켜세우곤 했다. 이해가 잘 안 되는 부분에는 남편의 친절한 보충 설명이 뒤따랐다. 그런 경우 대개 일차 텍스트의 형식에 기댄 그의 글쓰기 전략이 숨어 있게 마련이어서 그는 글이 어렵다는 독자의

4

의견을 수용하지 않았다. 글의 내용에 따라 곁들여진 내 느낌도 조금씩 달랐다. "읽을 만한데요", "재미있어요", "와, 이 책은 꼭 읽어보고 싶다."

가정주부인 내가 그나마 책을 가까이하며 지낼 수 있었던 것은 순전히 남편 덕택이다. 어디에 얽매이는 것을 싫어하는 남편은 자유기고가를 선호했다. 남편 직업상 우리 집은 곧 남편의 직장이기도 해서 나는 집안을 조용한 분위기로 만들려고 애썼다. 그는 외출 건수를 줄여서라도 집에 남기를 고집할 정도로 집을 좋아하는 사람이었다. 외출 후 현관문을 열고 들어선 남편의 모습이 눈에 아직 선하다. "옥아, 나 왔어. 야, 집이 최고다. 집이 제일 좋다니까!" 피로와 안도감이 묻어난 그 목소리를 더는 들을 수 없게 되었다. 쓰기 위한 독서를 하던 남편 곁에서 나는 그가 권장하는 감동적인 도서의 책장을 넘기던 나날들이 참으로 값지고 달콤한 시절이었음을 뒤늦게야 깨닫는다. 날이 갈수록 남편의 빈자리가 더 크게 느껴지는 것은 헛헛한 마음에 버금가는 빈곤해진 정신과도 무관하지 않을 터다.

독서교육에 회의적인 남편은 아이들에게 독서를 강요하는 아버지는 아니었다. 연령에 맞는 양서에 관한 정보는 제공해도 책은 반드시 읽어야 한다고 주장하지 않았다. 자식이 독서를 좋아하면 부모로서 마음이야 좋겠지만, 자식이 책 말고 다른 것에 취미를 붙이면 그 방면으로 거들어 주는 것이 부모의 바람직한 역할로 보았다. 그는 자녀가 책을 좋아하는 아이로 자라기를 바라는 부모라면 독서교육에 기대기보다는 부모가 먼저 책을 읽는 솔선수범을 보여야 한다고 생각한 사람이다. "책 읽는 부모 밑에서 자라는 아이가 책을 좋아하는 아이로 성장한다." 우리 집 두 아이를 봐도 남편의 이 말은 전적으로 옳다고 본다.

그는 취미삼아 하던 일이 돈벌이가 되어 가장으로서 부양의 의무까지 떠안을 수 있는 글쓰기라는 직업에 만족한 사람이다. 매체와 주제를 가려서 청탁 원고의 수락 여부를 결정하기는 해도 원고 청탁이 들어오면 고마운 마음으로 기껍게 받아들였다. 감이 와 닿는 원고는 일필휘지로 단숨에 완성시켰지만, 성이 차지 않은 글에는 끼니를 잊고 매달리는 바람에 아내의 핀잔을 받아야 했다. 그는 다 쓴 원고를 서너 번 정도 교정을 본 후 송고했다. 오탈자를 바로 잡고 불필요한 중복되는 단어는 사전을 찾아서 그에 상응하는 적절한 어휘를 골라 문장을 다듬었다. 짧은 글에서 단어까지 중복되면 글에 재미를 떨어뜨릴 뿐만 아니라 그것은 독자에 대한 예의가 아니라고 보았다. 남편은 자기 글에 나르시시즘의 성향을 가진 사람이기도 했다. "야, 이걸 누가 썼냐? 정말 잘 썼다. 누가 뭐래도 자기가 쓴 글이 세상에서 제일 재미있다니까." 천하에 부러울 게 없는 남편의 이 발언이 실은 산통에 비유되는 글쓰기의 고통에서 벗어난 이의 해방감을 달리 표현한 것임을 나는 잘 안다. 남편은 다 읽은 원고를 A4 파일에 끼워 보관했다.

그는 책 말고 다른 물욕은 거의 없는, 검소하고 소박한 사람이었다. 여러 출판사가 책을 보내 준 것에 그는 늘 고마워했으며, 책들을 일주일 또는 한 달 간격으로 정리하여 노트에 책 제목과 권수 그리고 가격을 적어 넣었다. 책을 얻거나 빌리기보다는 필요한 책은 꼭 사서 보았으며, 지인에게 책을 선물하는 것 또한 아끼지 않았다. 책에 대한 애착은 강했지만 책의 임자는 따로 있다면서 소중한 책을 필요한 사람에게 기꺼이 내주곤 했다. 시리즈 도서와 잡지 간행물의 경우 이가 빠진 부분은 채워 넣어야 직성이 풀리는 성격이어서 헌책방을 자주 순례하기도 했다. "책을 볼 때는 적어도 손을 씻고 봐야 한다." 남편의 이 주문은 그의 깔끔한 성격 탓으로 돌릴 수만은 없는 문제다. 지저분한 손으로 책장을 넘기는 것은 책에 대한 결례라 할 수 있다. 나와 아이들은 이걸 잘 지키지 못했다. 어떤 책장에는 음식물 부스러기가 보관돼 있다. 남편은 책에 밑줄을 그을 때도 자를 재듯 반듯하게 쳤다. 그는 집 안에 아무렇게나 널브러져 있는 책을 정리하여 분류하는 우리 집 '사서'이기도 했다. 평생 곁에 책을 끼고 살아서 그는 무료할 짬이 거의 없었는지도 모르겠다. 그는 쓰러지기 마지막 몇 분 전 화장실 맞은편에 쌓아둔 책 더미를 어루만지는 것으로 사실상 책과 작별했다.

병원 생활 5개월 열흘 동안 꼼짝없이 누워 지내는 바람에 그의 육체적 자유는 박탈당했으며, 뇌의 전두엽 부위가 암세포에 점령당한 탓에 인지력은 급속하게 떨어져 식구초차 알아볼 수 없는 지경이 되고 말았다. 제 이름 석자를 희미하게나마 기억할 때 그는 아내가 가져다 준 신문과 자신이 저술한 책과 옛 일기장을 손에 쥐기는 했지만, 그 행위는 별다른 의미가 되어 주지 못했다. 지력을 상실한 이후 남편의 마지막 순간까지의 과정에 그의 의지는 관여할 바가 못 됐다. 생체실험용처럼 약물을 주렁주렁 달고 하루하루를 견디는 그의 육체는 학대당하는 것처럼 보이기도 해서 나는 '존엄한 죽음'과 '자유죽음' 같은 '인간적'(?) 소멸 방식에 천착하기도 했다.

달리 방법이 없는 것을 잘 알면서도, 남편이 세상을 버리기 전까지 날마다 그를 보낼 준비를 하면서 살았다는 사실이 부끄럽고, 또한 남편에게 미안함으로 남는다. 5개월 넘은 병원 생활 중에 그는 이미 인간사와 세상사에 초연해 버린 사람처럼 보였다. 자기연민의 감상주의에 빠지는 법 없이 육체적 고통을 참고 견뎌 준 남편이 나는 한없이 고맙고 미덥다. 그것은 나와 아이들에게 정서적 충격을 덜어 주려는 남편의 배려가 아니고 무어라 말할 수 있을까! 와병 중의 남편에게 마음 속으로 나는 딱 하나의 소원만 들어달라고 부탁했다. "여보, 마지막 순간에 혼자 가지 마라." 남편은 그 순간에 내가 곁에 있어 줘서 외롭지 않았을까? 동행할 수 없는 그 길에서 나는 그가 가는 것을 조금도 지체시키지 못했다. 침대 주위에 남은 것은 눈물과 통곡뿐이었다. 나는 너무 잘 알고 있다. 나의 외로움을 덜어 보려고 그의 마지막 순간을 지키려 했다는 것을. 이것 역시 그에게 미안한 일이다.

남편은 책의 머리말마다 도움 받은 분들을 호명하여 감사와 고마움의 인사말을 빠뜨리지 않았다. 나 역시 남편의 방식대로 남편의 병실을 찾아 주시거나, 빈소에 조문을 오시거나, 조의금을 보내 주신 분들의 존함을 일일이 나열하며 "도와주셔서 고맙습니다. 선생님들과 남편 또는, 우리 가족과 맺은 인연 귀히 여기겠습니다. 남편은 적선지가積善之家에 필유여경必有餘慶이라는 고언을 입에 자주 담았습니다. 이 말에 깃든 뜻에 따라 인생을 허투루 살지 않도록 하겠습니다. '선함'을 먼저 생각하고 자연과 사람에게 해가 덜 되는 쪽으로 살아가겠습니다. 음으로 양으로 도와주셔서 정말 고맙습니다."라는 감사의 인사를 드리고 싶으나 이는 생략하겠다. 나는 『한 권의 책』이 마흔 다섯 해를 애쓰며 살다간 남편에게 오롯이 바쳐지길 바란다. (남편의 책이되 남편의 것이 아닌 것마냥, 마치 내가 저자라도 되는 양 남편에게 헌정하는 모양새가 되어버린 점, 독자 여러분은 너그러이 용서하시길 바란다.)

여보, 우리는 1991년 3월 인하대 5남 소강당에서 만났지요. 3학년 복학생과 2학년 재학생의 만남이었습니다. '선배'에서 '형'과 '후배오빠'로 술하게 오가다가 결국 당신은 아이들의 '아빠'로 낙착을 보았습니다. 아들 녀석 초등학교 입학 때까지 살아 줘서 고맙습니다. 까딱했더라면 녀석을 유복자로 키울 뻔했으니 말입니다. 그렇다고 당신을 잃은 제 슬픔이 덜어진 것은 아닙니다만. 하늘이 그때 당신을 데려가지 않고 8년의 시간을 주신 것은 당신에게 책을 쓰게 하느라고 그런 게 아니었을까요? 여러 권의 책으로 당신이 이 땅에 살다간 흔적을 남겨 줘서 고맙습니다. 이곳에서 당신과 함께 더 오랜 시간을 나누지 못한 점은 가슴 아픈 일입니다. 2011년 7월 2일 당신의 별세가 우리의 관계를 원점으로 돌린 것은 아닐 테지요. 저는 당신과 저와의 결실인 아이들을 통해 우리의 인연이 계속 이어지리란 것을 믿습니다. 저와 당신은 여기보다 더 좋은 데도 여기보다 더 나쁜 데도 없다는 것을 잘 알고 있습니다. 그것이 당신의 육신이 한 줌 재로 변해도 당신의 육체에서 이탈한 영적 에너지가 광활한 우주를 떠돌다가 결국 제 곁으로 돌아오리라는 것을 믿는 까닭입니다. 인간사 모든 관계가 회자정리會者定離라 하지만, 저는 당신과 정리재회定離再會가 될 것을 믿고 있습니다. "당신은 갔지만, 저는 당신을 보내지 아니하였습니다."

2011년 9월
고故 최성일의 아내 신순옥

차례

3

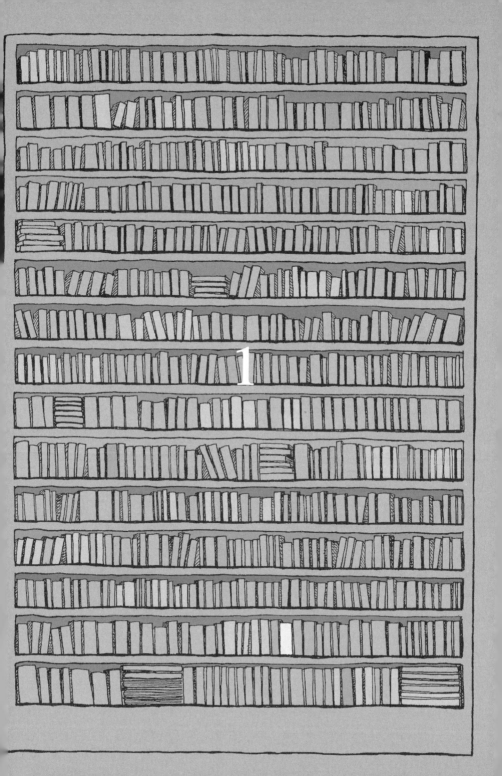

1

사서 고생한 기록과 선각자들과 만남

후쿠오카 켄세이의 『즐거운 불편』

생태적 또는 대안적 삶을 모색하는 이의 체험기와 그런 삶의 방식을 앞서서 개척한 이들에 대한 탐방기는 꾸준히 있어 왔다. 후쿠오카 켄세이의 『즐거운 불편』(김경인 옮김, 달팽이출판, 2004)은 지은이의 체험과 탐방을 아우른 점이 우선 눈에 띄는 특징이라면 특징이다. '르포·실천편'은 지은이가 즐거운 마음으로 기꺼이 불편을 감수한 기록이고, '대화편'은 선각자들과의 만남을 엮은 것이다.

지은이는 "생활에서 편리함을 배제함으로써 소비와 행복의 관계를 탐구"하기로 하고, 그 과정을 자신이 몸담고 있는 〈마이니치신문〉에 다달이 1년간 연재한다. 기자의 현장체험기사는 우리 언론에서도 시도되고 있지만, 후쿠오카 기자의 기획과 실행은 그 강도와 실감이 사뭇 다르다. 그의 현장은 특정한 장소가 아니라 그의 생활 자체다. 그는 자전거로 출퇴근하기를 필두로 11가지 물질과 편리함을 일상에서 멀리하는 것으로 실험을 시작한다. 그리고 시간이 흐를수록 실행하는 불편함의 세목을 하나둘 늘린다. 가전제품을 쓰지 않는 것은 물론이고, 고층 건물의 높은 층을 오를 때에도 승강기를 타지 않는다. 심지어 식량 자급자족의 일환으로 논과 밭을 빌려 농사를 짓기도 한다.

후쿠오카 기자는 소박하지만 철저하게 탈소비사회로의 연착륙을 꾀한다. 하지만 어느 날 문득 "설령 불편을 즐기고 싶어도, 환경이 그것을 허락하지 않는 경우도 있다"는 점을 깨닫고 유연성을 발휘한다. 에어컨의 제한적인 사용을 허용하고, 마요네즈를 집에서 만들어 먹는 것을 고집하지 않기에 이른다.

이 책은 "일종의 문명(비판)론"으로 읽힌다. 이런 측면은 체험기보다는 탐방기에서 더욱 두드러진다. 체험기에서 이따금 드러난 생활의 발견을 통한 문명 비판적 시각은 분명 돋보였다. 하지만 아무래도 르포라는 형식의 제약으로 말미암아 본격적인 비판적 관점을 개진하기에는 무리가 따랐다. 더구나 기자라는 지은이의 직분 또한 본격적인 논의의 걸림돌이 되었다. 체험기 말미의 성찰들이 사변으로 흐르는 것은 이러한 사정과 무관치 않아 보인다.

한편 현대 소비사회에 비판적인 일본의 가계 인사 열두 사람과 나눈 대화 속에는 문명 비판적 인식이 자연스럽게 녹아 있다. 또 여기서는 지은이가 단지 대화를 이끄는 역할에 머물지 않는다. 후쿠오카는 대화록의 열세 번째 주인공으로도 전혀 손색없다.

이 책에서 가장 흥미로우면서도 공감 가는 대목은 낮은 출산율과 인구의 고령화를 괜한 걱정거리나 말이 안 되는 소리로 여기는 것이다. 대담자 중 두 사람이 그런 견해를 펼쳤는데 그들은 이 문제에 대해 나름의 해법을 제시하기도 했다. 컴퓨터 자동화로 노동 수요는 감소할 것이고, 그래도 노동력이 부족하다면 다른 나라에서 노동력을 들여오면 된다는 것이다. 출산율 저하와 고령화 사회를 염려하는 것은 자본의 엄살 내지는 으름장이 아닌가 싶다. 잉여 노동력의 감소를 두려워하는.

그렇지만 절충주의나 실용주의로 풀이할 수 있는 이 책의 전반적인 기조를 무작정 지지하기는 어렵다. 지은이와 대화 상대자들은 대체로 사람의 욕구를 부정하지 않고, 현재의 개인주의적인 자유로움을 유지하면서도 대중적 개혁이 가능하다고 본다. 그래야 한다고 생각한다. 하지만 이러한 시각은 자칫 중산층 중심의 생태 혹은 대안 운동을 추구한다는 오해를 사기 쉽다. 후쿠오카가 논과 밭을 거의 저절로 빌리는 정황은 그 한 예다.

그럼에도 이 책이 전하고자 하는 메시지에 귀 기울일 수밖에 없는 까닭은 이 책의 등장인물들이, 이라크 저항세력의 볼모가 됐다가 풀려나 일본 주류 집단한테 이지메를 당한 다카도 나호코와 같은 일본의 드문 양심적 존재라는 점이다. (2004. 5. 15)

2

학교도서관을 다시 살리자

김종성의 『학교도서관 길찾기』

학교도서관에 얽힌 초라한 기억부터 떠올려 보자. 초등학교와 중학교에는 도서관이 따로 없었다. 제법 큰 교실에서 책들이 더부살이를 했다. 책을 빌려 보는 것은 언감생심. 방과 후 남의 교실에서 눈치 보며 한두 권 들춰 본 것이 고작이었다. 고등학교에는 도서실이 있었으나 여기서도 몇 권 훑어봤을 뿐이다. 이번에는 누구의 눈치도 볼 필요가 없었다. 1학년 때 불미스런 일로 유배된 도서관에서 다른 녀석들이 담배를 피우는 사이, 나는 서고에 들어가 보았다. 그곳에는 '세계시인선집' 같은 읽을 만한 책들이 꽤 있었다.

초등학교와 중학교에 다니는 조카들이 심심찮게 학교에서 책을 빌려 오는 걸 보면, 상황이 예전보다는 한결 나아진 모양이다. 하지만 김종성 교수(계명대 문헌정보학)의 『학교도서관 길찾기』(나라말, 2004)에 나타난 실상은 아직 만족할 형편이 아닌 듯싶다. 여전히 우리의 학교도서관이 "교수 학습 활동의 지원"이라는 본연의 사명을 다하지 못하고 있어서다. 이 책에서 우리 학계에 몇 안 되는 학교도서관 연구자인 김교수는 학교도서관의 현황을 일목요연하게 제시한다.

목소리는 높지 않으나 차분한 어조에는 학교도서관을 되살리려는 열정이 배어 있다. 디지털도서관 또는 교육정보화와 관련된 논의에서 학교도서관이 실물 장서와 현실 공간의 확보, 지식 내용의 생산과 조직화라는 도서관의 기본에 충실해야 한다는 주장은 단호하기까지 하다. 한편 학교도서관의 활성화를 위해서 사서교사의 중요성을 강조하는 것은 자칫 '사서교사 만능주의'로 흐르지 않을까 염려된다. "일반적으로 학교도서관 운영의 3요소인 인력, 자료, 설비 중에서 인력이 차지하는 비중이 75퍼센트라고 한다."

그런데도 사서교사의 중요성에 선뜻 동의하기 어려운 까닭은 그 동안 각종 도서관에서 만난 사서들의 이미지가 그리 좋지 않기 때문이리라. 내가 만난 사서들의 전문성이 유난히 떨어졌을 수도 있다. 하지만 김 교수가 사서의 전문적 자질에 대해 꾸준히 문제의식을 가진 점을 감안해도 이번 책에서 도서관인의 자기 성찰보다 신분 보장에 더 주의를 기울인 것은 약간 유감스럽다.

김 교수가 몇 년 전 내놓은 『한국 학교도서관 운동사』(한국도서관협회, 2000)는 우리 학교도서관의 과거와 현재를 알려주는 뛰어난 보고서다. 이 책에서도 학교도서관에 대한 김 교수의 열의와 애정이 묻어난다. 책은 1950년대 후반부터 전개된 학교도서관 운동의 부침을 관련 자료를 제시하며 명쾌하게 정리했다. 공교롭게도 학교도서관의 침체기는 필자의 초중고 시절과 정확히 맞물린다. 무엇보다 이 책은 자료적 가치가 높다. 권말부록으로 실은 학교도서관 운동 선각자들과의 대담은 초창기 〈출판저널〉에 연재된 '증언으로 엮는 해방 전후 출판계'와 더불어 출판·도서관 분야의 귀중한 사료다.

다만 학교도서관 운동의 확대 발전에서 도서관협회와 지역 교육 당국의 리더십을 높이 산 점, 아무리 교육 재정이 열악했어도 이삭줍기·폐품수집·퇴비생산 따위의 학생근로 활동을 통해 도서구입비를 마련한 것을 긍정적으로 본 점은 아쉬움으로 남는다. 이 운동의 발전기와 성장기에 전국에서 모범적으로 학교도서관을 운영한 학교들이 대체로 비평준화 시절의 이른바 명문고라는 점도 아쉬운 대목이다. 그러나 가장 큰 아쉬움은 운동의 단절이다. 아무쪼록 40여 년 만에 다시 불붙은 학교도서관 운동이 알찬 열매를 맺어 학교도서관 본연의 사명에 충실함과 아울러 다른 도서관들의 수준을 끌어올리는 견인차가 되기를 바란다. (2004. 8. 21)

3

세계화, 이제 좀 '고마' 해라!

월든 벨로의 『탈세계화-새로운 세계를 위하여』와
폴 킹스노스의 『세계화와 싸운다』

우리가 안방에서 접하는 세계화의 양상은 꽤나 혼돈스럽다. 얼마 전,
한 케이블텔레비전 뉴스 채널에서는 자막 뉴스를 통해 뉴스의 가치를
의심케 하는 미국 전직 정·부통령의 근황을 나란히 내보낸 적이 있
다. 클린턴 대통령의 입원 소식은 그렇다 쳐도 과속으로 벌금을 문, 고
어 부통령의 얘기는 정말이지 알아도 그만 몰라도 그만인 해외 토픽이
었다. 한편 러시아 북오세티야 베슬란에서 일어난 가공할 인질극에 대
한 우리의 반응은 담담하기조차 하다.

  필리핀의 사회학자 월든 벨로의 『탈세계화』(김공회 옮김, 잉걸, 2004)
는 "현재의 글로벌 경제 통치체제의 기원과 발전, 그리고 그에 대한 대
안들을 다루고 있"지만, 이에 더하여 우리가 신문과 방송을 통해 좀처
럼 접하기 어려운 나라밖 사정의 실상과 그것의 진정한 의미를 알려
주기도 한다. 이를테면 미국이 이라크를 침략한 주된 목적은 자유민주
주의적 기제를 조종해 아랍의 통합을 파괴할 다원적인 경쟁을 유발하
는 것이고, 워싱턴 당국이 '기후변화에 관한 교토의정서'에 서명하지
않기로 결정한 밑바탕에는 근본주의적 맹목성보다는 노골적인 경제적

현실정치 논리가 개입돼 있다는 지적이 그렇다.

세계화를 "자본·생산·시장의 전지구적 통합을 가속화하는 것으로, 기업 수익성 논리에 의해 추동되는 과정"으로 보는 월든 벨로는 세계화의 전위대 노릇을 하는 세계은행과 국제통화기금(IMF), 그리고 세계무역기구(WTO)를 강하게 비판한다. 벨로가 이 경제기구들을 비판하는 핵심은 강대국의 입김에 따라 의사결정이 좌우되는 비민주성에 있다. 벨로는 세계화의 대안으로 탈세계화를 제안하는데 그것은 국제경제에서 발을 빼자는 뜻이 아니다. "수출을 위한 생산을 강조하는 데서 벗어나 지역시장을 위한 생산이 되도록 경제의 방향을 재설정하자"는 얘기다. 또한 "탈세계화는 시장논리 및 비용 효율성 추구를 안전·평등·사회연대라는 가치에 의식적으로 종속시키는 접근방식"이다.

폴 킹스노스의 『세계화와 싸운다』(김정아 옮김, 창비, 2004) 역시 『세계화의 덫』(한스 페터 마르틴·하랄트 슈만, 강수돌 옮김, 영림카디널, 1997) 이래로 꾸준히 이어지고 있는 반세계화 관련 서적이다. 책은 다섯 대륙의 반세계화 저항운동의 격전지를 둘러본 여정을 담은 기행문답게 여느 반세계화 서적과는 달리 엄숙함이 덜하다. 때로는 유쾌하고 발랄하기까지 하다. 그런데 킹스노스가 반세계화 싸움터 순례의 출발점으로 멕시코 치아파스 주의 밀림을 삼은 것은 다소 식상하고 진부하게 보일 수도 있다.

하지만 21세기 벽두 저항운동의 성지순례를 사파티스타의 근거지에서 시작하지 않으면 어디부터 한단 말인가! 사실, 그곳은 그에게 저항운동의 생생한 현장들을 돌아볼 동기를 부여한 곳이다. 정확히는 치아파스 인근의 오악사카에서 만난 에스테바 노인이 그에게 성지순례의 영감을 불어넣었다. "(야) 바스따(Ya basta!-그만 해라!)는 부정이며,

저마다의 대안은 긍정입니다. 부정의 대상은 하나지만, 긍정의 방법은 많습니다. 문제는 하나지만, 정답은 많습니다."

킹스노스 책의 한국어판 서문에서 작년 이맘때 멕시코 칸쿤에서 자결한 이경해 열사의 이름을 접하는 게 오히려 낯설고 신기할 정도로 세계화의 논리는 우리를 단단히 옭아매고 있다. 하지만 아무리 세계화를 '거스를 수 없는 흐름'으로 보는 시각이 우세해도 인도의 작가·활동가 아룬다티 로이의 성찰을 곱씹어 볼 가치는 충분하다. "나는 세계화할 가치가 있는 유일한 것은 이의異議를 제기하는 행동이라고 말하겠습니다."(『9월이여, 오라』, 녹색평론사) (2004. 9. 18)

4

그대에게…카프카로부터

프란츠 카프카의 『카프카의 편지』와 『행복한 불행한 이에게』

"가을엔 편지를 하겠어요/ 누구라도 그대가 되어 받아 주세요." 고은 시인의 「가을 편지」의 일부다. 하지만 이제 편지는 가을은 물론이고 사철 내내 우리 일상에서 멀어지고 있는 형편이다. 카프카의 말마따나 "편지 쓰기란 다른 어떤 것보다도 어렵지 않"고, "오히려 조금 더 쉬운 일"인데도 말이다. 카프카는 엄청난 분량의 편지를 남겼다. 그 전모가 우리 앞에 모습을 드러내기 시작한 것은 비교적 최근의 일로 약혼녀 펠리체 바우어에게 보낸 편지가 『카프카 전집』의 한 권으로 나오면서 부터다.

이 『카프카의 편지』(변난수·권세훈 옮김, 솔출판사, 2002)는 펠리체에게 보낸 엽서와 편지 545통을 엮은 것이다. 연애편지 모음답게 이 책의 사연들은 구구절절하다. 그것은 편지의 길이로도 확인되는데 펠리체가 받은 편지가 1900년에서 1924년 사이 벗들에게 보낸 620여 통의 편지와 맞먹는다. 시샘 섞인 투정을 부리자면, 펠리체가 얼마나 매력적이기에 카프카는 그녀에게 푹 빠졌을까? "나는 그녀와 더불어 지금까지 알지 못했던 인간과 인간의 관계에 도달한 게야"라는 고백은 아랑곳없이 카프카의 다른 편지들에 간헐적으로 묘사된 펠리체는 그저 평범할 따름이다. 펠리체에 대한 필자의 억하심정은 아마도 그녀가 카프카에게 받은 편지를 출판사에 팔아넘겨서일 것이다.

비록 수적으로는 열세이나 카프카 편지의 압권은 막스 브로트에게 보낸 250통의 편지다. 이 편지들은 브로트가 단지 카프카의 탁월한 편집자이기 전에 서양판 관포지교를 나눈 막역한 친구인 점을 실증한다. "친애하는 막스"로 운을 떼는 『행복한 불행한 이에게』(서용좌 옮김, 솔출판사, 2004)에 실려 있는 브로트에게 보낸 편지들은 역자의 표현대로 "누구라도 막스 브로트 같은 친구를 둔다면, 나중에는 그가 자신을 설사 왜곡할 수 있더라도 살아가는 나날이 행복하리라"는 기분이 들게 한다.

브로트를 향한 카프카의 믿음은 거의 절대적이었다. "자네 또한 변치 않을 사람이지." 그렇다고 둘의 우정이 일방적인 것은 아니었다. 카프카는 브로트 부부의 상담역을 맡기도 했다. 또한 둘은 오후 동안 글을 쓰는 "주된 일"을 하기 위해서는 공무원이 되는 길밖에 없다는 결론을 내리고 카프카는 산업재해보험공단에, 브로트는 우체국에 일자리를 얻는다. 카프카의 초창기 편지에서는 '아름다운 시절'의 기운이 읽히기도 하는데 이와 관련해서는 카프카의 편지에도 등장하는 빌리 하스의 『세기말과 세기초: 벨 에포크』(김두규 옮김, 까치, 1994)가 좋은 참고가 된다.

개인적인 치부와 "끔찍한 이중생활"의 애환, 그리고 투병과 요양 생활이 담긴 낱낱의 편지는 자질구레하게 보일 수도 있다. 그러나 켜켜이 쌓은 카프카의 편지들은 그의 소설 못지않은 인류의 문학적 자산이다. 이것이 바로 카프카의 편지를 900쪽짜리(본문만) 단행본으로 읽어야 하는 이유이기도 하다.

마땅히 뛰어난 우정과 헤어진 연인의 어쨌든 탁월한 '보관정신'에 경의를 표해야 하리. 아니, 그러기에 앞서 마르크스의 시대에 전화가 상용화되지 않은 것을 천만다행으로 여겼던 어느 학자처럼 카프카의 시대에 전자우편이 발달하지 않은 것에 가슴을 쓸어 내려야 하지 않을까. 덧붙여 누군가 얘기하듯 『카잔차키스 전집』의 출간으로 고려원이 출판사의 소임을 다했다면, 솔출판사는 『카프카 전집』, 특히 카프카 편지의 출간만으로도 우리 번역문학사에 한 획을 그었다고 하면 지나친 걸까. (2004. 10. 16)

5

게이샤를 동반한 일제의 조선 침탈

임종국의 『밤의 일제 침략사』

헌책방에 한번 등장한 책은 꼭 다시 나타나듯이 절판된 책도 서점에 거듭 선을 뵈게 마련이다. 물론 절판도서의 재출간 여부는 책을 구하려는 독자의 열의에 달려 있다. 내게는 친일 문제 연구가 임종국 선생의 『밤의 일제 침략사』(한빛문화사, 2004)가 바로 그런 책이다. 이번에 같은 출판사 이름으로 20년 만에 다시 나온 이 책을 그간 백방으로 찾았으나 허사였다. 어언 십 수 년 만에 새 책으로 실물을 대하는 감회는 남다르다. 비록 오탈자가 적잖은 신판의 모양새가 약간 무색하기는 하나 선생의 필생의 작업이 요즘 시국과도 얽혀 있기에 더욱 그렇다.

식민지 조선 지배의 삼두마차라는 총독부 · 동양척식주식회사 · 주둔 일본군 수뇌들이 벌인 밤의 짓거리는 정말이지 가관이다. 밤마다 펼쳐진 주지육림에서 통음난무는 다반사였다. 더욱 가관인 것은 주색에 빠진 이자들의 게이샤 놀음이다. 이 작자들은 무슨 공놀이하듯 애첩을 서로 빼앗는다. 여기에다 매국노 송병준까지 엽색행각에 껴들어 백귀야행을 연출하고 있으니, 처음 몇 장을 읽노라면 화가 치민다.

"일제는 대포와 기생을 거느리고 조선에 왔다"는 문장은 이 책을 관통하는 핵심 어구다. 그 전위대는 다름 아닌 초대 통감 이토 히로부미. "서울 화류계 30년 번영의 기초공사도 이토에 의해서 완수된 사실은 뜻밖에 모르는 사람이 많다." 허랑방탕한 통감부 관리들은 이권에 개입해 부정한 방법으로 마련한 유흥비를 물 쓰듯 하면서도 조선인의 복리후생에는 몹시 인색했다.

이토의 경우, 게이샤 한 명에게 쌀 1천 가마에 해당하는 돈을 쏟아부으면서도 경의선 부설에 동원된 조선인 인부에게는 하루 밥값도 안 되는 돈을 임금이랍시고 지급했다. 선생은 "피침략국을 친일·반일로 분열시킨 후, 그 대립 상쟁의 과정에서 친일파를 원조 포섭하여 괴뢰화 지배권 확립을 달성하는" 일제의 침략 수법을 남의 여자를 빼앗는 난봉꾼의 수작에 비유하기도 한다.

이 책의 미덕은 무엇보다 우리 자신을 돌아보게 한다는 것이다. 민족지를 자임하는 신문에 대한 선생의 간명한 언급은 명쾌하기 짝이 없다. "〈동아일보〉는 친일귀족 박영효, 〈조선일보〉는 친일단체 대정친목회, 〈시사신문〉은 직업적 친일분자 민원식에게 허락하는 사이비 문화정치였다." 태생적 한계란 이런 걸 두고 하는 말이다. 이 책은 한참 뒤늦은 친일 진상규명을 둘러싼 논란에도 시사하는 바가 크다. 정치권은 조사대상자 선정을 놓고 말장난 그만 하고 책에 인용된 의열단이 암살 대상으로 꼽은 7악의 일부를 참고하는 게 어떨까. "매국노, 친일파, 밀정, 반민족적 토호열신土豪劣紳." 여기에다 '직업적 친일분자' '황군 장교' '일제 앞잡이' 들을 보태면 '지위'와 '행위'를 너끈히 포괄한다.

그런데 임종국 선생은 친일 진상규명을 못 마땅히 여기는 세력의 물귀신 작전에 휘말릴 소지가 다분하다. '일한합병'이라고 어법에 충실한 표현을 하는 점도 그렇지만 『친일문학론』(평화출판사, 1966)에 실린

'자화상'의 일부 내용은 친일로 매도될 여지마저 있다. 하지만 선생의 담담한 고백은, 전두환 장군 찬양 기사를 작성한 것에 대해 지금껏 따져 물어온 이가 없었다는 기자 출신 소설가의 떨떠름한 말투와 얼마나 다른가! 친일 진상규명은 친일 행위자를 척살하거나 부관참시하려는 것이 아니다. 늦게나마 "지나간 사실로서 기록해 두려는 것일 뿐이다." (2004. 11. 13)

6

직분을 망각한 비규범적 책읽기
김보일의 『나는 상식이 불편하다』

김보일의 『나는 상식이 불편하다』(소나무, 2004)를 한참 망설이다 읽었다. 이런 종류 책의 출간이 유행이 되다시피 한데다가 '교사 기피증'이 발동해서다. 칙칙한 표지가 선뜻 책장을 열게 하지 않았고, 먼저 눈에 들어온 편집상의 실수는 '정성들여 만든다'는 출판사의 자부심에 흠집을 냈다. 얄궂게도 미리 훑어본 머리말과 권말부록에 오자가 집중되었다.

예전에는 신문과 잡지의 책 광고나 책에 실린 출판사의 출간도서 목록이 제법 알찬 눈요깃거리였다면, 요즘은 독서 산문집의 도서목록이 그걸 대신한다. 하지만 요즘의 맛보기는 예전 것보다 만족도가 한참 낮다. 서지정보의 오류가 많아서다. 제목, 지은이와 옮긴이 이름, 출판사 이름들이 들쑥날쑥하면 그 책에 대한 신뢰도는 자연히 떨어지게 마련이다.

이 책은 부록에다 본문에 언급된 50여 권의 서지사항을 수록했는데 무려 일곱 권의 출간 연도가 잘못 기재되었다. 사소하달 수 있는 이런 실수가 왜 문제인가? 미셸 투르니에의 책이 출판사가 바뀌어 나오는 간격 —2년—이 너무 짧아지게 된다. 실제로는 5년이다. 이런 실수는 어째서 생기는가? 격월간 생태잡지 〈녹색평론〉의 새해 첫 호가 지난해 나왔다고 한 것은 순전히 주의력 부족 탓이다. 더구나 이 잡지는 홀수 달 중순에 발간된다. 인터넷 자료에만 의존하는 것도 금물이다. 실물을 구해 초간 연도를 확인하는 것이 가장 확실하다. 그리고 고유명사가 된 책 제목을 교정봐서는 곤란하다.

하지만 맨 앞에 놓인 두 꼭지를 미처 다 읽기도 전에 도서목록 작성자의 허물은 금세 지워진다. 나는 에릭 호퍼의 자서전과 전시륜의 수필집을 읽기로 마음먹는다. 초장부터 두 권씩이나 독자의 향후 독서목록에 올려 논 이 책은 독서 길라잡이로 성공적이다. 게다가 내용이 감동적이고 개별 꼭지가 하나의 흐름으로 읽히니 더할 나위가 없다. 책을 매개로 한 글쓰기가 이만한 성취를 이루기란 쉬운 일이 아니다. 그러나 이 책의 매력은 무엇보다 지은이가 자신의 직분을 망각한 데 있다. 그가 불편해하는 '상식'과 깨고자 하는 '틀'은 교사가 빠지기 쉬운 규범적 책읽기에 다름 아니다.

이와 관련해 유일하게 책을 제재로 삼지 않은 '주워 모은다고 모두 역사인가'는 긴한 시사점을 제공한다. "술자리에서 '그때가 좋았어'라며 고등학교 동창들은 곧잘 1970년대를 회고하지만, 나는 환멸 없이 그때를 회상하기 어렵다." 나 역시 중 · 고교 6년, 대학 2년, 군대 2년을 보낸 1980년대로 돌아가는 것은 생각만 해도 끔찍하다. 그 시절 일부 교사와 교수, 그리고 군대의 상관은 당시의 암울한 정치 상황만큼이나 나를 짓눌렀다.

지은이는 꾸준하게 책을 사서 읽지만 많이 버리기도 한다. 물론 늘 곁에 두고 보는 책도 있다. 그는 그런 책들을 문학평론가 김화영의 표현을 빌려 '내게 살러 오는 책'이라 일컫는다. 또한 그는 "빌릴 수 있는 책이 있고, 빌릴 수 없는 책이 있다고 생각한다." 나는 누가 읽을 만한 책을 그냥 달라고 할 때 아주 난감하다. 빌려 달라고 하면 고려할 여지가 있을 텐데. '불편의 재발견'이라는 중간 제목 아래 놓인 글들은 덜 감동적이다. 도입부의 사설이 길게 느껴지고 지은이의 직분에 충실한 교훈적 책읽기의 낌새가 보여서일까? 아니면 지은이가 의미를 부여하는 생태주의에 대해 내가 요사이 시큰둥해서일까? (2004. 12. 11)

7

'양심적 병역거부'에 대한 복잡한 심경

이남석의 『양심에 따른 병역거부와 시민불복종』

간혹 내 직함에 따라붙는 진보의 수식어를 정중히 사양하곤 한다. '좌파적'은 몰라도 '좌파'는 내게 걸맞지 않다. 좌파인 체는 했어도 좌파였던 적은 없어서다. 게다가 나는 이 땅의 좌파를 거의 믿지 않는다. 그럼, 오른쪽? 천만에. 극우에서 보수, '뉴 라이트'에 이르는 이곳의 모든 우파를 나는 혐오한다. 그래도 좌파적이기보다는 '중도 우'에 가깝다. 그렇다고 '양심에 따른 병역거부'를 대하는 복잡한 심경이 이렇듯 오목볼록한 성향 때문만은 아니다.

이남석의 『양심에 따른 병역거부와 시민불복종』(그린비, 2004)은 내가 접한, 이 주제를 다룬 세 번째 책이다. 안경환·장복희가 엮은 『양심적 병역거부』(사람생각, 2002)는 반대의 논지까지 담은 입론이자 총론에 해당한다. 김두식의 『칼을 쳐서 보습을』(뉴스앤조이, 2002)은 '기독교 평화주의'에 입각해 주제를 다룬다. 사례의 종합과 평이한 서술이 돋보이는 이남석의 책은 병역거부권과 사회적 소수자 문제에 착안해 정치철학적인 접근을 꾀한다.

나는 책을 세 권이나 읽고도 '양심에 따른 병역거부'에 대해 갈피를 잡지 못한다. 당위의 차원에서 그것은 백 번 옳다. 소수자에게 관용을 베풀자는 이남석의 의도는 충분히 설득력이 있다. 그가 제안하는 대체 복무제의 얼개도 그렇다. "그것은 개인의 양심을 최대한 수용할 수 있는 것이어야 하며 양심에 수반하는 시간의 비제약성 원리에 충실한 것이어야 한다." 여기서 시간의 비제약성이란 양심의 형성과 사회적 실천이 시간의 구애를 받지 않는 것을 뜻한다.

당위에서 대안 사이의 이론적 논의에 대해서는 긍정과 부정이 엇갈린다. 우선 면제, 기피, 거부의 차이를 세심하게 구분하거나 우리나라의 양심에 따른 병역거부를 외국의 비슷한 사례와 엮어 설명한 것은 매우 유익하다. 반면, 사회 계층과 병역 의무 이행 양태와의 상관성을 서술한 대목은, 그 의도는 충분히 이해하지만 기계적 도식화의 우려가 있다. 또한 징병제와 군대를 만악의 근원으로 몰아붙이는 것은 옳지 않다. 더구나 군필 여부에 따라 소수자를 가름한다는 논리는 비약이 심하다. 어느 시인의 말처럼 세계사에 유례가 없는 가혹한 전쟁을 치르고도 이런저런 이유로 '대한민국 군인'이 마음에서 우러난 존경을 받지 못하는 현실이 서글플 따름이다.

어쨌든 나는 정서적으로는 '양심에 따른 병역거부'를 받아들이지 못한다. 그것은 지난 반세기에 걸쳐 합법적 병역 기피와 면제, 그리고 편한 보직으로의 이동이 만연해서가 아니다. 양심에 따른 병역거부자의 양심을 의심해서도 아니다. 다만, 6·25 동란의 전장에서 '빽' 하고 소리를 지르면서, 베트남의 밀림에서 소리 없이 죽어간 병사와 강제 징집돼 의문의 죽음을 당하거나 병영에서 각종 사고로 숨진 이들이 너무 억울해서다.

새삼스레 초등학교 동창 근식과 고교 동창 태일, 그리고 큰이모부와 작은형의 얼굴이 떠오른다. 운전병으로 입대한 근식이는 교통사고로 목숨을 잃었다. 소원했던 태일이에 관한 우연히 전해들은 소식은 두 번이나 나를 놀라게 했다. 곱살한 그가 '건대 사건'에 가담했다는 것과 군에서 세상을 떠났다는 것이다. 월남전에 나갔던 큰이모부는 고엽제 후유증으로 짐작되는 질병으로, 작은형은 군복무 중 얻은 중증 질환의 합병증으로 세상을 등졌다.

원, 세상에! 내 주변에 군 생활이 직간접 원인이 된 이른 죽음이 이리도 많았다니. (2005. 1. 15)

8

수학적 무지의 자각, 그리고 개안

모리스 클라인의 『수학, 문명을 지배하다』

확실히 헬레니즘과 헤브라이즘은 문예부흥, 나아가 근대 유럽 문화의 젖줄이다. 그 물줄기는 오늘도 서구 문화의 밑바탕에 흐른다. 번역서 리뷰 형태로 해외 사상가의 자취를 좇는 작업을 하면서 그런 점을 실감한다. 유럽과 미주 출신 사상가는 기독교와 강한 친연성을 보인다. 정립이든 반정립이든 그들의 생각은 예외 없이 기독교와 맞닿아 있어 소스라치게 놀라곤 한다.

다시금 놀란 가슴을 쓸어내리던 차에 모리스 클라인의 『수학, 문명을 지배하다』(박영훈 옮김, 경문사, 2005)를 만났다. 웬일인지 책등에 새겨진 원제목(*Mathematics in Western Culture*)이 한눈에 들어왔다. 하지만 수학을 헬레니즘으로 치환해 충격을 상쇄하려는 의도는 이내 지레짐작이자 얄팍한 생각임이 드러났다. 수학자들에게도 기독교의 영향력은 만만찮았던 것이다. 클라인이 수학적 성취가 종교와 사회에 대한 견해를 바꿔 놨다면서도 여전히 하느님을 최초의 원인으로 보는 20세기 전반의 미국 수학자 아서 S. 에딩턴과 제임스 H. 진스를 책의 말미에 언급한 것은 단적인 사례다.

그래도 이 책은 진정제 구실을 톡톡히 했다. 아니, 기대 이상의 효과가 있었다. 수학에 대한 오해를 말끔히 씻어 주는 한편, 새로운 시야까지 터 줬으니 말이다. 수학을 억지로 배우던 시절, 우리 대부분의 수학 실력은 보잘것없었다. 당연히 수학은 첫손 꼽히는 싫어하는 과목이었다. 그런데 수학의 부담감에서 멀리 벗어나자 상황이 달라졌다. 2000년 봄, 붐을 이룬 '수학 교양서'를 훑어보고는 수학책이 맘에 들기 시작하더니만, 마침내 이 책을 통해 수학 자체가 좋아진 것이다.

『수학, 문명을 지배하다』는 수학을 매개로 짚어본 서양 철학사고, 과학사며, 문화사다. 또한 수학사다. 600쪽이 넘는 방대한 분량을 제한된 지면에 간추리는 것은 부질없는 일이다. 다만, 읽으면서 감탄사를 연발했다는 독후감을 밝히고 싶다. 책은 수학에 대한 나의 무지를 일깨우는 것만으로는 모자랐는지 종내는 사물의 이치마저 깨우쳐 주었다.

고백하자면 나는 직각삼각형에서 이웃하는 변의 길이의 비율 중 하나인 사인sine의 정의와 원리, 그것의 응용을 이제야 분명히 이해한다. 그러니 더 말해 뭐하랴마는 초한수 개념은 마냥 신기하기만 하다. 무한집합에서는 양의 정수와 짝수의 개수가 같다니. 수학의 합리적 '마술'은 이에 그치지 않는다.

연역적 추론과 양적인 탐구가 수학의 발달을 낳았다는 분석은 그래도 수긍이 간다. 고도의 추상성이 곧장 유용성으로 직결되는 식의 수학적 방법론의 역설 또한 비현실은 아니다. 하지만 4차원의 세계를 도출하는 차원에 이르면 벌어진 입을 다물 수 없게 된다. 리만 기하학을 다룬 대목에선 개안, 말 그대로, 새로운 세계에 눈을 뜬다. 슬며시 거론된 마르크스에 대한 부당한 평가가 아쉽기는 하지만 이는 책이 출간된 반세기 전 미국의 시대 상황을 감안해야 할 것 같다.

　서울시교육청이 교육 경쟁력 강화를 내세우며 초등학교 일제고사 부활을 선언했다. 그런데 한날한시에 시험을 치른 우리는 어찌 그리 수학실력이 형편없었을까! 교육청 관계자는 일종의 '경기부양책'으로밖에 보이지 않는 학력 증진 방안을 내놓기에 앞서 교육의 질을 높이는 방법을 먼저 찾아야 할 것이다. 또 지혜로운 학부모라면 자녀에게 '고교 수학의 바이블'보다는 수학의 참맛을 일깨우는 책을 우선 접하게 하리라. (2005. 2. 12)

9

근본주의는 모두 나쁘다, 그것도 아주

아자르 나피시의 『테헤란에서 롤리타를 읽다』

아자르 나피시의 『테헤란에서 롤리타를 읽다』(이소영·정정호 옮김, 한숲 출판사, 2003)를 예비 독서목록에서 불러낸 건 타리크 알리의 『근본주의의 충돌』(정철수 옮김, 미토, 2003)이었다. 나피시의 책은 알리가 일깨운 몇 개의 교훈 가운데 하나를 검증하기 위해 호출되었다. 미국 제국주의에 대항하는 보루라고 해서 이슬람 신정국의 야만성을 용인해선 안 된다는. 이란 태생 영문학자의 회고록에서 은근히 역설적인 '균형 감각'을 바라기도 했다. 하지만 내 예상은 보기 좋게 빗나갔다.

　나피시의 책은 알리의 교훈을 확인하는 데 그치지 않았다. 한 걸음 나아가 근본주의를 보는 어정쩡한 태도에 확신마저 심어 주었다. 종교나 이념, 어떤 외피를 둘렀든 모든 근본주의는 아주 나쁘다. 이것만으로도 중앙아시아의 이웃한 나라 출신 영어권 작가의 책은 읽을 가치가 충분하나, 두 권은 아낌없는 찬사를 받아 마땅하다. 이들은 읽기 전에는 그 진가를 알기 어려운 부류에 속한다. 아울러 읽는 동안 좋은 책이 주는 행복감도 한껏 누리게 한다.

　그렇다고 여자 영문학 교수가 이란 이슬람 공화국에서 겪은 18년의 삶에 처음부터 몰입한 건 아니다. 완독을 자신하지 못할 정도로 1부를 읽는 내내 마음이 몹시 편치 않았다. 이건 결코 남의 얘기가 아니었다. 물론 완벽하게 닮지는 않았다. "미국에서 돌아온 지 얼마 되지 않았거든요. 그들이 우리보고 미국 성조기를 발로 짓밟으면서 미국 죽어라 하고 소리치라고 강요했을 때 그 아이 심정이 어땠겠어요?" 얼마 전까지 우리는 그럴 자유가 없었고, 이제는 서울시청 앞 광장에서 '미국 만세'와 '미 대통령 만수무강'을 외치는 자유가 당혹스럽다. 그래서일까. 1부에 흐르는 자유에 대한 강박적 묘사가 시종 무겁게 다가온 것은.

지나고 보니 1부에 드리운 친 '서구적' · 친미적 색채는 일종의 진입 장벽이었다. 이야기가 전개되면서 감정이입을 방해한 걸림돌은 하나 둘 치워졌는데, 이슬람 근본주의자가 제인 오스틴을 비난하기 위해 에드워드 사이드를 인용한 것에 놓은 일침이 대표적이다. "이란의 가장 보수적인 집단이 서구에서 혁명적이라고 간주되는 사람들의 작품이나 이론들과 동일시하고 그것을 선취하려드는 꼴도 역시 아이러니였다." 게다가 나피시는 맹목적인 서구 추종자가 아니다. "우리 학생들은 서구를 너무나 무비판적으로 바라보는 경향이 있어요. 이슬람 공화국 덕분에 그들은 서구에 대해서 장밋빛 그림을 지니고 있어요."

'악의 축'이니, '폭정의 전초기지'니 하는 제국주의자의 일방적 매도와는 별개로 이 책은 신정국의 폭압정치에 관용과 아량을 베풀어선 안 된다는 점을 주지시킨다. 솔직히 이슬람 공화국의 상황이 그렇게 심각한 줄은 미처 몰랐다. "미트라가 받은 가장 큰 충격은 다마스커스 거리에서 받은 느낌이었다. 그녀는 티셔츠와 진 바지를 입고서 하미드와 손을 맞잡고 거리를 자유롭게 걸어갔다." 이로써 자유를 향한 강박증도 이해되었다. 그리고 성 관념의 이중 잣대, 병역 기피, 미국 영주

권의 소지 따위는 어디서 많이 봤던 권력의 속성이다. 나는 잘 알지도 못하면서 하타미 대통령에게 품었던 '개혁파'의 환상을 깬다.

"롤리타는 정말로 갈 곳이 한 군데도 없었다"는 나보코프 소설의 일절은 나피시 회고록의 화두 중 하나다. 그럼 이슬람이라는 "절대적인 피난처"에 몸을 맡기기도, 이상향을 찾아 나라를 떠나는 것도 불가능한 갈 곳 없는 롤리타는 어쩌란 말인가. 나피시의 "진정한 민주주의"와 알리의 "철저한 혁명"이 바람직한 대안일 수 있다. 그런데 그걸 누가? 어떻게? (2005. 3. 12)

10

콘크리트 더미에서 자연친화적으로 살기

이현숙의 『콘크리트 아파트에서 건강하게 사는 49가지 방법』

이태 전, 한 출판단체가 주관하는 추천도서 선정 모임에 참여하면서 우리나라 사람이 절반 넘게 아파트에 산다는 사실을 실감했다. 도서 선정위원 주소록에 나타난 주거 형태가 아파트 일색이었다. 이는 구성원의 주축이 우리 사회에서 안정적 기반을 다진 40대 남자인 점을 감안하더라도 놀라운 비율이었다. 하여 나는 한동안 주소록에서만큼은 '개밥에 도토리' 신세였다. 그 동안 나는 유일한 빌라 거주자였다. 또 당연히 내 집은 고급 빌라가 아니라 서민용 다세대 주택이었다.

그 주소록으로 말미암아 나는 소외감에 더하여 상대적 박탈감마저 느꼈다. 어찌 된 일인지 소소한 공과금이나 세금부터 다세대 주택의 부담이 아파트보다 컸으면 컸지 덜하진 않았다. 일반 빌라의 재산 가치는 아파트에 비해 현저하게 떨어지는데 집을 처분하면서 이를 절감했다. 3년 6개월 만에 집값이 반 토막 났다. 집값이 제일 비쌀 때 사서 가장 헐할 때 팔았으니 그럴 수밖에. 그나마 임자를 만난 게 다행스러울 정도다. 아무튼 비싼 수업료를 물면서 '빌라는 절대 사지 말라'는 부동산 속설의 실상을 뼈저리게 체험한 셈이다. 누군가는 빌라를 안 사면 되지 않느냐, 하겠지만 어쩔 수 없이 빌라에 살아야 하는 계층이 있다.

지금 나는 번듯한 아파트에 살고 있다. 살아 보니, 아파트가 좋긴 하다. 건물의 하자 보수 문제만 해도 그렇다. 전에 살던 새로 지은 빌라는 입주하자마자 여기저기 문제가 발생했으나 건축주는 손을 놓다시피 했다. 결국 하자 보수 보증금을 찾아 건물의 불비한 곳을 보완했다. 엉겁결에 분양 받은 아파트는 상황이 생판 달랐다. 전화 한 통화면 관련 업체 관계자가 와서 문제점을 시정했다. 그런데 아파트 단지에 상주하는 시공사의 애프터서비스 담당자가 베란다 벽체에 차는 습기를 살펴보고 던진 한마디가 걸작이었다. 정확히는 베란다 벽체의 이슬 맺힘은 불가피한 현상이라면서 덧붙인 말이다. 아파트는 우리 풍토에 맞지 않아요.

이현숙의 『콘크리트 아파트에서 건강하게 사는 49가지 방법』(이지북, 2005)을 읽을까 말까 망설였다. 『다빈치 코드』를 베스트셀러 종합 1위에서 밀어낸 책을 본뜬, 제목에 들어간 숫자가 마음에 걸려서다. 하지만 이내 읽기로 마음먹는다. 역시 존재는 의식에 앞선다. 책의 골자인 '아파트의 건강 환경 꾸미기 49'는 가짓수를 맞춘 기색이 보이지만, 인테리어 디자이너 출신 집 컨설턴트인 지은이가 '아파트에서 건강하게 사는' 긍정성을 담보하려고 주거 환경으로서 아파트에 비판적으로 다가서는 접근법은 고무적이다. "콘크리트 집은 여름에 습하고 겨울에 건조하며 환기가 되지 않는다." 또한 아파트는 "좋은 점수를 받을 수 없는 육아 환경이다." 장점의 평가에도 인색하지 않다. "아파트는 깨끗하고 따뜻하고 편리한 집이다."

지은이가 제안하는 아파트에서 건강하게 사는 방법은 단순하다. 자주 청소하고 바깥 활동을 많이 하는 것이다. 구체적으로는 자연 친화적인 방법을 강조하는데 바람의 길을 터주는 자연 환기와 물걸레질, 그리고 젖은 수건을 걸어 두는 자연 가습을 권한다. 일조권, 환기(베이크 아웃), 아파트 구조 등에 관한 설명은 입주를 앞둔 이에게 유용한 정보다. 아파트 분양에 대한 문제의식도 곱씹어 볼 만하다. "'분양'은 공급이 수요의 우위를 점하고 있던 시절에 전적으로 공급자 편의 위주의 매매 환경이었던 것이다." 하지만 아파트 브랜드를 무작정 주소로 사용하는 관행이 상징하듯 기업의 위세는 여전하다. (2005. 4. 9)

11

인간관계 복원을 위한 화내기

신숙옥의 『화내는 법』

신숙옥의 『화내는 법』(서금석 옮김, 푸른길, 2005)이 기존의 화풀이 실용서와 다른 점은 지은이의 신원과 솔직한 내용이다. 신숙옥은 재일동포 3세 인권운동가이고 진짜 경계인이며 마이너리티(소수자)다. 한국방송의 '한민족 리포트'를 통해 그의 활약상을 접한 바 있는데 일본 현지 리포트에 나타난 그는 강한 인상이었다. 프롤로그 구실을 하는 이 책의 1장에서도 예의 강함이 느껴진다.

두 개의 조국을 향한 거침없는 발언을 보라! "가스실 없는 대학살. 그것이 북조선의 실상이었다." 남한을 보는 눈길도 그리 곱진 않다. 돈을 많이 기부한 순서대로 여권을 발급받을 수 있었기에 "가난한 사람들은 항상 뒤로 밀릴 수밖에 없었다." 신숙옥은 한반도와 일본열도의 경계에 서 있기도 하다. 조선인 민족학교에서는 '왕따'였고, 일본 학교는 그를 받아들이지 않았다.

신숙옥이 말하는 마이너리티의 아픔은 겪어 본 자만이 알 수 있을 터. "마이너리티가 목청을 높이면 비난받게 되어 있을 뿐이다." '육두품'은 한번 찍히면 손쓸 재간이 없다. "아무리 상대편의 눈 밖에 나지 않으려고 노력해도, 내가 생각하는 것처럼 그들의 생각이 바뀌지 않는다." 그렇다고 성공한 '육두품'이 성골 진골 흉내 내는 것보다 더한 꼴불견도 드물다.

"무엇인가에 의존하다가 그것이 무너져, 동요하거나 당황한 나머지 쩔쩔맸던 경험이" 없기는 나도 마찬가지다. 1989년 동유럽 사회주의권 붕괴가 우리 지식인에게 준 충격을 나는 아직도 이해 못한다. 다만, "'국가'에 붙어서 어떤 것을 지지했다는 꺼림칙함"은 좀 있다. 2002년 난생 처음 '당적'을 가져 봤으니 말이다.

이렇듯 서론의 분위기는 강해도 본론으로 들어가는 2장부터는 유연성을 보인다. 신숙옥은 몹시 화가 나더라도 그것을 바로 표출하지 말라고 조언한다. 분노를 하룻밤 삭인 다음, 행동으로 옮기길 권한다. 화를 내는 효과적인 방법으로는 간단명료하고 직설적인 표현, 반복, 상대방 직시하기와 목표 정하기 등을 제시한다. 이러한 테크닉은 화를 내는 목적과 관련이 깊다. 그것은 인연을 끊기 위해서가 아니라 인간관계의 회복을 위함이다. 따라서 "자신의 분노를 제대로 표현할 줄 아는 사람은, 남이 나에게 화를 내도 이해하고 받아들일 수 있다." 그런데 다른 사람이 심하게 화를 내는 위기 상황에 대처하는 방법 세 가지가 흥미롭다.

첫째, 삼십육계 줄행랑이다. 상대가 이유 없이 화를 낼 적에는 피하는 게 상책이라는 거다. 둘째, 큰 소리로 맞대응하기다. 화난 상대를 한마디 말로 꾸짖으려면 용기가 있어야 한다. 효과가 없을 수도 있는 위험부담이 따르는 방법이다. 셋째, 같은 말을 반복하기다. 여기서도 상대가 잠시 정신 차린 틈을 타 자신의 감정을 전달하고는 잽싸게 자리를 떠야 한다. 사회적 분노의 표출을 다룬 6장에 이르면 신숙옥은 한결 유연해진다. "'우'냐 '좌'냐 하는 과거의 틀로 사람을 판단하지 않는다." 하지만 쌈박한 이벤트와 언론 플레이에 치우친 운동방식이나 언론 보도를 잣대로 대중운동의 성패를 가늠하려는 태도는 아쉬운 대목이다.

"'화내는 것'은 인간성의 발로"다. 사람이 불완전하다는 증거다. 완벽한 사회도 존재하지 않는다. 우리가 알게 모르게 주입받은 대형 안전사고 없는 나라 일본의 신화도 허물어지지 않았는가. 이 책 역시 일본책 특유의 헐렁한 구석이 있다. 그래도『화내는 법』은 충분히 권할 만하다. (2005. 5. 7)

12

아주 재미있는 서평집

최성각의 『나는 오늘도 책을 읽었다』

최성각의 『나는 오늘도 책을 읽었다-생태주의 작가 최성각의 독서잡
설』(동녘, 2010)은 서평 모음이다. 이 책 뒤표지의 추천사에 나오듯 재
미없는 서평은 엄연한 현실이다. "재미만 없는 게 아니라 숫제 읽을
수"조차 없을 정도다. 하물며 개별 서평이 그럴진대 그런 글을 모아놓
은 서평집은 오죽하랴! 그러나 생태주의 작가 최성각의 독서잡설은
서평이 지닌 통념을 거스른다. 참 재미있다. 작가의 본업인 소설보다
더 재밌다. 그 비결은 뭘까?

　나는 작가와 이름이 비슷하다. 앞의 두 글자가 같다. 가수 안치환이,
작곡가 안치행이나 연극평론가 안치운과 혈연관계가 아닌 것처럼 나
하고 작가는 피 한 방울 섞이지 않았다. 이제 보니 그와 나는 띠 동갑
이다. 그는 "50대 중반의 양띠다." 내가 그를 처음 본 건 내 첫 일터에
서다. 14년 전, 나는 서평전문지의 신출내기 기자였다. 당시 그는 '책
갈피산책'이라는 꼭지의 첫 번째 필자 셋 중 한 명이었다. '책갈피산
책'은 읽히는 서평을 지향한 기획으로 그에게 환경 분야 책이 맡겨졌
다. 그쪽 사정에 밝았던 선배기자가 필자로 그를 택했다. 그는 뭔가를

전달하려고 우리 사무실에 들렀다. 그게 뭔지는 아직도 모른다. 나는 그저 그의 방문을 지켜볼 따름이었다.

그로부터 4년 후, 나는 첫 직장에 복귀한다. 이번엔 내가 취재를 갔다가 그를 '다시' 만났다. 그는 취재원의 지인이었지만, 나는 그와도 인사를 나눴다. 하지만 그는 곧 나를 잊는다. 얼마 안 있어 경기도 과천에서 열린 수돗물불소화 반대집회에서 그를 또다시 봤다. 그는 나를 못 알아봤다. 내 자존심은 여지없이 구겨졌지만 이를 계기로 내 존재감이 그에게 각인된 모양이다. 나는 이따금 그의 호출을 받곤 한다. 덕분에 그가 산파역할을 한 '환경책 큰잔치' 실행위원이라는 중책을 맡기도 했다.

한번은 이런 일이 있었다. "연전의 어느 연말 모임에서 '김수영 시인은 (단군 이래) 우리 역사상 가장 위대한 시인'이라고 했다가 '그 말 책임질 수 있느냐?'는 참석자 한 분의 면박에 바로 꼬리를 내렸다. 그렇다고 내 주장을 완전히 접지는 않았다. 반쯤 물러나 '김수영은 가장 위대한 현대시인'으로 바로잡았다."(이진경 외, 『고전의 향연』, 한겨레출판, 2007, 316쪽) 내게 책임추궁을 한 사람이 바로 그다.

독서가로서 최성각은 까다롭다. "범람하는 잡서에 시간을 낭비하는 것보다 바보짓은 없을 것이다. 아예 책을 읽지 말거나, 읽으려면 좋은 책, 진실이 담긴 '뜨거운 책'을 읽어야 할 것이다." 그의 독서지론으로 봐도 무방하다. 독서의 영향력에 대해선 꽤 회의적이다. "필자는 솔직히 말해 한 권의 책이 사회를 얼마나 변화시킬 수 있을지에 대해서는 적잖이 의문이다." 물론 "혁명가와 실천가의 삶이 널리 읽히는 세상은 그래도 희망이 있다."

소설가 최성각은 문학에도 엄밀한 잣대를 들이댄다. "이런 작품이 바로 '문학'이다. 솔직히 말해서 이런 작품을 접하고 나면, 지금 발표되고 있는 우리 소설들을 읽기가 힘이 들어진다. 문학인이라 자처하는 이들은 문학에 대해 심각하게 오해하고 있고, 한 줌도 안 되는 문학권력 주변의 패거리주의에 빠져 세월 몰라라 음풍농월하고 있다. 가히 역겹다." 진짜 문학인 이런 작품은 이보 안드리치의 『드리나강의 다리』다. 이어지는 문구가 짠하다. "1986년 겨울에 나는 〈동아일보〉 신춘문예 중편소설 부문에 응모했는데, 다행히 당선이 되어 쌀을 살 수 있게 되었다."

쓰지 신이치의 『행복의 경제학』은 저자와 추천사를 쓴 이가 함께 부탄에 갈 기회를 가졌고, 부탄에서 20일을 머물렀다는 추천사의 한 대목에서 "이 책을 손에 잡고 계속 읽을 것인가, 말 것인가, 고민에 빠졌다." 이유인즉슨 "입국을 하자면 부탄이 지정한 인도의 특정 여행사를 통해 누구나 예외 없이 하루 200달러의 돈을 선금으로 내야 한다"는 것이다. 20일이면 한 사람이 4,000달러를 부탄에 지불했다는 얘기다.

『삼성을 생각한다』의 저자를 보는 눈길 또한 곱지만은 않다. 그의 머릿속에 오랫동안 똬리를 튼 대목이다. "삼성그룹이 사실상 부도를 맞아서 임직원들이 대대적으로 쫓겨났던 1999년 나는 제주 호텔신라 퍼시픽스위트룸에서 가족과 함께 여름휴가를 보냈다. 며칠 지내고 체크아웃할 때 보니 계산서에 1,500만 원 가량이 나왔다. 당시 휴가는 회사 임원들이 연루된 연예인 윤락 사건을 잘 해결해 주었다고 해서 받은 것이었다." (129~130쪽에서 재인용)

어떤 책에 대해선 극찬을 아끼지 않는다. "이런 책을 한번 접하고 나면, 책은 아무나 쓰는 게 아니라는 것과 혹 어쩌다 책을 펴냈더라도 책을 펴내기 전보다 더 겸손하지 않으면 안 된다는 것을 깨닫게 될 것이다. 독자는 그러나 특별히 무장할 필요가 없다. 열린 마음으로 겸손하게 위대한 저작을 읽어나가면 될 것이다. 반드시 그 정신이 격랑을 만난 뗏목처럼 요동칠 것이다." 이런 책이란 엘리아스 카네티의 『군중과 권력』이다.

최성각에겐 애독서가 몇 권 있다. 그는 "특별한 책" 피터 드러커의 『방관자의 시대』를 "젊은 날 광산촌에서 구했던 빛바랜 '갑인 판'으로 거듭 읽곤 한다. 내 꿈을 되살피고, 내 보잘것없는 좌절의 내용을 때로 깊이 들여다볼 필요가 있을 때마다." 에리히 프롬의 『사랑의 기술』은 기회만 허락되면 다시 뒤적이는 책이다. 낡아빠진 콜린 윌슨의 『아웃사이더』를 가끔 뒤적이는 까닭은 "이 한 권으로 인해, 그 후 내 보잘것없는 기나긴 독서편력이 시작되었기 때문이다." 김재용 엮음 『백석전집』은 "전집이라 시집 같지 않게 두껍지만 자주 만져 가장자리가 좀 해어"졌다.

소설가 김성동의 말처럼 "최성각은 사상가"다. "이 기절초풍하고 혼비백산하는 정신의 대공황시대에 한 점 등불 든 생명사상가"다. 서평집에서 그의 통찰과 혜안은 빛난다. "훌륭한 사람의 기준은 무엇일까? 나는 사람을 가리지 않는 사람을 훌륭한 사람이라고 생각한다."

"역사는 대개 긴 무기력의 시간과 짧은 저항의 순간으로 채워져 있기 일쑤다. 아주 가끔씩 아름답고 눈부신 저항이 일어나긴 하지만, 대부분의 인간들은 권력자들의 입맛에 맞게 순치되어 불쌍하고 애처롭게 자신의 삶이 노예의 삶인지도 모르고 살다가 사라지는 게 사실이다."

"사람이란 토론에 의해 자기 생각이 수정되지 않는다. 상대방에 대한 이해가 증진되는 것도 아니다. 모두 자기주장만 되풀이할 뿐이다.

TV토론이 아니라도 사람 사이에 정말 멋진 토론은 불가능할지도 모른다. 이 문제는 인간의 한계에 속하는 일일 것이다."

"그곳의 산천은 내 여전히 사랑하지만, 고향사람들은 경멸하게 되었다."

"손의 상처야 보려고 들면 보이지만, 사람들 가슴속에 꼭꼭 숨겨져 있는 상처들은 기실 제각각 오죽 깊을까."

"생태적 시각이란 뭘까? 우리 삶의 바탕에 대한 깊은 생각이고 염려이고, 사랑이다. 혹은 우리가 사랑하는 이들이 앞으로도 이 지상에서 오래 오래 건강하게 살아가기 위해 노력해야 할 일을 찾는 자세라 할 수 있다."

최성각의 오랜 독서이력을 보여 주는 이 책에 언급된 도서의 서지정보가 충실하다. 다만 한두 개 부정확한 정보를 바로잡는다. 이동진 옮김 『장미의 이름으로』는 우신사에서 나왔다.(116쪽) 1980년대 초반 박태순이 펴낸 『국토기행』은 『국토와 민중』이다.(154쪽) "황아무개"는 "이 고약한 시대에 좌에서 우로 왔다리 갔다리" 했다. 부록으로 덧붙인 '다음 100년을 살리는 141권의 환경책' 목록에 있는 생태에서 반생태로 왔다리 갔다리 한 차아무개의 책 세 권은 빼는 게 순리가 아닐는지. 표지사진의 견공에게 말풍선을 붙이면 이러지 않을까. "우리 주인장, 제법인 걸."

13

다소 아쉬운 '궁극의 상상력'

요네하라 마리의 『발명 마니아』

일본의 러시아어 동시통역사 요네하라 마리와 터키 작가 아지즈 네신은 필자가 올 상반기 '발견'한 외국 저자다. 인터넷서점 예스24의 채널예스에 연재하고 있는 '최성일의 기획 리뷰'에다 두 사람의 번역서를 따로 리뷰하면서 그들의 진가를 알게 되었다.(참고로 요네하라 마리의 『프라하의 소녀시대』와 『올가의 반어법』을, 아지즈 네신의 『생사불명 야샤르』와 『이렇게 왔다가 이렇게 갈 수는 없다』를 '강추'한다.) 6월 5일 발행된 『발명 마니아』(심정명 옮김, 마음산책, 2010)에 대한 리뷰는 지난 4월 1일 업데이트한 '기획 리뷰' 요네하라 마리 편의 보유補遺인 셈이다. 요네하라 마리(米原万里, 1950~2006)는 팔방미인 동시통역사였다. 그녀의 러시아어 동시통역 솜씨는 보리스 옐친 전 러시아 대통령을 사로잡았다. 작가적 역량 또한 뛰어나 앞서 '강추'한 두 권은 각기 논픽션과 픽션의 진경을 이룬다. 요네하라 마리는 유머와 속담에도 일가견이 있었다.

　이번 주제는 발명이다. 한국어판 표지 문구를 차용하면, "유쾌한 지식여행자"의 "궁극의 상상력!"이라 할 수 있다. 〈선데이 마이니치〉에 연재한 글 100편을 모았다. 〈선데이 마이니치〉의 담당 편집자 K는 본문에 곧잘 등장하는데, K는 요네하라 마리가 직접 그린 본문 그림에서 이따금 우스운 꼴을 겪는다. "마리: K씨, 감기 괜찮아? K씨: 와, 요네하라 마리 선생님, 뭐예요, 이거? 맛있겠다. 마리: 조류 독감에 잘 듣는 쥐 덮밥이야." 이런 식의 편집자 호출은 연재 칼럼 필자로선 일거양득이다. 소재를 가까이서 얻어 좋고, 명예훼손 고소를 당할 우려가 없어서 더욱 좋고.

내가 보기엔 그다지 실용적이지 않은 요네하라 마리의 발명 안案들은 기술 의존적이다. 자전거 페달 같은 저차원적인 것부터 탄소나노튜브 같은 첨단기술까지 망라한다. 또한 꼼지락거리기 싫다기보다는 그러기가 쉽지 않은 자신과 같은 부류에게 생활의 편리를 돕고자 한다. "'뭐야 그러면 그냥 운동을 하면 되는 거 아냐?' 이런 말은 하지 않길 바란다. 그게 안 되기 때문에 나도 이렇게 고생하고 있는 거니까."

뭔가를 아는 기쁨을 주는 요네하라 마리가 이끄는 지식여행은 언제나 즐겁다. "소 같은 동물의 뼈를 태운 재를 점토나 고령토와 섞어서 구운 자기를 뜻하는 본차이나bone china는 영국의 토머스 프라이란 사람이 18세기 중반에 발명했다. 이제는 마이센이나 헤렌드 등 고급 도자기는 대부분 이 방법으로 만들어지고 있다." 집단 사육되는 식용가축은 생산량을 늘리고 비육기간을 줄이기 위해 투여한 합성 호르몬제와 항생물질 때문에 소비자에게 위협적이다. "아무리 어리석은 행동이라도 타인의 자유를 침해하지 않는 한 인정하는 게 자유와 민주주의의 원칙이다. 그러나 이는 먹는 사람의 자유일 뿐, 그것을 타인에게 먹이고 돈을 벌 자유에는 책임이 따른다." 사막화는 단지 사막의 확대를 뜻하지 않는다. "알고 보니 토지가 상하면서 식물이나 동물이 자라지 못하는 불모지가 되는 것을 가리키는 말이었다." '스킨십'은 "전형적

인 일본식 영어"다.(skinship은 영한사전에 항목이 없거니와 ?글에서 빨간 밑줄 쭉)

어떤 측면은 우리와 다를 바 없지만, 어떤 측면은 우리 사정과는 전혀 딴판이다.(발명 29 「휴대전화와 전화부스의 원원 전략」은 그다지 신통치 않다.) "아아, 전화 정도는 불안정한 (열차의) 연결 통로에서가 아니라 자리에 앉아서 편안하게 걸고 싶다고 생각하는 것은 이럴 때다." 우리는 언제 그런 시절이 있었나 싶다. "전차 안이나 길거리에서 통화하는 사람의 목소리는 이상하게 높고 시끄럽기 마련이다." 우리는 통화 내용이 생판 모르는 남의 귀에 들어가는 것 정도는 굳이 신경 안 쓴다. "이 기술이 실현되면 차 안이든, 길거리든, 콘서트 도중이든, 상영 중인 영화관에서든, 휴대전화로 대화하는 데 아무런 지장이 없을 테고 커뮤니케이션의 폭도 크게 넓어질 것이다." 우리에게 골전도 기술과 립싱크 시스템 같은 건 불필요하다. 나는 공연장과 극장 출입이 가물에 콩 나듯 하지만 연주회 도중과 영화 상영 중에 거리낌 없이 휴대전화 통화를 하는 관람객을 쉽게 목격한 바 있다.

「'테러와의 전쟁' 게임」에서 요네하라 마리는 민간인의 애꿎은 희생을 애달파한다. "나는 '테러리스트'가 화면 구석에 오기를 기다렸다 미사일을 명중시키면 민간인을 말려들게 하지 않을 수 있다는 생각에 그 기회를 기다리고 또 기다려보았다. 하지만 한 시간이 지나도 기회는 돌아오지 않았다. 다만 그동안 전혀 공격하지 않고 있었더니 웬걸, 테러리스트의 수가 점점 줄어들더니 결국에는 없어져 버렸다."

그러나 우리나라와 관련된 부분은 '삑사리'를 낸다. 우선 "일본처럼 무료로 몇십 년씩이나 계속 빌려줄 뿐 아니라 연간 6,000억 엔이 넘는 주둔 비용까지 부담하는 나라는 전 세계에 둘도 없다"는 뭘 모르는 소리다. 자국 영토에 미군 기지를 무상 대여하고 상대적으로 작은 액수이 긴 하지만 미군 주둔 비용을 부담하는 나라는 일본말고도 더 있다. 저 번엔 가해자를 피해자로 교묘하게 둔갑시켜 내 심기를 불편하게 했다 면, 이번은 일본군 위안부 문제에 대한 안이한 생각이 몹시 짜증난다.

"양심의 가책을 받으며 괴로워하던 병사들의 수기나 피해 여성에 의한 소송 사건을 통해, 한반도나 중국 대륙에서 일본군이 저지른 부 녀자 강간 및 종군위안부를 위한 여성 강제 연행 문제가 부분적으로나 마 밝혀진 것이다. 하지만 그보다 더하면 더했지 덜하지는 않았을 승 전국 장병의 성범죄에 대해서는 여전히 많은 치부가 은폐되어 있다." 그러면서 전쟁 직후 독일에서 승전국 병사의 아이들이 250만 명이나 태어났다고 덧붙인다. 그러면 일본은?

「범인이 진실을 자백하게 하는 방법」에 인용한 저널리스트 히가키 다카시가 '가해자의 동기 운운하는 것이 피해자를 기만할 수 있다'고 논한 부분은 귀담아들을 만하다. "나는 범죄의 '동기'에 관심이 없지 는 않지만, 그 실재를 믿지는 않습니다. '열 받아서 죽였다, 미움을 누 를 수가 없었다, 목돈이 필요해서 자식에게 보험금을 걸었다, 잠결에 똥을 쌌다.' 동기와 결과의 인과관계에 대해 회의적인 이유는 이보다 몇십만 배나 되는 확률로 다음과 같은 일이 일어나고 있기 때문입니 다. '화가 났지만 죽이지 않았다, 미움은 누를 수 없었지만 범죄로 치 닫지는 않았다, 돈을 위해 자식을 죽이지 않았다, 똥을 싸고 잤다.' 가 해자가 말하는 동기를 곧이들으면, 이미 피해자가 절명해 반론할 수 없는 유족은 크나큰 타격을 입을 뿐입니다. 그들이 말하는 동기란 대 개 범죄자의 자기변호이기 때문입니다."

14

울고 웃는 인생의 축소판, 병원 365일

박경철의 『시골의사의 아름다운 동행』

잘 팔리는 책은 으레 그럴 만한 이유가 있다. 소리 소문 없이 출간 넉 달 만에 2만 부를 찍은 박경철의 『시골의사의 아름다운 동행』(리더스 북, 2005) 같은 경우는 더욱 그러하다. 이 책이 독자의 호응을 얻은 비결은 내용이 감동적인 데다 가슴으로 감정의 파장이 물결치게 하기 때문이리라. 동병상련의 독자일수록 감정의 진폭과 공감대는 더 클 터다. 아파 본 자만이 아픈 이의 심정을 안다.

한국방송의 현장 르포 '병원 24'를 보다가 콧등이 시큰해지곤 한다. 그런데 시골의사 박경철이 직간접으로 겪은 '병원 365일'은 눈시울을 뜨겁게 한다. "병원이란 정말 울고 웃는 인생사의 축소판이다." 여기서 도시의 대학병원과 시골 병원의 구분은 무의미하다. 또 인생사가 그렇듯 기쁨은 순간이고 슬픔은 지속되는 건 그것의 축소판도 마찬가지다.

가난한 환자의 가슴 아픈 사연이 적잖은 비중을 차지하고, 결말 또한 비극적이지만 그리 슬프지만은 않다. "특별히 미화하거나, 덧붙이는 과정" 없이 "다만 많은 사람들이 인생에 대해 좀더 폭넓은 시각을 갖기를 희망"해서일까? 가난한 사람들의 애달픈 사연에서도 구질구질함을 느낄 겨를은 없다. '더러는 대책 없이 참혹한 우리들의 삶'과 '인간 역사의 가혹함'에 그저 망연자실할 뿐이다.

시골의사의 붓끝을 따라 쓰라림에서 뭉클함까지 감정의 널을 타다 영규 씨의 사연('밥벌이의 고통')에 이르러 이내 가슴이 먹먹해진다. 이젠 좀 마음을 추스르는가 싶더니 장애인 부모를 둔 정미의 얘기에 가슴이 찡하다. 드물게 밝은 일화가 나오는데 '새옹지우'는 그 중 하나다. 경북 영양에서 농사를 짓는 할아버지가 집에서 키우는 소에 들이받혀 안동에 있는 시골의사의 병원에 왔다.

할아버지는 오른쪽 갈비뼈가 네 개 부러지고, 폐 속에 피가 차는 '폐혈흉' 상태였다. 화가 치민 할아버지는 병원으로 오면서 "망할노무소 잡아 묵어뿌려야지"를 되뇌었다. 그런데 수술 직후 찍은 가슴사진의 왼쪽 폐에서 뭔가가 발견되었다. 흉부 시티촬영 결과 폐암이었다. 할아버지는 대구의 어느 병원에서 폐암수술을 받았는데 다행히 폐암 1기였다. 폐암은 조기 발견이 어렵고 빠르게 퍼지는 특성이 있다. 소뿔에 받히지 않았다면 할아버지의 운명도 알 수 없는 것이었다. 한두 달 지나 병원에 인사차 들른 할아버지는, 그 소를 잡아 잡수셨느냐는 시골의사의 물음에 이렇게 말했다. "아유~ 아들 삼았니더."

시골의사가 들려준 생생한 삶의 기억은 그간 유행한 마음을 '뎁혀' 준 이야기들을 '의사' 휴먼 스토리로 만들어 버린다. 여기에는 그의 뛰어난 글 솜씨가 한몫 단단히 했음은 분명하지만 그게 다는 아니다. 의사로서의 자격지심을 토로하는 대목의 울림도 만만치 않다. "의사란 그러한 감정들(희로애락)에 적당히 느슨해지다가도 가끔은 다시 팽팽하게 조이고 당겨야 하는데 사실 나는 그것에 실패한 사람이다." 무릇 자신을 돌아보거나 자신이 하는 일에 일말의 회의도 없이, 밀어붙이기만 하는 사람을 믿긴 어렵다. 그렇다고 속편의 집필을 머뭇하고 주저하는 것까지 이해 받긴 곤란하다. 그건 애독자들에 대한 저자의 도리가 아니다.

우리나라 전문직의 사회적 책임감과 윤리 의식은 사회 구성원의 기대치를 크게 밑돈다. 의사도 예외가 아니어서 지난 몇 년간 "의사들은 사회로부터 많은 꾸짖음과 걱정을 들었다." 그래도 의료 전문인은 법률 전문인에 비하면 백 번 낫다. 나는 아프면 병원에 가지만, 내 권리가 침해받더라도 변호사 사무실을 찾고 싶진 않다. 손해를 볼지언정 법에 호소하거나 기댈 생각이 없다. (2005. 7. 29)

15

정보기관은 처음부터 아예 만들지 말아야

존 르카레의 『팅커, 테일러, 솔저, 스파이』

주위의 막연한 짐작과는 다르게 나는 장르문학을 퍽 안 즐긴다. 추리소설·에스에프·판타지가 그려내는 작품 세계의 현실적 거리감과 문학성에 대한 회의 때문인 듯싶은데, 자연히 나의 장르문학 독서목록은 밑천이 적다. 10년 전, 당시 잘 나가던 소설가가 극찬한 존 그리샴의 『펠리컨 브리프』는 잘 짜 맞춘 조립품 같았고, 작년 초 제목에 혹하여 읽은 필립 커의 『철학적 탐구』는 어느 순간 긴장이 풀리더니만 흐지부지 결말이 났다.

존 르카레의 『팅커, 테일러, 솔저, 스파이』(이종인 옮김, 열린책들, 2005)는 작가의 이름값에 끌렸다. 작가의 간판 작품인 『추운 나라에서 돌아온 스파이』를 제쳐 두고 이 소설을 고른 이유는 상대적으로 낮은 지명도와 열린책들이 펴내는 '존 르카레 전집'의 첫 권으로 선을 보여서다. 르카레의 대표작은 리처드 버턴이 출연한 영화로 살짝 맛을 본 때문이기도 하다.

『팅커, 테일러, 솔저, 스파이』는 이중간첩을 소재로 한다. 첩보 업계에서 '두더지'로 통하는 이중간첩의 실상을 파헤치기보다는 영국 정보부(일명 '서커스')에 침투해 고위직에 오른 첩자를 색출하는 데 초점을 맞춘다. 쫓겨난 전직 정보원 조지 스마일리가 이중간첩을 가려내는 비밀 작전을 수행한다. 이 과정에서 소설의 배경을 이루는 정보기관과 스파이 세계의 이모저모가 실감나게 그려진다. 공공장소에서의 행동 수칙과 낯선 곳에서의 안전 조치는 광복절 낮에 시청한 영화 '본 아이덴티티'의 몇 장면과 맞물려 더욱 실감나게 다가왔다. 다만 아주 복잡한 기계에 걸어야 재생이 가능한 특별 테이프 같은 특수 장비는 만화에나 등장할 법하다.

이 소설에는 빤히 드러난 복선이 여러 개 있다. '서커스'의 옛 행동 대원 짐 프리도가 교회에 숨겨둔 권총과 스마일리가 아내에게 선물 받은 라이터가 사건의 전개를 가늠하게 하는 실마리라면, '서커스' 요원 피터 길럼의 애인 카밀라가 그녀의 정부에게 던지는 질문은 소설의 주제를 암시한다. "인생의 진실이란 무엇이냐." 무리한 반전을 꾀하지 않은 점도 미덕이다. 그러면서도 독자 스스로 생각할 여지가 풍부한 문학 본연의 기능에 충실하다. 이로 말미암아 이 작품은 장르적 속성을 뛰어넘어 본격문학의 매력을 한껏 발산한다.

이 책의 매력은 무엇보다 우리 현실과의 기막힌 적합성이다. 오늘 우리가 확인하는 한국 정보기관의 추악한 실상은 30년 전 영국의 그것을 빼 닮았다. "우리 정보부에서 전문 기술과 보안 유지라는 평범한 상식은 사라진 지 오래되었어."라든가 정보기관의 존폐에 관한 르카레의 육성이 그러하다. "그 당시 영국과 미국의 정보부는 차라리 해체해 버렸더라면 도덕적으로나 재정적으로나 국가에 덜 피해를 입혔을 것이다." 스마일리가 상급자인 올리버 레이콘에게 '서커스'의 청소가 필요하다고 제안했다가 퇴짜를 맞은 1년 전 상황을 돌이켜보면서 두 사람이 주고받은 대화 역시 남의 일만은 아니다. "실장님은 그게 위법이라고 말씀하셨지요." "내가 그렇게 말했었나? 나도 참 대단히 거만을 떨었네!"

한편 "정보부야말로 한 국가의 정치적 건강도를 보여 주는 척도"라는 '서커스'의 2인자 빌 헤이든의 주장은 그럴 듯해 보이지만, 첩보 업계 종사자의 자기 방어 논리에 불과하다. 한국이나 영국이나 정보기관의 본질은 같다. '중정' '안기부' '국정원' 따위로 이름을 바꿔 부른다고 그 본성이 변하는 것도 아니다. 사회에 해를 끼치는 정보기관은 없는 게 낫다. 하지만 이런 것일수록 한번 생겨나면 쉽게 사라지지 않는다. 따라서 그런 건 아예 만들지 않는 게 상책이다. (2005. 8. 26)

16

오늘도 살아 숨쉬는 '소크라테스로부터 자유로운' 애지자들의 삶의 지혜

탈레스 외 『소크라테스 이전 철학자들의 단편 선집』

군대 관련 속설은 말이 안 되는 경우가 다반사다. "남자는 군에 다녀와야 철든다"가 대표적인 사례지만, 요즘 부쩍 사용 빈도가 높아진 "극복하지 못할 거라면, 차라리 즐겨라" 역시 억지에 가깝다. 이와 맥락은 비슷하되 "바꾸기 어려운 상황이라면, 그걸 견뎌라"는 세네카의 격언이 사리에 맞다. "저항할 수 없는 악에 맞서 고통을 경감시키는 한 가지 방법은 숙명에 굴복하며 참는 것이다."

현대인의 얄팍함에 견줘 옛 현자의 지혜로움이 빛나기는 네로 황제 시대의 로마 철학자뿐이 아니다. 세네카보다 오륙백 년 앞선 고대 그리스 철학자들의 견해 또한 설득력이 있다. 『소크라테스 이전 철학자들의 단편 선집』(김인곤 외 옮김, 아카넷, 2005)에는 기원전 5, 6세기에 활동한 철학자들의 지혜가 살아 숨 쉰다. 그들이 남긴 삶의 지식은 오늘날에도 생활의 지혜로 쓸모가 있는데 이른바 7현인의 잠언 중 몇을 보자. "같은 신분의 사람과 결혼할 것. 더 나은 신분의 사람과 결혼하면 주인을 얻는 것이지 가족을 얻는 것은 아닐 테니까"(클레오불로스), "성급하게 친구로 삼지 말라. 일단 친구로 삼은 자라면 성급하게 물리치지 말라"(솔론), "설령 빈곤하더라도, 큰 이득이 되지 않는 한 부자들을 비난하지 말라. 그럴 만한 가치가 없는 사람을 부유하다고 해서 칭찬하지도 말라."(비아스)

더러는 동양적 사고 또는 세계관과 상통하기도 한다. "눈은 귀보다 더 정확한 증인이다"라는 헤라클레이토스의 진술은 백문이불여일견百聞而不如一見이다. 엠페도클레스와 피타고라스는 윤회를 이야기한다. 엠페도클레스는 "이미 한때 소년이었고 소녀였으며, 덤불이었고 새였고, 바다에서 뛰어오르는 말 못하는 물고기"였다.

디오게네스 라에르티오스의 『유명한 철학자들의 생애와 사상』이 전하는 포톤스 사람 헤라클레이데스의 증언에서, 피타고라스는 전생에 아이탈리데스로 태어나 헤르메스의 아들로 여겨지다 에우포르보스로 환생한다. 에우포르보스가 죽자 헤르모티모스가 되었다가 델로스의 어부 퓌로스로 태어난다. 그리고 마침내 퓌로스에서 피타고라스가 되었다. 또한 고대 그리스 철학자들에 얽힌 일화의 전거를 알려준다. 가령, 천체 관측을 하느라 하늘을 쳐다보며 걷다가 우물에 빠진 탈레스 이야기의 가장 오래된 출처는 플라톤의 『테아이테토스』다.

이제 '소크라테스 이전'에 담긴 함의를 살필 순서다. 시대 구분의 잣대가 될 만큼 서양 철학사에서 소크라테스의 위치는 굳건하다. 철학의 시조로 통할 정도다. 그런데 소크라테스가 사후에 누리는 이런 영예가 그의 역량이 뛰어나서라기보다는 운이 좋은 덕분은 아닐는지.

이 책은 거의 신화 상의 인물인 오르페우스부터 소크라테스보다 한 해 전에 태어난 데모크리토스까지 고대 그리스의 애지자 30여 명의 전승 단편을 추려 엮은 것이다. 우리가 이 책에 단편이 실린 "사상가들의 원 저작을 직접 접할 수는 없다." 또 이들에게는 소크라테스의 유지를 받들어 후세에 전한 플라톤이 없다. 후대의 저자들이 여러 작품 속에 부분적으로 인용한 단편적 내용이 남아 있을 따름이다. 그래도 나는 '소크라테스 이전'에 담긴 함축적 의미에 이 책의 가치를 부여하고 싶다. '소크라테스로부터 자유로운.' (2005. 9. 23)

17

공정한 시각 돋보이는 '미완의 대작'

김태권의 『십자군 이야기 2-돌아온 악몽』

나는 만화, 소년 잡지와 스포츠 주간지, 그리고 신문을 통해 책 읽는 습관을 들였다. 1970년대 중반 창간한 〈소년생활〉과 형들이 보던 묵은 〈소년중앙〉〈소년세계〉〈새소년〉으로 읽기에 재미를 붙였고, 70년대 후반 가판대에서 사 오는 심부름을 도맡은 〈주간스포츠〉와 〈스포츠동아〉로는 읽기의 또 다른 재미를 맛보았다. 중학교 1학년에서 군 입대 전까지 신문을 꾸준히 읽었다.

내 독서 능력의 기초는 무엇보다 만화가 다져 주었다. 그렇다고 만화를 많이 보진 않았다. 만화가게에 드나든 기억이 한두 번에 그칠 정도로 대본소용 만화는 거의 안 봤다. 유년의 나를 사로잡은 만화 세 편은 모두 '클로버문고'(어문각) 소속이었다. 배달 최영의의 일대기를 그린 고우영 선생의 『대야망』, 당시로선 보기 드물게 유럽의 풍물과 사회상을 전달한 이원복 교수의 『시관이와 병호의 모험』, 만화로 엮은 '전설의 고향'인 김삼 선생의 『사랑방 이야기』가 그것이다.

생명력이 있다는 점에서 이 세 편은 이미 고전의 반열에 들었다. 예전 판 그대로 또는 개작의 형태로 세대를 초월해 읽힌다. 작가는 별개의 작품이라고 주장하지만『시관이와 병호의 모험』은『먼나라 이웃나라』의 모태임이 분명하다. 아무튼 내년 고등학생이 되는 조카 녀석에게는 진작에 세 편을 선물했다. 그런데 내 딸과 아들에게는 굳이 권하고 싶지 않은 것이 있다.『먼나라 이웃나라』다. 이원복 교수의 '편향된' 시각이 자라나는 청소년에게 그리 유익하지 않다는 판단에서다. 대신 같은 지식만화 종류로는 김태권의『십자군 이야기』(길찾기, 2005)를 추천하겠다.

이 만화의 명성은 익히 알고 있었으나, 1권을 다 읽기도 전에 그것이 허명이 아님을 확인한다. 2권은 "공정한 시각을 유지하"려는 노력이 돋보인다. 이를 위해 지은이는 "서구 측의 기록과 해석은 물론, '중동'과 동로마제국의 기록도 힘닿는 데까지 구해 읽었다." 십자군 전쟁을 보는 '중동'과 동로마제국의 시각은 지은이뿐 아니라 독자에게도 낯선 것인데, 개전 초기 십자군이 전과를 올린 사연만 해도 그렇다.

십자군이 유럽에 전한 승전보는 이슬람 세력의 '적전 분열' 탓이 크다. 예컨대 1098년 6월 28일의 안티오키아 성문 앞 전투에서 투르크군이 주춤거리며 뒤로 물러선 것은 무슬림 지도자들이 패배를 모르는 이슬람의 영웅 카르부카를 견제하기 위해서였다. 카르부카의 자만심을 눈꼴사나워 하던 무슬림들이 결정적인 순간 그를 따돌렸다는 것이다. 오합지졸이나 다름없는 "1차 십자군의 원정이 성공할 수 있었던 것은, 무슬림 영주들끼리는 더 심하게 대립하고 있었던 까닭이다."

『삼국지』독서는『고우영 만화 삼국지』로 충분하듯, 십자군 전쟁을 앞뒤로 하는 중세 유럽과 이슬람권의 역사 이해는『십자군 이야기』만으로도 부족함이 전혀 없다. 그런데『십자군 이야기』는 미완의 대작이다. 책날개의 출간 예고는 5권까지 부제목이 정해져 있고, 그 이후로도 계속 발간될 예정임을 알려준다. 적어도 10권쯤 나올 것 같은데, 관건은 언제 완간을 보느냐에 있다.

『십자군 이야기』 2권은 1년 8개월 만에 나왔다. 간행 간격이 이러면 완간은 부지하세월이다. 지은이조차 늦은 출간을 자책하고 있지만(1권 132쪽), 아무리 늦어도 1년에 한 권은 펴내야 하지 않을까. 2권은 200쪽을 다시 그리는 통에 출간이 지체된 모양이다. 그나저나 만화를 얕잡아 보는 구태는 어쩔 것인가. 구입 희망도서 신청을 받은 집 근처 도서관에서 만화는 참고서, 수험서, 문제집, 무협지 따위와 함께 해당사항이 아니란다. (2005. 10. 21)

18

그곳에선 뭐든지 겉보기와는 다르다

에이단 체임버스의 『노 맨스 랜드』

"차갑고 싱그러운 시작이었다." 요즘 앞의 몇 쪽을 읽다 마는 책이 더 많아졌다. 영국 작가 에이단 체임버스의 청소년소설 『노 맨스 랜드』(고정아 옮김, 생각과느낌, 2010)는 처음부터 좋았다. 어느 '기념식'에 참석차 네덜란드를 방문한 영국의 풋내기 청년 제이콥 토드(3세)는 암스테르담에서 호된 신고식을 치른다. 또래 남자를 여자로 착각해 넋이 빠졌다가 노천카페에 벗어놓은 점퍼를 날치기 당한다. 귀인을 만나 무일푼의 곤경에서 헤쳐 나오지만, 그건 약간 뜸을 들이고 나서의 일이다.

제이콥의 암스테르담 신고식 다음엔 그의 네덜란드 할머니 헤르트라위가 영국 손자에게 주려고 작성한 회상록 도입부가 이어진다. 시작부터 인상적인 A4 용지 125쪽 분량의 헤르트라위 이야기는 제이콥의 좌충우돌과 불규칙하게 번갈아 나온다. 헤르트라위의 회고는 제2차세계대전 막판, 영국군이 주축이 된 연합군의 네덜란드 아른헴 전투가 배경이다. 연합군의 참담한 패배로 기록된 낙하산 강하작전은 영화로도 다뤄졌다.

"앤서니 홉킨스가 씩씩한 장교로 나오는" 리처드 애튼버러 감독의

〈머나먼 다리A Bridge Too Far〉(1977)는 국내개봉이 일렀다. 1970년대 후반, 트럼프 카드만한 크기의 영화홍보 캘린더를 모으는 게 유행이었다. 영화포스터 뒷면에 달력이 있어서 그런 이름이 붙었는데 나는 〈멀고먼 다리〉의 캘린더가 있었다. 〈멀고먼 다리〉는 호화배역을 내세웠다. 라이언 오닐, 로버트 레드포드, 진 해크먼, 숀 코너리, 리브 울만, 맥시밀리언 쉘, 로렌스 올리비에 같은 명배우들이 대거 출연했다. 그때만 해도 앤서니 홉킨스는 무명이나 다름없었다.

소설에 인용된 무명 장교의 수기에 따르면 아른헴 전투는 연합군 지휘부의 과시욕이 가져온 비극이다. 네덜란드 할머니 이야기는 여기서 접는다. 스포일러가 되고 싶진 않으니 말이다. 하지만 체임버스는 뭘 굳이 감추지 않는다. 실마리와 복선은 다 드러나며 앞으로의 전개는 얼추 짐작할 수 있다. "피를 간질이는 무언가"를 출생의 비밀 파헤치기로 다가서지 않은 것은 큰 미덕이다.

나는 제이콥의 캐릭터가 맘에 든다. 그는 정확성을 고집하고 탐욕적인 만남을 혐오하며 늦게 반응하는 편이다. 그의 아버지는 이런 그를 감싸기는커녕 책벌레들의 따분한 속성, 나약함의 한 증거, 태생적 겁쟁이로 평가절하 한다. 또 그의 얼굴엔 속생각이 다 드러난다. 행운과 인연도 별로 없다. 줄서기는 너무 싫다. 결국 아버지는 제이콥이 축구를 인생의 중대사로 여기지 않거나 목공을 안 좋아하는 것도 인정하게 된다.

책에는 삶에 대한 성찰 혹은 통찰이 가득하다. "나처럼 게이임을 감추지 않고 살아가는 사람은 암스테르담과 같이 다른 곳들보다 우리에게 훨씬 우호적인 곳에서조차 사람들 행동을 재빨리 알아채지 않고는 살아갈 수가 없어. 그렇게 할 수밖에 없으면 그렇게 하게 돼 있어. 언제나 눈을 크게 뜨고 위험 신호 읽는 법을 배워야 돼." 소수자, 약자, 가난한 사람을 전혀 배려하지 않는 이 땅의 현실은 더 말해 뭣하랴!

번역도 뛰어나다. 대체로 번역서 읽기는 두세 배 수고롭다. 이 작품은 웬만한 국내작품보다 잘 읽힌다. 번역시는 싱겁다. 번역자가 우리말로 옮긴 벤 존슨의 작품은, 로버트 브라우닝(아님, 엘리자베스 브라우닝)의 연애시 한 편과 브레히트의 서정시 몇 편처럼 팍 꽂힌다. "영국 곳곳에 포진된 8곳의 영국 비행장과 14곳의 미국 비행장에서" '영국 비행장'을 '영국군 비행장'으로, '미국 비행장'을 '미군 비행장'으로 고치면 이 책 번역은 거의 완벽하다.

책으로 훈훈한 세상을 만드는 모임 같은데서 이 책을 청소년들에게 권하면 좋으련만, 그랬다가 '아우데르베츠ouderwets'한 '구식舊式'들에게 무슨 봉변을 당할지도 모르니, 참. 제이콥 토드(3세)는 젊은이들로 가득한 아름다운 도시 암스테르담에서 성년식을 치른다. '노 맨스 랜드No Man's Land'는 로맨스/로망스 랜드다.

19

모순과 역설로 가득한 천재 피아노 연주자의 삶

피터 F. 오스왈드의 『글렌 굴드, 피아니즘의 황홀경』

어느 한 편으로 기울거나 치우친 주장은 설득력이 떨어진다. 비평의 전제가 되는 "불신의 자발적 정지"와 비평 대상과의 거리 두기도 마찬가지다. 아주 호의적이거나 너무 박정해도 곤란하다. 평전 작업 또한 균형 잡힌 비평의 원칙과 따로 놀지 않는다. 물론 전기 작가가 손쓸 여지가 좁은 붓다 같은 인물의 전기 서술에서까지 엄격한 균형감을 바라는 것은 무리다. 바람직한 비평의 원칙은 우리와 동시대 사람의 평전을 쓸 때 특히 유념해야 한다.

그런 점에서 피터 오스왈드와 『프란츠 파농』(이세욱 옮김, 실천문학사, 2002)을 지은 알리스 셰르키는 닮았다. 정신과 의사로 직업이 같은 두 전기 작가는 서술 대상의 삶을 곁에서 지켜보았다. 그렇다고 아주 가까운 사이는 아니었다. 오스왈드의 경우, 일정한 거리감은 글렌 굴드의 '공식적인 인간상'과 '개인적인 자아' 사이의 긴장을 유지하는 데 도움이 되었다. 오스왈드가 굴드와 의사 대 환자의 관계를 맺지 않아 정말 다행스럽다.

두 전기 작가는 평전 대상의 배경 지식 또한 풍부하다. 셰르키는 격동의 알제리에서 젊은 날을 보냈다. 오스왈드의 바이올린 켜는 솜씨는 전문 연주자 버금간다. 셰르키가 정신의학과 정치가 긴밀히 결합된 파농의 활동을 효과적으로 풀어낸다면, 오스왈드는 굴드의 생애를 "심리학적이고 정신적인 차원에서 자세하게 탐구한다."

『글렌 굴드, 피아니즘의 황홀경』(한경심 옮김, 을유문화사, 2005)에 그려진 굴드는 역설과 모순의 뒤범벅이다. 그는 괴짜천재다. 나는 재능을 타고난 이들의 돌출 행동에 너그럽지 못하다. 그의 기벽은 천재 예술가의 그것으로 보기에도 도가 지나치다. 건강을 염려하는 증세가 심한 탓에 한여름에도 옷을 두껍게 껴입고 다닌 건 안쓰럽다. 무대공포증 때문에 일찍 공개 연주 활동을 접은 건 안타깝다. 더욱이 굴드가 엉뚱한 분야에다 힘을 소모한 것은 꽤 아쉽다.

경쟁을 몹시 싫어하고 꺼린 굴드가 실제로는 극도의 경쟁심에 사로잡혀 있었다고 한다. 한데 무슨 조화 속인지 죽은 뒤 사람들 기억에 남는 최후의 경쟁에서 굴드의 우위가 뚜렷하다는 것이다. 굴드는 25년 안짝에 세상을 떠난 피아노 연주자 가운데 지명도가 가장 높다. 그의 조국 캐나다에서는 준 성인으로 받들 정도다. 또 오스왈드는 고독을 추구한 굴드가 실제로 얼마나 고독했을지 의문을 표시한다.

하지만 굴드의 인간적 매력을 말하는 증언도 적잖다. "그에게는 사람을 편안하게 해주는 겸손함이 분명 있었다." "글렌은 퍽 따뜻하고 매우 자연스럽고, 그리고 아주 잘난 체도 하지 않았어." 오스왈드는 굴드의 상반된 성격이 긍정적으로 작용한 사례로 쇤베르크의 급진성을 옹호하는 동시에 보수주의자인 리하르트 슈트라우스를 편든 점을 든다. 아무튼 굴드는 비디오에 걸맞은, 시대를 앞서간 피아노 연주자가 아닐까.

"그의 뛰어난 연주를 제대로 잘 감상하려면 비디오테이프나 레이저 디스크로 음악과 함께 황홀경으로 치닫는 그의 모습을 봐야 한다. 그럴 때 피아니스트와 작곡가, 그리고 건반은 마술처럼 일체가 되어 굴드가 연주하는 음악은 거의 종교적이라고 할 수 있는 신비로운 차원의 영적인 아름다움을 주는 듯하다."

굴드가 1955년 녹음한 바흐의 골드베르크 변주곡은 이듬해 출반돼 대박을 터트린다. 1981년 다시 녹음한 〈골드베르크〉 음반을 튼다. 첫 곡 '아리아'에 깔려 있다는 굴드의 읊조림이 들리지 않는다. 소리를 키우자 낮은 웅얼거림이 들린다. (2005. 12. 23)

20

흥미진진한 경제사상의 흐름

로버트 L. 하일브로너의 「세속의 철학자들」

"경제학 서적을 읽는 것은 곧 먼지 날리고 지루한 글들의 사막에서 헤매는 것과 같다." 물론 예외는 있다. 스무 살 무렵 『경제학의 기초이론』(백산서당, 1990)을 열에 들떠 읽었다. 나는 소름이 돋는 듯한 전율마저 느꼈다. 하지만 그로부터 5년 후, 대학 교양 강좌의 교재로 접한 경제학 개설서는 예비역 복학생에게도 엄청 무료했다. 책을 지은 담당교수의 강의만큼이나 따분하기도 했다.

로버트 하일브로너의 『세속의 철학자들』(장상환 옮김, 이마고, 2006)은 아주 예외적인 경제학 책이다. 이 책의 예외성은, 우선 독자의 호응이 말해 준다. 1953년 초판이 나온 이래 24개 이상의 언어로 옮겨져 400만 부 넘게 팔렸다. 경제학 분야에선 폴 새뮤얼슨의 『경제학』 다음으로 많이 팔린 책이라고 한다. 우리나라에서도 1980년대와 90년대 번역된 바 있다. 이번이 세 번째 한국어판이다.

또한 이 책을 읽으며 따분함과 지루함을 느낄 겨를은 없다. 흥미 만점이다. 하일브로너는 시대를 이끈 경제학 이론과 그 이론을 창안한 경제학자의 생애를 절묘하게 버무려 경제사상의 흐름을 펼쳐 보인다.

무엇보다 돋보이는 것은 그의 글 솜씨다. 하일브로너는 갤브레이스와 더불어 "경제학 자체보다는 쓰는 쪽에 더 재능이 있었다"고 평가될 정도다. 그렇다고 이 책의 내용이 가벼운 건 결코 아니다. 옮긴이의 표현을 빌면 "이 책은 대부분의 독자들이 알고 있는 것보다는 무겁다."

이 책의 핵심 주제는 경제학의 핵심에 다름 아니다. 그것은 바로 "사회 역사의 질서와 의미를 추구하는 것이다." 이는 또한 역사를 창조한 사상을 찾아 나서는 여정이기도 하다. 최종판 서문에서 하일브로너는 경제학자들의 사상을 단순 나열하진 않았다고 확신한다. 고민 끝에 그가 발견한 책을 지탱하는 졸가리는 경제학자들의 서로 다른 '비전'이다. 예컨대 애덤 스미스의 그것은 "완전한 자유의 체제"다.

경제사상가의 연대순 배열에도 규칙적이고 흥미로운 요소가 없지 않다. 세속적인 사람과 덜 세속적인 사람이 앞서거니 뒤서거니 한다는 점이다. 함께 이야기되는 리카도와 맬서스가 그렇고, 공상적 사회주의자들에 이어 마르크스를 다룬 것이 그렇다. 빅토리아시대와 경제학의 '검은 시장'을 들여다본 대목에선 주류 경제학자와 경제학계의 이단아가 골고루 등장한다. 이런 측면에서 『유한계급론』의 소스타인 베블런과 '천재' 경제학자 케인스가 맞닿은 지점은 이 책의 백미라고 할 수 있다.

"기계가 당시의 경제생활에서 주된 현실이라는 점을 깨달은 것"을 베블런의 공적으로 평가하는 하일브로너는 "유한계급의 이론 속에는 사회적 안정 이론의 핵심이 들어 있다"고 여긴다. "경제학자는 어느 정도는 수학자·역사가·정치가·철학자가 되어야" 하고, "예술가처럼 초연하고 부패하지 않으면서 동시에 정치가처럼 세속에 접근해야 한다"던 케인스의 비전을, 하일브로너는 이렇게 요약한다. "자본주의는 우리가 획득할 수 있는 작동 가능한 유일한 체제이지만 그 체제는 강력한 정부의 존재 없이는 만족스럽게 작동할 수 없다." 또한 자본주의 경제의 지속성을 해치는 가장 심각한 요소인 실업을 해소하는 방안을 창출하는 것이 케인스의 목표였다고 덧붙인다.

나는 이 책을 예비 대학생에게 권하고 싶다. 짬이 나면, 『세계사를 지배한 경제학자 이야기』(우에노 이타루 외, 신현호 옮김, 국일증권경제연구소, 2003)와 겹쳐 읽거나 리오 휴버먼의 『자본주의 역사 바로 알기』(장상환 옮김, 책벌레, 2000)로 시야를 넓혀 보는 것도 좋겠다. (2006. 1. 20)

21

내가 그에게 공감하는 까닭

정혜신의 『삼색공감－사람, 관계, 세상에 관한 단상들』

신문 스크랩이 취미라고 하면 의아한 표정을 짓거나 측은한 눈길로 바라본다. 당연히 칼럼도 오린다. 그러나 건강을 생각하여 특정 신문을 제외한 나머지 신문은 거의 안 본다. 칼럼은 더 그러한데 그 신문의 칼럼조차 때로는 제목만 훑고 지나간다. 박노자와 정혜신의 글은 꼭 읽는다. 이제는 박노자 글의 결론이 얼추 짐작된다는 내 주변의 여론에 동의하지 않지만 그의 글이 좀 답답할 때가 있다. 그가 1970년대와 80년대 이 땅의 현실을 몸소 겪지 못한 것이 못내 아쉽다. 하지만 옥에 티일 따름이다.

박노자처럼 칼럼니스트 정혜신은 독자에게 큰 축복이 아닐 수 없다. 정혜신의 글은 늘 새롭다. 그러면서도 낯설지 않다. 또 흔히 하는 말로 여린 듯 강강하다. 날카로우면서도 부드럽고 포근하면서도 냉철하다. 번번이 사안의 핵심을 찌르며 독자의 마음을 정화시킨다. 『삼색공감』(개마고원, 2006)은 칼럼 모음이다. 눈에 익은 글이 더러 있으나 이마저 신선하다. 한꺼번에 읽어서일까?

따로따로 볼 적에는 미처 파악하지 못한 정혜신 칼럼의 특징 하나가 눈에 띈다. 정신의학적 접근이다. 그가 정신과 전문의라는 점을 감안하면 유별날 게 없다 할 수도 있지만 실제는 그렇지 않다. 심리학·정신과 용어를 가져와 쓰기는 하여도 거기에 파묻히지 않아서다. '지적 권위주의'의 흔적은 찾아볼 수도 없다. '심리적 객관화', '자아팽창', '절제의 과잉', '중독', '반동형성', '양가감정', '동조', '자기 통제력', '초현실적 권위', '합일화', '역공포반응', '마술적 사고' 등의 개념을, 정혜신은 단지 그가 다루는 시사 현안에 다가서는 매개로 사용한다.

정혜신은 쉬운 개념 풀이로 독자를 배려하는 것을 잊지 않는다. '본질적 신뢰'는 나 자신이 보호받는다는 무의식적 느낌쯤 된다. 개념은 독자를 피안에 닿게 하는 나룻배 구실을 한다. 이렇게 말이다. "장애인 문제에 관한 한 우리 사회는 집단적 정신분열증을 앓고 있는지도 모른다. '본질적 신뢰' 자체가 존재하지 않는 것처럼 보이기 때문이다."

나는 정혜신의 주장에 공감한다. 서명숙의 『흡연여성 잔혹사』(웅진지식하우스, 2004)에 대한 독후감은 감탄을 자아낸다. 나 역시 "개인의 특별한 경험을 아주 쉽게 일반화해버리는 사람들이 미덥지 않다." 가정폭력을 일삼은 아버지를 죽인 "아이에게 죄를 묻지 말라"는 그의 호소는 가슴이 찡하다. "한 인간이 감내할 수 있는 고통의 정도가 어디까지인지 혹은 인간이 자신을 조절하고 통제할 수 있는 자유의지의 작동이 어느 선까지 가능한지에 대한 의학·철학적 명제에 대한 고민에 더 집중해야 마땅하다."

나는 정혜신의 의견과 처방에 전적으로 공감한다. 인간을 정서적 깨달음에 의해 변화하는 존재로 보는 정신의학의 관점이나 사람의 마음을 움직이는 영향력의 대부분이 비언어적 요소라는 널리 알려진 바와는 다르게, 정혜신의 공감력은 탄탄한 논리와 문장에 있다. 따라서 이 책은 논술 교재로도 딱이다.

　무엇보다 뛰어난 분별력은 그의 장점이다. "내가 보기에 오랜 세월 동안 대한민국은 국민들의 결핍감을 증폭시켜 병적인 애국심을 얻어왔던 나라였다." 국가보안법과 관련된 영역에서 "대한민국의 공권력은 '사이코패스'와 다를 바 없다." 나도 그렇게 생각한다. "5공화국과 관련하여 괴기스럽고 '리얼판타스틱'한 발언을 내뱉는 이들은 그 입을 다물라." 제발 좀 그래라. (2006. 2. 17)

22

한 꺼풀 벗은 버지니아의 생애

나이젤 니콜슨의 『버지니아 울프—시대를 앞서 간 불온한 매력』

누가 버지니아 울프의 이름을 모르냐마는 정작 우리는 그녀에 대해 아는 게 별로 없다. 나이젤 니콜슨의 표현을 빌면 우린 영국 관점의 '울프'도, 미국 시각의 '버지니아'도 잘 알지 못한다. '버지니아'가 슬며시 모습을 드러낸 1990년대 초반에도 그랬다. '페미니즘 3부작'이 '발견'되고 장편소설 『세월』이 베스트셀러가 되었지만, 버지니아의 신화는 오히려 강화되었다. 당시 〈출판저널〉 강철주 편집장의 분석대로 『세월』이 베스트셀러가 된 것은 독자들이 박인환의 「목마와 숙녀」로 말미암아 작가가 낯익다고 착각한 결과였다. 새로운 신화 탄생이 아니라 기존 신화의 영향을 받은 것이다.

　나이젤 니콜슨의 버지니아 전기 『버지니아 울프—시대를 앞서 간 불온한 매력』(안인희 옮김, 푸른숲, 2006)은 우리에게 그녀와 그녀의 삶을 한 꺼풀 벗겨 보인다. 이 책은 신화에 가려진 버지니아의 동시대성을 드러낸다. 버지니아를 제인 오스틴이나 샬럿 브론테와 한 시대를 산 사람으로 오인하기 쉬우나 그녀는 영국 빅토리아 시대의 끝물을 탄 20세기 작가다. 스스로 목숨을 끊지 않았다면 버지니아는 나하고 같은 공기를 들이마셨을 법도 하다. 버지니아의 남편 레너드 울프는 내가 세 살 되던 해에 세상을 떴다.

나이젤은 버지니아 전기 작가로 적임이다. 그의 어머니 비타 새크빌-웨스트와 버지니아는 서로 사랑했다. 나이젤은 버지니아와의 만남을 소중하게 기억하지만 아쉬움도 따른다. 그는 버지니아에게 받은 편지를 제대로 건사하지 못한 어린 나이젤을 탓한다. 어머니에게 물려받은 호가스 출판사의 첫 출간도서를 잃어버리고선 자신의 멍청함을 꾸짖는다.

버지니아와 그녀 주변인물에 대한 나이젤의 생생한 묘사는 소설을 방불한다. 간추린 작품 설명은 수준 높은 문학비평에 필적한다. 또 나이젤이 인용한 버지니아의 일기만큼 '의식의 흐름' 기법을 간명하게 표현하긴 어려우리라. "우리는 언제나 끊임없이 이미지와 생각들이 겹치는 것을 경험한다. 그리고 현대 소설은 이런 경험을 매끈하게 다시 정리해 주는 대신, 우리의 정신적 혼란을 그대로 드러내야 한다." 일기와 편지는 버지니아의 문학에서 결코 소홀히 할 수 없는 요소다. "그녀에게 일기는 그물 침대처럼 명상을 위한 것이었고, 편지들은 침대처럼 문학적 연습과 그 뒷이야기를 위한 것이었다."

나이젤은 블룸즈버리 그룹, 드레드노트 속임수 사건, 버지니아의 정신병과 자살 등을 둘러싼 풍문과 억측을 해명하기도 한다. 나이젤은 자신의 기억에 의존하여 버지니아의 자살에서 레너드의 책임론을 부정한다. 나이젤은 버지니아의 생애와 작품, 그리고 사상을 대체로 수긍한다. 다만, 버지니아의 페미니즘에는 비판적이다. 트로이의 헬레네부터 마가렛 대처에 이르기까지 여자들도 정치의 도구로서 전쟁을 부추겼기에 여자가 남자보다 평화를 선호한다는 주장은 그르다는 것이다.

울프 부부가 창업한 호가스 출판사는 대단히 성공적이었다. 울프 부부의 열정과 끈기, 뛰어난 기획력의 소산이지만 레너드 울프의 사업수완도 일익을 담당했다. 레너드는 출판사 직원을 곧잘 해고했으며 월급도 적게 주었다. "기본적으로 버지니아는 도시 여자였다. 하지만 그녀는 시골 사람이기도 했다." 또한 "버지니아의 강한 지성은 그녀의 날아오르는 상상력과 팽팽하게 균형을 이루었다." 게다가 그녀는 예뻤던 적이 단 한 번도 없었으나 늘 아름다웠다. 그러니 어찌 버지니아를 사랑하지 않을 수 있으랴! (2006. 3. 17)

23

"적어도 나는 장애 때문에 항상 불행하지는 않다"
야마다 키쿠코의 『살아 있다, 나는 행복하다』

내가 겪은 거나 다름없는 다른 사람의 체험기를 읽으려면 용기를 내야한다. 남의 일 같지 않은 이야기라도 행복한 결말과 비극적 결말은 하늘과 땅 차이다. 투병기는 환자의 생존 여부에 따라 책을 마주하는 자세부터 달라진다. 비극적 결말은 옷깃을 여미기에 앞서 책을 다 읽는 일조차 버겁다. 여기 구체적인 병명이 다른 중증 뇌질환자의 투병기가 세 권 있다.

프랑스 작가 파스칼 로즈는 뇌동맥류를 앓았다. 『로즈의 일기』(이재룡 옮김, 마음산책, 2003)는 일기의 주인공이 아직 때가 되지 않아 목숨을 건졌기에 끝까지 읽을 수 있었다. 영국 BBC 기자 아이반 노블의 『나는 한번도 패배한 적이 없다』(공경희 옮김, 물푸레, 2005)는 책을 펼치는 것마저 두려웠다. 두서없이 책장을 뒤적일 때마다 눈에 들어오는 거라곤 '악성', '시한부', '낮은 생존율', '완치 불가능' 따위의 무시무시한 낱말들이었다. 결국 나는 뇌종양의 일종인 성상세포종 환자의 투병기 읽기를 포기할 수밖에 없었다.

일본의 정형외과 전문의 야마다 키쿠코의 『살아 있다, 나는 행복하다』(김윤희 옮김, 랜덤하우스중앙, 2006)는, 제목이 '해피엔딩'을 시사하기에, 완독이야 가능하겠지만 그 과정은 험난하리라 여겼다. 하지만 야마다의 투병기는 예상 밖으로 순탄했다. 그렇다고 그녀의 병세가 그리 만만한 건 아니다. 야마다의 증상은 로즈는 물론이고 노블보다도 더 나빠 보인다. 야마다는 정식명칭이 '윌리스 동맥륜 폐색증'인, 이른바 모야모야병 환자다. 그녀는 20, 30대에 모야모야병으로 인한 뇌졸중을 여러 차례 겪었다. 급기야 34세 때의 뇌출혈과 뇌경색은 그녀를 '고차 뇌기능장애'에 빠뜨린다. 반신불수가 된 야마다에게 갖가지 인지장애가 겹쳐 나타났다. 장애의 정도는 무척 심각해서 시계를 못 읽고, 신발을 거꾸로 신으려 하며(짝을 바꿔 신는 게 아니라), 방 안에서 길을 잃을 정도로 길눈이 몹시 어두워졌다. 또 음식을 쉽게 삼키기 곤란한데다 이를 닦으려면 치약을 입 안에 넣어야 한다.

이런 사람이 어떻게 책을 썼을까? 야마다의 재활의지와 주변의 도움이 큰 힘이 됐거니와, 고차 뇌기능장애의 특성 또한 간과하기 어렵다. "고차 뇌기능장애와 치매의 가장 큰 차이점은 '자신이 누구인지 알고 있는가 모르는가' 하는 점이다. 즉 객관적으로 자신을 파악하고 자신의 행동을 자각하고 있는가 하는 것이 결정적인 차이다." 야마다는 자신이 처한 상황에 대해 냉정하리만큼 객관적이고 차분하다. 그래서 "적어도 나는 장애 때문에 항상 불행하지는 않다"고 말할 수 있나 보다. 뒤표지를 장식한 이 병이 아니었더라면 나는 이렇게 행복하지 않았을 거라는 문구는 야마다의 발언이 아니라, 파킨슨병에 걸린 미국 배우 마이클 제이 폭스의 자서전 내용을 야마다가 본문에 인용한 것이다. 229쪽에 있는 뇌의 각 부분을 가리킨 그림에서 전두엽의 위치도 부정확하다. 이 두 가지는 이 책 한국어판의 옥에 티다.

『살아 있다, 나는 행복하다』는 "한 사람의 환자로서 그리고 그를 관찰하고 치료해 나가는 의사로서, 망가진 뇌의 실태를 극명하게 밝혀나간 삶의 기록이다." 나는 이 책을 이태 전, 뇌수막염으로 2급 장애 판정을 받은 아들을 보살피고 있는 후배에게 적극 권하고 싶다. 어떤 뇌라도 학습능력이 있고, 재활치료는 상상력에 달려 있다는 야마다 키쿠코의 체험적 조언과 함께 말이다. (2006. 4. 14)

24

환경운동은 이제 '보여 주는 운동'이 아니라 생활 속으로 '스며드는 운동'이라야 한다

장성익의 『대한민국을 멈춰라』

정말이지 어이없고 기가 막힌다. 얼마 전 딸아이가 다니는 병설유치원이 있는 초등학교 후문가 아파트 담벼락에 "사유재산권 확보를 위하여" 후문 통학로를 폐쇄한다는 공고문이 나붙었다. 녹지를 조성해야할 아파트의 사유지가 통학로로 둔갑한 것은 "사회통념으로 보나, 상식으로 보나" 맞지 않다는 주장을 도무지 이해할 수 없지만, 나는 눈을 찡긋하고 만다. 에움길로 돌아가지 뭐.

항만시설 확장으로 인한 서귀포 앞바다의 연산호 군락지 파괴를 전한 한국방송의 심층보도에는 잠시 할 말을 잃는다. 우왕좌왕하다가 끝내 연산호 10만 개체를 돌과 콘크리트 더미로 짓뭉개는 과정을 보고 어떻게 저럴 수가 있나 싶었지만, 이번에는 한숨 한번 크게 쉬고 만다. 눈뜨고도 당하는 판국에 눈에 잘 안 띄는 곳은 오죽하랴.

하지만 '녹색' 계간지 〈환경과 생명〉의 장성익 주간은 몰상식하다 못해 몰염치한 세태를 묵과하지 않는다. 그리고는 당차게 선언한다. 폭주기관차나 다름없는 『대한민국을 멈춰라』.(환경과생명, 2006) 이 책은 지은이의 생태환경비평 모음으로 각종 매체 기고문과 환경관련 모임에서의 발표문을 엮었다. 머리말에서 밝힌 애당초 염두에 둔 책제목인 '사다리와 그물'은 이 책의 내용을 함축한다. '사다리'가 경쟁 · 폭력 · 탐욕 · 오만 따위를 가리킨다면, '그물'은 연대 · 평화 · 공존 · 상생 같은 걸 상징한다. "이제 그러한 죽음(임)의 사다리는 걷어차 버리고 새로운 생명의 그물을 펼치자는 얘기를 전하고 싶었던 것이다."

전반적인 이 책의 기조는 비판적이다. 그렇지만 목청을 높여 일방적으로 몰아붙이는 식의 비난과는 거리를 둔다. 비판 대상에 대해 역지사지의 태도를 취한다. 이 책에서 지은이가 비판하는 것은 크게 두 가지다. 우선, "지구 전체를 규율하는" 자본의 독재를 보는 눈길이 매섭다. "세계 자본주의 체제와 산업 문명은 전쟁과 같은 폭력적이고 파괴적인 방식을 통해서만 그 유지가 가능한 '괴물'이라는 것"이다. "물론 부자가 되어 잘 살아 보자거나 이제 우리도 선진국 대열로 진입하자는 것 자체는 그리 잘못된 것도, 나쁜 것도 아닐지 모른다"며 한발 물러서기도 한다. 하지만 지은이의 자본주의 비판은 차분하면서도 단호하다. "문제의 뿌리는 무한정한 탐욕과 오만에 기초한 물신숭배의 자본주의 체제와 그 체제 속에서 독버섯처럼 자라난 우리 모두의 소비와 소유 지상주의 생활양식이라는 사실을 직시해야 한다."

이에 비하면 환경운동에 대한 비판은 약간 물렁하다. "비판은 언제나 두렵고도 어려운 일"이지만, 자신이 속한 분야를 향한 비판은 더욱 그래서일 것이다. 또한 "다른 운동에 비해 환경운동은 그 본질에 있어 유독 세상의 변화뿐만 아니라 자신의 변화를 독려하는 것이 중요"해서 그럴 것이다. 그래도 지은이의 환경운동 비판은 애정이 어려 있고, 귀에 담을 내용이 적잖다. 장성익 주간은 환경운동 진영이 위기적 상황을 뼈아프게 인식하지 못하고, 환경운동에 대한 비판에 무감각해서 환경운동에 위기가 왔다고 본다. 따라서 "환경운동은 이제 언론을 통해 '보여 주는 운동'이 아니라 시민 대중과의 적극적이고도 능동적인 결합과 소통을 통해 풀뿌리와 현장과 생활 속으로 '스며드는 운동'으로 가야 한다"는 것이다. (2006. 5. 19)

25

파르시팔 신화의 심리학적 해석

로버트 A. 존슨의 『He−신화로 읽는 남성성』

나는 신화와 종교, 그리고 역사에 대한 관심도가 낮은 편이다. 자연히 이들 분야 책을 덜 읽게 된다. 신화만 해도 그렇다. 어엿눈 뜰 무렵 에디스 헤밀턴의 『그리스 로마신화』를 읽긴 했으나, 몇 년 전 우리 독서계에 불어온 신화 열풍은 애써 못 본 척하기도 했다. 아무튼 짧은 분량이 만만해 보이고 심리학적 접근을 꾀한 데다 신화에 관한 기초지식까지 얻을 수 있겠다 싶어서 로버트 존슨의 『He−신화로 읽는 남성성』(고혜경 옮김, 동연, 2006)을 집어 들었다.

그런데 '들어가는 글'에서 이 책이 성배를 찾아 떠나는 12세기의 파르시팔 신화를 다루리라는 언질을 접하고 '아차!' 하는 생각이 들었다. 취약한 분야가 겹치는 '삼중고'에 시달리지나 않을까 하는 우려마저 일었다. 하여 관련서적에서 부랴부랴 성배의 정확한 뜻을 새겨보는 수고를 아끼지 않았다. 하지만 『성배와 연금술』에 나오는 설명이 똑 부러지는 것 같진 않다. 차라리 『신화로 읽는 남성성』의 풀이가 간명하다. "최후의 성찬 때 그리스도가 사용했다는 전설적인 잔으로 구원의 열쇠이다."

이 책은 12세기 후반 크레티앵 드 트루아의 고대 프랑스어 운문으로 된 판본에 기대어 성배신화를 남자의 심리적 발달과정에 빗댄다. '성배를 향한 기나긴 여정'은 한 남자의 일생인 셈이다. 또한 존슨은 성배신화가 현대인이 받고 있는 고통의 특성을 분명하게 담아내며, 이러한 "고통을 치유할 수 있는 처방을 특이한 방법으로 기술한다"는 시각을 견지한다.

내가 이해한 바로는, 성배신화는 잃어버린 성배를 찾아가는 게 아니라 그것을 품고 있는 '성배의 성城'에 진입하는 과정이다. 그런데 "성배의 성은 늘 그렇게 가까이 있다." 그리고 그것은 "일반적으로 청소년기 중반이나 중년의 나이에 쉽게 열린다." 남자는 평생에 두 번 '성배의 성'을 드나든다. 처음이 어른이 되기 위한 사춘기의 정신적 성장통이라면, 나중은 이제 노년기로 들어선다는 신호임직한 장년층이 겪는 갱년기의 징후다. 한편, 남자의 성장과정에서 어머니로부터의 독립은 필연적이다. "성숙한 남자가 되기 위해서는 어떤 식으로든 자기 어머니에게 불충실하지 않는 한, 절대 완숙한 남자로 성장하지 못한다."

이 책의 핵심은 20년 만에 '성배의 성'을 다시 찾은 파르시팔이 던진 물음이다. "성배가 누구를 위해 존재하는가?" 존슨은 이 말에 큰 의미를 부여한다. "본질적으로 이 말은 우리가 던질 수 있는 가장 심오한 질문이다. 인간 정신의 구심점은 어디인가? 혹은 인간의 삶에서 의미의 중심은 어디인가?" 파르시팔이 말을 맺기도 전에 성벽이 흔들리며 대답이 들렸다. "성배는 성배왕을 위해 존재한다." 존슨은 이것을 "우리가 우리의 자아를 넘어선 더 큰 무언가를 지칭하기 위해 만든 수많은 다양한 이름으로 부르는, 그 존재를 위해 성배가 존재한다는 뜻"으로 해석한다. "성배 탐색은 결국 신을 섬기는 일이다." 파르시팔이 그의 여정에서 만나는 적기사, 대부 구르몽, 여인 블랑시 플레르 등에 관한 이야기는 흥미진진하다.

존슨의 책은, 이와 비슷한 분량으로 인상적이었던 미셸 푸코의 『정신병과 심리학』(박혜영 옮김, 문학동네, 2002)이나 에드워드 사이드의 『프로이트와 비유럽인』(주은우 옮김, 창비, 2005)과는 다른, 색다른 경험을 선사하는 단아한 소품이다. 존슨의 『She—신화로 읽는 여성성』(고혜경 옮김, 동연, 2006)도 번역되었다. (2006. 7. 14)

26

최후의 혁명가를 다룬 결정판 다큐멘터리
존 리 앤더슨의 『체 게바라, 혁명적 인간』

누가 뭐래도 에르네스토 체 게바라(1928. 5. 14~1967. 10. 9)는 최후의
혁명가다. 그의 삶의 궤적을 세심하게 좇은 이 책은 그에 대한 결정판
다큐멘터리라 할 만하다. 탐사보도 전문기자 존 리 앤더슨이 관계자들
과의 인터뷰를 바탕으로 5년에 걸쳐 쓴 대단히 실증적인 『체 게바라,
혁명적 인간*CHE GUEVARA: A Revolutionary Life*』(허진 · 안성열 옮김, 플래닛,
2010)은 〈하퍼스〉라는 잡지로부터 적어도 두 개의 엄청난 특종을 잡았
다는 평가를 받았다. "체가 쿠바에서 게릴라 전쟁을 펼칠 당시에 기록
한 검열을 거치지 않은 체의 일기를 입수한 것과 볼리비아에서 체가
묻힌 곳을 밝혀낸 것이다."(보도자료)
　이보다 앞서 앤더슨은 에르네스토의 생몰 날짜를 바로잡는다. 그간
에르네스토가 태어난 날로 알려진 1928년 6월 14일은 실제보다 한 달
늦은 것이었다. '속도위반'에 따른 주변의 비난을 우려한 에르네스토
의 부모는 장남의 '출생신고'를 한 달 늦췄다. 그리고 "1967년 10월 9
일, 체 게바라는 서른아홉 살의 나이로 세상을 떠났다."(1093쪽) 그러
고 보니, 나는 에르네스토와 넉 달 남짓 '공존'했다. 에르네스토는 나

하고 동시대 인물이다. 사실 〈하퍼스〉가 주장한 이 책이 잡았다는 엄청 난 특종 중에서 앤더슨이 입수한 쿠바 게릴라 전쟁 당시 에르네스토의 '무삭제 원판' 일기는 다소 회의적이다. 이 책에 반영된 일기의 내용은 별 다를 게 없어 보인다. 앤더슨이 에르네스토가 묻힌 곳을 알아낸 것은 정말이지 대특종이다. "1997년 초 현재 발굴자들의 최종 목표인 양손이 없는 남자의 시신이 있는 무덤은 아직 발견되지 않았다."(서문)

"볼리비아의 작은 마을 바예그란데에서는 체의 시신을 발굴하려는 노력이 계속되어 마침내 성과를 거두었다. 1997년 7월에 양손이 없는 체의 유골이 쿠바와 아르헨티나 공동 감식팀에 의해 발견되었다. 체의 유골은 비포장 활주로 아래쪽 2미터 깊이의 구덩이에 다른 여섯 구의 유골과 함께 누워 있었다. 발굴 후 게릴라들의 유골은 관에 담겨 쿠바로 옮겨졌고, 조심스럽지만 감상적인 기념식이 열렸다. 피델과 라울 카스트로 형제가 기념식을 주재했으며 체의 미망인과 자녀들이 참석했다. 1997년 10월에 그의 유골은 산타클라라 시 외곽에 특별히 지은 웅장한 무덤에 공개 이장되었다. 세상을 떠난 지 30년이 지난 후 체 게 바라가 드디어 제2의 조국으로 돌아온 것이다."(에필로그)

코페르니쿠스적 전환이 패러다임의 변화를 말한다면, 에르네스토 의 변모는 이 책 발행인의 표현을 빌면 '로또적'이다. 그럴 가능성이 아주 낮다는 얘기다. 10대 후반의 에르네스토는 총명한 학생이었다. 천식을 앓고 있었지만 건장한 청년이기도 했다. 칠레 시인 파블로 네 루다가 그랬듯 에르네스토는 소싯적부터 꽤 '밝혔다.' 거의 난봉꾼 수 준이었다. 그저 그런 평범한 젊은이 에르네스토는 문학작품과 어머니 셀리아를 통해 사회의식을 키우기 시작한다. 두 번의 남아메리카 대륙 '배낭여행'은 그의 사회의식을 더욱 다지는 계기가 된다. 결정적으로 과테말라 혁명의 좌절을 지켜보면서 혁명적 인간으로 거듭난다. "겉보기에는 여전히 정치적으로 냉담한 태도를 취하는 듯했지만, 에르네스토는 과테말라에 도착하기 전에 이미 정치적 전향을 겪은 것으로 보인다. 아니면 적어도 그는 새로운 정치적 신념을 가지려 애쓰고 있었다. 곧바로 행동으로 옮겨지지는 않았지만, 그러한 신념들은 에르네스토가 과테말라로 간 동기를 설명하는 데 많은 도움을 준다."(238쪽)

에르네스토는 과테말라에서 망명자 집단 중 가장 돋보였던 쿠바인들과 교류한다. 또한 에르네스토는 피델 카스트로와 비슷한 면이 많았다. "두 사람 모두 대가족의 총아였고, 버르장머리라곤 눈곱만큼도 없었으며, 용모에 무신경했고, 성욕이 넘쳤지만 관계는 개인적 목표에 부차적이었다. 두 사람 모두 라틴적인 남성우월주의 기질에 물든 사람들로서, 여성은 천성적으로 약하다 믿었고 동성애를 혐오했으며 용감한 행동가를 숭배했다. 두 사람 모두 강철 같은 의지의 소유자들이었고 영웅적인 목표 의식에 사로잡혀 있었다."(316~317쪽) 에르네스토는 피델의 동생 라울과 정치적 견해를 같이했다. "두 사람 모두 혁명 정책에서 날카로운 급진주의, 권력의 최종적인 강화, 서구와의 결별을 선호했다."(649쪽)

에르네스토는 쿠바 혁명의 외중에서 절친한 '동지'들을 잃었다. 니코 로페스는 혁명전쟁 중에 전사했고, 카밀로 시엔푸에고스는 혁명이 성공하고 나서 실종되었다. 에르네스토는 1960년 4월 펴낸 『게릴라 전쟁』을 카밀로에게 바쳤다. 에르네스토가 『게릴라 전쟁』 서문에 간추린 쿠바 게릴라 투쟁의 교훈은 이렇다. "1. 민중 군대가 정규군과의 전쟁에서 이길 수 있다. 2. 혁명을 시작하기 적절한 조건을 반드시 기다려야 하는 것은 아니며 반란 게릴라 그룹foco이 그러한 조건을 만들 수 있다. 3. 개발되지 않은 라틴아메리카의 경우 주로 시골 지역에서 무장투쟁을 펼쳐야 한다." 에르네스토는 그의 장렬한 최후를 어느 정도 예감했다. "그럼 나중에 어떻게 되느냐고요? 제가 어느 땅에 뼈를 묻게 될지도 모르겠는데요."(614쪽) '일시적으로' 뼈를 묻은 곳을 언급하기도 한다. "남미의 볼리비아와 파라과이 쪽에 고원이 있소. 브라질과 우루과이, 페루, 아르헨티나와 국경을 접하고 있는 지역인데…… 우리가 게릴라 군단을 침투시키면 혁명을 남아메리카 전체로 퍼뜨릴 수 있을 거요."(675~676쪽)

아무래도 나는 이 책의 저자가 '그링고(미국인)'인 점이 다소 걸린다. 이른바 '쿠바 사태'를 둘러싼 미국과 소련의 분쟁을 본격적으로 다루기 전부터 그링고는, '빠다'를 바른 것보다는 낫지만, 약간의 편향을 드러낸다. 그는 혁명 쿠바를 소련에 종속된 국가로 취급하려 한다. "(쿠바가 소련을 따라서 팔레스타인해방기구를 지지하는 것은 한참 후의 일이다.)"(732쪽) 나는 앤더슨이 저널리스트라는 것도 아쉽다. 그는 언론인답게 관찰자의 입장을 견지한다. 이는 내가 이 책을 최후 혁명가의 결정판 전기?평전이 아니라 결정판 다큐멘터리로 보는 이유이기도 하다. 하지만 앤더슨의 에르네스토에 대한 평가는 이것만으로도 충분하다. "영원히 젊고, 용감하고, 준엄하고, 반항적이고, 목적과 의분이 가득한 눈으로 쏘아보는 체는 죽음과 싸워서 이겼다. 가장 가까운 친구와 동지들이 나이를 먹으며 시들거나 안락함에 굴복하여 더 이상 '혁명'이 설 자리가 없는 생활을 할 때에도 체는 변하지 않는다. 그는 살아생전 다른 사람들에게 추구하라고 열심히 설득했던 새로운 인간의 유일한 본보기가 되어 영원히 살아 있다. 사람들이 그것을 바라기 때문이다."

27

이거 정말이야? 거짓말이지!

로렌 슬레이터의 『나는 왜 거짓말을 하는가?』 외

약간 신경을 썼다고는 해도 거의 무작위로 뽑아든 거나 다름없는 거짓말 관련서 네 권의 속내가 '거짓말 긍정론 우세'로 드러난다면 이를 어찌 봐야 하나? 생각을 갖고 대충 집어든 거짓말 관련서는 3대 1로 긍정론이 부정론을 앞지른다. 참말을 압도하는 거짓말의 위세가 당당한 요즘 시속의 반영인가, 아니면 예전부터 그래 온 지당한 결과인가?

로렌 슬레이터의 『나는 왜 거짓말을 하는가?』(이상원 옮김, 에코의서재, 2008)는 난해하다. 책의 구성부터 그렇다. "전개 방향을 짐작할 수 없는 책"이라는 뒤표지에 실린 〈워싱턴 포스트〉의 말마따나 어디로 튈지 모르는 럭비공이다. 1장은 달랑 한 문장에 불과하다. "나는 과장한다."

전체 분량으로 따져 3분의 1 지점에 약간 못 미치는 80쪽에다 '감사의 말'을 꺼놓은 책은 처음 본다. 그것도 이야기의 가짜 끝 앞이다. "독자들께"로 시작해 "1998년 1월 18일/사랑을 담아, 로렌"으로 마무리되는 4장 「빛과 아우라」는 43쪽에 걸친 긴 편지글일까? 아니다. 일반적인 평서문이다. 사실 나는 뭔가 감춘 느낌을 주는 편지글투를 신뢰하지도 선호하지도 않는다.

그래도 편지 아닌 편지에 인용된 어느 목사의 '-ㅂ니다' 어투는 공감한다. 말투가 아니라 거기 담긴 내용 말이다. "죄란 책임의 회피입니다." 이상한 서간문 다음에는 짧은 논문이 실려 있다. 5장의 제목은 이렇다. 「뇌량 절개 수술 이후에 나타난 생물심리학 결과」

가장 황당한 구성은 아마도 필시 7장 「이 책의 마케팅 전략」이리라. 저자의 마케팅 전략에 나타난 저자가 이 책을 쓴 "가장 큰 목적은 소설과 회고록의 경계를 희미하게 만드는 데 있"었다. "결국 이 글은 한 거짓말쟁이의 초상, 강박에 사로잡힌 병든 마음, 스스로 짜놓은 덫, 그럴싸하게 꾸민 이야기, 현실의 신화화, 그뿐입니다."

또한 "제가 여러분을 가지고 노는 것은 사실입니다. 하지만 거기엔 이유가 있습니다." 이유를 불문하고 단지 독자라는 이유만으로 저자의 노리개가 되는 것은 불쾌하다. 하여 나는 이에 응징한다. 마케팅 전략 양편에 놓인 두 장을 건너뛴다. 6장 「섹스, 거짓말, 벚나무」는 혹시 〈섹스, 거짓말, 비디오테이프〉? 8장 「놀라운 은총」은 혹시 간증?

이 책을 통해 아우라aura는 발터 베냐민의 전유물이 아니라는 것을 안다. 아우라는 간질 발작에 앞서 나타나는 전초 현상을 일컫기도 한다. 번역자는 107쪽에서 사전을 찾게 한다. "욧잇"은 오자가 아니었다. "요의 거죽을 싸서 등 쪽으로 넘어오게 하여 시치는 흰 천." 욧잇의 국어사전 풀이다. 〔욧닛〕이라고 발음한다.

204쪽의 "진실된다"는 사전을 뒤적이지 않아도 오자다. 어색한 표현이다. '진실하다'가 적절하다. 굳이 피동을 고집한다면 '진실되다'가 맞다. "좋은 책들이 다 그렇듯 이 역시 새로운 것을 가르쳐주지는 않았다. 다만 내 안에 늘 있던 지혜를 끌어냈을 뿐이다." '독서자극론'

은 내가 읽은 이 책의 부분 중 가장 공감하는 대목이다.

거짓말 긍정론의 나머지 두 권은 비슷한 점이 여럿 있다. 앞표지 그림의 피노키오 인형, 1인당 하루 평균 거짓말 200번, '하얀 거짓말'과 그것의 사례 두 가지 등이 그렇다. 하얀 거짓말의 보기 두 가지는 어느 쪽이 다른 쪽을 베낀 것으로 여겨진다. 이게 흠으로 보이진 않는다. 어차피 거짓말 긍정론이기에. 물론 거짓말 긍정론의 나머지 두 권은 다른 점이 더 많다.

『거짓말의 딜레마-거짓말, 기만, 사기, 속임수의 심리학』(클라우디아 마이어 지음, 조경수 옮김, 열대림, 2008)은 한국어판 부제목이 보여주듯 거짓말 백과의 측면이 있다. 머리말 「거짓말을 위한 변명」에선 예의 거짓말 빈도를 거론한다.

"어떤 심리학자들은 누구나 하루 평균 200번의 거짓말을 한다고 주장한다. 또 어떤 심리학자들은 10분의 대화에서 대략 2번의 거짓말을 한다고 말한다. 정확한 수치에 대해서는 의견이 분분하지만 거짓말을 학문적으로 연구하는 사람들이 하나같이 동의하는 한 가지 사실이 있다. 우리 모두는 날마다 거짓말을 하며 생각보다 훨씬 자주 한다는 점이다."

그러나 인사말과 침묵에서까지 거짓말을 적발하는 거짓말 연구자들의 철두철미함은 납득이 안 가는 면이 없지 않다. 낯익은 이웃과 주고받는 인사치레에 거짓이 스며있다는 주장은 좀 억지스럽다. 나는 제법 친숙한 누군가가 내 안부를 물으면 정확히 답하려 노력한다. 나는 컨디션이 안 좋다고 솔직히 말하는 게 인간관계의 걸림돌이 된다고 생각하지 않는다. 침묵이 거짓이라면 묵언이라도 해야 할 판이다.

유렉 베커의 소설 『거짓말쟁이 야콥』은 하얀 거짓말 현상을 바탕으로 하고, 이어 영화 〈굿바이 레닌〉에서도 하얀 거짓말이 이야기의 중심이 된다는 대목은 표절이 아니다. 볼프강 라인하르트의 『거짓말하는 사회』는 이 책의 참고문헌 중 하나다. 그리고 "거짓말의 이미지가 항상 나빴던 것은 아니다. 예를 들어 고대 그리스에는 '거짓말'을 뜻하는 단어가 따로 없었다. 그리스인들은 착오와 허구, 거짓말을 구분하지 않았다."

우리가 거짓말을 하는 까닭? 거짓말 연구의 개척자 폴 에크만에 따르면 징벌에 대한 불안감, 이득을 보려는 것, 남을 징벌로부터 지켜주고자 함이 그 이유다. 클라우디아 마이어는 지금까지 별 관심을 끌지 못한 중요한 동기에 주목한다. "바로 거짓말을 하고 싶다는 욕구이다. 누군가를 속여 넘겨 그 사람이 어떻게 행동하는지 지켜보는 것은 매우 재미있다."

나는 내가 정직하게 대하는 누군가가 내게 거짓말을 한다면 그와의 인간관계를 끊겠다. 클라우디아 마이어가 머리말에서 예로 든 흔한 거짓말 12가지 가운데 "텔레비전 잘 안 보는데"와 "아니, 난 네가 안젤리나 졸리보다 예쁘다고 생각해"는 내게 해당되지 않는다. 우리 집은 TV가 없다. 나는 존 보이트의 따님이 예뻐 보인 적이 거의 없다.

『거짓말하는 사회─우리는 왜 진실을 말하지 않는가?』(볼프강 라인하르트, 김현정 옮김, 플래닛미디어, 2006)는 겉보기보다 내실 있다. 비밀투표의 역설(63쪽)과 '공개적'의 아니러니(120~121쪽)는 상반되는 모순을 증폭시킨다.

하얀 거짓말은 위약 효과를 떠올린다. "선의의 거짓말이 지닌 약점은 거짓말이 유지되는 동안에만 기능을 한다는 것이다. 이 거짓말이 밝혀지면 사태는 거짓말을 하기 이전보다 악화된다." 환자가 위약이

가짜임을 아는 순간부터 위약의 효능은 사라진다.

그렇다고 거짓말 현실론에서 출발해 거짓말 인정론을 거쳐 거짓말 당위론에 이르는 논리 전개까지 공감하는 건 아니다. 정작 나를 불편하게 하는 구석은 따로 있었다. "모든 기관과 가치는 유연성을 갖게 되었으며, 모든 시스템은 자기지시적이다. 즉, 모든 시스템은 보편적 구속력을 지닌 기본 원칙을 더 이상 따르지 않으며, 오직 자신만의 논리를 따른다."

하지만 여전히 독일에서, 유럽에서, 세계 전역에서 나치즘을 뺨칠 억압체제가 발흥하지 않으리란 보장은 전혀 없다. 오히려 그럴 개연성이 매우 높다. 또 적어도 대여섯 번 나오는 "앞에서 언급한"은 한두 개 빼고는 우리말에선 불필요한 군말이다. 지적한 것이 가깝게 있거나 굳이 그런 토를 달지 않아도 지시 대상을 알 수 있으므로.

지난 대통령선거 직전 『100년 동안의 거짓말-식품과 약이 어떻게 당신의 건강을 해치고 있는가?』(랜덜 피츠제럴드, 신현승 옮김, 시공사, 2007)를 읽었으니 다소 먼 길을 돌아온 셈이다. 나는 어느 매체로부터 또 다른 거짓(말) 관련서와 함께 이 책의 서평을 청탁받았다.

나는 선거결과를 핑계로 서평을 쓰지 않았다. 그 매체에 더 이상 글을 쓰고 싶지도 않았다. 그때나 지금이나 허탈하기는 마찬가지다. 이번은 거짓말 긍정론의 세련됨과 당당함에 질린 뒤끝이어서.

이 책은 가공식품, 처방약품(전문의약품), 처방이 필요 없는 약품(일반의약품)의 급증에 따른 독성물질의 상승작용을 다룬다. 이제 우리 사회에선 참말이 자취를 감췄다. 거짓말의 득세를 넘어 거짓말의 정당화와 합법화가 실현되었달지. 그래도 별 일은 없을 모양이다. 예전에 줄 그은 대목 하나를 옮겨 적는다.

"그들의 발표를 보고 나는 괜한 걱정을 할 필요가 없다고 생각했다. 그러나 이런 태도는 일종의 문화로서, 우리가 자기만족의 함정에 빠지는 그릇된 통념 중 하나다. 이러한 상황을 뒷받침하는 증거가 마음에 들지 않을 경우 우리는 무조건 좋은 쪽으로 상황을 재정의한다. 그 결과 20세기 이전에는 인체에서 결코 발견되지 않았던 수백 종에 달하는 잠재적인 독성 합성 화학물질을 보유하고 있어도 정상이며, 또한 걱정할 필요가 없다는 믿음을 갖게 되는 것이다."

누가 그랬지. 10만 년이면 우리 몸은 새로운 환경에 적응할 거라고. 하지만 나는 또 다른 누군가의 발언을 더 긍정한다. 10만 년이면 인간이 만든 모든 것은 흔적조차 없이 사라질 거라는. '한글 2007 프로그램'으로 작성한 이 글의 파일이름은 "거짓말 긍정론 유감"이다.

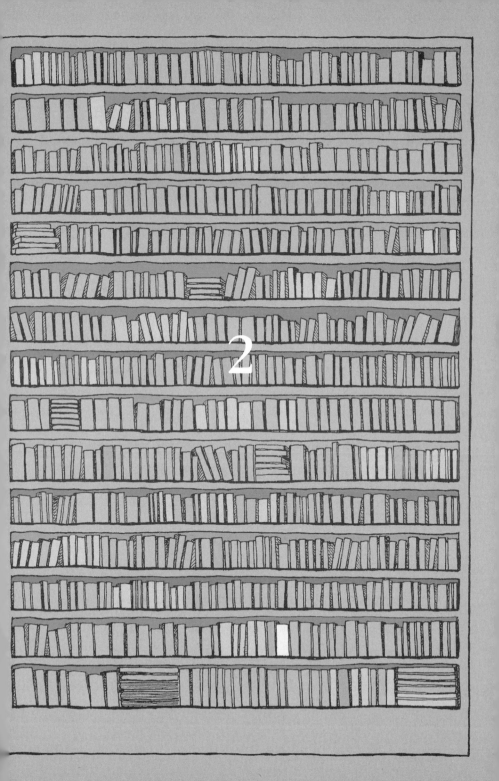

1

건축은 조형예술이고 디자인이다
이건섭의 『20세기 건축의 모험』

『20세기 건축의 모험』(개정판, 수류산방중심, 2006)은 독특한 서평집이다. 건축 관련서를 대상으로 한 주제부터 그렇다. 건축 디자인에 큰 영향을 끼친 '원전' 18권과 다큐멘터리 2편을 통해 건축 책을 읽는 지침을 제시하고자 한다. 건축가인 지은이는 1996년 그가 미국 건축가 매튜 밴 더 보그, 스콧 올리버와 함께 선정한 건축명저목록과 일본 건축학회의 20세기 건축명저목록에서 다룰 책을 골랐다.

두 사람의 저서가 두 권씩 포함돼 건축명저 18권의 저자는 16명이다. 이 중에는 러시아 출신 미국 작가 아인 랜드와 이탈리아 작가 이탈로 칼비노가 있어 이채롭다. 미국 현대 보수주의 철학의 젖줄이라는 아인 랜드의 건축 명저는 그녀의 소설 『파운틴헤드』다. 이 소설의 주인공 하워드 로크는 고집불통인 건축가다. 그는 "많은 미국인들을 열광시켰고, 그에게 감명 받은 미국인들은 서서히 개인의 불가침성, 존엄성을 대폭 보장하는 쪽으로 사고를 바꾸어 간다. 프론티어 정신과 결합된 개인 존중의 사고는 지금 '세계 유일의 초강대국 미국'을 지탱하는 힘이다." 랜드의 작품과 칼비노의 소설 『보이지 않는 도시들』, 그리고 르 코르뷔지에의 『새로운 건축을 향하여』, 지그프리드 기디온의 『공간·시간·건축』, 톰 울프의 『바우하우스에서 오늘의 건축으로』, 윌리엄 미첼의 『비트의 도시』 등은 우리말로 옮겨졌다. 지은이는 이들 한국어판에 관심이 없거나 대체로 낮은 점수를 준다.

만듦새 또한 여느 서평집과는 확연히 다르다. 편집이 뛰어나다. 본문을 파고들어가는 각주 형태는 처음 본다. 건축이 공학일 뿐더러 조형예술이고 디자인이라는 점을 서평집의 형식으로도 보여 주려는 것 같다. 건축명저 리뷰는 명저를 개관하고 내용을 파악하며 건축사적 의미를 부여하는 방식이다. 이 과정에서 지은이는 작은따옴표를 적절하게 활용한다. "이 책에 등장하는 '인테그러티'라는 말을 어떻게 옮겨야 할지 많은 고민을 하며 여섯 달을 보냈다. 그러다가 화장실에 들어앉아 흘러간 〈리더스 다이제스트〉를 뒤적이다 고등학생 때 즐겨보던 '영한 대역'란을 펼쳤는데, 거기에 이 단어가 '고결성'으로 번역되어 있었다. '바로 이거다'하고 무릎을 치고 뛰쳐나온 기억이 아직도 새롭다."

또한 찰스 젱크스가 『포스트모던 건축의 언어』에서 주장하는 바를 간결하게 정리한 것이 그렇다. '건축은 한 사회 안에서 의사를 소통하는 행위다. 그런데 근대 건축은 그 엄격함과 추상성으로 사용자와 소통의 단절을 가져 왔다. 이제 그 단절을 극복하기 위해 건축은 언어로서의 특질, 즉 은유·암시·외연하는 성질을 회복해야 한다. 이 회복의 가능성은 포스트모던 고전주의에 집중적으로 나타난다. 그 기운은 이미 세계 곳곳에서 보인다.'

반면 꽤 많이 나오는 괄호의 용법은 그렇지 못하다. 일부는 괄호를 푸는 것이 적당하고, 나머지는 있어도 없어도 그만인 부연 설명이다.

더러 나이브한 표현이 나오는 것도 아쉬운 대목이다. "1972년 로마 클럽은 『성장의 한계』를 발간해 전 세계에 충격을 주었다." 적어도 세계의 절반은 로마 클럽 보고서에 꿈쩍도 하지 않았다. 그렇지만 이 책이 '대중을 위한 쉬운 건축 안내서' 구실을 하리라는 것은 두말할 나위 없다. 그리고 도시에 내재한 문제점과 가능성을 파악하지 않은 채 멋들어진 외양만을 추구한 프로젝트는 전부 실패했다는 제인 제이콥스의 지적은 개발이 진행 중인 어정쩡한 신도시에 거주하는 나 역시 절감하고 있다. (2006. 8. 18)

2

미국 미술시장의 요지경

리처드 폴스키의 『앤디 워홀 손안에 넣기』

표지의 화가 얼굴이 어딘지 눈에 익은 리처드 폴스키의 『앤디 워홀 손안에 넣기』(박상미 옮김, 마음산책, 2006)는 올해 읽은 책 중 제일 재미나다. 이 책은 팝아트를 대표하는 화가 앤디 워홀의 작품을 찾는 지은이의 여정인 동시에 미술계에서 장사하는 사람들의 이야기다. 미술작품 중개인과 미술품 수집가, 그리고 현대미술 작가들이 빚어내는 미국 미술시장의 풍경이 자못 흥미롭다. 폴스키는 자신과 같은 일을 하는 미술품 중개인을 부각시키는데 이런 접근은 미술품거래가 놀라우리만치 주식거래와 비슷하다는 점에서 설득력이 있다.

미술중개인은 주식중개인처럼 자제를 잘 하고 감정적인 행동은 삼가야 한다. 미술시장과 주식시장의 가장 큰 차이가 자산의 유동성인 것을 감안하면, 자제력은 미술중개인에게 더 필요한 덕목이다. 하지만 수집가는 그림을 산다는 게 엄청난 도박이라는 사실을 이해하지 못한다. 폴스키는 그의 동료들에게 언제라도 작품에 대한 통제력을 잃지 말라고 조언한다. 또 그는 중개인이 위탁판매를 통해 성공하려면 자금이 풍부해야 하지만, 자금이 많다면 수집가가 됐을 거라고 덧붙인다.

값이 나갈 만한 그림을 판별하는 감식안이 있어도 그 그림을 구입할 여력이 없으면 아무런 소용이 없는 것이 미술품 수집의 냉엄한 현실이기 때문이다.

폴스키는 미술계를 "겉모습에 관한 것"으로 본다. 또한 "미술계에서 앞일을 예측한다는 건 힘든 일"이다. 이러한 미술계의 특성 때문인지 미술품 중개인 중에는 괴짜가 많다. 폴스키는 그보다 연배가 높은 특이한 성격의 중개인 제임스 코코란에게 적어도 세 번이 넘는 골탕을 먹는다. 역량 있는 중개인은 개성이 강하면서도 엄밀한 표현을 한다. 폴스키가 이 바닥의 중견들만 아는 이반 카프에게 많은 미술가를 발견한 장본인이 누구냐고 묻자 카프는 이렇게 답한다. "'발견'이란 단어는 옳지 않아요. 미술가들 스스로가 자신을 발견하는 거죠. 나는 '알아보다'라는 단어를 선호해요." 뉴욕의 '잘 나가는' 작가들을 거느린 메리 분은 '중요한' 작가들이라는 표현을 더 좋아한다.

"자신만의 스타일을 보여 주는 작품은 작가가 서른다섯에 이르기 전에는 나오지 않는 것이 보통"이라고 말하는 폴스키가 그린 미술 작가들의 피라미드도 흥미로운 대목이다. "피라미드의 맨 꼭대기에는 50명 정도의 미술가들이 있다." 이들 슈퍼스타급 상류 화가들은 거의 지천명을 넘어섰고 고희를 바라본다. 그들은 이미 미술사 서적에 등재되었고 수입은 7자리 숫자다. 슈퍼스타 밑에는 250~500명 정도의 스타가 있다. 6자리 수입을 올리는 전업 작가들로 40대와 50대가 주축을 이루며, 작품이 미술사 서적에 포함될 잠재력을 지녔다. 스타 밑에는 폴스키가 스타지망생이라 부르는 5천 명 선으로 추정되는 작가군이 있다. 여기에 속한 작가들은 나이의 폭이 넓고 수입은 5만에서 10만 달러 사이다. 스타지망생 밑에는 미대를 나와 학사학위를 받은 20

만 명이 넘는 고생하는 미술가들이 있다.

　폴스키에겐 앤디 워홀이 으뜸 가운데 으뜸이다. "그는 모두가 동의하는 20세기의 마지막 위대한 작가다." 워홀은 그의 후배 미술가들이 미술을 직업적으로 생각하는 풍토를 다져놓기도 했다. 폴스키는 마침내 자신을 위한 앤디 워홀의 그림을 손에 넣는다. 그런데 폴스키가 구입한 워홀의 뾰족 머리 자화상이 누구를 많이 닮았다. 맥가이버를 빼쏬다. (2006. 9. 15)

3

옛 책과 함께 살다

이겸노의 『통문관 책방비화』

산기 이겸노 선생이 돌아가셨다는 소식을 듣고 책꽂이에서 『통문관 책방비화』(민학회, 1987)를 꺼내 펼쳐본다. 1909년 평남 용강군 삼화에서 태어난 선생은 1920년대 중반 서점 점원으로 서적계에 몸담아 옛 책을 사고파는 일에 평생을 바쳤다. 1934년 문을 연 금항당 서점은 8·15 해방을 맞아 통문관으로 이름을 바꾸면서 출판을 겸업하기도 한다.

이 책은 선생이 신문과 잡지에 기고한 글을 모은 것이다. 1987년 초판이 나왔고 이듬해 재판을 찍었다. 책의 절반 가까이 되는 '책방비화'는 선생이 고서점을 경영하는 동안 겪은 선생과 책과 손님 사이에 얽힌 이야기들이다. 먼저 고서점의 영업 원칙 같은 게 흥미롭다. 매매에는 책값이 싸도 에누리를 하는 것이 원칙이다. 흥정을 하면서 아무리 싸더라도 달라는 대로 선뜻 다 내주면 상대방이 너무 싸게 파나보다 하는 의심을 갖는 동시에 흥정이 깨지는 수가 있어서다. 또한 "책이나 서화나 골동이나 고급 희귀품일 경우에는 함부로 누구에게나 돌리는 것은 절대로 금물이다. 그 물건의 가치를 알아보고 또 그 물건을 구입할 수 있는 재력이 있을 만한 곳을 선택해야 한다."

선생은 독서와 서지학에도 일가견이 있다. 독서인 사이에 전래되는 '세 바보' 속설에 이의를 제기한다. 세 바보란 책을 빌려달라는 사람, 빌려주는 사람, 빌려보고 돌려주는 사람을 가리킨다. 장서가 많아도 모든 책을 빠짐없이 갖출 순 없는 노릇이므로 꼭 필요한 책이 수중에 없고 쉽사리 구하기 어려울 때는 친구나 동료 간에 서로 빌려주고 받아야 한다는 것이다. 1960년대 중반 논문을 쓴다며 희귀 잡지 50여 권을 빌려간 사람은 선생에게 책을 돌려줬는지 모르겠다. 이겸노 선생은 우리 옛 책에 필사본이 많은 까닭을 독서법에서 찾는다. 책을 읽는 데는 크게 세 가지 방법이 있다. 소리 내어 읽기, 눈으로 읽기, 마음으로 읽기다. 이 중 마음으로 읽기를 "제일로 손꼽지만 그보다 더 좋은 방법으로 '십독十讀이 불여일사不如一寫'란 게 있다. 열 번 읽는 것이 한 번 베끼는 것만 못하다는 뜻이다. 그래서인지 우리나라에는 필사본이 판본 못지않게 수두룩하다."

최초의 국한문 혼용 서적은 유길준의 『서유견문』이 아니라는 선생의 주장이 눈길을 끈다. 선생은 문체를 대조하여 『서유견문』은 현토식 한문체에 지나지 않으며, 『내각열전』이 국한문을 혼용한 새로운 문체라고 강조한다. 일본 메이지 시대 내각 중신들의 간략한 전기를 번역한 『내각열전』은 간행 연도도 『서유견문』보다 9년 앞선다. 세계 최초로 금속활자를 만들었으나 근대화된 인쇄술이 침체한 원인으로는 몇 가지 사회정치적인 불합리를 꼽는다. 우선, 사농공상의 계층 서열이 기술자를 낮춰보고 천대했기 때문이다. 다음으로는 책의 수요가 적은 수의 학자와 집권층에 국한된 점을 든다. 그리고 "금속과 종이 등 필요한 물자와 기술자 및 인력이 풍부하지 못했던 것도 인쇄기술의 발달을 가져오지 못하게 된 부수적 원인으로 생각된다."

금항당 서점의 작명 배경을 감안하면, 통문관으로의 개명은 자연스럽다. 선생이 넘겨받은 서점 이름은 금문당이었다. 책방 이름을 뭘로 지을까 망설이던 선생의 눈에 어느 교과서 표지의 금항당서적(주)이 들어왔고, "간판에 돈을 덜 들이기 위해 가운데 '문'을 지우고 교과서에서 본 '항'자를 써 넣었던 것이다." 창업자는 세상을 떠났지만 일제 강점기의 고서점 가운데 유일하게 살아남은 통문관의 전통이 계속 이어졌으면 한다. (2006. 10. 20)

4

뛰어난 작가의 심오한 독서론

헤르만 헤세의 『헤르만 헤세의 독서의 기술』

사물의 이치를 대강 파악하기 시작할 무렵 헤르만 헤세가 20세기 작가라는 사실에 당황한 기억이 있다. 그때까진 적어도 그가 카프카보다 한 세대 앞서는 니체와 동년배쯤으로 여겼다. 헤세의 『싯다르타』를 감명 깊게 읽을 즈음 그가 남긴 책과 독서에 관한 경구들이 신선하게 다가왔는데, 이제야 비로소 그의 본격 독서론을 마주하니 감회가 새롭다.

이 책 『헤르만 헤세의 독서의 기술』(김지선 옮김, 뜨인돌, 2006)은 책·독서·문학에 관한 헤세의 글을 모았다. 거듭 읽기를 강조한 것을 빼고는 헤세의 독서관이 내 평소 생각과 크게 다르지 않아 반가웠다. 이마저 내가 같은 책을 두세 번 읽는 경우가 드물다는 독서습관을 가졌을 뿐이지 나도 거듭 읽기의 중요성은 인정한다. 헤세는 "관심과 열의를 가지고 읽는 문학의 범위와 소장도서 중에서 특정 문학이나 사조 혹은 작가들을 골라내는 데는 기본적으로 반대한다." 그러면서 권장도서나 최우수도서 100선 같은 건 없다고 되뇐다. 각자가 끌리고 수긍하고 아끼고 좋아하여 특별히 선택하는 책들이 있을 뿐이라는 거다. 따라서 누구든 책의 세계로 들어가는 자기만의 길을 찾아야 하는데,

그 길은 수백 수천 가지나 된다.

"교과서나 동화책으로 시작할 수도 있고, 셰익스피어나 괴테 혹은 단테로 끝낼 수도 있다. 정해진 길은 없으니 각자 마음에 와 닿는 작품을 읽도록 한다. 끌리지 않고 저항감이 일어나 받아들여지지 않는 작품이라면 억지로 인내하며 애써 읽으려고 하지 말고 도로 내려놓는 편이 낫다." 특히, 어린이와 청소년에게 특정도서를 읽어라 강권해선 안된다. 그렇다고 헤세가 마구잡이식 책읽기를 지지하는 건 아니다.

그의 독서체험에 바탕을 둔 세계문학 도서목록은 동서양 고전을 망라한다. 첫 단추는 '가장 오래된 작품이 가장 오래 간다'는 정신사의 원칙에 따라 성서, 우파니샤드를 간추린 『베단타』, 불경, 『길가메시』서사시, 『논어』, 『도덕경』 등에다 장자의 우화 같은 '인류가 보유한 문헌의 기본화음'들이 펜다. 헤세는 목록작성에 엄밀한 잣대를 들이대 마음에 든다는 이유만으로 수준이 떨어지는 작품을 슬금슬금 끼워 넣는 일은 삼간다. 또한 '세계문고'의 목록구성이 얼추 마무리되자 바로 검증과정을 거친다.

이때까지 안타깝게도 내 책상 앞 책꽂이에 꽂혀 있는 『뷔히너 문학전집』의 주인공은 헤세의 호명을 받지 못했다. 목록 감수 막판 드디어 그의 이름이 불린다. "(맙소사, 그러고 보니 심각한 실수를 저질렀다. 작가 게오르크 뷔히너를 깜빡했다. 『보이체크』, 『당통의 죽음』, 『레온체와 레나』의 작가를 말이다! 그를 빼놓을 수야 없는 일이다!)"

헤세는 진지한 책읽기를 주문한다. "독서로 정신을 '풀어놓기'보다는 오히려 집중해야 하며, 허탄한 삶에 마음을 빼앗기거나 거짓 위로에 현혹되지 말아야 한다. 독서는 우리 삶에 더 높고 풍부한 의미를 부여하는 데 일조할 수 있어야 한다." 또 그는 책의 가치를 따질 때, 그 책의 유명세나 인기도에 개의치 않는다. 그리고 수준 높은 '독서훈련'은 오직 양서를 통해서만 가능하다고 믿는다. 아울러 넓고 얕게 읽기보다는 좁고 깊게 읽기를 바란다. 이 책이 독서의 기술적 요소를 다루긴 하나 그런 측면을 앞세우는 건 이 책의 본질을 잠시 잊은 실수다. 원제목을 그대로 풀어 '책(독서)의 세계'라고 하는 게 옳다. (2006. 11. 27)

5

'어른이야말로 그림책을'

야나기다 구니오의 『마음이 흐린 날엔 그림책을 펴세요』

나의 첫 그림책은 과일, 동물, 자동차 등을 주제별로 각 권에 담은 열 권짜리 정보 그림책이다. 아마도 일본 그림책의 복사판이었을 이 그림책에는 제법 야물게 만든 비닐가죽 가방이 있었다. 나는 예나 지금이나 책을 곱게 보는 편이어서 띠 동갑 이종사촌에게 그림책을 물려주었다. 그것은 내 유년의 처음이자 마지막 그림책이기도 하다.

『마음이 흐린 날엔 그림책을 펴세요』(한명희 옮김, 수희재, 2006)는 일본의 논픽션 작가 야나기다 구니오의 '늦바람' 그림책 편력을 엮었다. 야나기다는 어른이야말로 그림책을 봐야한다고 강조한다. "그림책이란 어린아이만을 위해 있는 것이 아니다. 나는 그림책이란 영혼의 언어이며 영혼의 커뮤니케이션이라고 생각한다. 더구나 소설이나 시도 그렇지만, 그림책의 내용도 나이를 먹을수록 맛이 깊어진다. 그림책의 가능성은 넓고도 깊다."

또 그는 인생에서 그림책을 읽을 시기가 세 번 찾아온다고 덧붙인다. 아이였을 때, 아이를 기를 때, 그리고 인생의 후반기다. 그림책과의 세 번째 만남에선 누구를 위해서가 아니라 자기 자신을 위해 그림책을 읽어야 한다. 그의 속내는 평생 그림책을 벗 삼으라는 얘기다. 지금 나는 그림책과 친숙해질 두 번째 시기에 본격적으로 접어들고 있으나, 아이들에게 그림책을 읽어 주기보다는 업무상 필요에 따라 그림책을 접하는 게 고작이다. 그것도 허겁지겁 읽곤 하는데, 호시노 미치오의 사진그림책 역시 그랬다. 야생사진작가의 산문집 두 권과 함께 그의 사진그림책을 살펴보면서 사진과 언어의 절묘한 조화를 만끽할 겨를은 없었다.

흔히 그림책은 그림이 좌우한다고 생각하기 쉽지만, 야나기다는 글(말)의 중요성에 주목한다. "그림책의 언어란 그림과 멋지게 공명했을 때 마치 극장 영화의 스테레오 사운드와 같은 울림으로 확대된다. 그림책의 언어는 특별한 확장성을 갖고 있다." 그림책 관련 포럼에서 어린이책 전문가에게 거센 비판을 받을 정도로 야나기다가 그림책을 보는 시각은 독자적이다. 그는 다양성을 존중한다. 서구 "문화에 대한 편중을 시정하기 위해, 제3세계를 무대로 한 그림책 만들기와 제3세계 그림책의 번역이 꼭 필요하다."

곁가지 셋. 1. 2004년을 기준으로 설립 5년 남짓한 노토가와 읍도서관의 소장도서는 14만여 권이고, 이 중 어린이책은 2만 5천 권이다. 그런데 노토가와 인구는 2만 3천 명에 불과하다. 2만여 권의 어린이책을 갖춘 부평기적의도서관이 위치한 인천 부평구의 인구는 57만 명이나 된다. 물론 부평에는 공공도서관이 두 곳 더 있지만 말이다.

2. '내가 아파봐야 남의 설움을 안다.' 오에 겐자부로와 스티븐 제이 굴드는 장애인 자녀를 둔 것이 두 사람의 진보적 견해와 무관하지 않다면, 『너무 일찍 나이 들어 버린, 너무 늦게 깨달아 버린』의 고든 리빙스턴과 야나기다 구니오는 자식의 자살로 말미암아 삶을 깊게 성찰

한다. 3. 책 앞부분의 편집실수도 아쉽지만 번역문의 어색한 문장을 좀 더 매끄럽게 다듬었다면, 이 책이 주는 감동은 갑절이 되었을 것이다. "박수는 점점 더 커졌다. 아이들의 눈은 달성감으로 빛나고 있었다"에서 '달성감'은 '성취감'이나 '일을 해냈다는 기쁨'이라고 하는 게 맞다.

그리고 단지 희망사항 하나. 그림에 재주가 있어 보이는 유치원 다니는 딸애가 커서 그림책 작가가 되는 것도 괜찮다는 생각이 든다. '자식, 부모 뜻대로 안 된다'는 말이 만고의 진리임을 벌써부터 체감하고 있지만. (2006. 12. 15)

6

안성맞춤 교양지리서

노웅희 · 박병석의 『교실밖 지리여행』

『교실밖 지리여행』(개정판, 사계절, 2006)을 보니 감회가 새롭다. 넓은 의미의 사회 과목 중에 유난히 지리가 좋았다. 국토지리뿐만 아니라 인문지리라고도 하는 세계지리에도 흥미가 있었고, 성적 또한 좋은 편이었다. 지리 과목에 강점을 보인 것은 지리 그 자체에 매력을 느꼈기 때문이다. 어려서부터 중학교와 고등학교에 다니는 형들의 '사회과부도' 보는 걸 즐겼다. '지도 찾기'는 우리 삼형제의 다양하고 '지적'인 오락거리 가운데 하나였다.

그 결과, 우리나라의 도청 소재지를 아는 건 기본이고, 시와 군의 명칭과 위치를 대충 파악하게 되었다. 세계지도에선 각 나라의 위치와 수도에다 그 나라의 국기까지 훤히 꿸 정도였다. 세계의 주요 산, 강, 섬, 만, 곶, 반도, 호수, 해협, 사막, 고원, 산맥의 이름까지 모조리 외웠다. 형들과 각국의 수도 맞추기나 지리적 요소의 '이름 대기'를 꾸준히 한 덕분이다.

이 책에 나타난 지리의 범위는 매우 넓다. "세계화 시대에 다른 나라 사람들의 삶과 우리와의 관계를 성찰하며, 생태계의 구성 요소인 인간과 인문·자연 환경의 상관관계 등을 다"룬다. 특히, 이 책은 생활 속의 지리를 추구한다. 이와 관련해 우리나라가 일본의 표준자오선을 가져다 쓰게 된 사연은 씁쓸하다. 우리나라는 표준자오선을 동경 127도 30분으로 처음 정했다. 대한제국 시절의 일이다. 일제강점기 표준자오선까지 일본과 같아졌다. 1954년부터 최초의 표준자오선을 다시 썼으나, 5·16 쿠데타 직후 일제강점기로 돌아갔다. 표준자오선이 동경 135도가 되면서 우리는 생체 리듬에 맞는 시간보다 30분 이른 생활을 하고 있다. 88올림픽 때는 주요 경기를 미국 텔레비전 방송의 황금시간대에 맞추려고 서머타임을 하느라 무려 1시간 30분이나 앞당겨지기도 했다. 그해 여름 입대한 나는 군대의 이른 식사시간이 어리둥절하기까지 했다. 한국인의 둔한 시간감각은 표준시가 자연스런 시간에서 어긋난 탓일까?

지도는 지리를 구현하는 하나의 방식이다. 이 책은 '대동여지도' 목판이 불태워지고, 그걸 만들었다는 이유로 김정호가 감옥에 갇혀 세상을 떠났다는 속설은 일제가 지어낸 이야기라고 지적한다. 일제가 식민지 교과서에 실어 퍼뜨린 김정호와 '대동여지도'에 얽힌 낭설의 근거 없음을 조목조목 따진다. 다행히 뜻있는 분들의 노력으로 1997년도 초등학교 5학년 교과서에 잘못을 바로잡은 내용이 실린다. 지리는 기후와 뗄 수 없는 관계다. 고위도는 춥고 저위도는 덥다고 여기기 쉽지만 가장 추운 곳은 북극보다 위도가 24도 정도 아래인 시베리아의 베르호얀스크이고, 가장 더운 곳은 적도보다 25도 위쪽의 사하라 사막 내륙이다. 기후는 위도 말고도 바다와의 거리, 지형 같은 요인들의 영향을 받아서다.

1994년 4월 출간한 이 책의 초판은 지난해 광복절까지 26쇄를 찍었다. 나는 한 달 전에 나온 개정판을 읽었다. 책의 내용을 고쳐 엮는 과정에서 실수를 하기 쉽다. "인천 중동 신시가지"(47쪽)는 지리책으로선 꽤 큰 오자다. 바로 앞의 "일산"은 "고양 일산"이라고 해야, 그 앞의 "서울 목동"처럼 서울의 일원으로 읽힐 우려가 없고, 터를 돋운 다음 아파트를 건설한 신시가지들이 나란해진다. 화산암의 일종인 조면암과 안산암을 구별하지 않거나 실트의 뜻을 풀어 주지 않은 것도 약간 아쉽다. 그래도 이 책은 지리애호가를 위한 양질의 교양 지리서로 전혀 손색없다. 또한 본래 목적인 지리 교과의 부교재로도 안성맞춤이다. (2007. 1. 19)

동양 '최초의' 철학자들

강신주의 『생각하고 토론하는 중국 철학 이야기 1』

말 많고 탈도 많은 대입논술시험이 출판에 미치는 긍정적 영향은 기초 입문서의 출간이다. 철학분야로 몰리고는 있어도 소장학자들의 필진 참여는 바람직하다. 품질 또한 얕볼 수준이 아니다. 그 중에도 강신주의 작업은 상급에 속한다. 강신주는 이과 쪽 대학공부를 살려 직장생활을 하다가 마지막 기회다 싶어 지원한 대학원 철학과에 덜컥 붙어서 삶의 진로를 바꾼 남다른 이력의 소유자다.

'최초의 철학자'라면 고대 그리스의 '애지자'를 떠올리기 쉬우나, 꼭 그렇지만은 않다. 먼 옛날 동양에도 지식과 지혜를 사랑하는 이들이 있었다. 중국 춘추전국시대의 제자백가가 바로 그들이다. 『중국 철학 이야기 1』(책세상, 2006)은 공자부터 한비자까지 12인의 사상가를 다룬다. 강신주는 그들의 사상을 단순·요약하는 데 그치는 것이 아니라, 이들이 춘추전국시대의 갈등과 대결 양상을 어떻게 풀어보려 했는지 눈여겨본다. 그러는 과정에서 중국 고대철학의 실체가 드러나기도 한다.

한자로 표현되는 중국 고대사상은 눈에 익다. 하지만 낯설고 무슨 뜻인지 모를 때가 더 많다. 같은 글자라도 일상어와 철학용어의 의미가 달라서다. 유가의 바탕을 이루는 인, 의, 예는 우리가 흔히 생각하는 어짊, 의로움, 예의범절과 거리를 둔다. 유가의 태두인 공자가 생각한 것과는 큰 차이가 난다. 공자의 핵심개념 인仁은 보편적인 사랑이 아니라는 것이 강신주의 설명이다. 그는, 인이 뭐냐는 물음에 대한 공자의 답변, "애인愛人"을 문제 삼는다.

『논어』에 나오는 '애인'의 다른 용례를 예로 들면서, 사람을 가리키는 두 종류의 개념과 만난다고 지적한다. "하나는 애인이라고 할 때의 '인'이고, 다른 하나는 사민이라고 할 때의 '민'이다. 흥미로운 것은 당시 '인'과 '민'은 정치적 위계가 다른 계급을 가리키는 용어였다는 것이다." 공자의 핵심개념은 두 말할 나위 없이 지배층 내부에 한정된 특수한 형태의 사랑에 지나지 않는다. 예 또한 그러하여 "예란 지배계층 내부의 품위 있는 행동 규범 일반을 가리킨다." 강신주는 철학자답게 개념의 정립이 뛰어나다. "우선 나와는 다른 삶의 규칙을 가진 존재"라는 타자의 철학적 의미는, 내가 그간 듣고 봐온 풀이 중에서 가장 와 닿는다.

일가를 이룬 중국 고대사상가 12인에 대한 강신주의 평가도 눈에 띈다. 대립하는 두 국면의 상호관계를 주목한 손자는 절대적인 다스림, 용기, 강함은 없다고 보았다. 그것은 맞상대하는 적에 견줘야 의미를 지닌다. "양주는 삶 자체가 수단이면서 동시에 목적일 수 있는 경지, 즉 삶을 긍정하는 경지를 추구했다." 노자에 대한 평가는 우리의 통념을 거스른다. "노자는 혜성처럼 등장해서 국가를 장기적으로 통치하는 방법과 아울러 천하를 통일하는 방법을 제안했다." 기존의 사상을 비판적으로 종합한 순자는 '동양의 아리스토텔레스'요, 위대한 사상가다. 가장 포괄적이고 합리적인 사유체계를 구성한 사상가이기도 하다. 강신주는 순자의 사유체계 중 제일 중요한 것으로 자연과 인간을 성공적으로 분리한 점을 꼽는다.

김영사의 '지식인 마을' 시리즈로 출간된 강신주가 지은 『공자&맹자』와 『장자&노자』는, 적어도 분량 면에선 『중국 철학 이야기 1』의 다음 단계라고 할 수 있다. 그런데 '지식인 마을'은 내용을 전달하는 방식이 좀 어수선하다. (2007. 2. 16)

8

'생태주의로 가는 디딤돌' 일본판 생태 · 환경용어집
오제키 슈지 외 『환경사상 키워드』

생태 · 환경을 주제로 어느 출판사의 열쇠말 연속물을 이어가려다 공수표만 뗀 일이 있다. '다행히' 때맞춰 건강이 나빠져 부도사태는 면했으나 아찔한 기억이다. 처음부터 내가 나설 일은 아니었다. 생태 · 환경 열쇠말을 혼자서 정리하려던 게 애당초 무리였다. 『환경사상 키워드』(김원식 옮김, 알마, 2007)가 이를 입증한다. 이 책은 "일본의 소장학자 34명이 환경사상과 환경문제의 기본용어, 핵심개념, 중요인물은 물론 그 발생과 발전의 역사까지 153항목 올림말에 담아냈다."(뒤표지) 또 이것을 통해 환경사상의 뿌리를 살피고 학문의 경계를 넘어선 환경사상에 다가간다.

환경사상 열쇠말은 큰 항목과 작은 항목으로 나뉜다. 큰 항목은 포괄적인 주제와 기본개념이 섞여 있다. 공공성과 환경문제, 농업의 사상, 자연의 권리, 환경윤리와 생명윤리 따위가 환경사상의 넓은 주제다. 법, 농업, 시민운동, 국제조약들과 환경의 연관성을 짚어보기도 한다. 공생, 생명지역주의, 순환형 사회, 환경정의, 생물다양성 등은 환경사상의 젖줄이 되는 개념이다. 지속 가능성 또한 기초개념의 하나다.

그런데 "인간 생활의 향상이 장래까지 '지속(영속)'되도록 자연을 보호한다는" 지속 가능성의 기존 문맥은 개발과 성장을 염두에 둔 포석이 아닌가 싶어 좀 씁쓸하다. 외려 "무엇보다도 그 발상의 원점이 환경 파괴와 자원 낭비의 극복을 지향하는" 지속 가능한 사회가 개운하다.

대체기술은 환경 파괴형 기술의 대용으로 환경과 공생하는 새로운 기술이다. 온실효과를 초래하는 프레온 가스의 생산과 사용을 엄격히 규제했다면, 반도체 산업은 거의 불가능했을 거라 한다. 그리 되지 않은 것은 프레온 가스를 이용한 반도체 제조 이윤이 매우 커서다. 환경 파괴형 기술이 발전하는 까닭은 정치적 이데올로기가 기술의 발달을 진보와 동일시하기 때문이기도 하다. 큰 항목은 분량이나 서술 방식이 논문과 칼럼의 중간형태여서 부담이 적고 편하게 읽힌다.

작은 항목은 일본판 생태 · 환경 용어사전이라 할 만하다. 환경운동가 박병상 선생은 권두 '추천 글'에서 마르크스와 엥겔스의 사상은 조명하지만 웬델 베리와 스콧 니어링을 다루지 않은 점을 지적한다. 나는 농부 · 철학자 · 시인 야마오 산세이가 없는 것이 아쉽다. 대신 앤드루 돕슨이 있어서 반가웠다. 돕슨은 유럽 환경정치학과 환경정치사상 분야의 독보적 인물인데다 『녹색정치사상』의 저자로서 작은 항목에 이름을 올렸다.

"특히 제2판(1995)의 중심 사상은 '환경주의'와 생태주의의 구별이다. 여기서 그는 기술 관료식 응답으로 환경문제를 해결하고자 하는 환경주의의 협소함을 논박하고 최근의 생태학적 근대화론이 융성하는 데 커다란 의문을 던진다. 돕슨이 주장하는 하나의 독립된 이데올로기로서의 생태주의 제창은 평등과 비폭력을 포함한 '지속 가능한 사회'에 대한 새로운 청사진을 제공하고 있다."

원서의 초판(1990) 번역본(1993)에서도 충분히 그런 면을 읽을 수 있다. 아쉽지만 한국어판『녹색정치사상』은 절판되었다. 이 책은 어디까지나 일본의 실상에 바탕을 둔 일본학자들의 시각이다. 일본의 첫 사례라고도 한다. 하여 박병상 선생의 궁금증과 기대감을 나도 한번 품어본다. "이참에 우리 사정에 맞는『환경사상 키워드』가 나온다면 어떤 내용이 담겨야 할지 생각하게 된다. 우리 환경에 맞는 사상과 사상가로 누가 조명될 수 있을까." (2007. 3. 16)

9

무인도 생존기의 원형, 근대 계몽이성의 상징

다니엘 디포의 『로빈슨 크루소』

어릴 때 세계명작을 얼추 재미나게 읽었다. 계림문고판 세권짜리 『아라비안나이트』는 왜 넷째 권을 엮지 않았느냐는 아쉬움이 들 정도였다. 적갈색 표지를 두룬 뒤마의 『암굴왕』 단행본은 뒤로 갈수록 읽을 분량이 줄어드는 게 안타까웠다. 어릴 적 감동을 다시 맛보려 장만한 10권으로 된 『아라비안나이트』 완역판을 두어 권 읽다가 말았다. 여전히 흥미로웠지만 그때 그 맛은 나지 않았다.

　엄청난 분량 탓에 『암굴왕』의 원판 또한 읽을 엄두가 안 난다. 우리 형님이 조카 녀석에게 사준 450쪽 안팎의 무려 다섯 권에 이르는 『몬테크리스토 백작』 완역본은, 뒤마가 그의 문하생들에게 작품의 일부를 나눠 쓰게 했다는 사실을 알았을 때보다 더 실망스러웠다. 스위프트의 『걸리버 여행기』와 다니엘 디포의 『로빈슨 크루소』는 원작이 한 권이라 천만다행이다. 『로빈슨 크루소』는 쥘 베른의 『15소년 표류기』 『80일간의 세계일주』와 더불어 내 유년의 모험심을 한껏 부추긴 작품이다.

　'네버랜드 클래식'의 하나로 출간된 『로빈슨 크루소』(김영선 옮김, 시공주니어, 2007) 완역판은 편집의 완성도가 높고 책의 매무새는 단단하다. 그런데 책을 읽은 느낌은 솔직히 예전만 못하다. 이야기는 여전히 재미있다. 감동이 덜한 것은 다 아는 내용이라서? 아니면, 로빈슨 크루소의 시대적 한계를 알고 있어서 그런가? 후자가 『로빈슨 크루소』를 냉정하게 보게 하는 것 같다. 로빈슨 크루소와 프라이데이의 주종 관계는 어릴 적에도 썩 유쾌하진 않았다.

이와 비슷한 맥락의 소설 모티브를 발견한 것이 완역 읽기의 소득이라면 소득이다. 그건 다름 아닌, 로빈슨 크루소가 난파선을 타게 된 계기다. 그는 가욋일로, 아르바이트삼아 노예무역을 하러 배에 오른다. 전에 못 봤던 속죄, 회개, 은총, 신의 섭리 같은 기독교적 덕목이 또한 흥미를 반감시킨다. 로빈슨 크루소가 난파선에서 가져온 물품은 어릴 때보다 훨씬 많지만, 내가 느끼는 풍족함은 그에 못 미친다. 계림문고판 『로빈슨 크루소』는 난파선에서 꺼낸 물품 목록으로 한바닥을 채웠다. 이제 보니 로빈슨 크루소가 28년하고도 두 달을 살았던 섬은 남미 대륙에 가까운 북위 9도 22분에 위치한 대서양의 무인도다.

한계가 없진 않지만 누구도 『로빈슨 크루소』의 가치를 부정하긴 어렵다. 『로빈슨 크루소』는 난파선 생존자 무인도 정착기의 원형이다. 로빈슨 크루소는 근대과학과 계몽이성을 표상한다. 그는 숫자에 민감하고 셈이 밝다. 기록에도 충실하다. 의자와 탁자를 만들면서 그는 이런 말을 한다. "이성이 수학의 본질이요 근원인 것처럼 모든 것을 이성으로 이해하고 계산해서 사물을 가장 합리적으로 판단한다면, 누구나 시간이 지나면 저절로 모든 기술을 익힐 수 있다는 점이다." 로빈슨 크루소는 '혼자 지내기'의 고갱이를 보여 준다.

『로빈슨 크루소』는 지금도 강한 파급력으로 인류 문화를 살찌우고 있다. 새삼스레 1700년대 초반 이 소설이 씌어졌다는 사실이 믿어지지 않는다. 300년 가까이 읽히는 힘은 굉장하다. 프랑스의 철학자 겸 소설가 미셸 투르니에는 『방드르디, 태평양의 끝』에서 『로빈슨 크루소』를 철학적으로 재해석한다. 할리우드 식 문법이 다소 거슬리는 톰 행크스 주연의 '캐스트 어웨이'는 『로빈슨 크루소』의 발상을 빌린 영화다. 로빈슨 크루소는 우리 출판사상 초유의 성공적인 단행본 캐릭터로 거듭난다. 그가 바로 '노빈손'이다. (2007. 4. 20)

10

'서글프게 아름다운' 이야기

타리크 알리의 『석류나무 그늘 아래』

내게 스페인 제국의 몰락 원인은 까다로운 수수께끼였다. 짜 맞추기 어려운 퍼즐이었다. 1588년 영국과 치른 칼레 해전의 참패만으론 그림조각이 턱없이 모자랐다. 이른바 무적함대의 궤멸 말고도 다른 이유가 있는 게 분명했다. 그게 뭘까? 드디어 나머지 그림조각을 찾았다. 다분히 결과론적이긴 해도, 비난과 원망과 저주가 뒤섞인 우마르의 예측은 그대로 들어맞았다. 모든 이에게 아무런 대가를 바라지 않고 그늘을 드리워 준 나무를 도끼질한 대가는 실로 엄청났다.

"그게 자네 편에 이득이 될 것이라고 생각하겠지. 그럴지도 몰라. 하지만 그게 얼마나 오래갈까? 백 년? 이백 년? 그럴 수도 있겠지. 하지만 결국 이 땅의 지지러진 문명은 망하고 말 걸세. 유럽 나머지 지역에 추월당할 거야. 그날 그들이 파괴한 것이 이 반도의 미래라는 사실은 물론 자네도 잘 알겠지. 책을 불태우고, 반대자를 고문하고, 이교도를 말뚝에 묶어 불태우는 사람들은 안정된 기초 위에 집을 세울 수가 없네."

'불의 벽' 사건은 1499년으로 거슬러 오른다. 알안달루스(이베리아)

반도의 실지를 회복한 기독교세력은 히메네스 데 시스네로스 대주교의 주도 아래 코란 수천부가 포함된 수십만 권의 책으로 높다란 벽을 쌓아 불태운다. 가르나타(그라나다)에 있는 이슬람 사원 바브 알람라 인근의 비단시장에서 자행된 분서는 반달리즘의 극치다. 타리크 알리의 이슬람 소설 3부작 가운데 둘째 권인 『석류나무 그늘 아래』(정영목 옮김, 미래M&B, 2007)는 역사적 사실을 바탕으로 한다.(첫째 권 『술탄 살라딘』에 대해선 〈한겨레〉 2005년 6월 17일치에 실린 '이권우의 요즘 읽은 책' 참조)

소설은 히메네스 데 시스네로스에서 시작해 코르테스로 끝나지만, 소설의 중심은 바누 후다일 가문이다. 서기 932년 함자 빈 후다일은 그의 식구와 그를 따르는 이들과 함께 디마슈크(다마스쿠스)를 떠나 가르나타에서 30킬로미터쯤 떨어진 산기슭에 정착한다. 그가 세운 마을은 알후다일로 알려진다. 그의 후손인 우마르 빈 압달라는 2천여 주민의 존경을 받는 알후다일의 영주다. 소설은 우마르의 할아버지 이븐 파리드부터 우마르의 자녀까지 4대에 걸친 가족 이야기가 뒤엉킨다.

소설에 나오는 귀족 자제의 하녀 후리기, 출생의 비밀, 근친상간 따위가 의외로 그리 칙칙하지 않다. 사랑은 신분의 차이를 극복하지 못한다. 하지만 가난이나 한때의 독특한 성적 취향에는 구애받지 않는다. 사랑 묘사의 우아함은 『로미오와 줄리엣』에 꿀릴 게 전혀 없다. 그러나 꼬리에 꼬리를 무는 이야기가 『아라비안나이트』 쪽으로 기울게 한다. 경구가 될 만한 구절이 꽤 있다. "눈으로 보지 못하면 마음도 슬퍼할 수 없다." "진정한 신앙은 위계를 인정하지 않는다." "그는 참된 지식을 숭배하는 사람이었지만, 사람을 존경하지는 않았다."

타리크 알리는 코르테스의 노란 싹수를 보여 주는 것으로 소설을 마무리 짓는다. 코르테스가 누군가? 그는 아스텍 문명을 맘껏 짓밟은 정복자다. 타리크 알리는 그런 그에게 알후다일 절멸작전의 지휘관 역을 맡긴다. 아주 적절한 배역선정이다. 코르테스는 약관 16세에 불과했으나, 실지회복운동을 통해 잔뼈가 굵은 몸이었다. 그가 그보다 나이가 많았을 부하들에게 말했다. "내가 생존자들의 증오는 우리를 죽이는 독이라고 하지 않더냐?" (2007. 5. 26)

11

꿈과 희망 찾아 강물을 거슬러 오르는

안도현의 『연어』

어떤 책을 100쇄 찍으려면 꾸준히 팔려야 한다. 한 달 전 100쇄를 기록한 안도현 시인의 『연어』(그림 엄택수, 문학동네, 1996)의 '수명'은 내가 출판언론인으로 지낸 세월과 맞먹는다. 정확히는 나보다 한 달 보름 앞선다. 또 그러려면 잘 팔려야 한다. 지금까지 『연어』의 판매량은 80만 부에 육박한다. 한 해 7만 부는 너끈히 소화됐다는 얘기다. 『연어』는 새로운 장르를 개척하기도 했다. 『연어』는 '어른을 위한 동화'의 대표작이다.

『연어』 같은 책은 출판사에게 보물이나 다름없다. 문학동네가 올해 서울국제도서전에서 출판사 부스를 『연어』 100쇄 특별판으로만 채운 것은 지나친 대접이 결코 아니다. 100쇄 기념으로 만화 『연어』와 『연어』 그림책을 펴낸 것 또한 마찬가지다. 『연어』는 이런 대우를 받을 자격이 충분하다.

다른 지면에다 100쇄 돌파를 미리 축하하느라 1판 99쇄로 『연어』를 처음 읽고 이런 생각이 들었다. 왜 이른바 '스토리텔링'이라는 교묘한 처세서가 널리 읽히는지 모르겠다. 『연어』를 통해서 우리는 남과 사귀며 살아가는 데 필요한 지혜를 얼마든지 얻을 수 있다. 「서울로 가는 전봉준」으로 등단한 헌걸찬 시인을 대표하는 작품으로 남겠구나, 하는 걱정이 앞서기도 했다.

두 달이 채 안되어 다시 읽은 『연어』는 여전히 감동적이다. 일렁이는 감동의 물결이 잔잔하면서도 더 진하다. "자연의 아름다움과 그 이치를 안다는 것은 자신이 스스로 자연의 일부임을 안다는 뜻이다. 다만, 자연의 일부이면서도 자연을 얕보는 지상의 인간들만이 그 중요한 사실을 모르고 있을 뿐이다." 그런데 낚싯대가 아니라 사진기를 지닌 사람들은 정말 믿을 수 있을까?

『만화로 읽는 연어』(만화 기린, 애니북스, 2007)는 원작의 진지함 때문에 만화적 상상력을 펼칠 여지가 좁은데도 만화의 특성을 잘 살렸다. "실패한 연어는 맨 뒤로 가서 차례를 기다려라!"라고 하는 은빛연어와 눈맑은연어가 속한 연어 떼의 지도자인 턱큰연어의 외침은 "실패한 연어는 맨 뒤로 가서 다시 뛰어오를 차례를 기다려야 한다"는 원작의 평서문을 각색한 것이다. 만화 『연어』는 원작의 빈틈을 채워 주고, 내용을 풍부하게 하며, 독자의 이해를 돕는다.

그림책은 원작의 생략이 뒤따른다. 『그림책 연어』(그림 한병호, 문학동네어린이, 2007)는 "중요한 것은 끝에 있다는 사실을" 알고 있다. "우리가 쉬운 길을 선택한다면 우리의 새끼들도 쉬운 길로만 가려 할 테고, 곧 거기에 익숙해질 거야. 하지만 우리가 폭포를 뛰어넘는다면 그 순간의 기쁨을 우리 새끼들도 알게 되지 않을까? 그게 연어의 길일 거야." 『그림책 연어』 '작가의 말'은 『연어』의 집필 동기를 알려준다. 알을 낳아 종족을 번식시키기 위해서 자기가 태어난 강으로 돌아오는 "연어의 생태는 사뭇 감동적입니다. 그래서 나는 연어의 삶과 죽음에 대한 이야기를 써야겠다고 마음을 먹었습니다."

　『연어』 3종 한 벌은 장르는 각기 달라도 하나같이 싱싱하다. 모두가 '거꾸로 강을 거슬러 오르는 저 힘찬 연어들처럼' 퍼덕인다. 초록강의 말대로 거슬러 오른다는 것은 꿈과 희망 같은 지금은 보이지 않는 것을 찾아 나선다는 뜻일 게다. 그건 힘겹지만 아름다운 일이다. (2007. 6. 23)

12

고급스런 자전거타기 안내서

니와 다카시 · 나카무라 히로시의 『자전거학교』

1980년대 중반만 해도 청바지는 스물 안팎의 젊은이나 입는 옷이었
다. 당시 외국에 거주하던 작은고모와 인천공설운동장 야구장을 다녀
오는 길의 시내버스 안은 승객이 적잖았다. 그런데 남녀노소를 불문하
고 청바지를 착용한 사람은 거의 없었다. 청바지를 입은 작은고모는
튀어 보이는 중년여성의 차림새였다.

자전거는 예전에도 많았다. 형들이 보던 1970년대 초반의 〈소년중
앙〉은 「페달을 밟아라!」라는 만화를 연재했다. 그 잡지의 별책부록으
로 「태양을 쳐라!」라는 야구만화가 연재된 것을 보면, 자전거 타기는
고등학교 야구와 비길 만한 인기가 있었던 것으로 여겨진다. 아쉽게도
두 만화는 일본만화를 베꼈다. 「페달을 밟아라!」에서 주인공이 자전거
를 타고 내려오는 긴 계단은 자유공원에서 옛 시가지로 내리벋은 계단
과 비슷하긴 했다. 미국에선 1890년대 자전거 열풍이 불었으나, 이내
자동차에 그 자리를 내준다. 자전거가 엄청난 인기를 끌 적에도 고급
스런 마차를 선호하는 부유층은 이를 외면했다고 한다. 자전거는 중산
층의 사랑을 듬뿍 받았다.

145

『자전거학교』(민경태 옮김, 마고북스, 2007)는 보기 드문 책이다. 출간 목적을 따르면, 실용서로 분류되지만 그런 협애한 기준에 얽매이고 싶진 않다. 이 책은 높은 완성도를 자랑한다. 우선 번역서의 분위기가 전혀 안 난다. 우리 실정에 맞게 내용을 각색하고 필요한 사항을 덧붙였다. 특히 '차'에 속하는 자전거에 적용되는 도로교통법의 내용이 흥미롭다. 주차위반 딱지는 떼여도 음주운전은 처벌받지 않는다. 모르긴 해도 한국어판이 일본책보다 더 알찰 것이다.

이 책은 100킬로미터 주행을 목표로 하는 자전거타기 입문서다. 자전거타기의 기본적이고 전문적이며 고급한 지식을 담았다. 자전거 타기는 "핸들, 안장, 페달의 위치를 정해서 하는 운동이다." 이 세 요소가 적절하지 못하면 통증이 오고 조금만 달려도 피곤해진다. 만 4~5세는 되어야 두발자전거를 탈 수 있다. 레저용 자전거에 장착된 다단 기어의 용도에 대한 답은 명쾌하다. 그것은 "다리에 걸리는 부하를 일정하게 하기 위해서다. 빠르게 달리기 위해서 기어를 무겁게 하여 힘껏 밟는다는 이미지"는 잘못된 것이다. 여러 번 언급하는 유산소운동이 뭔지도 확실히 알게 되었다. 유산소운동은 내 몸에 맞는 적당한 운동이다. 무산소운동은 단숨에 숨이 찰 정도로 달리는 것을 말한다.

또 이 책은 전국일주 같은 이벤트보다는 주말마다 자전거타기를 즐기는 방법을 안내한다. "1주일에 한 번 100킬로미터를 달린다고 하면 사람들의 눈길을 받을지도 모르지만 스포츠사이클링은 규칙이 있고 점수를 내는 운동이 아니다. 평가 기준으로 어디까지나 자신의 만족도를 생각하는 것이 중요하다."

자전거타기와 그것의 효과를 일방적으로 칭찬하지 않는 것 또한 이 책의 미덕이다. "운동을 하면 수명이 늘어난다는 자료는 아직까지 없다." "트레이닝을 위해 고속으로 달리는 자전거가 가장 위험한 것도 사실이다." 나는 학교에 한 맺힌 사람이지만, 일본 '혹가이도'의 〈우리 학교〉와 〈자전거학교〉는 기꺼이 다니련다. "자전거를 즐기면서 타고자 하는 마음가짐이" 무엇보다 중요해서일까. 『자전거학교』는 책장을 넘길수록 풍요로움이 느껴진다. (2007. 7. 20)

13

우리 시대의 아사달과 아사녀
노천희의 『내 님, 불멸의 남자 현승효』

수천을 헤아리는 장서 가운데 하나를 고르라면 주저 않고 채광석 시인의 옥중서간집 『그 어딘가의 구비에서 우리가 만났듯이』를 들겠다. 특별한 추억이 있거나 골동품의 가치가 있어 그런 건 아니다. 이 책은 '감옥 안'보다는 '편지글 모음'에 무게가 실린다. 한 젊은이의 연인을 향한 그리움이 배인 연애편지다.

『속울음』은 작은형의 유고집이다. 경남 마산 월영동 소재 국군통합병원에 입원했을 때 쓴 일기를 엮었다. 1주기를 맞아 150여 부를 만들어 작은형을 아는 이들에게 돌렸다. 쪽수도 얼마 안 되는 작은 책이지만 내게는 더없이 귀하고 소중하다. 일전에 자신의 책을 들고 집으로 찾아온 분에게 답례로 한 권 드렸다가 아내의 핀잔을 달게 들었다.

30년 만에 빛을 본 『내 님, 불멸의 남자 현승효』(삶이 보이는 창, 2007)는 두 가지 점이 놀랍다. 먼저, 청춘남녀의 사랑이 어찌 이리 애절할 수 있을까? 강제징집당한 학생운동 출신 졸병과 중학교에 갓 부임한 신졸 여교사의 사연이 애달프다. 둘의 사랑은 세월이 흘러도 식을 줄 모른다. "당신을 떠나온 지 벌써 이틀이 지났습니다. 당신을 보러 갈

날이 이틀 당겨졌습니다"라는 '노야'의 편지에 '내 님'은 이렇게 화답한다. "내 뼈가 부서지고 피가 말라 없어지더라도 너만 있으면 난 살수가 있다." 다시 '노야'다. "당신의 사랑의 결정체인 그 기록은 저의 가슴을 갈기갈기 찢는 듯한 아픔을 줍니다."

그 기록이란 '내 님'의 병영일기를 말한다. '내 님'은 어떻게 그 열악한 환경에서 날마다 일기를 써서 어디다 숨겨 놨다 '노야'에게 건넬 수 있었을까? '내 님'은 틈나는 대로 책을 읽으며 공책 8권 분량의 철학에세이를 군복무 중 완성한다. 일기는 편지와 더불어 완전한 사랑에 다가선다. 일기는 변하지 않는 군대의 실상을 전하는 보기 드문 기록이다. "ㅇ 같다"를 1만 번 되뇌어야 제대할 수 있다. 일기는 정말 "이상한 곳"에서 외롭게 싸우는 철학인의 내면을 담았다.

"노야! 만약에 내가 나의 철학과 사상을 배반해서 살아왔다면, 그래서 세상에서 말하는 안일과 현명함을 지녔다면, 편하고 모든 상황과 역사와 진리와 양심 그리고 실존과 자유를 모르는 척 외면해 버리고 슬쩍 비켜 버리고 뭐 세상이란 그런 거 아니냐 하고 대다수 인간들처럼 슬쩍 비켜 버린 소득으로 중위 계급장을 달고 그저 큰소리나 탕탕치고 인화할 줄 모르고 기고만장한 그런 기분으로 계속 지내고 아버님 어머님께는 얄팍한 효도로 노야 너에게는 걱정을 덜 끼치고 살아왔다면, 그것은 자신의 부정이 되었음을 요즈음 확신하고 있다."

빛나는 사랑일수록 시기와 질시의 대상이 된다. '내 님'은 군에서 살아 돌아오지 못한다. 제대 넉 달을 앞두고 의문스런 죽임을 당한다. 이 책은 우리 시대 아사달과 아사녀의 슬픈 사랑 이야기다.

군복무를 하면서 휴전선 인근 강원 내륙지역이 여름에 무지 덥다는 사실을 알았다. 쌍팔년 한 여름에 입대해 논산 육군 '제2훈련소' 군번

을 받았으되 신병교육은 중동부전선의 사단훈련소에서 받았다. 우리
는 신병훈련을 매듭짓는 장거리 행군을 제꼈다. 혹서기 행군도중 쓰러
진 사단 예하의 병사가 셋이나 목숨을 잃었기 때문이다. 그들 역시 누
군가를 사무치게 그리워하고 가슴시린 사랑을 받았으리라. (2007. 8.
18)

14

야구는 혼자서 하는 게 아냐

아사노 아쓰코의 『배터리』

내게도 '서울운동장 야구장'의 추억이 있다. 개교기념일을 맞아 대통령배 고교야구대회 4강전 두 경기를 보러 대학에 다니는 큰형과 야구장을 찾았다. 초등학생 눈에도 서울운동장은 '인천공설운동장 야구장'과는 차원이 달랐다. 여름방학 때 봉황대기는 관중이 너무 많이 몰려들어 표를 못 구해 그냥 집으로 왔다. 이런 체험들이 나를 야구광으로 만들었을 것이다.

일본은 진짜 야구의 나라다. 캐리커처를 통해 메이지시대의 사회상을 굽어본 『일본 근대의 풍경』에 실린 20세기 초반의 야구열기를 풍자한 만화에는 다음과 같은 설명이 붙어 있다. "학생들이 야구에 정신을 빼앗겨 책을 읽지 않는 통에 책에 거미줄이 쳐져 있다. 이런 만화가 그려질 정도로 야구는 일본에 뿌리를 내리고 국민적 스포츠가 되었던 것이다."

이렇게 긴 이야기를 읽은 게 도대체 얼마 만인가! 나는 진작 이런 이야기를 원했다. 『태양을 쳐라』 이후 30년 만에 맛보는 감동이다. 이현세 선생의 『공포의 외인구단』을 장만해 놨지만 아직 읽지 않고 있다. 가장 두꺼운 2권을 독파하자 읽는 속도가 붙었다. 『배터리』는 입학 직전부터 2학년 진급을 코앞에 둔 봄방학까지 중학교 1학년의 학교생활이 축을 이루는 '소년'소설이다. 대체로 방해꾼으로 묘사된 어른들은 개입을 자제한다. 또한 하라다 다쿠미의 가족이 중심인 가족소설이다. 어린 독자를 위한 배려인지 다쿠미 가족의 특징을 거듭 말하지만 그리 거슬리진 않는다.

『배터리』(전6권, 양억관 옮김, 해냄출판사, 2007)는 야구 성장소설이다. 몸이 약해도 공부를 못해도 야구는 할 수 있다는, 남보다 강한 몸을 가진 놈만이 야구를 즐긴다는 생각은 잘못이라는 다쿠미 외할아버지의 야구론이 주는 울림은 크다. 배터리는 야구에서 투수와 포수를 '싸잡아' 일컫는다. 다쿠미는 천재성이 엿보이는 투수이나 성격은 꽤 까칠하다. 나가쿠라 고는 다쿠미의 위력적인 공을 너끈히 받아내는 듬직한 포수다. 고는 사람됨도 좋다. 다쿠미와 고가 아옹다옹 티격태격하면서 내용이 전개되는 것은 어느 정도 예상한 바다. 그런데 어느 순간부터 이야기의 외연이 넓어진다. 닛타히가시 중학교 야구부원들과 맞상대인 요코테 제2중학교 선수들도 단순한 보조배역에 머물지 않는다. 야구는 혼자 하는 게 아니고 사람이 하는 거라 그렇다.

소설의 대미는 영화 '왕의 남자'의 마지막 장면을 떠올린다. 물론 외줄에서 하늘로 치솟은 장생과 공길보다 『배터리』에 등장하는 중학교 야구선수들은 훨씬 희망차다. 앞날이 밝다. 또 적어도 다쿠미와 그의 벗들은 공을 몰래 감췄다가 한눈파는 주자를 아웃시키는 졸렬한 야구는 하지 않을 것이다. 다분히 고의적으로 1루수의 발목을 밟거나 심판이 타자의 타임 요청을 받아들여도 신경질적으로 공을 거칠게 내던지진 않으리라.

우리 작가는 이런 소설을 쓸 수 없다. 작품성이 뛰어나 그렇다는 말은 아니다. 설령 쓰더라도 밀리언셀러가 되는 건 아예 불가능하다. 장담하건대 절대로! 우리에겐 그런 야구문화가 없기 때문이다. 시골 고등학교 야구부를 몇 번이나 고시엔 대회에 진출시킨 다쿠미의 외할아버지 이오카 요조는 '살아 있는 전설'로 통한다. 동네 야구장도 본루에서 보면 투수판이 "정확히 동북동 위치에 박혀 있다." 서울 목동야구장이 왜 개점휴업 상태에 있는지 아는 사람은 다 안다. '서울운동장 야구장' 철거는 문화적 폭거다. (2007. 9. 15)

15

고전음악의 세계로 통하는 문

이헌석의 『열려라, 클래식』

고등학교 2학년 때 인천에선 특별한 음악 감상회가 달마다 열렸다. 클래식을 좋아하는 사람들이 모여 음반에 담긴 음악을 들었다. 음악회 주최자는 너무 평범한 게 오히려 특별했다. 그는 막일을 하는 분이었다. 어눌한 인사말에서 늦게 고전음악에 눈뜬 이의 풍족한 자부심과 그것을 사람들과 나누려는 순수함이 느껴졌다.

나는 급우 서넛과 두어 번 음악회에 참석했다. 우린 '염불'과 '잿밥', 둘 다 관심 있었다. 철없이 경품에 눈이 어두웠다. 한번은 경품 응모권을 여러 장 응모함에 넣어 당첨 확률을 높여 주위의 따가운 눈길을 뒤로 하고 각자에게 돌아갈 경품을 확보할 수 있었다. 나는 '에그몬트 서곡'이 담긴 베토벤 음반을 챙겼다.

그 무렵 선보인 음악 전문잡지는 창간호 별책부록으로 '클래식 음반 총목록'을 곁들였다. 음반 목록집은 어린 눈에도 꽤 잘 만들었다. 당시 출시된 클래식 음반을 망라한 것 같았다. 다만, 목록 위주여서 읽을거리가 부족한 게 약간 아쉬웠다. 이헌석의 『열려라, 클래식』(증보판, 돋을새김, 2007)은 뒤늦게라도 그런 아쉬움을 풀어 준다. 게다가 한결 유연하다. 고양이 톰이 그려진 반팔 윗옷을 입은 책날개 저자사진에서 보듯 그는 격식 같은 건 안 따진다.

이헌석은 전방위 음악평론가다. 그의 음악 취향은 다양하다 못해 특이하다. "바흐와 모차르트를 이야기하는가 하면 시카고와 홀 앤 오츠의 팬이라 하고, 마일스 데이비스나 앙드레 가뇽을 이야기하다가 느닷없이 핑클의 노래가 좋다고 우기니."(정일서 프로듀서, 추천의 글) 나는 장르를 안 가리는 그의 음악 선호가 미덥다. 혹시라도 잡식성을 빌미로 그의 실력을 얕봤다간 큰코다친다. 그는 내공이 대단하다. 그의 팝음악 상식은 부전공이고, 전공은 클래식이다. 그는 먼저 클래식 초보자에게 도움이 되는 기초상식을 일러준다. "클래식 음악이란 오랜 세월을 거치며 권위 있는 예술 작품으로 자리 잡은 음악을 통틀어 지칭하는 용어"다. 교향곡은 소나타 형식의 대규모 관현악곡을 말한다.

이헌석은 클래식과 친해지는 방법으로 클래식 전문 방송 청취를 권한다. 나도 우연찮게 KBS-1FM에 주파수를 맞췄다가 고전음악의 세계에 빠져들었다. 구체적인 방법으로는 자신이 듣기 좋은 곡부터 감상하길 조언하면서 클래식 소품과의 만남을 주선한다. 라디오에선 바흐의 'G선상의 아리아' 같은 곡을 주로 프로그램의 막간에 들려준다. 나는 그럴 때를 기다려 널리 알려진 클래식 소품을 카세트테이프에 담기도 했다.

옴니버스 편집음반과 크로스오버 음악을 다룬 것도 눈에 띄는 대목이나, 이 책의 본령은 바흐에서 쇼스타코비치까지 시대 순으로 작곡가의 중요한 음반을 소개한 3장이다. 작곡가의 간략한 생애 서술에 이어 악곡의 종류에 따라 그 음악가의 작품을 제대로 소화한 명연주가 담긴 음반을 현장감 있는 해설과 함께 추천한다. 이헌석은 "작가의 면전에서 판결을 내린다"(벤야민)는 비평가의 직분에 충실하다. 그런데 싫은 소리는 하지 않는다. 하기야 자신이 고른 명연주 명반에다 무슨 군말을 더하랴.

감히 말하노니 이헌석의 주문을 외우는 이여, 그대에게 황홀한 고전음악의 세계가 열릴지어다. '열려라, 클래식.' (2007. 10. 20)

16

염전의 문화사 혹은 염전의 모든 것

유종인의 『염전, 소금이 일어나는 물거울』

지난 달 하순 강화 석모도를 3년 만에 다시 찾았다. 평일인데도 강화 외포항은 나들이 차량으로 북적였고, 섬을 오가는 배는 놀 짬이 없었다. 하지만 석모도 서쪽 바닷가 염전의 소금창고는 퇴락한 기색이 완연하다. 어느 여행사진가의 사진 산문집에선 안데스산맥 기슭의 염전 두 곳이 내 눈길을 붙잡았다. 1억 년 전 바다였던 볼리비아의 우유니 소금사막은 노천염전이나 다름없다. 안데스산맥에서 흘러내려오는 물줄기가 암염지대를 통과하면서 만들어진 페루의 살리나스 염전은 다락논을 떠올린다.

『염전, 소금이 일어나는 물거울』(눌와, 2007)을 뭐라 부를까? 글(유종인)과 사진(박현우)이 어우러진 서해안 염전 답사기, 염전의 문화사 아니면 염전의 모든 것. 어째서 새삼스레 안하던 짓을 하려는가. 이 책을 한마디로 규정하는 건 부질없는 일이다. "퇴역한 염부에게서 염전과 소금에 대한 정의를 한마디만, '천일염에 대한 한마디'만 듣고 싶었다. 그것은 불가능한 일"이었다는 유종인 시인의 토로처럼.

적어도 12단계, 많게는 15단계를 거쳐야 소금을 얻는 염전일은 고된 노동이다. 하지만 나는 염치불구하고 시인이 풀어놓은 말의 잔칫상을 즐긴다. 염도를 달리하여 늘어선 각 단계의 소금밭을 '배미'라고 한다. '난치'는 염도 2도 안팎의 바닷물이 첫 증발지로 옮겨지는 여섯 배미를 이르고, '느티'는 네 단계 정도의 중간 증발지를 일컫는다. 소금 농꾼은 '소금물을 안치고, 대패질을 하며, 소금을 받는다.' 이름난 염전에 붙은 공생, 대동, 태평의 뜻도 허투루 봐 넘기기 어렵다. 염전 배미에 날아드는 소나무의 꽃가루는 서해안 천일염 소금에 들어가는 하나뿐인 천연 첨가물이다. 소금은 천일염 외에 암염, 기계염, 재제조염 등을 통해서도 만들어진다.

옛 어른들은 왜 오줌싸개에게 소금을 얻어오라 했을까? "소금이 나쁜 기운을 물리치는 힘을 발휘한다고 믿었던 것이다. 오줌 싸는 아이는 몸이 허약하다고 믿기 때문에 그런 나쁜 기운을 물리칠 수 있는 소금이야말로 아이에겐 건강회복의 상징처럼 쓰였던 것이다. 또 오줌과 관련되는 신장 기능에 소금은 유효한 성분이라는 한방적 견해가 한몫을 더했을 것이다." '날림집'의 추억은 가슴 뭉클하다.

먼발치에서 주안염전을 바라본 가냘픈 기억이 있다. 어린 눈에도 직선으로 나뉜 소금밭의 반듯함은 참 인상적이었다. "소금밭의 구도는 단순하기 그지없다." 지금 생각하면, 마치 몬드리안 추상화의 색을 입히기 전 모습 같았다. 염전 풍경을 담은 그래픽디자이너 박현우의 사진은 정갈하다. "어찌된 것인지 소금창고는 여느 건축물에 비해 그 늙어가는 속도가 유난히 빠르다."

『본초강목』에선 소금의 효능 중 하나로 "부패를 방지하고 냄새를 없애" 준다는 점을 든다. 관가와 재벌가 그리고 대학가를 중심으로 광범위하게 소금을 왕창 뿌리든지 해야지, 이거야 원. 『염전』은 '소금을 연출한 자연의 힘'에 대한 경의이자 그것에 바치는 찬사다. "염전에 든 햇빛과 바람과 사람의 조력으로 모아진 소금이 소금의 이름으로만 절실하게 쓰이는 사람들을 바라고 묵묵히 일어나는 일은 얼마나 종요롭고 고마운가." (2007. 11. 17)

17

정치적인, 아주 정치적인 울프

버지니아 울프의 『3기니』

주제가 통하는 버지니아 울프의 길고 짧은 에세이 세 편을 한 권에 묶
으면 어떨까? 『자기만의 방』과 『집안의 천사 죽이기』, 그리고 『3기니』
를 하나로 엮는 작업은 꽤 괜찮은 기획이라 여겼다. 이른바 '스토리텔
링' 경제경영처세서의 경박 단소함에 반발하는 측면이 없지 않았지만,
느슨하고 어설픈 발상이었다.

울프의 주석이 담긴, 새로 번역된 『3기니』(태혜숙 옮김, 이후, 2007)는
만만찮은 분량이다. 400쪽을 웃돈다. 책머리에 놓인 제인 마커스의 작
품론은 쓸데없이 쪽수를 늘이는 군더더기가 아니다. 아주 요긴한 글이
다. 이제 보니, 우리 독자들만 버지니아의 장편소설 『세월』을 오해한
게 아니었다. 영문학계에선 F. R. 리비스와 그의 아내 퀴니 리비스의
'중상모략'이 오랫동안 악영향을 끼쳤다. 리비스 부부는 '진실한' 노
동계급 출신 작가 D. H. 로렌스를 울프에 맞세웠다. 로렌스는 울프를
빗대 막말을 서슴지 않았으나, 그의 『목사의 딸들』은 고상하기만 하
다. "울프는 좌파 사람들이 대중을 조직하기 위해 나서기 전에 자신의
계층 속에서 조직해야 한다고 확고하게 믿었다." 그리고 제인 마커스

의 "글은 이 책을 대하는" 그녀 "자신의 반응"이다.

나는 내 느낌에 충실하겠다. 결론부터 말하면, 나는 페미니스트가 아니지만 울프의 여성주의는 공감한다. 양심에 따른 병역거부를 시큰 둥해 해도 울프의 평화주의는 지지한다. 국내 거주 외국인노동자의 처우를 개선하고 지위를 향상시키는 데 굳이 울프의 국제주의를 차용할 필요성까진 못 느낀다.

첫 한국어판(여성사, 1994)은 울프의 주석뿐 아니라 사진 다섯 장도 빠트렸다. '복원된' 사진들은 영국의 가부장제를 상징한다. 서울 지하철 2호선 서초 역 6번 출구 진행방향으론 대법원, 대검찰청, 서초경찰서, 국립중앙도서관, 서울지방조달청과 기획예산처가 늘어서 있다. 이 중 국립중앙도서관 앞에서만 좌회전이 안 된다는 우스개는 도서관의 낮은 역량을 반영한다기보다는 나머지 권력기관들의 힘을 대변한다. 지난 토요일, 국립중앙도서관 부속건물에서 있은 독서 감상 발표대회에 다녀오는 길에 1인 시위자를 만났다. 대검찰청을 배경으로 포즈를 취한 초로의 신사가 들고 있는 큰 팻말은 이런 글귀가 또렷했다. "BBK 정치검찰 근조"

이 책을 구성하는 편지 세 통은 전쟁반대 성명서 서명과 반전기부금 요청에 대한 답장이다. 나는 거의 모든 서명과 어떤 기부를 꺼린다. 얼마 전, 서울 대학로에서 예외적인 서명을 하려다 여중생의 물음에 할 말을 잃었다. "(동)사무소는 한자 아닌가요?" 저번 대선을 앞두고 모 정당의 창당기금으로 1만 원을, 어느 후보자에게 1만 원을 기부했다. 나는 그 후보자의 지지자들이 보내 준 쌈짓돈은 적어도 상징적 차원을 넘어서 선거비용의 일부를 감당했을 거라 착각할 정도로 순진했다. 그 후론 정치인 후원 다신 안 한다. 열 배로 불려 돌려준대도 싫다. 이번엔 법률가와 기업인, 전직 기자와 교수가 나섰다. 우리 사회에서 꿀릴 게 전혀 없는 사람들이다. "그들이 대통령이 되면 누가 백성노릇을 할까?" (2007. 12. 15)

18

나는 '꼼당'의 당원이고 싶다

우석훈의 『명랑이 너희를 자유케 하리라』

나는 우석훈이 생태학자나 환경운동가라고 생각했다. 알고 보니 그는 경제학자였다. 내가 처음 읽은 그의 책 『명랑이 너희를 자유케 하리라』(생각의나무, 2007)는 내 맘에 쏙 든다. 꽤 괜찮다. 그런데도 나는 꼬질꼬질하게 사소한 편집 실수부터 지적한다. "유태인"(40쪽, 111쪽)은 유대인으로 표기를 통일한 지 좀 되었고, 머리말의 "1945년 건국한"에서 건국이라는 표현은 논란을 부른다. 사실 연도도 잘못되었다.

새해 첫 날치 '정부수립 60돌 평가'를 둘러싼 학계 논쟁을 예고한 기사에서, 나는 "분단정부 수립이 가장 정확한 표현"이라는 '좌편향 국사학자'의 견해에 동조한다. 나는 '건국 60년 기념사업 준비위원회' 공동준비위원장 중 한 분의 다음과 같은 주장에는 '피식' 웃고 만다. "해방과 건국 당시 이 나라는 무질서와 굶주림 그리고 배움의 부재로 국제사회의 경멸의 대상이었다." 아예 관심조차 없지 않았나? 기자가 간접 인용한, 지금은 세계적으로 큰소리치고 있다는 말은 더 우습다. 대한민국의 대외 이미지가 그리 많이 좋아졌나?

그는 아니라고 한다. 한때 황우석 박사가 국민적 영웅이 된 것을 두고 전 세계가 한국인을 "똑똑한 민족으로 바라보고 있는 것이 아니라 가장 야만스러운 국민으로 쳐다보고 있는 것이 현실이다." 남이 뭐라 든 제 갈 길을 가면 된다.

아무튼 나보다 한 살 어린 친구가 아는 것도 참 많다. 그것을 쉽게 풀어 주기까지 한다. 인생의 4분의 1을 외국에서 지냈어도 우리말을 버무리는 솜씨가 녹록찮다. (앗, 이 양반 한때는 시인이었다?) 박노자 가 따로 없다.

더구나 글투가 시원하고 씩씩하기까지 하다. 신문과 잡지에 썼던 글 들이 명랑하다기보다는 약간 무겁게 느껴진다. 거침없는 인물평은 카 타르시스와 함께 걱정도 든다. 저러다 다치면 어쩌려나. 그리고 한 가 지 점 말고는 그의 의견에 별다른 이의가 없다. 나는 그래도 제법 먹고 살만한 사람들이 엄살을 부린다고 생각한다. 진짜 힘든 사람들의 호소 는 씨알도 안 먹힌다.

나는 정치에 관심이 많다. 때를 봐서 정치 일선에 나서겠다는 게 아 니라 그가 품고 있는 작은 소망과 비슷한 바람이 하나 있다. 일개 유권 자로서 합법정당인 '꼼빠띠'의 당원으로 당비를 꼬박꼬박 내고 싶다. 나는 내가 꿈꾸는 정당의 명칭을 분명히 밝힐 용기는 부족하다. 하지 만 당명에 "노동"이 들어간 정당에 대한 불신은 감추지 않겠다. 여기 나 저기나 다 마찬가지라는 것도. 그는 요즘 집필활동이 활발한 우석 훈이다. 이 책을 통해 나는 그의 책을 전부 읽을 의욕이 생겼다.

뱀 꼬리 하나. 나하고 성씨는 다르지만 이름은 같은 영화평론가가 이 책의 발문을 썼다. 백수시절, 그러니까 결혼하기 전의 일이다. 아내 의 친구가 나를 정성일 선생으로 착각했다. 당시 글을 써서 번 돈이라 곤 〈창작과비평〉에 독자투고가 실려 받은 게 고작이었고, 글쓰기를 생업으로 삼게 될 줄은 미처 생각도 못했다. 아내 친구의 착각 덕분에 지금 이 글을 쓰고 있는 건지도 모르겠다. (2008. 1. 12)

19

셜록 홈스만큼 흥미로운 코난 도일의 삶

마틴 부스의 『코난 도일』

여전히 장르문학 애호가 '취급'을 받곤 한다. 그런 오해를 사는 개연성
이 궁금하기도 하지만 그럴 가능성이 전혀 없진 않았다. 30년 전, 모리
스 르블랑의 『족제비 신사』로 만족하지 않고 계림출판사의 '소년소녀
세계추리명작단편시리이즈'를 서너 권 더 사봤다면 좀 달라졌을까?
무서움을 워낙 많이 타서 그러긴 쉽지 않았을 것 같다.

  그래도 코난 도일은 알고 있었다. 아니다. 단정 짓긴 어렵다. 코난
도일과 셜록 홈스의 관계를 종잡지 못했으니 말이다. 두 사람을 '환상
의 단짝'으로 여겼다. 나만 그런 게 아니었다. "오, 그러셨나요? 셔얼
럭 홈스 말씀이죠! 그런데 그 사람이 나이니 탈에 온 적이 있다는 사실
을 아세요?" 셜록 홈스도, 코난 도일도 인도의 조그만 피서지를 찾은
일은 없다.

  내겐 코난 도일이 꾸며낸 이야기보다 그가 살았던 삶의 내력이 몇
갑절 더 흥미로우리라. 사실 그랬다. 『코난 도일』(한기찬 옮김, 작가정신,
2007) 덕분에 설 연휴를 알차게 보냈다. 600쪽이 단숨에 읽힐 정도로
전기 작가로서 마틴 부스의 역량은 돋보인다.

우리말 번역도 잘 되었다. 부스는 먼저 도일 가문의 족보를 훑는다. 코난 도일의 아버지 형제들은 미술에 뛰어난 재능을 타고 났다. 유독 코난 도일의 아버지만 일이 잘 안 풀렸다. 약간 꼬인 듯한 코난 도일의 성장과정이 흥미롭다.

1891년 하루아침에 유명인사가 된 셜록 홈스는 "오늘날까지도 거의 비슷할 정도의 명성을 유지하고 있다." 우리나라도 예외는 아니다. 2002년 한 세기 만에 비로소 셜록 홈스 열풍이 불었다. 한국어판 홈스 전집을 펴낸 출판사 편집자의 판단은 신중하다. "'셜록 홈즈 전집'의 출간으로 추리 독자가 재형성되었다는 평을 내리는 것도 과람하다." (『21세기 한국인은 무슨 책을 읽었나』)

나는 코난 도일이 "거북하고 불가해한 인물"이기보다는 "무해하면서도 시끄러운 괴짜"에 더 가깝다고 본다. 또한 그는 영국 빅토리아시대의 전형적인 지식인이면서 강직한 식민주의자다. 책은 후반으로 갈수록 흥미가 반감한다. 마지막 두 장은 긴장감마저 떨어진다. 다소 우습긴 하다. 제1차 세계대전을 맞아 그는 애국자를 자처한다.

또 그는 심령술에 푹 빠진다. 다시 말해 무속을 자신의 신념체계로 받아들인다. 코난 도일 역시 '먼 길을 돌아 거울 앞에 선 누이'인 셈이다. 그렇다고 탐정소설의 개척자이자 완성자인 그의 업적이 가려지는 건 아니다. 아울러 그는 대중작가의 모범이었다. "그가 그 소설을 쓴 것은 어느 정도는 대중의 끊임없는 요구에 부응하기 위한 것이었으나, 무엇보다도 홈스야말로 그에게 가장 절실했던 수입의 확실한 원천이었기 때문이다."

코난 도일의 성장기와 동반상승한 셜록 홈스를 읽어야겠다는 의욕은, 그가 가정의 개업을 할 무렵 최고조에 다다른다. 하지만 코난 도일이 중·장년기에 접어들자 독서의욕 또한 점차 수그러든다. 한번 길든 독서취향은 잘 안 바뀌는 모양이다. (2008. 2. 16)

20

눈에 익은, 생각보다 오래된

폴커 알부스 외 『20세기 디자인 아이콘 83』

『20세기 디자인 아이콘 83』(조원호 · 조한혁 옮김, 미술문화, 2008)의 '서언'을 보면, 메시지가 담긴 이미지를 뜻하는 아이콘은 서력 기원 초기 비잔틴제국 황제가 제국의 변방에까지 보낸 황제의 초상화에서 유래한다. 비잔틴제국의 기독교인들은 이러한 제국 초상화의 전통을 성화에 받아들인다. 20세기를 대표하는 디자인 아이콘 83가지는 비교적 오랫동안 사용된 일상생활용품 중심의 산업 아이콘이다.

1920년대의 산업 아이콘 중에는 독일 건축가 발터 그로피우스가 1919년 설립한 바우하우스 출신의 작품이 적잖다. 이 조형학교가 배출한 디자이너들은 첨단 기술재료를 사용하고 대량생산이 가능한 산업제품을 디자인한다는 '교훈'을 충실히 따른다. 빌헬름 바겐펠트와 칼 야콥 유커의 탁상 전등, 마리안네 브란트가 디자인한 다기 세트, 마르셀 브로이어의 바실리 의자 등이 그런 예다. '국민의 라디오'(1933)는 바우하우스 디자인으로 볼 수도 있으나, 그것이 품은 정서는 판이하다.

"그것은 이 라디오가 어리석은 이데올로기 권력의 우월성을 나타내는 두 가지 결정적인 요소, 즉 독일인의 기술공학적인 재능과 강력한 공업의 힘으로부터 나온 승리의 결과물이라는 생각이다. 라디오의 기능조차 이러한 이데올로기 권력에 의해 한 국가 전체의 사상과 욕망을 조정하는 공업적인 도구로 전락하고 말았다."

바우하우스 출신자의 공예품은 새로 지어진 건축물에 걸맞게 만들어졌는데, 단순한 재료와 명쾌한 구조를 선호한 네덜란드 디자이너들의 작품 또한 바우하우스 풍이다. 게리트 리트펠트의 팔걸이의자가 좋은 예다. 산업디자인은 생산 공정의 효율성과 상품의 꼴을 갖추기 위한 시간을 필요로 하지만, 패션쇼에서 선보인 의상디자인과는 다르게 시제품의 원형을 거의 그대로 유지한다.

20세기 산업 아이콘은 어딘지 눈에 익다. "생산된 적 없이 프로토타입으로 존재할 뿐"인 레이먼드 로위의 '연필깎이'(1933)부터 그렇다. 미 프로미식축구 슈퍼볼 우승트로피 빈스롬바르디컵은 로위의 연필깎이를 빼닮았다. 번쩍거림과 운동감을 강조하는 유선형 디자인이 "프로이트적인 남성미와 관능미를 직접적으로 표현"한다. 아들 녀석이 갖고 있는 '시보레 코르벳'(1953)과 '미니 쿠퍼'(1959)는 중국산 장난감 소형자동차다.

눈에 익은 산업 아이콘은 예상외로 오래 전에 만들어졌다. 우리나라 전철·지하철 노선표에도 쓰이는 직선형의 런던지하철 노선도는, 1931년 전기기사였던 해리 베크가 전기회로도에서 아이디어를 얻어 처음 디자인했다. 가정용 플라스틱 용기인 '터퍼웨어'(1946)와 '크리스털 볼펜'(1953)의 역사 또한 꽤 긴 편이다.

1970년대 초반 우리나라에서 '샘소나이트 가방'(1962)은 희귀상품이었다. 그런데 한국브리태니커 한창기 사장은 영업사원의 "가방은

쌤쏘나이트 하드케이스를 어디서건 구해서 들게 했다."(『특집! 한창기』,
110쪽) 그는 대체 어디서 그 가방을 구했을까? 20세기의 대표적인 디
자인 아이콘들은 산뜻한 볼거리다. (2008. 3. 15)

21

자유와 정의를 사랑하라?

앨런 더쇼비츠의 『미래의 법률가에게』

앨런 더쇼비츠의 『미래의 법률가에게』(심현근 옮김, 미래인, 2008)를 읽은 이유는 크게 두 가지다. 첫째, 자기방어의 목적이 있다. 나는 법을 그다지 신뢰 않는다. 법은 기껏해야 지배층의 이익과 안전을 꾀하는 수단이다. 특히 우리 사회에서 법질서나 법과 원칙은 힘 있는 자, 돈 가진 자, 연줄 닿는 자들이 제멋대로 살기 위한 방편의 성격이 짙다. 나는 실정법의 구체적 내용에도 관심 없으며, 내 억울함을 법에 호소하고 싶지 않다. 그렇지만 법에 당할 생각은 털끝만큼도 없다.

두 번째는 이 책이 시리즈물의 후속편이라 관심을 덜 받아서다. 앨런 더쇼비츠는 미국에서 알아주는 변호사다. 그는 최근 『승자독식사회』라는 제목으로 재출간된 『이긴 자가 전부 가지는 사회』에 승자독점 시장에서 검증된 소수의 출중한 실력자 가운데 한 사람으로 꼽혔다. 11년 전, 그의 이름 표기는 "알랑 데르쇼비츠"였다.

더쇼비츠는 '괴짜'다. 고등학교까지 그는 공부와 운동 모두 별 볼일 없는 평범한 학생이었다. 심지어 물리학에서 높은 점수를 받자 부정행위를 했다는 교사의 의심을 살 정도였다. 변호사 경력 35년간 100건

넘게 승소하여 미국 사법 역사상 가장 승률이 높다는 항소 피고인 변호사라지만, 힘없고 가난한 이들을 위한 무료 변론을 마다 않는다. 또 정의로운 피고인뿐만 아니라 그다지 정의로워 보이지 않는 피고인도 변호한다.

그는 젊은 법률가들이 "법이란 하나의 도구이자 복잡한 기계나 구조물 같은 것임을" 깨닫길 바란다. "법은 때로 존중받아야 할 필요가 있지만, 때로는 비판받아야 한다. 언제나 지켜져야 하지만 찬양받을 필요까지는 없다. 법치주의의 핵심은 찬양이 아니라 성실한 이행이다." 법을 사랑하지 않는다면? "자유를 사랑하라. 정의를 사랑하라. 법이 구현하는 질서를 사랑하라."

그리고 "영웅을 만들어서 숭배하는 일 따위는 하지 마라." 올리버 웬들 홈즈 판사가 단종법 지지자인 것은 나도 알고 있었다. "존경하는 사람에 대해 개인적으로 알면 알수록 실망할 것이다." 감동받은 책의 저자를 만나지 말라는 속언이 적중할 가능성은 99프로다. "판사를 포함해 권력을 가진 그 누구도 믿어서는 안 된다." 또한 잊지 말란다, 판사와 변호사는 한통속임을.

그의 말대로 모든 인간에게는 약점이 있다. 완벽한 사람은 없다. 여기서 더쇼비츠가 예외일 수는 없다. 불법행위 전담 변호사의 양심을 점검하는 잣대로 이른바 '불소 테스트'를 응용하는 것은 부적절해 보인다. "양심적인 치과 의사들은 충치를 치료하기 위해 병원을 찾는 사람과 병원의 수입이 줄어들 것을 각오하고 불소화를 지지했다." 글쎄다.

적어도 이 나라에서 수돗물불소화를 추진하거나 이를 지원하는 세력은 몹시 무례하다. 꽤나 거칠다. 9년 전, 수돗물불소화 논쟁에서 어느 의사는 내 반론이 "단세포 동물 수준의 반박"이라는 막말을 서슴지 않았다. 그런데 앨런 더쇼비츠는 아무리 고문을 최소화하기 위한 거라 해도 '고문의 합법화'를 주장한데다 친이스라엘 성향이란다. 어휴!

(2008. 4. 12)

22

나는 시에정지에다, 아이리다

호우원용의 『위험한 마음』

이럴 수가! 호우원용의 장편소설 『위험한 마음』(한정은 옮김, 바우하우스, 2008)에 묘사된 대만의 교육현실은 우리의 그것과 너무나 닮았다. 서로가 상대방의 클론이고 복사판이며 '짝퉁'이다. 아무리 같은 한자문화권이라도 이럴 순 없다. 여기에 비하면, 일본의 교육현실은 두 나라와 '천양지차'다. 더 놀라운 것은 우리와 대만은 상대방을 베낄 뜻과 겨를이 없었다는 점이다.

다른 점이 전혀 없는 건 아니다. 『위험한 마음』은 대만의 베스트셀러다. 하지만 우리 실정에선 이 책의 다량판매를 기대하기 어렵다. 우리는 암담한 교육현실에 대한 반성과 성찰이 발붙이기 어려울 정도로 상태가 심각하다. 언제 한번 그런 적도 없는 것 같다. 『위험한 마음』은 참 재미나다. 완득인지 만득인지는 저리 가라다. 또 아주 웃긴다. 이것 역시 만득인지 완득인지는 델 게 아니다. 포복절도하게 하지만 마냥 웃어넘길 수만은 없다. 페이소스가 진한 블랙코미디인 까닭이다.

타이베이 리런 중학교 3학년 시에정지에는 바로 나다. "사실이 어땠느냐는 전혀 중요하지가 않았다." 고 1 영어시간이다. 중간에서 싸움

붙인 놈이 더 나빠. "그것은 정말이지 견디기 힘든 분위기였다." 교실 밖의 세차게 내리는 가을비는 내 눈물이나 다름없었다. "닥쳐야 할 일이라면 그건 시간문제이겠지만, 언제 올 것인지 혹은 얼마나 강렬하게 다가올 것인지 알 수가 없었다." 나는 잘못을 저질렀다. 하지만 그렇게 죄인 취급받을 일은 아니었다. "그들이 처분을 받지 않는 것은 다만 발각되지 않았기 때문이거나 혹은 교사가 의도적으로 묵인해 주었기 때문이다." 이듬해 부임한 교감의 사고뭉치 아드님은 별 탈 없이 학교를 졸업했다.

중학교 중퇴자인 '컴퓨터 마녀' 아이리 역시 나다. "그 순간 선생님의 매서운 손바닥이 내 뺨을 후려쳤어." 5학년 첫날이다. "만약 학기 초부터 질서를 잡지 못하면 그 반의 성적도 좋게 유지하기가 어려워집니다." 나는 떠들지 않았다. 앉은 자세가 흐트러졌을까. 눈물을 쏟았어도 흐느껴 울지는 않았다. 그래도 5학년은 무난히 지나갔다. 하지만 트라우마는 꽤 심각했다. 6학년 가을운동회 꾸미기체조 지도를 5학년 담임이 맡았다. 나는 연습을 하는 내내 두려웠다. 중 1 여름방학 때는 6학년 담임을 마주치자 냅다 줄행랑쳤다. 이 무례한 행동으로 나는 아주 오랫동안 죄의식에 시달렸다. 몹시 고통스러웠다.

정지에의 학교는 곧 나의 학교다. "왜 학교는 우리에게 사고하고 의심하는 법을 가르쳐주지 않는가. 사람이 왜 사는가. 삶은 또 어떤 가치가 있는가. 추구할 만한 가치가 무엇인가. 왜 학교는 우리에게 남보다 앞서야 하고 성공해야 한다고 요구하면서, 어떻게 내재된 가치를 추구하고 어떻게 사랑하고 나눌 것인가를 가르쳐주지 않는가."

교육정책의 조변석개를 탓하지만 나는 교사와 학부모의 책임이 더 크다고 본다. 누구말대로 교사는 지난 수십 년간 학생을 '볼모로' 학부모를 '울거' 먹은 과오부터 반성하고 사죄해야 한다. 학부모는 범죄적 교육환경의 한 축을 이루는 공동 정범이다. 나는 학부모로서 그런 범죄에 껴들지 않겠다. "거대한 공범의 구조"에 가담하지 않겠다. (2008. 5. 10)

23

눈물 나는 이야기

하이타니 겐지로의 『태양의 아이』

얼마 전, 아내와 딸아이의 '어떤 필요'에 의해 하이타니 겐지로의 책을
여러 권 구입했다. 그런데 책을 산 인터넷서점에서 하이타니 겐지로의
대표작인 『태양의 아이』는 일시품절 상태였다. 좀 있다 이 책의 개정
판이 나왔다. 그 틈에 양철북서 펴낸 이 책의 초판(2002)이 '어떻게' 생
겼다. 나는 2007년 4월 발행한 1판 13쇄를 읽었다. 『태양의 아이』는
개마고원에서 앞서 출간(1997)한 바 있다.

　나는 한동안 바스콘셀로스의 『나의 라임오렌지나무』의 어떤 장면에
서 눈물을 안 뗄군 자와는 상종하지 않겠노라 떠들고 다녔다. 그건 바
로 제제의 착한 어른 친구 뽀루뚜가가 타고 가던 자동차가 도시고속철
도 망가라치바와 충돌하는 장면이다. 지금부터는 내가 선호하는 감성
의 기준이 달라진다. 앞으론 『태양의 아이』를 읽으며 눈물을 흘리지
못한 자는 결코 상대하지 않으련다.

　『태양의 아이』(개정판, 오석윤 옮김, 양철북, 2008)는 눈물나는 책이다.
소설이다. 처음 몇 번은 그저 눈시울에 눈물이 고인다. 하지만 어디서
부턴가 눈물이 내 뺨을 적신다. 두세 차례 눈물이 주르르 흘렀다. 내

눈시울을 적시거나 눈물을 쏟게 한 대목은 딱히 최루성이 있는 것도 아니다. 억지로 독자의 눈물을 짜내기 위한 의도적인 장치는 더욱 아니다. "기천천(히라오카 미노루)은 말이 없었고, 눈에 어느덧 눈물이 고여 있었다. 후짱에게서 대충 사정을 들었던 것이다." 내 눈물보를 터뜨린 첫 번째 구절이다. 이와 관련한 전후 맥락을 중언부언 늘어놓는다 해도 도대체 무엇이 내 눈물샘을 자극했는지 설명하긴 어렵다. 읽어봐야 안다. 이야기의 흐름 속에서 자연스럽게 저절로 눈물이 쏟아진달지! 참으로 신기한 일이 아닐 수 없다.

『태양의 아이』는 고베 시 미나토 거리에 있는 류큐 요리 전문식당 '데다노후아 오키나와정'을 중심으로 이야기가 펼쳐진다. 이 식당 주인과 단골손님 대부분은 오키나와 출신으로 제2차 세계대전 말기 일본군 옥쇄전략의 상처를 갖고 있다. 전략이라 부르기 민망한 일본군의 헛심은 엄청난 참화를 불렀다. 석 달간 당시 오키나와 주민의 3분의 1인 15만 명을 죽음으로 내몰았다.

류큐는 오키나와의 옛 이름이고, 데다노후아는 '태양의 아이'를 뜻한다. 주인공 소녀 후짱(오미네 후유코)이 '태양의 아이'의 원조라면, 오키나와 출신 비행소년 기요시는 나중에 가세한다. 후짱은 고베에서 태어났다. 후짱은 자신의 부모를 비롯한 오키나와 이주민의 사랑을 듬뿍 받는다. 후짱은 고베 아이에서 오키나와 사람으로, 불량소년 기요시는 본래의 오키나와 인으로 거듭난다.

"데다노후아 오키나와정에 오는 사람들은 모두 참 좋은 사람들이야." 빈말이 아니다. 일본 사회의 소수자인 그들은 하나같이 고운 심성을 지녔다. 그런데 어제 내가 첫 참석한 31번째 촛불모임에 온 분들이 다 그랬다. 인파 속을 걷다가 어느 청년과 몸이 부딪혔다. 청년은 나보다 먼저 진심으로 '미안하다'는 말을 했다. 언제 이런 일을 겪었나 싶을 정도로 매우 신선한 충격이었다. (2008. 6. 14)

24

'중간계급의 느긋한 교양소설'

데이비드 덴비의 『위대한 책들과의 만남』

십 년은 강산이 변하는 세월이다. 짧지 않음을 새삼 실감한다. 구 년 전, 어느 매체에다 데이비드 덴비의 『위대한 책들과의 만남』(김번·문병훈 옮김, 씨앗을뿌리는사람, 2008)의 첫 번역인 '미디어시대의 고전읽기' 『호메로스와 테레비』(1998)를 거론하며 이런 말을 했다. "이 책은 5백 쪽이 넘는다. 그나마 번역자가 일부 편집을 한 게 그렇다." 앗! '초역'에는 이것의 근거였을 '옮긴이의 말' 같은 게 따로 없다. 본문에 있나, 아니면 나의 착각인가.

'초역'을 통해 이미 이뤄졌을 수도 있지만, 이런 책도 '잘리지' 않고 우리말로 옮겨졌으면 한 내 바람이 실현되었다. 이와 별개로 '초역'에 짐을 지우는 '완역'의 성립 근거는 온당치 못하다. "(이 번역의 질과 수준이 신뢰할 만한 수준에 한참 못 미친다는 판단에서 새로운 번역이 시도되었다고 하겠다)."(역자 서문) 뚜렷한 물증 없이 이런 말은 함부로 하는 게 아니다. 나는 '완역'에 의미를 부여했었다.

'완역' 첫째 권 초반에서 보이는 "데이비드/데이빗"과 "유대/유태"의 뒤섞인 표기는 꽤 큰 흠이다. 또한 원문을 그대로 싣는 '참고문헌

목록'은 전문적인 비평서 중심이라 수록하지 않았고, 학구파는 원서를 참고하라는 '일러두기'는 지나친 배려다. 월권으로 볼 수도 있다. '완역'에도 없는 게 있는 셈이다. 번역자와 편집자가 번역서의 '문지기'라면, 그들의 재량권은 어느 선까지 허용되는지 한번 생각해 볼 문제다.

'완역' 읽기는 달뜨지 않았다.(달뜬 느낌을 녹인 '초역' 독후감은 〈인물과 사상〉 1999년 3월호 '최성일의 출판동네 이야기' 참조) 나는 데이비드 덴비가 지칭하는 "우리"와 "누구나"에 들지 않아서다. 그가 말하는 "우리"는 "서양"이다. '초역'에선 "서방"이라고 옮겼다. 우리가 동구권에 대응하는 서방세계의 잠정적인 일원이긴 했다. 그러나 우린 서양이 아니다. "누구에게나 금방 분명히 이해되기 때문이다." 하지만 내게 플라톤의 『국가』는 여전히 흐릿하기만 하다. 나는 번역서를 주로 읽지만 번역시집은 거의 안 읽는다. 시구가 퍼뜩 와 닿지 않는 탓이다. 테일러 교수가 인용한 "모든 진실을 말하되 비스듬히 말하라"라는 에밀리 디킨슨의 시구에서 "비스듬히 말하라"의 뜻을 도통 모르겠다. 감을 못 잡겠다.

사실 나는 고전에 약간의 가중치만 부여한다. 미국 컬럼비아 대학 교양필수 강좌의 독서목록이 지닌 권위와 상징성에도 회의적이다. "옛 작품을 현재 상황을 그려내는 데 미흡했다는 식으로 평가한다면 고전은 살 수 없다는" 시각이 옳다면, 우리가 아무리 미국식 삶의 방식을 추종한다 해도 우리 나름으로 살아온 장구한 세월에 비하면 그것은 일천하기에 우리는 서양 고전 없이 살 수 있다는 관점 역시 맞다.

내가 '완역'을 부루퉁하게 여기는 결정적 이유는 '완역'에 추가된 '제2판 머리말'(2005)에 있다. 데이비드 덴비는 9·11 이후 미국이 직면한 상황에 대해 당혹해하면서도 건전한 애국심을 견지하려 든다. 미국

이 세계평화를 크게 해치는 '악의 제국'이라는 세계인의 여론을 곱씹기는커녕 이에 억울한 감정이 있는 듯싶다. 그에겐 '신이여, 미국을 굽어 살피소서'가 더 다급해 보인다. (2008. 7. 12)

25

스스로 알고 행동하는 것의 미덕

스톰 던롭의 『쉽게 찾는 날씨』와 바바라 슈티프의 『훈데르트바써』

특정 매체에서 과학책과 어린이 책을 다루지 말라는 법은 없다. 그러
면 곤란하다는 묵계는 있다. 남의 영역을 침범하는 걸 몹시 꺼리지만
이번은 예외로 한다. 하기야 일기예보만 하더라도 과학적이고 정확한
날씨 예측이라는 본연의 임무수행의 충실함을 따지는 데 그치지 않고
정치적 외풍에 시달리는 게 현실이긴 하다. 촛불집회가 한창일 즈음,
연일 빗나간 일기예보엔 어떤 의도가 숨어 있지 않느냐는 '뜬소문'은
나름의 설득력이 있었다. 기상청의 예보가 좀 부정확한 건 사실이다.
이러다간 기상학자는 경제학자에게 할 말이 없어질지도 모른다.

스톰 던롭의 『쉽게 찾는 날씨』(김종국 옮김, 현암사, 2008)에선 실비아
보이롤의 이 책을 '이끄는 말'이 먼저 와 닿는다. "무지개는 하늘이 성
낸 것을 사과하는 것이다." 책날개 옮긴이 소개 글의 일부 또한 그렇
다. "기상청의 도움을 받지 않고 날씨를 아는 것이 일상생활에 얼마나
도움이 되는지를 생각하며 이 책을 번역했다." 『쉽게 찾는 날씨』는 바
람의 종류와 세기, 기단, 전선, 기압 같은 날씨에 영향을 주는 요소를
언급한다.

이 책의 주인공은 단연코 구름이다. 다양한 구름의 특성을 사진과 함께 소개한 부분이 절반을 넘는다. 관련기관의 도움 없이 날씨를 파악하기란 쉬운 일이 아니다. 구름을 살피려면 색안경과 망원경 같은 장비가 필요하고, 구름이 없는 날엔 바람이 부는 방향과 세기를 가늠하기 위해 공터로 나가야 한다. 그래도 한번 시도해 볼 만하다. 『쉽게 찾는 날씨』는 구름 도감이다.

『훈데르트바써』(김경연 옮김, 현암사, 2008)는 바바라 슈티프가 지은 어린이를 위한 프리덴스라이히 훈데르트바써 안내책자다. 이 책을 통해 처음 이름을 접하는 훈데르트바써는 20세기 오스트리아의 예술가다. 화가이자 건축가였다. 그는 스스로를 믿고 자신의 생각을 실현하는 것을 매우 중요시했다. "훈데르트바써는 정신이 자유로웠고, 거꾸로 생각해 보고 도전하는 사람이었다."

훈데르트바써의 그림은 언뜻 구스타브 클림트를 떠올린다. 색조는 비슷하나 색감은 다르다. 화풍은 뚜렷하게 구별된다. 직선을 싫어하고 나선에 매료된 훈데르트바써는 '식물적 회화법'을 추구한다. "식물적이란 말은 한편으로는 식물과 관련이 있다는 뜻이지만, 다른 한편으로는 의지에 따른 일이 아니라는 뜻도 있다." 그는 암다채의 색을 좋아했는데, 그의 설명을 빌리면 "암다채는 순수하고 강하고 깊은 색이라는 뜻이다. 비 오는 날처럼 조금 슬픈 색이기도 하다."

또한 훈데르트바써는 환경주의자였다. 인간과 자연의 끊어진 순환을 회복하기 위해 환경 친화적인 '부식토 화장실'을 직접 설계하고 만들어 사용했다. 그는 나무 심는 것을 의무로 여겼다. "그것을 나무 의무라고 불렀다." 이에다 '창문권'을 내세웠다. 창문을 에워싼 공간만큼은 우리 스스로 만들 권리가 있다는, 그 권리를 가져야 한다는 얘기다. "한 사람이 창에서 팔을 뻗쳐 닿는 범위는 개인의 공간이다. 그 공간만큼은 자신이 좋은 대로 만들어도 된다." 『훈데르트바써』를 보면, 우린 얼마든지 획일적인 주류적 삶에서 비껴나 다르게 살 수 있다. 재미있는 놀이 책이다. (2008. 8. 9)

26

없는 척하기를 주저하지 않는다

쟈메 쟈메의 『AB형 자기설명서』

나는 체질론, 사주팔자, 별자리운세 따위를 다 안 믿는다. 혈액형에 따른 성격구분이 예외일 리 있겠는가. 혈액형 성격판별법은 경우의 가짓수가 너무 모자란다. (사실 경우의 가짓수가 많아도 별 다를 건 없다.) 쟈메 쟈메의 『AB형 자기설명서』(윤성규 옮김, 지식여행, 2008)를 읽은 것은 내가 그 혈액형이어서다. 물론 이 혈액형인 자가 '바보 아니면 천재'라는 속설은 말도 안 된다.

혈액형 자기설명서는 그간 읽어온 책과 크게 구별된다. 판형과 본문 글자의 '널널한' 밀도가 시집을 닮긴 했다. 본문구성은 격언집 비슷하나 명구모음은 아니다. 심리검사 표에 가깝다. "이 책은 자신에 대해 잘 설명하고 싶어 하는 AB형, 그리고 AB형의 실태를 알고 싶어 하는 AB형이 아닌 사람을 위한 설명서입니다." 해당 항목에 표시를 하면 설명서가 완성된다. 어디 한번 해보자. "자, 그럼 읽기 시작. 냉정함은 버리자."

내게 맞는 주요 항목들은 이렇다. 뭐든 합리적이다. 왠지 그렇게 되어 버린다. 위선은 정말 싫다. 위선적인 행동은 하지도, 받아 주지도 않는다. 화제가 여기저기로 튄다. 직위 같은 건 우습게 여긴다. 아무래도 상관없다. 그러니 상대 직위가 대단해도 기죽지 않는다. 이치에 맞는 걸 좋아한다. 열심히 할 가치가 없다고 느끼는 일에 대해서는 눈길도 주지 않는다. 휘익! 고민이 있어도 상담하지 않는다. 말해 봤자 해결되지 않을 테니까. 자기에게 없는 점을 갖고 있는 사람을 순순히 인정한다. 하지만 부러워하진 않는다. 약속시간보다 대개 먼저 와서 기다린다. '하나부터 열까지 일일이 설명하지 않아도 좀 알아 줘라'라고 생각한다. "어디에 뭐가 있는지 알고 있어요. 멋대로 흩뜨리지 마세요." 신호등 파란불이 켜질 순간을 헤아린다.

나하고 혈액형이 같은 사람들의 의견을 수렴했다지만 내가 카레를 좋아하고 어디를 나다니기보다는 집에 있길 더 좋아한다는 건 어떻게 알았을까? 웬만하면 몸을 움직이고 싶지 않은 것 또한 나의 첫째 희망사항이다. 하지만 스포츠는 좋아한다. 나는 운동경기를 보는 거에 만족한다. 프라모델 만들기는 내 어릴 적 취미였고, 흐린 날 반드시 우산을 챙기며, 다른 사람과 눈이 마주치면 일단 웃고 본다.

내 혈액형의 주인공으로 재해석한 우화 열편 가운데 '해님과 바람'에 공감한다. 여행객의 코트를 벗길 수 있는 건 어느 쪽일까? 해님과 바람 중 어느 한쪽이 내 혈액형이라면? "어째서 싸우지? 뭐 하러? 코트를 벗기면 뭐가 나오는데? 왜 우리가 그런 걸 하지 않으면 안 되는데? 하기 싫어. 이렇게 말하며 하지 않는다."

웃자고 시작한 줄 번히 알면서도 내 혈액형은 이런 일에 진지하다. 이제 결과만 남았다. 나는 내 혈액형의 정체성에 얼마나 가까울까? 그 순도는 또 얼마나 될까? 표시한 항목이 그리 많지 않아 내 가슴은 두근두근, 조바심이 날 지경이다. 나쁜 결과가 나오면 어쩌나! "수고하셨습니다. 하지만, 사실은 아직 끝난 게 아닙니다. 위의 결과는 전부 엉터리입니다. 그냥 잊어 주세요. 그 대신 이런 결과를 읽고 어떤 생각이 들었는지, 아래 보기에서 하나만 고르세요." 신중하게 어느 것을 찍는다. 최종분석은 참말 미덥다. 121쪽에서 직접 확인하심이. (2008. 8. 30)

27

재출간된 20세기의 고전

파스칼 레네의 『레이스 뜨는 여자』

재출간은 꾸준하다. 재출간이 유망한 출판방식의 하나로 굳어지긴 했어도 예전 것을 도로 내놓으면 곤란하다. 글자 하나라도 바꿔야 한다. 『빅토르 하라』(차미례 옮김, 삼천리, 2008)에선 새내기 출판사 대표가 책의 저자이자 빅토르의 아내인 조안과 직접 저작권계약을 맺은 열의와 애정이 묻어난다. 롤랑 바르트의 『기호의 제국』(김주환 옮김, 산책자, 2008)은 판형과 펴낸 곳이 달라졌다. 이 두 권보다 한 달 앞서 나온 육조 혜능대사 어록 『육조단경』(불광출판사) 재판은 가로짜기를 했다. 성철스님의 서문은 세로짜기 초판(1975)과 조판방식이 다를 뿐 그대로다.

30년 전 『레이스 짜는 여자』(예조각)는 물론이고 19년 전 『레이스 뜨는 여자』(예하)에도 이번 판(이재형 옮김, 부키, 2008)과 같은 어느 소설가의 감상문은 없을 터이다. 이 소설의 정체성은 모호하다. 연애소설이라 하기도 그렇고 아니라 하기도 그렇다. 철학적인 "사회학 연구서"다. 중편 분량이지만 웬만한 장편 못잖게 묵직하다. 실험적인 소설기법은 눈에 튀지 않으면서도 독자의 눈길을 끈다.

"술집과 그 위층 방의 '시녀'가 어떤 운명으로 말미암아 이제 유제품을 팔게 된 걸까? 만일 신神이 이 모든 것의 창조자라면 오직 그만이 그걸 알리라." 이런 식으로 한 시기를 건너뛰어도 그리 어색하지 않다. 소설의 줄기는 텔레비전 연속극에서 숱하게 보아 온 처지가 다른 남녀의 어긋난 만남이다. 이야기를 질질 끄는 통속 드라마와 달리 『레이스 뜨는 여자』는 신분이 다른 남녀가 만난 직후부터 파국으로 치닫는 걸 기정사실화한다. 계층차가 너무 나다보니 그럴 수밖에 없을 것 같다.

방년 18세의 뽐므는 17세기 네덜란드 화가 얀 베르메르의 풍속화에 나올 법한 처녀다. "일을 하려고 태어난" 약간 통통한 외모의 미용실 보조다. 뽐므의 아버지는 집을 나가고 어머니는 한때 몸을 팔았다. 에 므리 드 벨리네는 귀족의 후손으로 파리 국립고문서학교에 다니는 스무 살 청년이다. 이 "미래의 박물관장"은 "아주 오래된 2마력짜리 드 보슈"를 몬다. 두 사람은 여름휴가 피서지에서 눈이 맞는다.

이럴 때 작가는 어느 한쪽으로 치우침이 없게 최대한 균형감각을 유지해야 하건만 그렇지 못한 경우가 꽤 많다. 운동권 경력이 있는 지식인 작가의 후일담 소설에서 '노출'을 깎아내리며 '학출'을 편드는 것은 그런 단적인 사례로 볼 수 있다. 하지만 파스칼 레네는 중립적 시각을 견지한다. 아니, 때로는 역차별적이다. 중산층의 이중성을 신랄하게 묘사한 최인석의 연작소설 『인형 만들기』 이후 참으로 오랜만에 접하는 은근한 부르주아 비판이 돋보인다.

파스칼 레네는 반어적이고 대조적이며 역설적인 표현을 곧잘 쓴다. "사실상 그녀는 그가 그녀에게 기대한 것과 너무나 가까웠지만, 그가 보고자 하는 것과는 너무나 멀리 떨어져 있었던 것이다." 이런 모순된 상황을 우리의 요즘 세태에 적용하면 확대해석하는 것일까? 1퍼센트를 위한 감세안을 20퍼센트가 지지하는 것은 19퍼센트의 분열적 사고

라고밖에는 달리 해명할 도리가 없다. 『레이스 뜨는 여자』는 20세기의
고전으로 무난해 보인다. (2008. 10. 4)

28

일상에서 생각하는 길 찾기

안광복의 『철학의 진리나무』

나는 학교에서 하는 독서교육과 대학입시 논술시험에 회의적이다. 그런데 벌써부터 독서교육의 부작용에 시달릴 줄은 미처 몰랐다. 그로 인하여 아내와 다투기까지 했다. 일의 단초는 아내가 내민 초등학교 1학년 딸내미의 교내독서퀴즈대회 도서목록이었다. 아이 편에 도서목록 한 장 달랑 보내 주고서 뭘 어쩌라는 건지 모르겠다. 대장간에 쓸 만한 장도리가 없듯이 목록의 10권 가운데 집에 있는 게 한 권도 없었다. 나는 백지상태면 어떠냐 했지만 아내의 생각은 달랐다. 결국 목록의 책들을 인터넷서점에 주문했다. 하지만 이건 정말 아니다. 독서교육이 더 싫어졌다.

적어도 논술시험은, 부교재 성격의 실팍한 단행본을 찾아 읽는 보람이 있다. 안광복의 『철학의 진리나무』(궁리, 2007)는 그런 책에 속한다. 안광복은 착하고 성실한 사람이다. 책에는 그의 선함과 바지런함이 묻어난다. 또 이 책은 다분히 체제 내적이다. 그렇다고 체제를 옹호하진 않는다. 솔직히 기계적인 '균형감'은 약간 불만스럽다. 고정급여를 뺀 철학교수의 인세수입과 프로야구 선수의 연봉을 대비하는 것은 부적절하다. 물론 "여러 사람과의 만남과 대화는 생각의 균형을 잡아 주는 좋은 치료제다."

이 책은 생각의 길 찾기다. 그는 일상에서 철학하는 방법 세 가지를 제시한다. "세세한 주장과 잔 생각들에 매달리지 말고 뿌리를 이루는 신념을 파고들어라. 달아올라 뜨거울 때 고민하고 주장하라. 문제의 겉모습에 매달리지 말고 깊이 놓인 원인과 근거에 파고들어라." 그는 책에 담은 주제 27개를 통해 일상에서 철학하기를 구현한다. 우리에게 시범을 보인다. 주제별로 '생각의 곁가지'를 뻗게 하고, '거름이 되는 책'을 뿌려 준다.

그의 길과 내 길은 다소 어긋난다. 그가 내세운 전제들은 얼마간 교과서적으로 비친다. 또 나는 '사랑의 매'는 없으며, 일본의 건전한 지식인은 극소수라고 여긴다. 보복이 보복을 부르는 중동 지역의 폭력 악순환과 미군의 바그다드 점령에 대한 이라크인의 환대는 선후관계를 따지고 사실관계를 바로잡을 필요가 있다. "수많은 갈등과 실수가 있겠지만, 결국 마지막 모습은 가장 타당하고 이유가 있는 관습으로 맺어질 것이다." 인간 세상이 이렇게 된다면 얼마나 좋으랴! 그런데도 이 책의 독서가 불편하기보다는 읽는 내내 즐거웠다.

반론을 부추기려는 의도를 감안해도 경쟁원리를 수용하고 인터넷 문화를 애써 긍정하는 것은 쉽게 받아들이기 어렵다. 얼마 전, 우리를 보는 눈이 어설픈 미국인을 비판했다가 욕을 바가지로 얻어먹었다. 그 중 '사상이 의심스럽다'는 비난은 몹시 언짢았는데, 그런 표현을 하는 누리꾼은 거기에 담긴 시퍼런 서슬을 알기라도 하는지. 그 말 한마디에 목숨이 왔다 갔다 했던. 나는 인터넷에 떠다니는 정보를 제한적으로 활용한다. 서지사항 같은 것을 확인하는 데 그친다. 그것마저 액면 그대로 받아들이진 않는다.

　나는 '미래의 주역'이라는 식의 표현을 잘 쓰지 않는다. 하지만 그들을 보는 안광복의 시각에는 공감한다. "세상을 바꾸려고 노력하기보다는 이미 만들어진 사회 구도 속에 어떻게든 순응하여 자리를 잡으려고만 할 뿐이다." 여전히 철학자의 소임은 여러 가지 방식으로 세상을 풀어내는 것이 아니라 그것을 바꾸는 게 아닐까. 안광복의 『철학, 역사를 만나다』(웅진출판, 2005)를 덧붙여 읽어도 좋겠다.

1

육아는 더 없이 소중한 체험이다

서원희의 『아이 키우기는 가난이 더 좋다』

그 성격에 준해서 책에 '꼬리표'를 붙이는 일은 내 주된 업무 중 하나다. 직업의식을 발휘하면 이 책은 '육아 에세이'로 분류할 수 있다. 육아 관련서는 대체로 실용적인 측면이 강하다. 하지만 서원희의 『아이 키우기는 가난이 더 좋다』(내일을여는책, 1999)는 육아 상식의 전달보다는 육아에 관한 철학이 돋보인다. 지은이의 철학은 책 제목에 함축돼 있다.

초보 아빠인 내가 보기에도 지은이의 육아관과 육아 철학은 참 건강하다. 나는 지은이의 견해에 전적으로 동의하는데, 특히 육아를 다시 없을 소중한 체험으로 보는 점이 그렇다. 지은이는 결혼하길 잘 했으며, 아이 낳기는 더 잘 한 일이라고 말한다. 결혼과 임신·출산을 겪지 않았다면, 그에 수반되는 소중한 체험을 하지 못했을 것이란 게 그 이유다.

나는 '무자식 상팔자주의자'였다. 아이가 필요 없다고 엄청 떠벌렸건만, 막상 아이가 생기자 생각이 180도 달라졌다. 내 품에 안겨 잠자는 딸애의 모습은 생각만 해도 흐뭇하다. 아이를 순산해 모유로 키우는 집사람이 대견스럽고 고맙다. 출산과 육아에서 여성의 역할에 관한 지은이와 나의 이런 생각은, 속 좁은 여성운동가의 심기를 불편하게 할 수도 있을 것이다.

그러나 부모에게 아이를 잘 키우는 일만큼 중요한 일은 없다고 생각한다. 아이를 잘 키운다는 것이 보란 듯이 잘 키운다는 의미는 결코 아니다. 사랑과 보살핌으로 아이가 건강하게 자라나도록 돕는다는 것을 말한다. 이 과정에서 물질적 부유함은 부차적인 요소라는 게 이 책의 메시지다.

지은이는 물질적 풍요 대신 항상 아이 곁에 있고, 아이를 하나의 독립된 인격체로 대했다. 아이가 사람의 기본 됨됨이를 갖추게끔 노력했으며, 편견 없는 아이가 되도록 무던히 신경을 썼다.

이런 교육의 결과로 지은이의 아이들은 쓸데없이 억지나 고집을 부리는 것은 무식한 사람의 행동으로 받아들이게 되었다. 그런데 지은이에게 편견이 없지 않다. 지은이는 많이 배웠거나 부유한 이들보다는 적게 배웠고, 가난하며, 평범한 사람에게 관심과 애정이 더 많다. 반면 우리 사회의 고질병인 지역감정에 의한 편견은 찾아볼 수 없다.

지은이의 고향은 경남 김해군 진영이다. 경남 남부 지역의 수재들이 모인다는 진주여고를 다녔다. 한데, 대학을 나와 위장 취업한 구로공단에서 만난 동료들의 형편을 보고 괜스레 경상도 사람인 것이 미안했다. 1970년을 전후로 태어난 동료들의 가정 형편이 가난한 집안에서 자란 자신이 보기에도 비참한 것이었기 때문이다. 공단 동료들의 고향은 전라도, 강원도, 충청도 순으로 많았다.

그러고 보니 이 책은 육아뿐만 아니라 지역갈등을 풀 실마리를 제시하기도 한다. '가난한 사람 사정은 가난한 사람이 안다'고, 모두가 다시 가난해지면 지역차별이니, 어느 지역 '싹쓸이'니 하는 말은 사라지 지 않을까. 내 발상이 너무 순진한가. (2000. 6)

2

사회정의는 모든 가치에 우선한다
홍세화의 『쎄느강은 좌우를 나누고 한강은 남북을 가른다』

잡지사 일로 한 달에 다섯 번 이상 인터뷰를 한다. 이때 빠짐없이 책의
간지에 저자의 서명을 받곤 한다. 취미여서 그러기도 하지만, 나만의
인터뷰 기술의 하나이기도 하다. 좀 버겁다 싶은 상대에게는 인터뷰
초반에 사인을 요청한다. 그러면 분위기가 한결 부드러워진다. 때로
책이 마음에 안 들 경우, 사인 요청을 잠시 망설이기도 한다. 하지만
그럴 경우는 다행스럽게도 인터뷰 내용이 책의 약점을 벌충해 준다.

홍세화의 『쎄느강은 좌우를 나누고 한강은 남북을 가른다』(한겨레신
문사, 1999)에도 저자의 서명이 있다. 인터뷰를 한 것도 아니고 책을 읽
지도 않았지만 저자를 만날 기회가 있어 무턱대고 서명부터 받았다.
저자가 써준 날짜를 보니 1999년 6월 19일로 돼 있다. 참여연대가 운
영하는 카페 '철학마당 느티나무'에서 있었던 저자와의 대화에 아내와
함께 참가한 것은 저자의 서명을 받기 위함이 가장 중요한 동기였다.

서명을 받고 거의 1년 만에 책을 읽은 셈이다. 참 감동적이었다. 홍
세화 씨의 전작前作인 『나는 빠리의 택시운전사』(창작과비평사, 1995)의
감동에 못지않았다. 전작이 잘 아는 내용을 아름다운 문체에 실어 되

새겨보게 한다면, 이 책은 모르는 사실에 대한 주위환기를 통해 각성을 요구한다. 각성의 계기는 저자에게 망명처를 제공한 프랑스 사회상이다.

솔직히 말해 부러운 점이 한두 가지가 아니다. 국내 언론을 통해서도 약간 소개된 1995년 말의 공공부문 총파업의 양상은 그렇다 치자. 이듬해 같은 시기에 있었던 트럭 운전사 파업의 이유 중 하나를 접하면 놀라 입이 벌어질 뿐이다. 트럭 운전사들은 정년의 단축을 요구했다. 60세에서 55세로 정년을 낮춰 달라는 까닭은 젊은이에게 일자리를 물려주기 위해서다.

'사회적응 최소수당제'를 다룬 대목에 이르러선 벌어진 입을 계속 다물지 못했다. 사회적응 최소수당은 '소득이 없는 사람들을 위한 최소생계비 보조금'을 말한다. 물론 직업이 있는 사람은 이 수당을 받지 못한다. 그런데 사회적응 최소수당을 받지 못하는 이들이 또 있다. 60세 이상 노인, 장애인, 홀로 아이를 키우는 남녀, 일자리를 잃은 지 30개월이 안 된 사람 등이 여기에 속한다. 이들이 사회적응 최소수당 수혜자가 아닌 까닭은 그들에게 주어지는 복지혜택이 최소수당을 능가하기 때문이다.

하지만 프랑스 사회에도 그늘은 있다. 체류허가 증명서가 없는 외국인에 대한 처우 문제가 그렇다. '인류 반역죄'가 백인 강대국의 위선이 아니냐는 비판에서 프랑스 또한 자유롭지 않다. 그래도 '사회정의'가 모든 가치에 우선한다고 여기는 프랑스인들은 대단하다. 이 책에 인용된 볼테르의 경구는 '질서'에 앞서는 '사회정의'를 바라는 사람은 허투루 봐 넘기기 어려운 구절이다.

"광신주의자들의 열성이 수치스러운 것이라면 지혜를 가진 사람이

열성을 보이지 않는 것 또한 수치스러운 일이다. 신중해야 하지만 소극적이어선 안 된다." (2000. 7)

3

야한 기질을 너그럽게 수용하는 사회가 참된 민주 사회

마광수의 『자유에의 용기』

마광수 교수의 『자유에의 용기』(해냄, 1998)를 밑줄 그으며 읽다가 이 책이 산문 선집이 아닐까라는 생각이 들었다. 마 교수의 첫 번째 에세이집 『나는 야한 여자가 좋다』(자유문학사, 1989)가 떠올랐기 때문이다. 『자유에의 용기』는 신작 에세이집이다. 그런데 이 책에 수록된 글마다 쓴 날짜가 표시돼 있다. 나 같은 독자를 염두에 둔 지은이의 배려인 듯 싶다.

나는 마 교수의 첫 번째 에세이집을 군대에서 읽었다. 느낌이 굉장히 좋았다. 그리고 지난해 그 책을 다시 읽을 기회가 있었다. 역시 나쁘지 않았다. 그의 글에서 10년의 세월이 전혀 느껴지지 않아 신기하기도 했다. 『자유에의 용기』에는 더욱 원숙한 지은이의 철학이 담겨 있다. 야한 철학 말이다.

「도덕에 대하여」는 야한 철학이 돋보이는 글이다. 그는 "구체적으로 남에게 피해를 주는 행위가 아닌 한, 우리는 남의 행위에 대해서 도덕적이니 도덕적이 아니니 하는 따위의 비판을 남발하는 일을 자제해야 한다"고 강조한다. 우리 사회에는 아직도 '퇴폐'니 '부도덕'이니 하는 말을 남발해 '억압'을 부추기는 사람들이 많기 때문이다.

마 교수는 우리 사회에서 아주 막연하게 쓰이면서 타인에게 심각한 피해를 입히는 말로 '부도덕하다' '퇴폐적이다' '문란하다'를 꼽는다. 그러면서 이런 말들이 좀 더 신중하게 쓰일 때, 자유민주주의의 발전도 촉진될 것으로 전망한다. 「야한 문화가 필요하다」에서는 민주사회를 야한 기질을 가진 엉뚱한 반골들의 투정을 너그럽게 받아 주는 사회로 규정한다. 또, 법보다는 상식이 앞서는 사회가 더 낫다고 강조한다.(「법에 대하여」)

마광수 교수가 체감하는 우리 사회의 현주소는 어떨까? 직접적인 발언 또는 행간을 통해서 아직 멀었다는 견해를 피력한다. "어떤 형태로든 '복지부동'을 하지 않으면 불안할 수밖에 없는 사회, 자유보다 '절제'가 외쳐지며 사람들을 항상 정체 모를 피해의식에 사로잡히게 만드는 사회가 바로 우리 사회"이기 때문이다.

도서관에서 흔적 없이 사라진 『즐거운 사라』의 존재 또한 마 교수의 진단에 힘을 실어 주기에 충분하다. 1992년 8월 『즐거운 사라』의 출간 직후, 그는 이 책 세 권을 어느 도서관에 기증한다. 그런데 그해 10월 전격 구속돼 두 달간 구치소 생활을 하고 나서, 다시 그 도서관에 가보니 책이 온데간데 없어졌다. 마 교수가 도서관을 찾은 것은 갑작스런 구속으로 말미암아 책을 챙겨둘 겨를이 없었던 탓이다.

그러면 마광수 교수의 수중에도 『즐거운 사라』가 없다는 얘긴데, 이건 내게 달갑지 않은 소식이다. 나는 얼마 전 정비석의 『자유부인』을 구입함으로써 음란시비에 휘말린 소설을 얼추 갖추게 됐다. 나는 염재만의 『반노』와 장정일의 『내게 거짓말을 해봐』를 소장하고 있다. 한 번이 책들을 묶어 글을 써볼 생각이다. 그때 『즐거운 사라』는 『마광수는 옳다』(사회평론, 1995)에 수록된 검찰의 기소장에 발췌된 내용을 참고하는 수밖에. (2000. 8)

4

가판대에서 신문 한 장을 집어들 때도 신중해야

손석춘의 『여론읽기혁명』

건전한 상식인이라면 모두 동의하겠지만 우리 사회에는 아직도 개선할 점이 많다. 어디부터 풀어나갈 것인지에 대해서는 각자 생각이 다를 것이다. 정치가 먼저 바로 서야 한다고 보는 이가 있는가 하면, 정치는 애당초 글러먹었으니 교육에 기대를 건다는 견해가 있을 수 있다. 『여론읽기혁명』(한겨레신문사, 2000)을 펴낸 손석춘 기자는 언론이 제자리를 찾아야 한다는 입장이다.

이는 우리 언론이 본연의 역할을 제대로 다하지 못한다는 판단에 따른 것이다. 그가 〈한겨레〉와 PC통신에 연재한 칼럼, 그리고 다른 경로를 통해 발표한 글을 묶은 이 책은 우리 언론의 일그러진 현주소를 잘 보여 준다. 그 단적인 예가 지난해 있었던 금강산 관광객 억류사건에 대한 수구 언론의 반응이다. 〈조선일보〉와 〈중앙일보〉로 대표되는 수구 신문들은 정부의 금강산 관련 정책을 비판하고, 안전의 미심쩍음을 크게 부각했다.

하지만 어찌된 영문인지 수구 신문들은 옛 동·서독의 인적 교류과정에서 발생한 '민영미 사건'과 비슷한 사례의 처리 결과에는 애써 눈을 감았다. 1972년 상호방문을 허용하는 기본조약을 체결하고 나서 동독은 해마다 수백 명의 서독 주민을 고속도로에서 체포·억류했다. 이에 대해 서독의 당국자는 언론 인터뷰에서 이렇게 말했다고 한다. "고속도로가 동독의 영토 안에 있기에 서독인이 동독 법을 위반했다면 동독 정부가 그를 체포하여 억류하는 것은 있을 수 있는 일이다."

손석춘 기자는 우리 언론이 보여 주는 수구적 행태의 원인을 명쾌하게 짚어 준다. 언론이 국가보안법 개정과 재벌개혁에 유달리 민감한 반응을 보이는 것은 자신들의 기득권을 옹호하기 위해서다. 보안법과 재벌체제의 틀 속에서 언론권력을 영원히 휘두르려는 욕망의 표현이라는 얘기다. 아울러 족벌 언론의 생리는 족벌 재벌의 그것과 다를 게 없다는 점도 지적한다. 또한, 대부분의 신문이 지난 총선 과정 내내 시민단체의 낙선운동에 알레르기 반응을 보인 것은 수구 정치인과 수구 언론인의 상부상조로 해석한다.

그러면 사회 전반의 올바른 발전을 위한 여론 형성을 심각하게 훼손하는 걸림돌인 족벌·수구 언론에 어떻게 재갈을 물릴 것인가? 손 기자는 언론 개혁의 방향을 세 가지 정도로 제시한다. 정기간행물법의 개정과 공동판매제도의 시행, 그리고 언론 개혁을 바라는 시민과 언론인의 연대가 그것이다.

그는 정부가 마땅히 해야 할 언론정책을 언론 간섭으로 이해하는 '국민의 정부' 실세들의 언론관에 일침을 놓는다. 민주언론을 법적·제도적으로 뒷받침하는 일이 개혁의 선결 과제이기 때문이다. 공동판매제는 우리 신문시장의 독과점을 해소하기 위한 방안이다. 〈조선일보〉〈동아일보〉〈중앙일보〉 등 세 신문이 신문 시장의 70퍼센트 이상을 차지하고 있다. 그런데 이들이 누리는 독과점은 신문의 질이 우수해서가 아니라 막대한 자본을 앞세워 구축한 판매망의 결과다.

　손석춘 기자는 언론 개혁을 바라는 이들이 힘을 합해야 한다고 강조한다. 언론인뿐만 아니라 독자인 시민의 역할이 중요하다고 말한다. 아무쪼록 정기구독이나 가판대에서 신문 한 부를 집어들 때에도 신중을 기할 일이다. (2000. 9)

5

'빤쓰'가 먼저다

요네하라 마리의 『팬티 인문학』

나는 요네하라 마리(米原万里)의 애독자다. 지난 열 달 동안 우리말로 옮겨진 그녀의 책을 거의 다 읽었다. 그리고 바지런히 독후감을 썼다. 4월 1일 인터넷서점 예스24의 채널예스에 연재하는 '최성일의 기획 리뷰'에 입력된 「대단한 요네하라 마리-팔방미인 동시통역사」는 작가론이다.

『팬티 인문학-유쾌한 지식여행자의 속옷 문화사(パンツの面目ふんどしの沽券)』(노재명 옮김, 마음산책, 2010)는 예의 그녀답다. "속옷은, 특히 하반신에 입는 속옷은 사회와 개인, 집단과 개인, 개인과 개인 사이를 분리하는 최후의 물리적 장벽이다. 그렇기 때문에 방대한 역사나 경제를 보통 사람의 시선으로 포착해 볼 좋은 수단이 될 수 있는 게 아닐까? 심각한 역사적 사건과 사소한 이야기를 연결하는 접점이 되는 게 아닐까? 아랫도리 속옷에는 모든 흥미로운 이야기가 담겨 있으리라는 속내도 있었다."

요네하라 마리의 속옷 문화사는 2000년 말 러시아 상트페테르부르크 시 페트로파블로프스크 요새에서 열린 '별난' 전시회가 출발점이다. "제목은 〈신체의 기억: 소비에트 시대의 속옷〉으로, 소비에트 사회주의혁명 83주년인 2000년 11월 7일부터 2001년 2월까지 열리는 전시회였다. 이 전시회는 상트페테르부르크 국립역사박물관과 괴테 인스티튜트가 공동으로 개최하는 행사로, 속옷 회사로 유명한 트라이엄프가 후원해 사람들의 관심을 끌고 있었다. 전시회 카탈로그를 판매하기에 당장 구입했다."

요네하라 마리는 전시회 카탈로그로 이야기를 풀어나간다. 체코 프라하의 소비에트 학교에서 보낸 학창시절 이런 일이 있었다. "신학기가 시작된 9월, 팬티와 관련된 다른 사건이 벌어졌다. 덴마크인 친구 프란츠가 충격적인 사진을 보여 주었다. 서독 잡지 〈글라비아〉에 실린 사진으로, 네글리제(얇은 천으로 원피스처럼 만든 여성용 잠옷)와 슈미즈(허벅다리 길이의 여성용 속옷)차림으로 거리를 활보하는 여자들의 스냅 사진이었다. 그 중에는 레이스가 달린 팬티와 브래지어 차림의 여자도 보였다." 덴마크인 친구는 사진에 "동베를린에 주둔하는 소련군 부인들의 어처구니없는 모습"이라는 설명글이 붙어 있다고 가르쳐주었다.

〈신체의 기억: 소비에트 시대의 속옷〉 전시회 카탈로그는 '악질적인 반공선전'의 맥락을 짚어준다. "전시회 카탈로그에는 소련 속옷의 역사가 간단히 정리되어 있다. 그에 따르면 소련에서는 제2차 세계대전이 끝날 때까지 팬티를 생산한 적이 없었다고 한다. 속옷 공장에서 여성용으로 생산된 것은 네글리제와 코르셋이 전부였다." 밝은 색에 레이스가 달린 실크 팬티는 바느질집에 특별 주문을 해야 했다. 그것도 레닌그라드와 모스크바로 한정되었고, 당 간부의 아내와 딸, 톱스타, 스타 발레리나 등만이 누릴 수 있는 사치였다. 대다수의 여성은 직접 팬티를 만들어 입었다.

요네하라 마리는 속옷 전시회 카탈로그에 실린 소련 속옷의 간추린 역사를 통해 40년 묵은 궁금증을 풀고서 거의 쓰러질 뻔한다. "전후 독일에서 소련인 장교의 부인들은 어딘가 외출할 때 속옷차림으로 당당히 집을 나섰다. 서민 출신인 그녀들은 아름다운 레이스가 달린 실크 팬티와 브래지어가 속옷이라는 생각은 꿈에도 하지 못했던 것이다."

49쪽과 50쪽을 보면,「창세기」3장 7절의 영어 번역이 실로 다양함을 알 수 있다. "번역가들은 고집스럽게도 다른 사람과 같은 단어를 쓰지 않으려고 다양한 노력을 기울였다." 이 책에서 '훈도시'와 짝을 이룬 우리말 서술어가 낯설다. 주술관계의 어색함을 살펴보기에 앞서 훈도시가 뭔지 알아보자. 요네하리 마리는 헤이본샤의『세계대백과사전』을 인용한다.

"훈도시褌: 남성의 허리 부근에 매는 긴 천으로, 다리 사이에서 허리 부근까지 감싸 하반신을 보호하고 청결히 하기 위한 것이다. 옛날에는 犢鼻褌(다후사키＝다후사기＝도우사기)라고 불렀다.『엔기시키』(헤이안 시대 중기인 905년에 펴낸 법령집) 제14권을 보면 褌에는 '아랫도리 하카마', 袷褌에는 '위아래가 붙은 하카마'라는 훈이 붙어 있는데 이는 모두 하카마를 의미한다. 무로마치 시대에는 '타즈나'(고삐라는 뜻), 에도 시대에는 '시타오비'(속옷 위에 매는 띠)라고 불렀다. 훈도시라고 불린 것은 에도 시대 초였다고 한다."

그런데 훈도시를 맨다고 하지, 훈도시를 찬다고 하진 않는다. 적어도 이 책의 한국어판에선 그렇다. 하면 훈도시가 기저귀와 아무런 근친관계도 없다는 말인가? 그건 좀 아닌 듯싶다. 훈도시를 뜻하는 잠방이 곤褌자는 옷의衣(衤) 변이지만 훈도시를 분명한 옷으로 간주하지도 않는 것 같다. "쇼와 초기의 일본 남자들에게 로사리오나 반지, 아니면 사진을 넣은 장신구 역할을 했던 것이 바로 훈도시였다."

표지 그림은 '빤스바람'인 일리치 울리아노프의 옷차림새가 눈에 띈다. 그의 팬티는 삼각 메리야스다. 메리야스란 "면사나 모사로 신축성이 있고 촘촘하게 짠 천"을 말한다. 메리야스 소재의 흰색 삼각팬티는 나도 즐겨 입었다. 하지만 트렁크로 바꿔 입은 지 꽤 오래되었다. 작년 이맘 때 어느 지역 축제에서 노랫말과 율동이 썩 잘 어울리는 라이브 공연을 봤다. "바지 위에 팬티 입고 오늘도 난 길을 나서네."(노라조의 〈슈퍼맨〉에서) '치사빤스(하다)'는 두 곱으로 칙살맞다는 의미일 게다.

"입대한 날 군복과 팬티가 지급되었다. 당연한 이야기지만 사이즈는 고려되지 않았다. 군대에서는 팬티의 사이즈가 한 가지밖에 없었다. 나는 키가 작고 마른 편이었던 터라 입는 순간 아래로 흘러내렸다. 달리 방법이 없어 동료에게 부탁하여 허리 부근을 동여맸다. 그러나 곧 내게 지급된 팬티가 개인 소유가 아니라는 것을 알았다. 군대에서는 모든 팬티가 공용이었다."(《신체의 기억: 소비에트 시대의 속옷》 전시회 카탈로그)

20년 전 이 나라 군대 보급품 팬티의 치수는 적어도 상중하로 나뉘었다. 그러나 내 것을 지키기는 역시 어려웠다. 흰색 메리야스 삼각팬티에 이름을 써놔도 별무소용이었다. '남자는 바지, 여자는 스커트'라는 생각은 유럽 문명권의 뿌리 깊은 고정관념이다. 이것의 속내는 여자가 바지를 입어선 안 된다는 터부다. "15세기 프랑스의 구국 영웅인 잔 다르크가 화형당했을 때, 교회는 그녀의 죄목에 바지를 입었다는 내용을 추가한다."

기마騎馬가 먼저인지 아니면 팬티와 바지 착용이 먼저인지 따지는 것은 달걀과 닭의 선후 관계를 가늠하는 것보다 명쾌하다. 요네하라 마리의 결론은 "팬티가 먼저다."

6

시민의 자발적 참여로 자연을 지킨다

요코가와 세쯔코의 『토토로의 숲을 찾다』

요코가와 세쯔코의 『토토로의 숲을 찾다』(전홍규 옮김, 이후, 2000)는 세계적 환경보호단체 내셔널 트러스트National Trust가 태어나서 전 세계로 퍼져나가는 과정을 기행문 형식에 담은 책이다. 내셔널 트러스트는 국민들의 자발적인 헌금이나 기부를 바탕으로 보전할 가치가 있는 토지 · 문화재 · 동식물 · 시설 등을 매입해 관리하는 시민들의 자발적인 운동을 가리킨다.

내셔널 트러스트의 정식명칭은 'The National Trust for Places of Historic Interest or Natural Beauty'이다. 여기서 트러스트는 우리가 익히 아는 대로 '신뢰'를 뜻하나 내셔널의 의미는 약간 다르다. '국가의'라는 의미가 아니라 '국민의'라는 뜻이다. 그러니까 내셔널 트러스트의 정식명칭을 풀어쓰면 이렇다. "국민이 서로 신뢰하고 힘을 합쳐 국가의 자연환경과 역사적 문화유산을 지킨다."

내셔널 트러스트는 1895년 영국에서 시작되었다. 주택개량가로 이름을 날렸던 옥타비아 힐, 변호사 로버트 헌터, 그리고 성직자인 하드윅 론슬리가 공동으로 창설했다. 이들은 19세기 중반 움튼 오픈스페이스 운동에서 많은 시사를 받았다. 오픈스페이스는 소유권은 지주에게 있지만 일반인의 통행과 누림이 가능한 장소를 말한다. 산업화가 진행되면서 지주들은 오픈스페이스에 울타리를 쳤다.

이에 사회운동가를 중심으로 오픈스페이스를 되찾자는 움직임이 생겨났다. 내셔널 트러스트는 거기서 한 걸음 더 나아가 서민들이 이용 가능한 토지를 지키기 위해서는 아예 그 땅을 사버리는 것이 낫다는 생각에서 출발한다. 이런 아이디어는 매입 토지의 관리와 유지를 위한 비영리 회사를 만드는 것으로 귀착되었다. 내셔널 트러스트는 영국을 중심으로 전 세계로 퍼져나갔다. 스코틀랜드, 오스트레일리아, 아일랜드 공화국, 미국, 일본 등지로 세를 확장했다. 이 책은 민족과 국가를 초월한 내셔널 트러스트 사상의 면모를 잔잔하게 묘사했다.

지은이는 내셔널 트러스트 운동에 아주 호의적이다. 하지만 굶어죽는 사람이 지천으로 널려 있는 세상에서 낡은 건물과 자연을 지키는 일의 당위성에 대해 의심을 품는다. 그래도 세계 어린이 환경회의에서 나눈 영국 기자와의 대화에선 마음을 다잡는다. 내셔널 트러스트가 캠페인 단체가 돼야 한다는 기자의 의견에 지은이는 동의하지 않는다. 그린피스 같은 캠페인 단체와 내셔널 트러스트 같은 보호단체는 그 역할이 다르다는 것이다.

이 책은 일본의 출판문화와 관련해 몇 가지 부러움을 사게 한다. 제목에 쓰인 '토토로'는 미야자키 하야오의 장편 애니메이션 〈이웃의 토토로〉에 등장하는 불가사의한 생물이다. 이 만화의 무대가 된 사야마 구릉의 숲이 개발로 인한 파괴 위험에 처하자 시민의 힘으로 숲을 구해냈다.

이 책의 내용은 〈마이니치 중학생신문〉에 연재된 것이다. 또 모르긴 해도 이 책의 원서는 잘 팔렸을 것이다. 우연히 길에서 만난 도서출판 이후의 사장에게 들었는데 번역서의 판매현황은 썩 좋지 않다고 한다. (2000. 11)

에콰도르에서 일어난 교통사고 소식을 꼭 알아야 하나?

헬레나 노르베리-호지 외 『허울뿐인 세계화』

퇴근길 전동차가 서울역을 지나 지상구간으로 들어섰을 때 무심코 뒤를 돌아보자 대형 사고를 알리는 전광판의 글귀가 한 눈에 들어온다. "버스추락 39명 사망." '또, 교통사고가 났나? 이번에는 희생자가 엄청 나네' 하고 놀라는 찰나, '에콰도르'라는 남미의 나라 이름이 시야에 잡힌다. 순간, 놀란 가슴을 쓸어내린다. 세계화 시대의 한 풍속도다.

아무리 지구 저편에서 일어난 일일지라도 대형 참사는 안타까운 일이다. 하지만 내가 그런 사실까지 꼭 알아야 하는가에 대해서는 의문이다. 더구나 에콰도르의 버스추락 사고를 알려 준 것은 서울 시내 중심가에 설치된 대형광고판이었다. 뭔가 개운치 않다.

이런 찜찜한 구석을 『허울뿐인 세계화』(헬레나 노르베리-호지 외, 이민아 옮김, 따님, 2000)가 말끔히 풀어 주었다.

내가 지구 저편의 교통사고 소식을 실시간으로 알 수 있는 것은 통신의 발달 덕분이다. 이 책에서는 현대적 통신 인프라가 "정부, 군대,

금융계와 기업들의 필요에 맞추어 건설되었지만, 정작 그것이 미치는 범위를 제한하는 것은 흔히 '개인의' 권리에 대한 도전으로 간주된다"고 지적한다.

또한 이처럼 뒤틀린 논리를 등에 업고 광고마저 '언론의 자유'를 내세우고 있다고 일갈한다. 그리고 "문화를 균질화시키는 일그러진 이미지를 제3세계에 무차별 퍼붓는 것이 '자유로운 정보의 흐름'으로 간주되고, 컴퓨터와 팩스, 모뎀, 휴대전화, 호출기에 얽매인 사람들이 '편리한 현대생활'의 본보기로 묘사된다"고 덧붙인다.

그 사이, 산업화된 세계의 평범한 어린이는 수백 개의 기업로고를 식별하면서도 자기가 사는 곳의 식물종은 몇 개밖에 알지 못하는 상황이 빚어진다. 문화의 균질화는 지식의 균질화를 야기하는데 그 결과, 학교는 공항이나 모텔처럼 서로 점점 더 닮아 가는 기관이 된다.

『오래된 미래』로 우리에게도 낯익은 헬레나 노르베리-호지와 '에콜로지 및 문화를 위한 국제협회ESC'가 함께 쓴 이 책은 세계화와 세계화를 주도하는 거대기업에 대한 통렬한 비판을 담고 있다. 이 책의 원제는 '작은 것은 아름답고, 큰 것은 망한다(Small is Beautiful, Big is Subsidised)'로 풀어 쓸 수 있다. 영어사전을 찾아보니 '내려앉다' '가라앉다'라는 뜻의 '섭사이드즈'라는 단어 아래쪽에 '섭서다이즈subsidize'라는 말이 눈에 띈다. 이 말은 '보조금을 지불하다'라는 뜻인데 이 책은 세계화를 이끄는 거대기업은 정부가 지급하는 보조금의 혜택을 크게 입고 있다고 지적한다.

나는 개인적으로 이런 책을 아주 좋아한다. 거대신문도 이 책을 소개했다. 하지만 역시 시선이 곱지는 않았다. 세계화에 대한 비판만 무성하지 대안이 없다고 평했다. 덩치 큰 신문이 그렇게 보는 것은 지극히 당연한 일이다. 이 책에 대한 독후감은 지역신문에 실리는 게 제격이다. 지역성의 회복을 세계화의 대안으로 제시하고 있으므로. (2000. 12)

8

우리 시대 논객의 시사풍자 에세이집

진중권의 『시칠리아의 암소』

진중권의 『시칠리아의 암소』(다우, 2000)에 실린 "글들은 대부분" 지은이가 "그때그때 청탁을 받아서 쓴 것이다." 그래서일까 어쩐지 책의 내용이 눈에 익다. 나는 진중권 씨의 팬인지라 각종 지면에 실리는 그의 글을 눈여겨 봐왔다. 그런데 막상 책을 읽어나가자 익숙함보다는 새롭다는 느낌이 앞섰다. 여기에는 두 가지 이유가 있다. 우선 독자인 내 쪽에서 보면, 구독하는 잡지에서 지은이의 글을 만났을 때 '눈도장'만 찍고 읽기는 나중으로 미룬 경우가 있었다. 〈출판저널〉에 실렸던 『부자아빠 가난한 아빠』에 대한 서평과 〈사과나무〉에 수록됐던 「라마산으로부터 온 편지」는 읽기를 차일피일 미루다 단행본을 통해 읽게 되었다.

이 책이 익숙하면서도 낯선 데에는 지은이에게도 책임(?)이 없지 않다. 이 책에는 지은이가 1999년 10월 중순부터 2000년 4월말까지 〈경향신문〉에 격주로 연재한 '진중권의 문화마당'이 포함돼 있다. 그런데 이 연재물은 세 가지 형태로 단행본에 옮겨졌다. 그대로 옮겨진 경우가 있는가 하면, 약간의 수정을 거친 경우도 있다. 「단군의 목을 쳐라?」는 전자에 해당하고 「경주, 천년의 포스트모던」은 후자에 속한다. 또 「서갑숙과 구성애」처럼 업데이트를 확실히 한 예가 있다. 이 글은 신문 기고문에 비해 분량이 2배에 이르는데, 다른 지면에 발표한 글인지는 확인하지 못했다.

아무튼 이 책은 우리 시대의 뛰어난 논객 진중권 씨의 최근 활약상을 여실히 보여 준다. 그의 전공은 미학과 언어학이지만 이 책의 "주제는 사방으로 확산된다." 그는 정치 · 사회 · 문화를 종횡무진 넘나들고 있으나 이번 책에서 가장 인상적인 대목을 꼽으라면, 성차별에 대한 인식을 들겠다. 헌법재판소의 군복무 가산점 위헌판결과 관련해 벌어진 인터넷에서의 소동을 통해 지은이는 "봉건적인 가부장제와 함께 근대 국민국가의 군복무 경험이 우리 사회에서 일어나는 여러 가지 성차별을 뒷받침하는 사회적 무의식의 또 다른 축을 이루고 있음을 확인"한다.

또한 그는 마광수 교수의 성 담론에서도 가부장 독재의 흔적을 본다. 성의 자유를 외치는 마 교수에게 "우리나라처럼 성적으로 자유로운 곳도 없다"며 일침을 가한다. "매정하겠지만 나는 마광수 씨가 성을 보는 시각이 우리 사회에 팽배한 철저한 마초적 시각과 어떻게 구별되는지 잘 모르겠다. 이를 그는 어린이의 천진난만함을 가지고 용감하게 발설했을 뿐이고, 뭔가 켕기는 어른들이 거기에 발끈하여 소동을 부리는 게 아닐까?" 지은이의 『네 무덤에 침을 뱉으마!』가 장편 시사풍자 에세이라면, 이 책은 사회풍자 단편집이라고 하겠다. (2001. 1)

9

박종철 군이 꿈꿨던 세상은 바로 이런 게 아니었을까?

홀거 하이데의 『노동 사회에서 벗어나기』

홀거 하이데의 『노동 사회에서 벗어나기』(강수돌 외 옮김, 박종철출판사, 2000)는 내용이 약간 어렵다. 그러나 매양 쉬운 책만을 읽을 수는 없는 노릇인데다 이 책의 내용이 그렇게 딱딱하지만은 않다. 마르크스의 저작을 토대로 논의를 전개하는 앞부분을 제외하면, 외려 국내 학자의 글보다 쉽게 읽힌다. 또한 국내 학자의 글에서 대하기 어려운 참신한 시각을 접할 수 있다.

독일 브레멘 대학 교수인 지은이는 동아시아 경제와 이른바 '노동 중독증'에 대해 관심이 많다. 그런 지은이의 관심사가 반영된 이 책은 크게 네 부분으로 이뤄져 있다. 한국경제론을 다룬 부분, 사람과 자연의 상생과 연대를 언급한 대목, 한국과 독일을 비교 검토한 내용, 노동 사회와 노동중독증에 관한 고찰 등이 그것이다.

이 가운데 노동중독증과 연대를 다룬 대목이 돋보인다. 지은이는 우리나라와 일본, 그리고 대만 등지에서 나타나는 강제성을 띤 저임금의 장시간 노동을 노동중독의 한 양상으로 본다. 사실, 우리는 일을 참 많이 한다. 통계청이 지난해 12월 1일 발표한 '99년 생활시간 조사에 나타난 국민의 생활모습'에 따르면, 직장인의 평균 노동시간은 8시간 7분이었다.

평균 노동시간은 선진복지국가와 거의 다를 바 없다고 여길 수도 있으나, 여기에는 함정이 있다. 취업자가 일터에서 보내는 시간이 하루 평균 10시간 20분에 이르기 때문이다.

지은이는 노동중독의 원인으로 영성을 상실한 현대인의 두려움을 꼽는다. 또 그것은 '무엇이든 할 수 있다'는 환상과 '모든 것을 통제할 수 있다'는 잘못된 믿음에 기초하고 있다고 지적한다. 전 세계적으로 각광받고 있는 미시 전자 기술과 유전 공학 기술 역시 통제를 위한 기술에 지나지 않는다고 덧붙인다.

지은이는 '노동을 할 권리'라는 구호를 예로 들면서 자본가뿐만 아니라 노동자에게도 노동중독의 책임을 따진다. 생태주의적 관점을 취하는 지은이는 환경 문제와 관련해서 노동 운동 진영이 보이는 이중적인 태도를 비판한다. 노동 운동은 작업장의 노동 조건이나 일상의 삶의 질이 '환경'의 범주에 속한다고 보면서도, 그것이 '자기' 기업의 문제일 경우는 환경 보호가 일자리를 위협하는 것으로 받아들인다는 것이다.

하면, 노동사회에서 벗어나기 위한 지은이의 대안을 무얼까? 한마디로 '살아 있는 연대'라고 할 수 있다. 이것은 살아 있는 삶의 총체성을 다시 획득하고, 영성을 회복하는 것을 말한다. 또 이것은 인간의 진정한 바람과 욕구인 사랑을 체험하는 것에 다름 아니다.

이 책은 박종철 군의 뜻을 기리는 출판사에서 펴냈다. 박 군이 선배의 이름과 자신의 목숨을 맞바꾼 것이 바로 '살아 있는 연대'의 실천은

아닐까? 또한 그가 꿈꿨던 것은 일터에서 8시간만 머무는 그런 사회가 아니었을까? (2001. 2)

10

파시즘의 본질에 대한 쉽고도 분명한 설명

강준만 외 『부드러운 파시즘』

1997년 초 『인물과사상』(개마고원)을 펴내면서 강준만 교수(전북대 신문 방송학과)는 '저널룩journalook=journal+book'이라는 표현을 썼다. 『인물 과사상』은 잡지적 성격이 짙은 단행본으로 기존의 출판물 분류 방식에 따르면 '무크(부정기간행물)'에 해당한다. 『인물과사상』을 무크라 부르는 것이 큰 하자는 없지만, 굳이 새로운 이름을 붙인 것은 그 책이 '출판의 언론화'라는 강 교수의 지론을 담았기 때문이다.

그런데 강 교수는 또 하나의 저널룩을 내고 있다. 『시사인물사전』 (인물과사상사, 1999)이 그것이다. 한 달에 한 권꼴로 나오는 『시사인물 사전』은 처음에는 책 제목대로 '인물사전'에 가까웠다. 한 번에 수십 명의 국내외 인물을 사전형식으로 소개했다. 그러다가 제8호부터는 저널룩 형태로 체재를 바꿨다.

편집 체재를 바꾸고 나서는 『인물과사상』처럼 하나의 주제를 정해 10명 안팎의 인물을 집중적으로 다룬다. 2000년 12월 출간된 열한 번째 권의 주제는 '부드러운 파시즘'이다. 제목으로도 뽑은 '부드러운 파시즘'은 강준만 교수가 만든 용어로 〈당대비평〉의 임지현 교수(한양

대 사학과)가 내세우는 '일상적 파시즘'에 대응하는 개념이다.

강 교수는 '일상적 파시즘'을 '부드러운 파시즘'의 대표적 증상 가운데 하나로 간주한다. '일상적 파시즘'이 정치경제적 파시즘은 외면한 채 대중이 철저한 서양식 개인주의에 빠지지 않는다고 호통을 치는 것으로 보기 때문이다.

『부드러운 파시즘』(인물과사상사, 2000)은 히틀러, 무솔리니, 프랑코 등의 '파시스트 삼총사'를 해부하고, 파시즘에 동조하는 대중의 심리를 명쾌하게 분석한 에리히 프롬의 사상세계를 소개하고 있다. 나는 평소 파시즘에 관심이 많았다. 그런데 이 책만큼 파시즘과 그 관련 인물을 쉽고도 분명하게 설명한 책은 접하지 못했다.

『부드러운 파시즘』은 파시즘에 관련된 국외인물 말고도 여러 방면의 국내인물을 소개하고 있기도 하다. 이들 가운데 내게 생소한 이름이 둘 있다. 이금연 씨와 김용한 씨가 그들이다. 공교로운 것은 두 사람이 한국 내 외국인 문제에 관심이 많다는 사실이다. 이 씨는 국제가톨릭형제회의 일원으로 외국인 이주노동자의 처우개선에 팔을 걷어붙이고 있다. 김 씨는 소파SOFA개정국민행동 집행위원장으로 있으면서 옥고를 치르기도 했다.

이 두 사람에게는 긴절한 소망이 하나씩 있다. "이제 우리도 제3세계 국가를 도와야 합니다"와 "제발 미군 없는 세상에서 살다 죽고 싶어요." 나는 두 분의 소망이 꼭 이뤄졌으면 좋겠다. 그것은 내가 바라는 것이기도 하니까. (2001. 3)

11

탄탄한 문장과 짜임새 돋보이는 수작

김연수의 『굳빠이, 이상』

오랜만에 소설다운 소설을 읽었다. 김연수의 『굳빠이, 이상』.(문학동네, 2001) 소설의 문장과 짜임새가 이제 삼십 줄에 들어선 작가의 솜씨라고는 믿기지 않을 정도로 탄탄하다. 「데드마스크」「잃어버린 실화」「새」 등 세 편의 연작으로 이뤄진 이 소설의 중심에는 천재시인 이상李箱이 있다. 첫 번째 이야기 「데드마스크」에서는 전설처럼 전해지는 이상의 데드마스크를 매개로 소설적 상상력이 한껏 펼쳐진다. 데드마스크의 실존 여부에 대한 추적과 데드마스크가 떠지는 경위에 관한 정교한 재구성은 소설 읽는 재미를 배가한다. 흥미로운 것은 이 소설은 모두 실제 사건을 소설의 모티브로 채용했다는 점이다.

이를 위해 작가는 이상이 남긴 모든 작품과 이상에 관한 주요 연구 논저를 섭렵했다. 아울러 첫 번째 이야기와 두 번째 이야기의 공간적 배경이 되는 일본 동경을 답사하는 수고를 아끼지 않았다. 이런 노력에다 작가의 상상력이 어우러져 근래 보기 드문 수작秀作이 탄생한 것이다.

특히 '오감도 시 제16호 실화'의 창작과정은 작가의 명민함이 돋보이는 대목이다. 이상이 남긴 「오감도」 연작은 모두 15편이다. 그러니까 「오감도」 16번째 시는 존재하지 않는 셈인데, 작가는 기발한 방법으로 제16호를 창조해냈다. 현전하는 「오감도」 연작 15편에 등장하는 시어를 빈도수가 높은 순으로 배열해 16번째 작품을 생성해낸 것이다.

이상의 이름풀이도 흥미롭다. 총독부 건축기수로 일하던 김해경을 일본인 인부가 이상으로 불렀다는 데서 비롯됐다는 것이 기존의 정설. 그런데 이 소설은 김해경이 성씨를 바꾸고 '箱'자를 선택한 것에 의미를 부여한다. 그는 새 이름으로 새로운 운명을 개척했다는 얘기다. 이 소설의 주제의식 또한 만만찮다. 진짜와 가짜, 원본과 사본, 실재와 가상이 뒤섞여 헷갈리게 하는 상황에서 과연 어느 것이 진실인지 되묻고 있다.

소설의 내용과는 무관하다고 볼 수 있으나, 이 소설을 읽으며 한 가지 아쉬운 생각이 들었다. 1930년대에 활동한 이상의 행적이 너무 베일에 싸여 있다는 점이다. 동족상잔의 비극을 겪은 탓에 유품이 유실된 탓도 있지만, 기록과 흔적을 남기는데 소홀한 우리네 문화풍토가 이상의 면모를 더욱 신비화시키는 것이리라. 때마침 문화방송의 〈시사매거진 2580〉(3월 11일 방송)이 전하는 이웃 나라 일본과 러시아에서 작가의 자취를 보존하는 실태를 보노라면 그저 답답한 마음만 들뿐이다.

아무튼 이 소설은 불비한 여건을 극복하고 시인 겸 소설가 이상을 통해 새로운 세계를 펼쳐 보인 빼어난 작품이다. 여러분의 일독을 권한다. (2001. 4)

12

사계절 국물 맛 보여 주는 맛깔스런 수필집

문형동의 『국물 이야기』

"시로 사람을 짐작하다가는 큰코다친다." 일전에 읽은 어느 소설에서 공감한 대목이다. 감명 받은 책의 지은이는 되도록 만나지 말라는 말도 있다. 실망하기 때문이다. 하지만 『국물 이야기』를 지은 문형동 선생은 한 번 뵙고 싶다.

문형동의 『국물 이야기』(마주한, 2001)는 지은이의 두 번째 산문집이다. 이 책에 수록된 44편의 수필은 글마다 독특한 흥취를 자아낸다. 2001학년도 중학교 국어 교과서에 실리기도 한 표제작 「국물 이야기」는 우리네 입맛을 돋우는 사계절 국맛을 이렇게 표현하고 있다. "우리의 밥상에는 밥과 함께 국이 주인이다. 봄이면 냉잇국이나 쑥국의 향긋한 냄새가 좋고, 여름엔 애호박국이 감미로우며, 가을에 뭇국이 시원하다. 그리고 겨울이면 시래깃국과 얼큰한 배추김칫국이 있어 철따라 우리 입맛을 돋운다."

이 국맛들은 문형동 수필의 맛과 그대로 통한다. 그의 수필은 향긋한 냄새가 나는가 하면 감미롭고, 시원하다. 얼큰한 맛도 있다. 한마디로 문형동의 수필은 요즘 보기 드문 좋은 글인 것이다. 허면, 이렇듯 좋은 글을 쓰는 비결은 무얼까? 학식이 대단히 높은 것일까? 지은이는 시쳇말로 가방끈이 짧다. 초등학교 졸업이 고작이다. 정규교육은 제대로 받지 못했지만, 책과 배움에 대한 열정은 남다른 데가 있다. 그런 지은이의 면모는 두 번째 산문집에서 쉽게 읽을 수 있다.

하지만 어릴 적 읽은 뒤 지금껏 사표로 삼고 있는 『격몽요결擊蒙要訣』 서문 내용이 시사하듯, 오늘의 지은이를 만든 것은 단순한 앎의 열정이 아니다. "사람이 살아가는 데 있어서 학문이 아니면 올바른 사람이 되지 못한다는 내용이었다. 그 학문이 다른 곳에 있는 것이 아니라 사람들이 날마다 행동하는 바로 그곳에 있다고 한 대목이 마음에 들었다." 그런 그인지라 새를 사랑할 줄 모르는 시인과 신록에 애정을 느끼지 못하는 수필가에게는 어떤 아름다움도 기대하지 않는 것이 무리는 아니다.

지은이는 좋은 글의 요소로 다음 세 가지를 꼽는다. "폭넓은 독서와 깊은 사색, 체험의 진실"이 그것이다. 이 중 어느 한 요소가 부족해도 좋은 글이 되기는 어렵다. 여기에다 글쓴이 자신의 모습을 있는 그대로 담아야 한다고 덧붙인다. 또한 글에 스민 감정은 깊고 묵은 것일수록 좋다고 강조한다.

나는 「자화상」이라는 글이 가장 맘에 든다. 지은이가 열아홉 살 적에 겪은 뼈아픈 경험이 피부에 와 닿아서다. 탄광에서 광부로 일한 지 이틀째 되던 날, 그는 생명 같은 '간데라'를 눈 깜짝할 사이에 잃어버리고, 십 리 귀가 밤길을 눈물로 걸으며 막노동판의 비정함을 곱씹어야 했다. (2001. 5)

13

가족은 신성하지만 가족주의는 불온하다
이득재의 『가족주의는 야만이다』

한국 사회에서 가정(또는 가족)은 가히 신성불가침의 영역이다. 이는 가화만사성家和萬事成이나 수신제가치국평천하修身齊家治國平天下 같은 옛날 옛적의 '표어'가 여전히 통용되는 것만 봐도 잘 알 수 있다. 가정 폭력방지법이 엄연히 존재하고 있으나, 부부싸움에 끼어들기를 꺼려 하는 풍토 역시 여전하다.

그런 점에서 이른바 '가국 체제'를 매섭게 비판하는 이득재의 『가족주의는 야만이다』(소나무, 2001)는 '신성모독'에 가깝다. 가국 체제家國體制란 '가家'가 바로 '국國'이 되는 체제를 말한다. 가국 체제에는 사회라는 공적영역이 존재하지 않는다. 국가나 사회가 책임져야 할 일을 가족에게 떠맡기는데, 지은이는 그 증거로 IMF 직후의 상황을 상기시킨다. 사회안전망의 부재로 나타난 가족의 해체부터 가족 동반자살 같은 극단적인 사례까지.

이 책의 지은이도 물론 가족의 신성한 가치는 존중한다. 문제는 가족을 볼모로 삼는 불온한 가족주의에 있다. "가족은 사람들의 원초적인 공동체인 까닭에 신성할 수 있지만 가족주의는 국가가 가족에게 저

232

지르는 무책임한 폭력의 결과"이기 때문이다.

지은이는 들뢰즈와 가타리의 '욕망이론'을 빌려 가국 체제를 분석하고 가족주의의 야만성을 비판하며 그 배후에 가려져 있는 국가의 실체를 폭로한다. 그래서 가타리와 들뢰즈의 이론에 익숙지 않는 독자들은 이 책의 내용이 난삽하게 비칠 수도 있다. 이런 점을 감안했음인지 지은이는 되도록 쉽게 '욕망이론'을 풀어 설명한다.

특히 우리가 쉽게 접하는 실생활을 예로 든 점이 돋보인다. 언어생활과 TV 드라마의 내용 분석이 그것이다. 한 집안의 가장은 어디서나 아버지(또는 아빠)로 불린다. 집안에서는 자식뿐만 아니라 아내도 그렇게 부른다. 집 바깥에서도 마찬가지다. 다방에서도, 술집에서도 아빠다. 아버지라는 이름이 다른 이름과 포개지고 겹쳐지면서 사회적 인물의 은폐 효과를 나타내는 것이다.

또 TV 드라마에서는 공적인 것을 철저히 배제한다고 지적한다. 메디컬 드라마의 주인공으로 등장하는 의사들은 단지 하얀 가운을 걸쳤을 따름이다. 드라마는 처음부터 사회적 신분 같은 것은 소멸해 버리고 시작하는 까닭에 추상화된 개인만 남게 된다.

지은이는 가국 체제의 문제점을 해결하는 방안으로 우리에게 없는 '사회'라는 울타리의 조성을 제안한다. "사회 부재의 시대에서 사회형성의 시대로 이행하자"는 제안은 바로 이 책의 주제와 맞닿아 있다. 한편, 이 책은 국가와 사회가 개인과 가족을 이대로 방치할 경우, 발생하는 위험성에 대한 준엄한 경고로 읽히기도 한다. (2001. 6)

14

남의 이야기 같지 않은 인디언 수난의 역사

로버트 M. 어틀리의 『시팅불』

전설적인 인디언 추장의 일대기를 그린 로버트 M. 어틀리의 『시팅불』(김옥수 옮김, 두레, 2001)을 읽기 시작할 즈음, 어느 출판사의 영업자와 이 책에 대해 이야기를 나눌 기회가 있었다. 그 영업자는 『시팅불』이 결코 "만만치 않은 책"이라고 말했다. 나는 겉으로는 그의 견해에 동의했지만 내심으로는 반신반의했었다. 그런데 책장을 넘길수록 밋밋한 이야기라고 여겼던 내 지레짐작은 여지없이 빗나가고 말았다.

또 책을 읽는 내내 마음이 편치 않았다. 『시팅불』이 내 마음을 불편하게 한 것은 크게 세 가지 이유에서다. 우선 이 책이 할리우드 서부영화에 환호작약했던 내 어린 시절의 부끄러운 기억을 떠올렸기 때문이다. 나는 인디언들이 추풍낙엽처럼 쓰러지는 존 웨인이 주연한 서부극에서 기병대의 나팔 소리가 울리길 학수고대하던 할리우드 키드였다. 기병대 나팔소리를 그렇게 바랐던 것은 인디언의 괴롭힘을 당하는 백인 이주자의 무리에 포함된 여자와 어린이가 가여워서였을 것이다.

『시팅불』을 보면 인디언 여자와 어린이들이 더 많이 학살당했다는 것을 알 수 있다. 사실 우리는 아메리카 인디언에 대해서 너무 모른다.

『시팅불』은 사람 이름이다. 앉은황소. 인디언의 이름이 이렇듯 시적詩的이라는 것도 그나마 1991년 국내 개봉된 〈늑대와 춤을〉이라는 영화를 통해서 알게 된 것이다.

이 책의 독서가 불편했던 두 번째 이유는 인디언의 수난사가 외세에 의해 핍박받았던 우리의 근·현대사와 그대로 겹쳐졌기 때문이다. 앉은황소는 아메리카 인디언들이 수천 년을 이어온 전통적 삶의 방식을 송두리째 빼앗긴 19세기, 백인에게 분연히 맞선 최후의 인디언이다. 그의 생애를 담은 책에 묘사된 인디언이 몰락하는 과정과 양상은 국권 침탈에서 식민 피지배, 그리고 분단으로 이어지는 20세기 전반기의 우리 역사와 흡사하다. 인디언끼리의 분열이 특히 그렇다.

또한 이 책의 관점은 내 심기를 불편하게 한다. 1993년 미국에서 출간된 이 책은 객관적인 서술로 높은 평가를 받았다. 하지만 이 책 역시 〈늑대와 춤을〉처럼 한계는 역력하다. "인디언의 시각을 포기하고 백인의 관점으로"만 바라보고 있지는 않으나, 지은이는 자신이 백인임을 망각하지 않는다. 인디언 수난사인 이 책이 잘 씌어진 서부 개척사로 읽히는 것도 바로 그런 이유에서다.

한편 이 책은 미국이 국익을 수호하기 위해 적대세력을 어떻게 다루는지 잘 보여 준다. 진보와 문명의 의미를 되묻게도 한다. 당시 미국 정부의 내무장관이 인디언의 위법행위라고 공표한 것 가운데 물건을 공짜로 주는 행위가 들어 있다. 정말이지 문명인이 야만인보다 더 야만적인 것 같다. (2001. 7)

15

평범한 부녀의 아주 특별한 등반 이야기

제프리 노먼의 『딸 그리고 함께 오르는 산』

출판에도 마케팅 개념이 도입된 지 오래다. 하지만 나는 여전히 좋은 책은 스스로 빛을 낸다고 믿는다. 광고 또는 '사재기'의 힘을 빌리지 않아도 잘 팔리는 책이 진정한 베스트셀러다. 제프리 노먼의 『딸 그리고 함께 오르는 산』(정영목, 청미래, 2001)이 바로 그런 책이다. 소설 쓰는 후배에게서 "딸 가진 아빠의 필독서"라는 말과 함께 책읽기를 권유받았을 때만 해도 이 책에 대한 기대는 그리 크지 않았다. 부녀의 그저 그런 산행 이야기쯤으로 여겼다. 한데 그게 아니었다.

우선 책은 시종일관 내 오감을 장악했다. 깎아지른 절벽과 천 길 낭떠러지가 눈앞에 펼쳐지는 건 말할 것도 없고, 매서운 눈보라가 귓전을 때렸다. 산소가 희박한 무공해의 공기를 직접 마시는 듯 했고, 암벽의 감촉이 그대로 전달됐다. 저널리스트인 지은이의 묘사력은 능숙한 소설가에 전혀 뒤지지 않았다. 실제 있었던 일을 글로 옮겼기에 더욱 실감이 났으리라. 여기에다 매끄러운 번역은 원래 우리말로 된 책을 읽는다는 느낌이 들 정도다.

50회 생일을 기념해 지은이가 딸과 함께 오른 산은 동네 뒷산이 아니다. 4천 미터에 이르는 그랜드 티턴에 오르기 위해서는 등산 장비를 갖춰야 하고, 등반 기술을 익혀야 하며, 가이드의 도움을 받아야 한다. 책은 준비부터 산에 오르기까지의 전 과정을 자세히 보여 준다. 내친 김에 부녀는 안데스 산맥에 있는 해발 6,959미터의 아콩가과를 오르기도 한다.

그렇다고 이 책을 단순한 등산 에세이로만 봐서는 곤란하다. 옮긴이의 표현을 빌면 "책의 중심적인 사건이랄 수 있는 등반 이야기를 계속 중심으로부터 밀어내는 미덕"을 발휘하는 까닭이다. 평범한 부녀를 주인공으로 한 인생극은 삶의 진리를 담고 있다. 딸의 입장에서 보면, 성장소설의 측면마저 있다. 아버지는 산행을 통해 훌쩍 자라 어른이 된 딸의 모습을 본다.

지은이는 애초에 혼자 산을 오를 생각이었다. 큰 딸이 따라나선다고 하자 처음에는 안전을 염려해 말렸다. 이내 생각을 고쳐먹게 되는데 그건 딸이 산에서 뼈가 부러지는 것이 마약이나 알코올에 찌드는 것보다 낫다는 판단에 따른 것이었다. 또한 쇼핑이나 카드놀이에 비해 등반이 부모가 자식과 함께 하는 일로 더 매력적으로 비쳤기 때문이다.

책을 읽는 내내 다정한 부녀의 모습이 정겹고 부러웠다. 그래서 나는 내 딸과 무슨 취미를 함께 할까 생각해 봤다. 마땅히 떠오르는 게 없다. 품 안의 자식일 동안 산보나마 부지런히 다녀야지. 아무튼 이 책은 스페인 속담의 진실을 깨우쳐 준다. 운이 좋은 남자는 첫 아이로 딸을 얻는다. 나도 참 운이 좋은 녀석이다. (2001. 8)

16

강은 천년 뒤에 원래의 길로 되돌아간다

패트릭 맥컬리의 『소리 잃은 강』

60년 만의 가뭄이 찾아들자 건설교통부는 기다렸다는 듯이 댐 건설 계획을 발표했다. 건교부가 발표한 12곳의 댐 건설 예정지에는 경북 울주군 왕피천의 물을 막는 송사댐이 포함돼 있다. 왕피천은 "우리나라에 마지막 남은 원시 하천"으로 일컬어지는 곳이다. 그런 까닭에 벌써부터 지역주민과 환경단체를 중심으로 댐 건설 반대 움직임이 부산하다.

정부 당국의 댐 건설 계획은 물 부족을 토목 기술로 해결하겠다는 의지의 표현이다. 하지만 이것은 허구에 지나지 않는다. 댐 건설을 둘러싼 복마전을 낱낱이 파헤친 패트릭 맥컬리의 『소리 잃은 강』(강호정 외 옮김, 지식공작소, 2001)에 따르면 말이다. 책은 우리가 알고 있는 댐과 수력 발전에 관한 상식을 여지없이 허물어뜨린다.

예컨대 수력 발전이 내세워 온 세 가지 장점은 하나같이 사실과 다르다. 수력발전은 값이 싸지도 않고, 깨끗하지도 않으며, 재생 가능한 에너지원도 아니다. 수력발전을 위한 댐 건설에는 어마어마한 돈이 들어간다. 으레 처음 계획한 공사비는 댐 건설 과정에서 눈덩이처럼 불어나고, 공사 기일이 늦춰지는 것 또한 다반사다.

비용이 저렴한 발전이라는 선전이 더 이상 먹혀들지 않게 되자, 댐 건설 관계자들은 '지구 온난화 방지'를 새로운 표어로 내세웠다. 그런데 오히려 수력 발전은 지구 온난화를 가중시킨다. 댐 안쪽 저수지에 잠긴 나무들이 썩으며 많은 양의 이산화탄소를 배출시키기 때문이다.

뿐만 아니라 댐은 물 부족 해결에도 그다지 도움이 되지 않는다. 저수된 물의 자연 증발량은 전체 저수량의 7%에 이른다. 자연스런 물의 흐름이 억제되면서 댐 하류 지역의 하천과 지하수는 메말라간다. 대형 댐에 고인 물이 생활용수로 활용되는 경우는 전 세계적으로 극히 드문 형편이다. 또 댐은 홍수를 조절하기는커녕 홍수를 불러오기도 한다. 게다가 댐에 갇힌 물의 압력 때문에 지진이 발생한다는 의심도 받고 있다.

그럼에도 왜 댐을 만드는 걸까? 그건 바로 돈 때문이다. 대규모 토목사업에는 천문학적인 건설비가 든다. 그리고 '눈먼' 돈은 이리저리 새나간다. 대형 국책공사와 관련한 부정부패는 후진국일수록 그 정도가 심하지만, 선진국도 예외가 아니다. 특히 선진국은 세계은행의 대출과 다국적 건설 회사를 통해 제3세계에서 잇속을 채운다. 돈에 더하여 정치적 목적 또한 댐을 세우는 주된 이유다. 다행히(?) 이 책에는 언급이 되지 않았지만, '평화의 댐'은 그 대표적인 경우다.

지은이는 댐에서 하천 수계로 눈을 돌릴 것을 촉구한다. 여기에는 단서가 붙는다. 인간이 수계를 조절하려 해서는 안 된다. 물이 순환하는 복잡한 시스템에 적응하려는 노력이 최선의 길이다. (2001. 9)

17

책에 쓰여 있다고 무엇이건 다 믿진 말라

다치바나 다카시의 『나는 이런 책을 읽어 왔다』

책을 다룬 책을 워낙 좋아해 독서론이나 독서에세이는 웬만하면 칭찬하는 버릇이 있다. 그런 습성 탓에 낭패를 본 경우가 있는데『지적 생활의 방법』이 바로 그렇다. 몇 년 전 어느 잡지에 출판 칼럼을 연재할 때, 앞뒤 가림 없이 그 책을 소개하다가 독자의 항의성 편지를 받았다. 일본 유학생인 독자는『지적 생활의 방법』을 지은이가 일본의 대표적인 극우 인사라고 지적해 주었다.

이제 소개할『나는 이런 책을 읽어 왔다』(이언숙 옮김, 청어람미디어, 2001) 역시 일본책을 번역한 것이다. 낭패를 본 기억이 되살아나 조심스럽지만 지은이의 연보를 읽고 나자 적이 안심이 된다. 다치바나 다카시의 정치성향은 좌우 어느 쪽에도 치우치지 않는 중도로 짐작된다. 더구나 노벨상 수상 소설가 오에 겐자부로처럼 일본을 대표하는 양심적 지식인임은 확실해 보인다.

다치바나 다카시의 직업은 우리 식으로 말하면 시사평론가쯤 된다. 1974년 다나카 수상의 스캔들을 파헤쳐 일본 사회에 큰 파장이 일게 했다. 그의 관심 분야는 정치문제에 국한하지 않는다. 다치바나 다카시는 자신조차 질릴 정도로 다양한 주제를 다뤘다. "범죄, 스캔들, 생물학, 유전학, 육아, 심리학, 학생운동, 공산당, 방위문제, 석유문제, 도시문제 등, 모든 테마에 관해 수차례에 걸쳐 글을 썼다." 특히 인문학과 자연과학을 자유자재로 넘나드는 점이 돋보인다.

잡지 지면을 무대로 대중적인 글을 쓰는 다치바나 다카시지만 몇몇 분야에서 그의 역량은 전문가 못지않다. 법률 지식은 웬만한 변호사 뺨칠 정도고, 우주와 뇌를 둘러싼 자연과학 지식은 최첨단을 달린다. 여기에는 왕성한 지적 욕구와 치열한 기자 정신이 큰 힘이 되었다. 하지만 무엇보다 책이 밑바탕이 되었다.

이 책은 다치바나식 독서론과 독서술, 그리고 서재론을 담고 있다. 독서가와 장서가의 말석에 겨우 앉아 있는 내가 보기에도 구구절절이 옳은 내용이다. 한 인터뷰에서 독자에게 권하는 책을 추천해달라는 부탁을 다치바나는 정중히 거절한다. 그 까닭은 이렇다. "책과의 만남은 자기 스스로 만드는 수밖에 없"고, "진정으로 책을 좋아하는 사람은 스스로 찾을 수 있기 때문"이다.

그의 '실전에 필요한 14가지 독서법' 또한 귀담아 들을 만하다. 그는 "책을 사는 데 돈을 아끼지 말"고, "책 선택에 대한 실패를 두려워하지 말"며, "책을 읽을 때는 끊임없이 의심하라"고 가르친다. 그리고 의심의 대상에서 그의 책 역시 예외일 수는 없다. "책에 쓰여 있다고 해서 무엇이건 다 믿지는 말아라. 자신이 직접 손에 들고 확인할 때까지 다른 사람들의 말을 믿지 말아라. 이 책도 포함하여." (2001. 10)

18

음식은 덜 먹을수록 좋고 꼭 남들처럼 먹을 필요도 없다

헬렌 니어링의 『헬렌 니어링의 소박한 밥상』

생태 근본주의자로 유명한 니어링 부부의 아내가 쓴 『헬렌 니어링의 소박한 밥상』(공경희 옮김, 디자인하우스, 2001)은 참 독특한 요리책이다. 음식에 관한 시각부터 그렇다. "음식은 덜 먹을수록 좋다." 또 반드시 "남들처럼 먹을 필요는 없다"고 강조한다.

지은이가 제시하는 요리의 기본원칙은 일반적인 요리의 그것과 크게 다를 것이 없어 보인다. "가장 품질이 뛰어나고 신선한 재료를 준비할 것. 가능한 간단하게 준비할 것. 식거나 김이 빠지지 않도록 음식을 내기 직전에 조리할 것." 하지만 찬찬히 뜯어보면 엄청난 차이가 느껴진다.

우선 재료를 보자. 이 책에 고기를 쓰는 요리는 하나도 없다. 대신, 야채와 과일, 그리고 견과류가 주된 재료다. 그러면서도 정찬이 가능하도록 꾸몄다. 푸성귀를 주로 이용한 수프와 본 요리를 소개한다. 여기에다 과일 디저트를 만드는 방법까지 일러준다.

요리를 만드는 방법은 아주 간단하다. 20분 정도면 충분해 보인다.

헬렌 니어링은 요리를 싫어하는 사람에게 음식 만드는 일은 더 없는 고역이라고 말한다. 고역의 사례가 재미있다. 일꾼 대여섯 명의 식사를 준비하는 데 하루를 다 보내던 농가의 아낙네가 어느 날 조용히 미쳤다. 아낙네는 정신병원으로 실려 가며 이렇게 되뇌었다. "인부들이 20분 만에 싹 먹어치웠어. 20분 만에 다 먹어치웠어." 간단한 요리는 음식 만들기를 짧게 끝내고, 남는 시간에 더 창조적인 일을 하라는 배려다.

조리 시간이 짧은 것은 최소한의 조리에 그치기 때문이다. 그러는 것이 건강에도 좋다. 푸성귀의 영양분을 제대로 흡수하기 위해서는 "튀기기보다는 끓이는 편이 좋다. 끓이기보다는 굽기가 낫고 그보다는 찌기가 더 낫다. 하지만 가장 좋은 것은 날것으로 먹는 것이다." 독특하기는 요리책의 형식 면에서도 마찬가지다. 요리를 담은 사진이 한 장도 없다. 게다가 본문 용지로는 재생지를 사용했다. 지은이의 철학에 딱 맞아떨어지는 형식이 아닐 수 없다.

읽는 책을 보면 그 사람을 알 수 있다는 말이 있지만, 요즘은 먹는 것으로 그 사람을 판단할 수 있다는 말이 유행이다. 채식과 심성의 함수관계를 강조하면, 육식을 고수하는 쪽에서는 '히틀러 같은 독재자도 채식주의자였다'고 반박한다. 지은이도 "엄격한 채식인이면서 아내를 구타하는 자보다는 육식을 하지만 친절하고 사려 깊은 사람이 낫다는 간디의 말에 전적으로 동의한다."

하지만 인간의 육식은 분명히 "불필요하고, 비합리적이고, 해부학적으로 불건전하고, 건강하지 못하며, 비위생적이고, 비경제적이며, 미학적이지 않고, 무자비하며, 비윤리적이다." 건강만 놓고 보자. 평생 푸성귀와 과일만 먹은 지은이는 아흔두 살까지 살았다. (2001. 11)

19

자본주의 체제의 대안을 찾아서

이가옥 · 고철기의 『공동체경제를 위하여』

모든 무역장벽의 제거를 골자로 하는 WTO(세계무역기구) 뉴라운드의 출범으로 경제의 개방화와 세계화는 더욱 가속화할 전망이다. 이에 따라 다음과 같은 주장을 담은 책은 더더욱 시대착오적인 것으로 여겨지게 되었다.

"시장에 모든 것을 맡기는 사조 하에서는, 시장의 세계화, 가격기능의 세계화가 일어나 기업과 소비자의 정서가 변하게 된다. 즉, 경제주체는 물질 또는 이윤 지상주의에 치우쳐, 기업은 해외이전, 아웃소싱, 자본이전 등을 자행하고, 소비자는 자국 제품에 대한 애정을 잃게 된다."

'국산품 애용'이 미덕이던 때가 언제였던가 싶지만 '나의 경쟁력이 곧 나라의 경쟁력'이라는 구호가 위세를 떨치기 시작한 건 지금으로부터 10년 안쪽의 일이다. 그만큼 사람들의 정서가 급작스럽게 변했다는 얘기다. 사람들은 벼의 작황이나 추곡수매보다는 자동차회사의 해외매각 또는 반도체의 국제시세에 더 민감하다.

그런 점에서 자본주의 체제의 대안을 모색하는 이가옥 · 고철기의

『공동체경제를 위하여』(녹색평론사, 2001)가 사람들의 관심밖에 있는 것은 당연한 일이다. 오늘날 대부분의 사람들은 대중매체의 호도와 물질적인 풍요에 대한 유혹을 떨쳐버리지 못한 채, 현재의 생활을 즐기느라 여념이 없다. 더구나 개인적인 차원에서라도 대안적인 삶을 추구하는 것은 지극히 어려운 실정이다.

하면, 이 책은 쓸모가 없는 것일까? 아니다. 경제적 위기가 사람들의 관점을 짧은 시간 안에 뒤바꿀 수 있기 때문이다. 지은이들은 "충분한 연구로 대안을 준비해간다면, 경제위기로 인해 기존 시장경제체제가 제대로 작동하지 않을 때에 보다 신속·적절하게 도입할 수 있을 것"이라고 말한다.

책이 제시하는 자본주의 경제체제의 대안은 크게 세 가지다. 지역내 교환제도, 협동조합, 프라우트 제도가 그것으로 하나같이 지역공동체 경제의 활성화에 역점을 두고 있다. 이 중 프라우트 제도는 인도의 사상가이자 실천가인 사카르가 제시한 대안 모델이다. '진보적 활용론'을 뜻하는 프라우트PROUT=Progressive Utilization Theory는 자본주의와 공산주의를 동시에 지양한다. 그렇다고 '제3의 길' 같은 노선은 아니다.

프라우트는 육체적 또는 물질적인 면에서 착취 없는 사회의 건설을 목표로 한다. 프라우트 이론에서 창조된 모든 것은 인류 전체의 공동 재산이다. 또, 생산의 목적은 이윤 추구가 아니라 소비수요의 충족에 있다. 정당이 없는 민주주의를 지지하는 프라우트는 '이원적인 민주적 정치제도'를 채택한다.

이 책이 제시하는 대안 체제는 궁극적으로 인간의 영성에 호소한다. 최저생계 보장을 통해 육체적·정신적 욕구를 충족시킨 다음, 영성의 회복을 돕는 일이 진정한 복지사회라는 것이다. (2001. 12)

20

단순한 참고자료 이상의 의미 지닌 일본의 교육개혁론

사토 마나부의 『교육 개혁을 디자인한다』

'대학입시의 개혁' '교사의 전문성 강화' '30명 학급의 실현'. 꽤나 익숙한 교육 현안들이지만, 이런 쟁점을 다루고 있는 『교육 개혁을 디자인한다』(손우정 옮김, 공감, 2001)는 국내 저자의 책이 아니다. 이 책은 일본의 저명한 교육학자이자 교육 개혁 실천가인 사토 마나부가 썼다.

허나, 다른 나라 얘기라고는 전혀 믿기지 않을 만큼 일본의 교육 현실은 우리의 그것과 너무나 닮았다. 사람 이름과 땅 이름을 살짝 가리면 이게 어느 나라 상황인지 분간이 안 될 정도다. 예컨대 시끌벅적한 초등학교 교실과 쥐 죽은 듯 고요한 중학교 교실 풍경은 두 나라의 공통된 현상이다. 그런데 이에 대한 지은이의 분석은 귀를 쫑긋하게 한다.

일본의 초등학생들은 '밝고 건강하게' 행동하기를 강요받고 있다는 것이다. 또한, 지은이는 초등학교 교실의 밝고 건강한 소란스러움과 중학교 교실의 무거운 침묵 사이의 관련성에 주목한다. 그러면서 "거짓된 자신을 연출하는 체험의 축적이 중학생이 된 단계에서 능동적으로 다른 사람과 교류하고 수업에 참가하는 것을 곤란하게 하고 있지는 않은가?" 의문을 품는다.

신종사업으로 돈을 벌고 싶으면 6개월 전 일본에서 유행한 아이템을 눈여겨보라는 말이 있지만, 우리나라 교육정책의 현주소를 알기 위해서는 일본의 10년 전 교육정책을 살펴봐도 될 듯하다. 때문에 사토 마나부가 제시하는 교육 개혁의 방향은 우리에게 단순한 참고자료 이상의 의미를 지닌다.

지은이가 말하는 교육 개혁의 궁극적 목표는 학교를 '배움의 공동체'로 재구축하는 일이다. "'배움의 공동체'를 요구하는 학교 개혁이란 학교를 아이들이 서로 배우면서 성장하는 장소로 만들뿐만 아니라 교사들도 교육전문가로서 서로 배우면서 성장하는 장소로 만드는 개혁"을 가리킨다. 또한 이 '배움의 공동체'에는 학생과 교사 외에 학부모, 시민, 교육 관료도 참여한다.

학교 개혁을 교육 개혁의 핵심으로 간주하는 것은 오늘날 교육의 위기는, 곧 학교의 위기라는 문제의식의 발로다. 지은이는 학교가 학교로서의 기능을 회복하기 위해서는 학교를 안쪽에서 떠받쳐 온 내부 규범— '교양의 전승' '민주주의' '공동체' —의 복권이 필수적이라고 본다. 그런데 신자유주의에 입각한 교육 개혁으로는 세 가지 규범의 회생이 불가능하다. 교육의 공공성을 옹호하고, 교육과정을 통해 민주주의를 관철시킨다는 진정한 교육 개혁의 원리를 따라야만 가능하다는 것이 지은이의 주장이다.

1999년 일본에서 출간된 이 책은 교육 관련서로는 드물게 베스트셀러에 올랐다. 중국어 번역판도 중국에서 베스트셀러가 되었다. 한국 독자의 반응이 어떨지는 미지수다. 여건은 그리 호의적이지 않다. 중앙 일간지들은 이 책의 출간 소식을 단 한 줄도 언급하지 않았다.
(2002. 1)

재판을 통해 역사를 바라보다

마이클 리프 · 미첼 콜드웰의 『세상을 바꾼 법정』과
쿠르트 리스의 『악법도 법이다』

법에 대한 내 생각부터 밝히는 게 좋겠다. 쓸데없는 오해를 사지 않기 위해서라도 말이다. 내 법 감정은 몹시 나쁘다. 나는 법을 불신한다. 억울한 일을 당해도 법에 호소할 뜻은 거의 없다. 열정 있는 변호사의 변론에 인용된 어느 법학자의 주장에는 콧방귀나 뀔 따름이다. 흥!

"정의는 인류에게 극히 중요한 것이다. 정의를 이루어 내는 세 가지의 사회통제 수단은 종교와 도덕 그리고 법이다. 오늘날 그 중 가장 중요한 것은 법이다."(『세상을 바꾼 법정』, 58쪽) 법과 종교는 사회구성원을 압박하는 수단이지 정의를 이루어 내는 사회통제 수단은 결코 아니다. 만에 하나라도 그러면 얼마나 좋으랴!

이제 들여다볼 책 두 권은 잘된 판결 모음집이라 하기 어렵다. 그랬다면 나는 두 권의 책에 대해 별 관심이 없었을 것이다. 원제목이 '(판결과 함께) 장벽이 무너졌다/장벽을 무너뜨린 재판(And the Walls came tumbling down)'과 '세계를 움직인 재판(Prozesse, Die Unsere Welt Bewegten)'으로 직역되는 두 권은 역사적인 재판을 다룬다.

"재판이란 그 대상이 무엇이든 소위 그 재판이 있기까지 일어난 사건이나, 당시든 나중이든 세간의 이목을 끌게 한 사건들이 집약된 형태로 드러나는 과정이라오. 큰 사건으로 부풀려진 재판의 경우에는 더욱 그렇지."(소설가 토마스 만이 쿠르트 리스에게 한 말,『악법도 법이다』, 8~9쪽)

미국의 법률가 마이클 리프와 미첼 콜드웰이 공저한『세상을 바꾼 법정』(금태섭 옮김, 궁리, 2006)은 그 결과가 미국 사회에 커다란 영향을 끼친 여덟 가지 재판을 다룬다. 나는 이 중에서 안락사, 매카시즘, 음란물과 표현의 자유, 의료보험회사의 횡포, 정신박약자에 대한 불임시술이 쟁점이 된 20세기의 재판 다섯에 주목한다.

1장「살 것인가 죽을 것인가」는 인간답게 죽을 권리라는 무거운 주제를 이야기한다. 1975년 4월 15일, 스물한 살의 카렌 앤 퀸란은 신경안정제 과다복용으로 혼수상태에 빠진다. 병원에 실려 간 그녀는 영구적인 식물인간 상태라는 진단을 받는다. 카렌 앤의 생명유지 장치를 제거하여 딸이 편안한 죽음을 맞게 하려는 부모와 이를 반대하는 의료진이 맞선다.

합의점을 찾지 못하자 결국 소송에 들어간다. 1975년 10월 27일 열린 최종변론에서 카렌 앤과 그의 가족을 대리한 폴 암스트롱 변호사는 뛰어난 역량을 발휘한다.

"폴 암스트롱 변호사의 변론은 실력 있고 헌신적인 소송 변호사의 최종 변론의 훌륭한 전범과도 같다. 그의 주장은 열정이 담겨 있고 체계적이고 카렌 앤의 가족에게 모든 비정상적인 치료를 중단할 수 있도록 허용해야 한다는 법률적 근거를 제공한다."

하지만 나는 폴 암스트롱에 대응하는 모리스 카운티 도널드 콜레스터 검사의 변론이 더 인상적이다. "'어려운 사건은 잘못된 판결을 낳는다'는 오래된 법언法諺이 있습니다. 이 말뜻은 청구인의 처지를 동정할수록 그 청구를 들어주고 싶은 자연스러운 욕구가 생기게 되고, 그 결과 잘못된 판결이 나오는 수가 많다는 것입니다."

재판에서 카렌 앤 가족은 승소한다. 뉴저지 주 대법원의 확정 판결을 받고 나서 1976년 5월 22일 그녀가 입원한 병원의 의료진은 카렌 앤의 생명유지 장치를 제거한다. 요양원으로 거처를 옮긴 카렌 앤은 1985년 6월 11일 폐렴으로 세상을 떠났다. 그녀에게 기적은 일어나지 않았다.

3장 「우리 안의 적」의 주인공 두 사람은 누명을 뒤집어쓰고 일자리를 잃은 라디오 방송 진행자 존 헨리 폴크와 최고의 변호사이면서도 정의감에 불타는 루이스 나이저다. "매카시즘은 일단 공산주의자로 지목된 사람은 무죄가 입증될 때까지 유죄로 추정한다고 선언하였다."

루이스 나이저는 괴상한 '유죄추정의 원칙'을 극복하고 승소를 이끌어낸다. "청중들은 위대한 변론을 기다리고 있었고 천천히 자리에서 일어난 나이저는 그들을 실망시키지 않았다." 역시 정의감에 불타는 배심원들은 매카시 '똘마니'들에게 변호사가 청구한 금액보다 더 많은 손액배상액수를 안긴다.

하지만 패소한 매카시 '똘마니'들은 거의가 파산 상태에 있었기에 폴크와 나이저는 손액배상금을 다 받지 못했다. 더구나 승소했음에도 불구하고, 잘못 찍힌 빨갱이 낙인 때문에, 존 헨리 폴크는 방송가에 다시 발을 들여놓을 수 없었다.

"1975년에 CBS는 블랙리스트에 올라 있을 당시 자신의 경험을 쓴 폴크의 책 『재판의 공포*Fear on Trial*』에 대한 텔레비전 드라마 제작권을 사들였다. 조지 C. 스콧이 나이저로, 윌리엄 디베인이 폴크로 출연한 드라마는 대중과 평론가들로부터 찬사를 받았고 각본 부문 에미상을 수상했다. CBS는 평단의 찬사를 한껏 즐겼지만 20년 전에 자기들이 해고한 폴크에게 방송계로 복귀할 수 있는 기회는 단 한 번도 주지 않았다."

포르노 잡지 〈허슬러〉의 발행인 래리 플린트와 '도덕적 다수'의 우두머리 제리 폴웰 목사가 맞붙은 소송을 다룬 6장 「포르노 황제와 전도사」의 결론은 이렇다. "철학자와 현인賢人과 포르노 제작업자 모두 똑같이 표현의 자유를 누린다. 한 명의 자유를 억압하려고 하면 결국 그들 모두의 자유를 억압할 것이다."

그런데 래리 플린트를 총으로 쏴 하반신 불구자로 만든 범인을 검찰이 기소조차 하지 않은 것은 플린트가 아무리 허접한 잡지를 펴내는 사람이라 해도 너무하다. 래리 플린트의 저격범은 나중에 살인사건을 저질러 사형선고를 받았다지만, 플린트에게 중상을 입힌 것에 대해 전혀 책임을 묻지 않은 것은 법치주의가 아니다.

7장 「생명의 가격」은 갖은 횡포를 부리는 의료보험회사 때문에 고통을 겪는 유방암 환자인 누이를 보다 못해 싸움에 나선 신출내기 변호사의 투쟁기다. 의료보험회사로부터 수술비 지원을 거절당한 마크 히플러 변호사의 누나는 모금을 통해 마련한 돈으로 골수이식 수술을 받는다.

하지만 돈을 언제 돌려줄 거냐는 기부자들의 물음을 자주 접하자 가족들은 외출마저 포기한다. 보험 가입자의 건강을 도외시한 의료보험회사의 이윤추구는 배심원들의 격분을 사 천문학적인 손액배상액을

물게 된다. 히플러 가족은 이자를 덧붙여 모금액을 기부자들에게 되돌려 준다. 한때나마 히플러 가족이 기부자들의 모금액 반환 요구에 시달린 것은 짠하다.

「생명의 가격」은 무엇보다 우리 사회 일각에서 추진되고 있는 의료 민영화가 이 사회 구성원 대다수에게 재앙이 될 수밖에 없다는 엄연한 진실을 폭로한다.(504~506쪽) 8장 「훌륭한 태생을 위한 유전자 개량」은 1920년대 미국에서 자행된 '합법적 불임시술'을 거론하는데 그 양상은 정말이지 어이가 없다. 분노가 치민다.

1924년 입법된 버지니아 주 불임시술법의 "목적은 특정인을 처벌하려는 것이 아니며 유전적인 질적 저하를 방지하고 주민들의 일반적인 지적 수준을 향상시켜 사회적으로 부적합한 계층을 보호하고 사회복지를 증진하려는 데 있"었다. 한마디로 웃기는 소리다.

캐리 벅은 버지니아 주 불임시술법에 의해 난관절제술을 받은 첫 번째 희생자다. 그것도 '시험소송'의 대상자로서 말이다. '시험소송'은 부당하고 정의롭지 못한 조치를 합법화하려는 절차인 것 같다. 시쳇말로 짜고 치는 고스톱이다.

수양어머니의 조카부터 존경받는 연방대법원 판사에 이르기까지 한 여자의 삶을 직간접으로 유린한다. 캐리 벅의 강제 불임시술을 승인하는 것을 골자로 하는 미 연방대법관 올리버 웬델 홈즈가 쓴 판결문의 일부를 살펴보자.

"사회 전체의 이익 때문에 가장 우수한 시민의 생명을 희생시키는 일도 적지 않다. 사회가 무능력자로 차고 넘치는 것을 막고자 이미 사회에 부담이 되는 사람들에게 그보다 적은 희생을 요구하는 것이 금지된다고 할 수는 없다." 이 무슨 헛소리에다 전체주의적인 발상인가!

그러나 이 정도 갖고서 무얼.

"사회에 적응할 능력이 없는 사람들의 자손이 범죄를 저질러 처형되거나 혹은 저능으로 말미암아 굶어죽을 때를 기다리는 것보다는 그들의 출산을 금지하는 것이 사회에 이익이 된다. 법률로 예방접종을 하도록 강제할 수 있는 것과 같은 원리로 나팔관 절제도 강제할 수 있다고 해야 한다. 삼대가 저능으로 판명되었다면 출산을 금지할 이유는 충분하다."

참으로 소름끼치는 사전예방책이요 원천봉쇄론이다. 나는 이를 단순히 시대적 한계로 여기지 않는다. 만일 그렇다면 1930년대 독일에서 나치의 발호 또한 시대적 한계가 된다. 이것을 1920년대의 미국 사회와 법제도 그리고 민주주의의 본질이라고 한다면 지나친 확대 해석일까?

2002년 1월 버지니아 주 의회가 상하원 합동으로 채택한 결의안에 따르면, "벅 판결 이후 미국 내에서 약 6만 명의 사람들이 불임시술을 받았으며 버지니아 주에서도 8천 명이 그러한 시술을 받았다. 그 판결은 독일 우생학 지지자들로부터 찬사를 받았고 그들은 나치 정권에서 만들어진 유사한 법률을 지지했다."

그런데 놀라운 것은(실은 그리 놀랍지도 않지만), 미 "연방대법원은 범죄자와는 달리 '정신박약자'라는 이유로 실시되는 강제적인 불임시술이 합헌이라고 선언한 판결을 아직까지 파기하지 않고 있다"는 사실이다. 잘못을 인정하는 것을 꺼리고 반성할 줄 모르는 사법부의 '똥고집'은 만국 공통인가 보다.

로젠버그 사건에 대한 다음과 같은 주장은 체제옹호론자의 궁색한 변명에 불과하다. "로젠버그 부부의 사형집행은 오늘날까지도 미국

내에서 논란이 되고 있지만 소련 붕괴 후에 해제된 비밀문서와 로젠버그 부부를 조종한 소련 지휘자의 자서전은 그들이 실제로 유죄였음을 보여 준다."

비밀문서와 자서전에 로젠버그 부부의 새로운 어떤 범죄 사실이 담겨있어 죄질이 얼마나 더 무거워졌는지 모르나, 로젠버그 부부가 사형을 당할 만큼 두 사람의 죄질이 극악무도한 것은 아니다. 미국 사법당국이 로젠버그 부부에게 형 집행을 하기 전, 몇 번에 걸쳐 범죄사실을 인정하면 무기징역으로 감형하겠다는 제안을 한 것만 봐도 그렇다.

또한 로젠버그 부부는 오히려 죄질이 더 나쁜 공범들보다 훨씬 높은 형을 선고받았다. 다분히 괘씸죄가 적용되었으며 시대의 희생양이 된 것이다. 따라서 『세상을 바꾼 법정』에 나타난 구차한 애국주의보다는 쿠르트 리스의 객관적인 서술이 한결 설득력 있다.

"너무 갑자기 로젠버그 사건에 대해 더 이상 이야기를 하지 않았다. 클라우스 푹스나 데이비드 그린글래스, 모턴 소벨, 그리고 해리 골드가 형을 채우지 않아도 된다는 이야기만이 간간이 들려왔다. 로젠버그보다 더 많은 죄를 지은 그들이 만기에 앞서 미리 석방되었다."

"재판이 진행되던 당시에도 로젠버그 부부의 무죄를 믿는 사람들이 많았다. 어쩌면 25년이 지난 뒤에도 당시 사법부가 중대한 오류를 범했으며, 로젠버그 부부는 기껏해야 몇 년 형을 받아야 했고, 죄를 더 많이 지은 다른 사람들처럼 형기를 반 혹은 3분의 2만을 채우고 석방되어야 했다고 믿는 사람이 그들만이 아닐지도 모른다."

언론인 쿠르트 리스는 『악법도 법이다』(문은숙 옮김, 이룸, 2008)에서 역사적 재판의 시간과 공간을 더욱 확장한다. 소크라테스 재판과 예수 재판까지 거슬러 오르지만 22개의 역사적 재판 가운데 17개가 1892

년에서 1961년 사이에 몰려 있다.

"이 책은 각 장마다 하나의 재판을 다루고 있으며, 이들은 소위 상징적인 재판들이다. 이 책에 등장하는 재판은 모두 특정한 나라에서 특정한 시기에 특정한 상황을 배경으로 벌어질 수 있었던 재판이다. 각 재판은 재판이 이뤄진 나라와 시기, 당시 상황 등을 전형적으로 보여 주고 있다."

쿠르트 리스는 소크라테스 시대 배심원들의 자질을 아주 우습게 본다. "대부분의 배심원들은 법에 대한 교육을 받지 않았거나 지식이 없었고, 심지어 현명하지 못한 사람들로 채워지기 일쑤였다." 그런데 어째 이런 비난의 화살은 그를 망명하게 만든, 나치 정권을 성원한 동시대 독일인에게 향하는 것처럼 보인다. 요즘 우리라고 뭐가 다르랴마는.

소크라테스와 오스카 와일드는 선고 형량의 집행을 면할, 다시 말해 도망칠 기회가 있었다. 하지만 둘 다 그렇게 하지 않았다(못했다). 소크라테스는 자신의 죽음을 기꺼이 받아들였다. 오스카 와일드는 나라 밖으로 내뺄 여력이 없었다.

아무래도 마타 하리는 스파이가 아닌 듯싶다. 적어도 제1차 세계대전에서 연합군 5만 명을 희생시키는 정보를 적군에게 넘겨줄 정도는 아니다. 마타 하리는 인도네시아 태생의 혼혈이 아니라 네덜란드의 소도시 레바르덴에서 태어난 네덜란드 사람이다. 그녀의 약간 동양적인 외모와 다소 까무잡잡한 피부색은 부계 쪽으로 유대인의 피가 섞인 때문으로 추정된다.

찰스 린드버그의 아들을 유괴하여 살해했다는 죄목으로 전기의자에 앉은 이는 진범이 아닌 것 같다. 그리고 린드버그는 친나치 성향이었다. 사코와 반제티는 무고한 희생양이다. 그들은 무엇보다 비폭력을 옹호한 사람들이었다. "그들을 재판했던, 그들에 대항해서 변호하거나 증언했던, 또 그들에게 유죄판결을 내렸던 사람들과는 전혀 다른 사람이었다."

로젠버그 부부는 저지른 잘못에 비해 지나치게 과한 형벌을 받았다. 정작 전기의자에 앉혀야 하는 자들은 따로 있다. 뭐가 잘났는지 모르지만 잘났다는 인간들이다. 물리적 힘과 권력 그리고 법을 앞세워 선한 사람을 마구 짓밟은 인간들 말이다.

"저는 일생 동안 다른 사람을 도우려고 노력했고 누구에게나 친절하려고 노력했습니다. 다른 사람을 원망하는 것은 아무에게도 도움이 되지 않습니다."(기자들의 질문에 대한 캐리 벅의 답변, 『세상을 바꾼 법정』, 630쪽)

22

마무리 반전이 색다른 피붙이 홀대하기류 소설

팀 보울러의 『꼬마 난장이 미짓』

『꼬마 난장이 미짓』(김은경 옮김, 다산책방, 2009)은 『리버보이』의 작가 팀 보울러의 데뷔작이다. 하여 "팀 보울러의 최신작!"이라는 이 책 띠 지 문구는 우리를 혼란스럽게 한다. 가장 최근에 번역했다는 뜻이리 라. "개성 강한 인물이 첫 장부터 시선을 완벽하게 사로잡는다"(뒤표 지)는 〈스쿨 라이브러리언〉의 평가는 전적으로 옳다.

이 소설은 못난 피붙이를 홀대하는 익숙한 구도로 이야기가 전개된 다. 긴장성발작에 시달리는 동생에게 가하는, 여러 모로 번듯한데다 이중인격자인 형의 괴롭힘은 거의 린치 수준이다. "네가 엄마를 죽였 으니까…이젠 네 차례야. 이 여름이 끝나기 전에…넌 죗값을 치르게 될 거야." 밤마다 형의 얼굴을 하고 형의 목소리로 찾아오는 악마의 존 재에 대해 말조차 제대로 못하는 미짓 말고는 아무도 모른다. 아들의 찡그린 미소를 식별하는 아버지마저 까맣게.

미짓Midget부터가 난쟁이를 뜻하는 열다섯 살 주인공의 별명이다. 미짓의 본명은 중간엔 동명이인의 이름으로 등장하긴 하지만 이를 간 과하기 쉽다. 결말에 이르러야 미짓의 본래 이름은 형의 입을 통해 확정된다. 미짓은 일견 강풀의 '승룡이'를 떠올린다. 원인이 태어나면서 그런 것과 나중에 그런 것의 차이만 있는 미짓과 승룡은 둘 다 바보로 통한다. 하지만 둘은 바보가 아니다. 나는 미짓과 승룡의 캐릭터에 상투적으로 다가서는 것을 경계한다.

"완전하게 그려보고 완전하게 원하고 완전하게 믿어라. 그런 후에 네 기적의 요트를 진수대 위에 올려놓으면 그것이 네 삶 속으로 들어올 거야." 어느 날 미짓은 꿈에 그리던 단일형급 경주용 소용 요트를 얻는다. 이어 자신에게 남다른 '힘'이 생겼음을 감지하는데 그러면서 소설은 파국으로 치닫는다.

친숙한 이야기 얼개만큼이나 소설 마무리의 반전은 예상된 수순이다. 하지만 반전의 계기가 색다르다. 초능력에 드리운 그림자에 대한 자각이랄까. 아무튼 이 소설은 수수하다. 환상적인 요소를 차용하면 어디 한 구석이 비어 있게 마련이나, 여기선 앞뒤가 딱 들어맞는다. 그리고 잘 읽힌다. 작가의 10년에 걸친 정련의 결정체라는 점은 우리의 '난장이' 연작과 비슷하다. 또 이 소설은 요트 경기에 대한 실감나는 묘사가 돋보인다.

나는 발작을 한다. 미짓처럼 수시로 그러진 않는다. 지금까지 세 번. 아니, 사흘이다. 먼저 이틀은 정신을 잃었다. 어떤 일이 일어났는지 가냘픈 기억만 있다. 상대적으로 경미했던 세 번째 발작의 기억은 뚜렷하다. 나는 기력은 하나도 없으면서도 "괜찮아, 괜찮아"를 되뇌었다. "여보, 어떡하지 어떡해"를 연발하던 아내의 잔뜩 겁에 질린 목소리를 나는 못 잊을 거다. 안 잊을 거다.

23

깔끔한 경제학 입문서 자본 편향은 유의해야

로버트 하일브로너 · 레스터 서로의 『경제학은 무엇을 말할 수 있고 무엇을 말할 수 없는가』

로버트 하일브로너 · 레스터 서로의 『경제학은 무엇을 말할 수 있고 무엇을 말할 수 없는가』(조윤수 옮김, 부키, 2009)는 경제학자보다 경제 평론가에 더 가까운 공저자 두 사람의 깔끔한 경제학 입문서다. 로버트 하일브로너가 세상을 떠 최종판이 된 원서 4판(1998)을 우리말로 옮겼다. 이 책 1부의 첫 두 장은 꽤 만족스럽다. 현대의 고전을 새로 하나 발견했다는 느낌이 들 정도다. 경제학주류의 시각으로는 드물게 마르크스를 높이 평가해서일까? 하지만 공저자는 마르크스를 경제학자가 아닌, 역사학자 대열의 위대한 사상가 반열에 놓는다.

이 책 도입부에 대한 호감은 공저자의 신중함에서 나온다. "케인스와 (애덤) 스미스, 마르크스 중에서 과연 누가 옳은가? 이는 오늘날 경제학에서 대단히 중요한 문제이다. 비록 이들의 이론이 전체 역사의 한 부분에 지나지 않는다고 하지만, 이들 '세상을 움직인 경제학자들'이 제시한 문제는 여전히 미결 상태이기 때문이다."

본론으로 들어가는 3장부터 두 사람은 안면을 싹 바꾼다. 하일브로너와 레스터 서로는 자본주의 경제 제도를 옹호하고 시장 체제를 찬양한다. "인류 역사상 가장 탁월한 사회적 발명 중 하나가 시장 체제라는데에는 의문의 여지가 없다." 경제 성장이야말로 자본주의 경제를 규정하는 것이며 경쟁은 자본주의적 효율성의 배후에 있는 강한 추진력이다. 수요가 경제의 원동력이라면 투자는 경제를 추진하는 원동력이다. 경제학자가 감당할 수 없는 일과 경제가 사회구조의 굳건한 기반이 아니라는 점을 지적한다. 하지만 그럴수록 경제의 중요성은 더욱 도드라져 보인다. 자본 편향뿐 아니라 미국 중심의 사고 또한 유념하여 읽어야 할 대목이다.

그럴 수도 있고 아닐 수도 있다는 투로 말하는 것은 대략 난감하다. "경제에서 아름다운 것은 작은 것이 아니다. 그렇다고 큰 것이 아름다운 것도 아니다." 이어지는 경제에서 진정으로 아름다운 모습은 빤하기가 짝 없다. 앞뒤가 안 맞는 서술도 보인다. "심지어 사장도 20년 전과 달리 일반 근로자에 훨씬 더 가까워졌"다는 회사 안의 임금 격차 역시 이를 구체적으로 살필 때 실제와 정반대라는 사실이 드러난다.

"일반 독자들이 경제 문제를 더 쉽게 이해할 수 있도록 하자는" 이책의 본래 목적은 어느 정도 달성된 것 같다. 1913년 설립된 미국의 중앙은행 제도인 '연방준비제도'에서 '준비'는 은행들의 '지급준비율'을 결정하는 권한에서 왔다. 또 시장은 대단히 정교한 배급 체계의 기능을 지닌다. 공저자는 자본주의 체제가 위협적인 변화에 대처할 능력이 충분하다고 강조한다. 자본주의의 갱생은 가능하다는 식으로. 자본주의에 대한 무한신뢰는 좀 아닌 듯싶다. 아무래도 이 책은 5판이 나와야 할 것 같다. 신판 발행은 불가능하지만 말이다.

24

결혼의 위기를 폭넓게 다룬 결혼의 사회사

스테파니 쿤츠의 『진화하는 결혼』

나는 긴 세월과 여러 지역을 아우른 풍부한 사례가 담긴 책을 좋아한다. 여기에 간단해 보여도 답을 구하는 게 결코 쉽지 않은 의문점을 풀어 주면 더할 나위없다. 스테파니 쿤츠의 『진화하는 결혼』(김승욱 옮김, 작가정신, 2009)은 꼭 그런 책이다. 미혼 남녀는 자신의 자유의지로 선택한 사랑하는 상대와 결혼하길 바란다. 이러한 이상적인 서구식 결혼 모델에 양성불평등, 폭력, 강압 따위가 들어설 자리는 매우 좁다. 그런데 자유로운 짝 고르기와 사랑의 결합은 아주 엉뚱한 결과를 낳기도 한다.

"이 책은 사랑의 결합이라는 이상 속에 내포된 혁명적인 의미가 현실로 드러나는 데 그토록 오랜 시간이 걸린 이유, 남자가 생계를 책임지고 사랑이 기반이 된 결혼이 난공불락처럼 보이던 바로 그 시기에 무너져 내리기 시작한 이유를 설명하고 있다."

이 책은 '결혼의 위기'를 전 방위로 다룬다. 결혼 위기론은 '요즘 젊은 것들은 전부 왕 싸가지'라는 만고불변의 속설을 닮았다. 결혼의 위기를 가져온 것으로 지목된 요인은 시대와 지역마다 다르다. 하지만 이제는 적어도 "모든 지역에서 결혼이 점점 선택의 문제로 변하고 있으며, 점점 힘을 잃고 있다는 것"만은 분명하다.

1950년대와 1960년대 초까지 미국과 서유럽에서 '이상적인 결혼'은 절정을 향해 치닫는다. 그러나 1970년대로 들어서면서 '안정된 결합'은 심하게 흔들린다. 단적으로 이혼이 폭증한다. '이상적인 결혼'의 급전직하는 18세기 후반 새로운 결혼관계가 나타날 때부터 내재해 있었다. 사랑을 기반으로 한 결혼 모델에서 이혼은 상존하는 구성요소였다. 하지만 어째서 하필 1970년대에 폭발했을까? 그 이전의 위기 국면에선 "사람들이 아직 사랑과 자아실현이라는 포부를 행동에 옮길 여유가 없었"던 탓이다.

결혼은 뭐라고 한마디로 딱 잘라 말하기도 어렵다. 결혼의 양상이 시대와 지역에 걸쳐 워낙 다양해서다. 그래도 "사돈을 얻는 방법은 결혼뿐"이라는 공통분모는 꽤 넓다. 사실 나는 결혼을 덜 중요시하는 중국 윈난성에 사는 3만 명 남짓한 나족의 습속을 갖고서 이를 '반증'하는 데 감탄했다. 나족한테는 사돈이 없다. 그들은 결혼하지 않는다. 나족은 결혼을 안 하는 대신, '난세세'라는 가벼운 연애를 통해 종족을 유지한다.

『진화하는 결혼』은 결혼의 사회사다. 선사시대부터 이어져 온 결혼의 내력을 훑는다. 고대 그리스와 로마제국의 결혼, 귀족계급에서 시작돼 평민계층으로까지 퍼진 중세의 정략결혼과 동맹결혼, '현대적인' 결혼의 전개과정 등이 흥미롭다. 중점 논의되는 '현대적인' 결혼은 한달음에 읽힌다. 스테파니 쿤츠의 역저에서 우리의 결혼 사례가 언급되지 않는 게 좀 아쉽다. 후주의 끝부분에서 접하는 관련정보는 정확하다.

"결혼 이외의 대안이 거의 없는 한국에서는 독신 여성들이 결혼하면 여러 면에서 지금보다 더 나빠질 것이라고 대답하는 반면, 기혼 여성들은 독신이 된다면 대부분의 면에서 지금보다 더 나아질 것이라고 말한다."

25

은둔형 방랑자의 체험수기와 여행회고록

헤르만 헤세의 『요양객』

헤르만 헤세는 내게 더욱 친숙하다. 『데미안』부터 『싯다르타』, 『지와 사랑』에다 그의 독서론과 정원 가꾸기까지 장르마저 다양하다. 체험수기 두 편과 여행회고록 한 편을 실은 '을유세계문학전집·20' 『요양객』(김현진 옮김, 을유문화사, 2009)은 헤세 읽기의 폭을 더 넓혀 준다. 헤세에 대한 묵은 오해 하나를 교정하자면, 그의 작품은 소녀취향의 달콤한 속삭임이 결코 아니다.

헤세 문학의 실체를 가늠하는 게 그리 쉽진 않다. 산문 13편과 시 10편으로 이뤄진 『방랑』만 해도 그렇다. 헤세는 작가 빌헬름 쿤체에게 『방랑』의 이면에 담긴 자신의 깊은 사유를 독자들이 눈치 채지 못한다는 '불만'을 토로한 바 있다. 아무리 눈썰미 밝은 독자라도 배경지식의 도움 없이 매우 시적인 『방랑』이 이주체험 수기임을 알아차리긴 어렵다. 다만, 일부 글귀를 통해 그의 여행 충동과 고향을 갖고픈 바람 사이의 틈은 드러난다. 이조차 때로는 굴절된다. "자신이 쓴 시와 책에서도 수없이 조화롭고 지혜로운 자인 양, 행복하고 투명한 자인 양 굴어 왔지!"

이 책의 표제작 「요양객」은 류머티즘과 좌골신경통 치료차 찾은 스위스 바덴의 요양소 생활을 그렸다. 이 요양체험 수기는 요양객의 심리학이자 환자의 심리학이다. 빗장 걸린 문을 사이에 둔 옆방 네덜란드인 부부와의 신경전은 자신과의 싸움이다. 그런 과정에서 품게 되는 헤세의 적개심엔 일말의 진실이 담겼다. "그들의 풍요와 지겨울 정도의 온화함은 말레이 인들에 대한 착취를 기반으로 한 것이었다." 헤세가 스스로를 이겨낼 무렵 네덜란드인 부부는 방을 비운다.

또한 「요양객」은 헤세의 문학론이다. 헤세는 '불멸의 균형으로서의 합일성'을 추구한다. 그가 다양성의 배후에서 받드는 합일성은 사유와 이론으로 된 지루한 회색의 합일성은 아니다. 삶 자체다. 또 아름다움과 추함, 밝음과 어둠, 죄와 신성함은 순간적으로 맞설 뿐이지 언제나 서로 뒤섞인다는 것이다. 헤세는 삶의 양극을 구부려 다가서게 하고 삶의 겹 화음을 기록하는 일에 나선다.

헤세의 뉘른베르크 방문은 세기적인 전범재판은 물론이고 히틀러가 거창한 당 대회를 열기 전이었다. '나치 도시'는 헤세에게 이례적인 도시순회 시낭송회의 최종목적지였을 뿐이다. 헤세는 여행의 유익한 점으로 우편물을 안 받는 것과 여행을 떠나고자 마음먹으면 작별이 쉬워진다는 사실을 든다. '방콕 족'이 여행에서 얻는 가장 아름다운 일은 무엇보다 친구들을 다시 만나 따뜻하고 친절한 분위기에 에워싸이는 것이다. 여행을 마치고 뮌헨 근교의 친구 집에 머물던 헤세는 우편물을 그곳으로 오게 하는 결단을 내린다. 헤세가 은둔형 방랑자임을 잘 보여 주는 「뉘른베르크 여행」은 국내 초역이다.

26

소설가 닉 혼비의 솔직 담백한 독서일기

닉 혼비의 『닉 혼비 런던스타일 책읽기』

닉 혼비의 『닉 혼비 런던스타일 책읽기』(이나경 옮김, 청어람미디어, 2009)의 우리말 제목을 구성하는 요소 둘은 좀 그랬다. 별로였다. 그래도 지은이 닉 혼비의 이름과 그가 소설가라는 것과 소문난 축구팬이라는 사실은 알고 있었다. 이 책의 원제목은 아리아리하다. 닉 혼비가 '축빠'인 점은 '야빠'인 내게 낮은 진입장벽으로 작용했다. 에두아르도 갈레아노의 『축구, 그 빛과 그림자』(유왕무 옮김, 예림기획, 2006)를 통해 야구만 책이 될 수 있다는 편견을 깬 지 한참 지났어도 말이다.

그의 책을 처음 읽는다. 독후감은 기대 이상이다. 닉 혼비의 축구 사랑은 유연하다. 그는 미국에 머무는 동안 메이저리그 리그챔피언십 시리즈에 잠시나마 몰두할 정도로 다른 종목에 열려 있다. 미국에서 나오는 잡지에 연재한 독서일기를 책으로 묶어 독자를 위한 립서비스의 측면이 없지 않지만. 닉 혼비는 야구에 대해 아직 잘 모른다. 그는 마이클 루이스의 『머니볼』을 읽으며 단어 네 개 중 하나씩만 이해할 수 있었노라 고백한다.

닉 혼비의 독서일기는 솔직담백하다. 이런 게 '런던 식'이라면, 억지 춘향의 낌새가 살짝 비쳐도, 굳이 마다할 이유는 없다. 그는 "혹평이 없는 문예비평만을 싣겠다"는 미국의 신흥잡지 〈빌리버〉의 편집방침을 "강직하고 훌륭한 입장"으로 평가하면서도 때로는 이를 어긴다. 반면, 이 나라 문화매체엔 혹평이 아예 없다. 언제 있었던 흔적조차 없으니 사라진 것도 아니다. 하여 사소한 비판을 받아도 '그럴 걸 뭐하러 다루냐'며 성질을 내는 게 무리는 아니다. 어찌 보면 당연하다.

2004년 3월분에서 닉 혼비는 "책은 다른 어떤 것보다 훌륭하다"고 말한다. 하지만 곧바로 지난달에 "책이 다른 어떤 것보다도 낫다고 떠들어댔"던 것을 후회한다. 책은 결코 어떤 영화나 그림, 음악보다 낫지 않다는 것이다. 나는 닉 혼비처럼 책이 재미있어서 읽는다. 그러나 책이 야구보다 재미있다고 장담하기는 어렵다. 책은 고작해야 야구만큼 재미있다. 지루한 책은 숱하게 많지만, 야구는 정규 시즌 경기와 플레이오프 게임이 다 흥미롭다.

재미있는 책을 한눈에 척 알아보는 게 쉬운 일은 아니다. 닉 혼비가 읽는 내내 흥미진진했다는 마크 잘즈만의 『새장 안에서도 새들은 노래한다』는 우리 집 어딘가에 있겠지만 어디 처박혀 있는지는 모른다. 이 나라 번역출판의 긴밀한 동시대성은 닉 혼비의 독서일기에서도 확인된다. 그가 읽은 책 적잖이 우리말로 옮겨졌다.

닉 혼비는 2004년 5월에야 비로소 찰스 디킨스의 대표작 가운데 『데이비드 코퍼필드』를 '맨 꼴찌'로 읽는다. 어쩌나! 나는 디킨스의 작품을 하나도 안 읽었으니. 이제부터라도 읽으면 되지, 뭐. 내 책상 오른편에 쌓인 일곱 권의 책 더미 맨 위에 놓인 『어려운 시절』을 먼저 읽어볼거나.

27

채광석 시인이 이끈 업튼 싱클레어 읽기

업튼 싱클레어의 『정글』

내가 지닌 꽤 많은 책 가운데 하나를 고르라면 주저않고 『그 어딘가의 구비에서 우리가 만났듯이』를 들겠다. 이 책은 1987년 7월 교통사고로 타계한 채광석 시인의 옥중편지모음이다. 업튼 싱클레어의 장편소설 『정글』(채광석 옮김, 페이퍼로드, 2009)을 집어든 것은 채 시인이 우리말로 옮겨서다. 나는 다시 나온 『정글』의 번역문을 통해서나마 그의 숨결을 느끼고 싶었다.

20장까지 읽고서 잠깐 쉬려고 책장을 덮으며 나는 이렇게 중얼거렸다. "햐, 대단하다. 진짜." 600쪽 가까운 소설을 이틀간 단숨에 읽었다. 책날개에 있는 짧은 설명글에서 오늘날의 시선으로 보기엔 나이브한 인상을 준다는 표현은 부적절하다. 『정글』은 재밌으면서도 충격적이다. 처가 쪽 식구들과 함께 미국 이민을 감행한 리투아니아의 촌놈 유르기스 루드쿠스에게 불행이 밀려온다.

유르기스가 식솔들을 이끌고 미국에, 그것도 "냄새 나는 곳"에 발을 들여놓으면서 불행은 시작된다. 주택업자한테 사기를 당하는 것은 약과다. 그의 불행은 엎친 데 덮친다. 유르기스는 뒤로 넘어져도 코가 깨진다. 멀쩡히 눈뜨고 코를 베이는 형국이다. 아버지, 사랑하는 아내와 아들, 처남을 차례로 잃는다. 그나마 굴러들어온 행운마저 끝내 산산이 부서진다.

나는 100년 전, 거대한 '가축 수용장'이 있는 미시건 호수 인근의 패킹타운을 중심으로 벌어지는 일들의 현재성에 놀란다. 세계 최대 규모의 시카고 도축장과 그 주변은 우리가 살고 있는 세상의 축소판이다. 이 복마전에서 일어나는 온갖 부정과 부패와 잔학상은 우리에게 너무나 친숙하다. 그런데 나는 우리의 아찔한 현실을 다시금 깨닫기에 앞서 싱클레어의 사태를 생생하게 전달하는 필력에 놀란다. 『정글』은 '리얼리즘의 승리'다.

이 소설은 궁극적으로 문명 세계를 비판한다. 유르기스는 "그때 문명 세계를 그 어느 때보다도 냉정하게 바라보았다. 그 세계는 바로 가지지 못한 자들을 예속시키기 위해 가진 자들이 만든 야만적 질서만이 중요시되는 세계였다. 그는 가지지 못한 자였다. 그에게는 모든 바깥 세상과 모든 인생이 하나의 커다란 감옥이었다." 100년 전이나 지금이나 문명 세계라고 치장된 것의 본질은 다르지 않다. 그것은 냉혹하고도 가차 없는 자본주의다.

소설 말미를 장식하는 니콜라스 슐리만의 발언에 담긴 주장은 음미할 만하다. 그래도 작중인물의 입을 빌린 작가의 직설은 거북살스럽다. 작가의 곧이곧대로 말하기가 장광설로 흐르면 독자는 민망하기까지 하다. 하지만 아무리 지루한 작가의 직설도 오늘 아침 신문에 실린 어느 소설가의 구차한 변명보다는 백 번 낫다. 나는 그 소설가의 '작품'을 읽느라 허비한 시간이 되게 아깝다.

28

불출호지천하보다 백문이불여일견

서형의 『부러진 화살 - 대한민국 사법부를 향해 석궁을 쏘다』

집을 나서지 않아도 세상일을 아는 것(不出戶知天下)은 노자가 살던 시대의 노자에게나 가능하다. 그래서 나는 지난 5월 24일 서울 덕수궁 대한문 앞 시민분향소에 갔었고, 5월 29일 다시 그곳을 찾았으며 6월 21일엔 성공회대학교에서 열린 추모음악회에 참석했다. 추모공연이 시작되길 기다리며 옆자리에 앉은 분께 "경찰 추산 2천 5백 명"이라는 농을 던졌다. 아니나 다를까. 이튿날 공중파방송 아침뉴스와 메이저 신문은 추모음악회 참석 인원을 6천 명으로 통일했다. 뭐 그럴 수도 있다. 언제는 아니 그랬나.

지금은 단순한 사실 전달마저 방해하는 '소음'이 극에 이르렀다. 조각난 진실의 실마리나마 부여잡으려면 현장에 직접 가보는 게 최선이다. 그렇다고 사법기관에 발을 들여놓긴 싫다. 피의자 신분을 경험한 것은 고 1때 학교 학생과에서 겪은 간접체험으로 충분하다. 경찰서 출입은 피해자 대표 자격으로 딱 한번 드나든 것으로 족하다. 법정엔 방청인으로조차 한 번도 안 가봤지만 앞으로도 계속 그랬으면 한다.

여기서 굳이 나의 법관法觀과 법 감정을 드러내고 싶진 않다. 꽤 부정적이고 무척 나쁘긴 하다. 추모음악회에서 나로 하여금 "넌 미워할 수 없는 녀석이야!"라고 외치게 만든, 카리스마 넘치는 어느 뮤지션마냥 나쁜 놈을 향해 대놓고 욕지거리를 날릴 용기와 기백이 내게는 부족하다. 서형의 『부러진 화살—대한민국 사법부를 향해 석궁을 쏘다』(후마니타스, 2009)를 읽는 도중 이 책을 괜히 골랐다는 생각이 들었다. 잡혀가면 어쩌나, 명예훼손 혐의로 고소라도 당하면 어쩌나.

이 책은 이른바 '석궁 사건' 재판이 얼마나 엉터리였는지, 그 사건 재판정은 또 얼마나 개판 5분 후를 빼닮았는지 잘 보여 준다. 재판과정에서 법적 절차를 준수하라는 피고인의 '당당한' 요구에 판사가 좌불안석하는 장면은, 나로선 상상하기도 어렵다. 판사가 법을 제대로 잘 알지 못하다니. 이 책은 심각한 책이다. 하지만 '신나는' 추모음악회처럼 한번 웃어보자. 마침 좋은 거리가 있다. "재판장이 자신의 이름을 강조하자 방청석 여기저기서 키득거렸다. 한 법원경비도 재판부가 보이지 않게 등을 돌리고 내 앞에서 쭈그리고 앉아 웃어댔다. 본인의 입을 손으로 막고 말이다."

더 이상 이 책에 대해, 괴상한 재판에 대해 말하는 것은 내게 벅찬 일이다.(무언가를 더 바라는 것 또한 우리에게 사치다.) 다만 큰 오자가 난 것은 아쉽다. "1971년 전태일이 분신할 때에도"(47쪽)가 그러한데 전태일 열사는 1970년 11월 13일 자신의 몸을 불살랐다. 이와 관련 있는 160쪽의 "40년 전"은 앞 문장에 명시된 청계천 평화시장에서 지게꾼을 하는 분과 인터뷰한 해를 기준으로 따져 '37년 전'이라고 해야 한다. 어쨌든 백 번 듣느니 한 번 보는 게 낫다(百聞而不如一見)는 옛말은 진리에 가깝다.

29

밝거나 어둡거나, 긍정하거나 부정하거나

마르티나 빌드너의 『무루스』

벽은 선이다. 꼭 20년 전 몇 달간 중부전선 비무장지대 안의 전방초소에서 근무했다. 전방초소는 군사분계선과 이쪽 한계선 사이에 있다. 분계선은 물론이고 한계선에 설치된 통문도 함부로 못 넘나든다. 어느 날 총을 발사해 우리를 놀라게 한 저쪽 병사들이 저쪽 한계선을 넘어 꾸역꾸역 밀려들었다. 새벽녘에 저쪽 병사 하나가 이리로 넘어왔다나. 다행히 저들은 분계선엔 근접하지 않았고 좀 있다 물러났다.

인민군 병사의 귀순에 따른 소동과 텔레비전을 통해 베를린 장벽이 무너지는 장면을 씁쓸하게 지켜본 것을 제외하면 전방초소 생활은 대체로 평화로웠다. 지난 달 음악회에서 직접 들은 어떤 노래에 남다른 감회를 느낄 정도로 말이다. 여적 보관중인 그날의 메모다. "따스한 오후의 햇볕을 받고 있다. 비무장지대 소묘. GOP 철책의 고가초소(주간 감시)가 덩그러니 무척 한가롭다. DMZ의 산야는 황량한 겨울의 시위. 철책 기둥에 앉은 까마귀. 측면으로 이어져 보이는 둥지 넷, 다섯, 여섯. OP에서 들리는 노래 소리. 「사노라면」. 참 재미있는 일이다."

마르티나 빌드너의 『무루스』.(김희상 옮김, 스타로드, 2009) 두툼한 SF

의 장르 정체성은 약간 흐릿하다. SF 문외한인 내가 뭘 알랴. 이 작품은 "로버트 A. 하인라인이 보편화한 용어인 사변소설Speculative Fiction"에 속한다.(듀나) 사변소설은 과학을 다루지 않아도 된단다. 작품자체의 지탱력과 자기완결구조는 필수다. 1부 첫 장에 묘사된 출생의 비밀을 간직한 열네 살 먹은 요요네의 열악한 주거환경은 언뜻 디스토피아를 떠올린다. 한편엔 24세기 중반의 첨단 과학도시가 존재한다. 요요의 출생의 비밀이 큰 변수는 아니다. 살 당김의 끌림 혹은 이를 막아주는 '보이지 않는 벽'이랄지.

작중인물의 성격은 양면적이다. 그것은 별개의 이름으로 뚜렷이 구별된다. 요요/유수프/요제프 피치카토와 요요의 누나 로테/라일라 그리고 요요-로테 남매의 어머니 소리아 암민/마리아 시몬의 성격은 일관된 편이다. 장벽을 통과하여 기억상실증에 빠진 로테는 줄곧 잠만 잔다. 올레 미첼의 오스카로의 변절은 예상된 바다. 범죄조직의 여자 두목 알리시아로 변신한 영재학교의 최고 우등생 리카르다 타이히만은 마지막 양심을 지킨다.

만리장성은 모든 고교생과 대학생의 필수 교양과목이다. 수년 전 장벽의 붕괴를 연상시킨다는 이유로 베를린 장벽은 교육과정에서 배제되었다. 옛날에는 "분단되는 것을 끔찍한 비극으로 받아들였다고" 하지만, 지금은 "누구나 분단을 자연스러운 일로 받아들인다"는 라일라의 독백이 남의 일만은 아니다. 그래도 마리아 시몬의 충고를 위안 삼는다. "따뜻한 가슴이 인생을 살아가는 데는 꼭 필요한 핵심이지." 정갈하고 맑은 청소년 소설의 제목(Murus)은 라틴어로 벽을 뜻한다.

30

'푸른 옷에 실려간 꽃다운 이내 청춘'

고영일의 『푸른 끝에 서다 1』

엊그제 다녀온 경기 북부 내륙의 피서지는 이름값을 못한다. 약간 높은 지대에 위치한 호수는 저수지나 다름없고 호수 인근 계곡은 졸졸 흐르는 시냇가에 시멘트를 처바른 유원지다. 이러한 평가절하는 호수와 계곡이 의정부에서 포천을 거쳐 철원으로 이어지는 43번국도와 인접한다는 점과 유관하다. 강원도 철원군 근남면 육단리는 내 자대 주소지다. 20년 만에야 군 복무한 곳 가까이 가본 셈이다. 자대까지는 거기서 좀 더 가야 한다.(나는 지금 국가기밀을 누설하고 있는가!)

다 챙겨보진 못했어도 만화잡지 〈새만화책〉에 연재된 고영일의 『푸른 끝에 서다 1』(새만화책, 2009)을 눈여겨봤다. 첫 권의 전체를 한 묶음으로 보니 이미 접한 절반도 한결 새로운 느낌이다. 예비역 병장 고영일의 군 생활은 파란만장하다. 그는 잦은 보직이동과 그 와중의 군 병원 후송에다 기무대의 호출을 받는다. 대통령선거를 앞두고 입대 전의 학생운동 이력이 빌미가 되어 조직사건에 엮인 것이다. 그는 군사법원의 판결을 받기까지 140여 일 동안 엄청난 고초를 겪는다. 육체적 고통은 물론이고 심적 고통 또한 이루 말할 수 없으리라.

"너 이 새끼야. 제대로 안 하면 여기서 조사하는 수가 있어. 알겠어?" 군 수사관의 노골적인 협박부터 오싹하기 짝이 없다. 안 한 일을 안 했다고 하자 굴욕적인 징벌이 이어진다. "너 이 새끼, 저쪽에 가서 벽 보고 서 있어." 영창에 근무하는 헌병들은 '국보' 사범인 그를 심하게 갈군다. 욕설은 다반사다. 심지어 군사법원 판사마저 선고를 며칠 미룬다.

나는 〈푸른 끝에 서다〉가 한국 만화계의 전례 없는 성과이며 고영일의 군대 만화를 응원하고 지지한다는 반이정 미술평론가의 작품 평가와 격려 발언에 동의한다. 또 나는 작품에 그려진 군 생활의 리얼함에 주목하고 싶다. 비상시국이 아닌데도 단지 태권도 단증을 못 땄다는 이유로 어머니와의 면회를 통제한 것은 잔인하다. 행정병은 편하다는 속설과 달리 내가 옆에서 지켜본 행정반 계원 생활은 고롭다.

20년 전 시외버스에 몸을 싣고 지금은 없어진 서울 상봉터미널과 육단리를 서너 번 오갔다. 휴가길 인상에 남았던 정경 두 가지는 지금도 여전하다. 좀 달라지긴 했다. 산꼭대기에 있던 어느 대학 캠퍼스는 산허리에도 못 미친다. 그땐 '분명히' 헐벗은 산 정상에 있었다. 서울로 향하는 차량을 검문하는 게 주된 임무인 헌병대 분견소가 꽤 번듯해졌다. 그곳은 잠시나마 군문에서 빠져나가는 마지막 관문이었다. 헌병이 올라와 차량 내부를 훑을 때면 혹시 책잡히진 않을까 바짝 '쫄곤' 했다. 나는 헌병의 의례적인 제대 축하인사를 받고서 두려움을 떨쳤다고 여겼다. 그건 나의 착각이었다. 엊그제 나는 이 책을 못 가져갔다.

31

'실서증 없는 실독증' 환자의 회상록

하워드 엥겔의 『책, 못 읽는 남자』

나는 오탈자와 비문에 민감하다. 얼마 전 작년 이맘 때 나온 어떤 책을 뒤적거리다 권말부록에서 '결정적' 하자를 발견한다. "남북정상회담 2000 김대중·김일성"(그 책, 486쪽) 이럴 경우 책을 아예 안 읽을 가능성이 짙다. 어렵사리 책을 펼쳐도 읽는 도중 '엄청난' 반전이 없다면 읽는 내내 찜찜하리라. 그렇다고 미문에 혹하는 건 아니다. 지나치게 매끄러운 문장은 덜 미덥다. 예외적인 사례지만 글자는 비뚤름하고 맞춤법은 무시한 채 헤어진 살붙이를 찾는 사연(『침묵의 뿌리』, 169쪽)은 어느 시 작품보다 아름답다. 감동적이다.

하워드 엥겔의 『책, 못 읽는 남자』(배현 옮김, 알마, 2009)는 '실서증失書症 없는 실독증失讀症' 환자의 회상록이다. 저자가 앓고 있는 '알렉시아 사이니 아그라피아alexia sine agraphia'란 "글은 어려움이 없이 쓸 수 있지만 정작 쓴 글을 읽을 수 없음을 뜻한다. 희귀한 질환이다." 후두엽 부위 뇌졸중에 따른 후유증이라지만 그때까지 책 열 권을 쓴 작가 하워드 엥겔에겐 청천벽력 같은 사태다. 더구나 그는 인쇄물에 중독된 열혈 독서광임에랴!

하워드 엥겔은 자신의 처지를 담담하게 받아들인다. 아침에 배달된 신문이 세르보크로아티아 문자로 보였을 때부터 그랬다. "이게 누군가의 장난이 아닌 이상, 난 뇌졸중을 일으켰던 거야." 그는 침착하게 대처한다. 꿋꿋하다. 재활원에선 깨달음을 얻는다. "뇌졸중은 중세부터 전해온 낫을 든 죽음의 사자처럼 신체적 건강이나 교육 수준을 가리지 않았다. 죽음의 사자가 우리에게 휘두른 낫칼의 키 높이는 모두 똑같았다."

하워드 엥겔이 그의 질환을 직시한 것은 왼손 장애자로 70평생을 산 결과일까? 겉만 멀쩡하지 그의 뇌졸중 후유증은 자못 심각하다. 실독증 말고도 시각장애가 왔다. 시야의 4분의 1이 사라졌다. 사람의 얼굴을 바로 못 알아보고 친숙한 사물은 왜곡돼 보인다. 그래도 그는 "모든 걸 기억할 수 있었다. 정작 필요할 때만 빼고는" 말이다.

"물컹대는 생간 1톤"(56쪽)이 "물컹대는 생간 반 톤"(194쪽)으로 절반 줄어든 것을 신경쓸 겨를은 없다. 나는 덜 세련된 문장과 엉성한 구성 또한 감지하기 어려웠다. 그의 유머와 온기는 그런 약점을 상쇄하고도 남는다. 실독증 때문에 회상록 분량이 적은 것은 외려 미덕이다. 무엇보다 책을 쓴 이유는 이 책의 일독을 '강추'하게 만든다. 하워드 엥겔은 자신의 분투를 기억하고 조력자(특히 치료사들)의 고마움을 잊지 않으려고 이 책을 썼다. 덧붙여 그가 입원한 병원의 뇌졸중 병동 과장이 저명한 신경의학자 올리버 색스의 존재를 모르는 게 무리는 아니다. 누구도 생각만큼 그리 유명하진 않다.

나도 지병이 있다. 내 병명은 '올리고덴드로글리오마oligodendro-glioma', 다른 말로 '희소돌기아교세포종'이다. 하여 나는 전두엽 일부를 절제하는 수술을 받았다. 수술 후 별다른 부작용은 없다. 다만 기억력은 예전에 비해 많이 떨어졌다. 일전엔 서울 상봉동시외버스터미널을 가까스로 떠올렸다. 터미널은 없어졌어도 군 복무 중 서너 번 오간 휴가 길의 중간 경유지를 어찌 잊으리오.

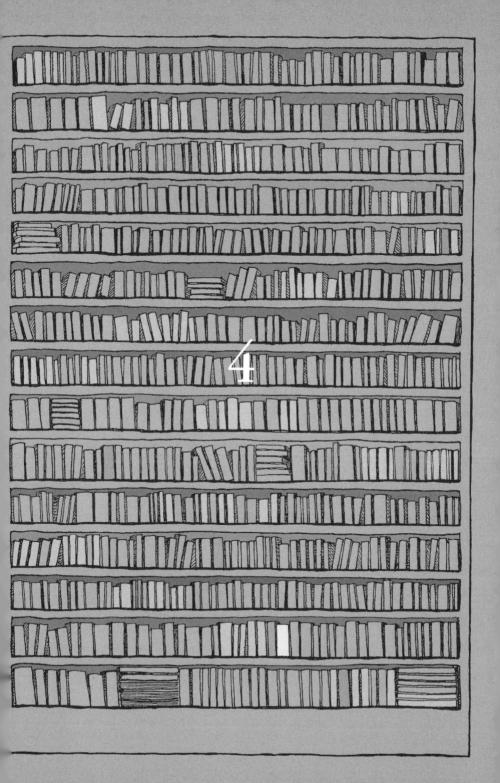

1

'실업을 다룬 세미다큐멘터리의 위대한 고전'
조지 오웰의 『위건 부두로 가는 길』

우리 문명의 기반은, 조지 오웰의 양해를 구하면, 화석연료다. 요즘은 석유지만, 오웰이 살던 시절엔 "우리를 살게 해주는 기계가, 그 기계를 만드는 기계가 전부 직간접적으로 석탄에 의존"했다. "아마도 우리가 하는 모든 것, 말하자면 아이스크림을 먹는 것부터 대서양을 건너는 것까지, 빵을 굽는 것부터 소설을 쓰는 것까지, 모든 게 직간접적으로 석탄을 쓰는 것과 상관이 있다." 하여 오웰은 단언한다. "서구 세계의 신진대사에서 석탄 광부보다 중요한 존재는 땅을 일구는 농부밖에 없다."

『위건 부두로 가는 길』(1937. 이한중 옮김, 한겨레출판, 2010)은 1930년대 중반 잉글랜드 북부의 탄광산업지대 르포다. 이 논픽션은 오웰의 대표작인 『1984』, 『동물농장』, 『카탈로니아 찬가』 들과 어깨를 나란히 한다. 「옮긴이의 말」에 따르면, 1936년 1월 오웰은 진보단체이자 독서클럽인 '레프트 북클럽'으로부터 잉글랜드 북부 노동자들의 실상을 취재하여 단행본으로 펴내자는 제안을 받는다. "이에 그는 두 달에 걸쳐 위건, 리버풀, 셰필드, 반즐리 등 랭커셔와 요크셔 지방 일대의 탄광지대에서 광부의 집이나 노동자들이 묵는 싸구려 하숙집에 머물며 면밀한 조사활동을 한다." 그렇게 만들어진 『위건 부두로 가는 길』은 큰 반향과 논란을 불러온다.

청탁받은 르포는 별 문제 없었다. 덧붙인 자기주장이 강한 에세이가 문제였다. "레프트 북클럽의 편집위원이자 전속 출판사 대표인 빅터 골란츠는 1부는 대단히 만족했으나 2부는 단체 회원들의 비위를 상하게 할까 두려웠다. 그런 나머지 그는 회원들의 반감을 누그러뜨리기 위해 오웰이 스페인으로 떠난 사이 (물론 저자의 동의 없이) 2부 내용의 일부에 이의를 제기하는 서문을 덧붙여 책을 출간해 버린다(그는 저자와 논쟁하고 싶은 구절이 '백 군데'도 넘는다고 했다)." 빅터 골란츠의 서문은 한국어판에 실리지 않았다. 그런 글까지 애써 번역할 필요는 없다고 생각하지만 본문과 뻐딱한 서문의 내용이 전혀 안 궁금한 건 아니다. 골란츠는 나중에 스탈린주의를 비판한다는 이유로 『카탈로니아 찬가』와 『동물농장』의 출간 제의를 거절하는 등 오웰과 악연을 쌓는다.

오웰이 엿본 영국 노동계급의 삶은 비참하다. 오웰에 앞서 엥겔스가 전해 준 열악한 『영국 노동계급의 상태』(1845)와 그리 다를 게 없어 보인다. 오웰이 파악한 육체노동의 진실은 영구불변인 듯싶다. "나는 심지어 지금도 만일 임신한 여자들이 땅속을 기어 다니지 않으면 석탄을 얻을 수 없다고 한다면, 우리가 석탄 없이 살기보다는 그들에게 그런 일을 시키리라 생각한다. 어떤 육체노동이든 다 그렇다." 그가 보기에 광부는 육체노동자의 전형이다. "어떤 면에서는 광부들이 일하는 모습을 지켜보기만 해도 자괴감을 느낄 만하다. 그럴 때 우리는 잠시나마 '지식인'으로서의, 전반적으로 우월한 존재로서의 자기 지위를 의심하게 된다. 적어도 지켜보는 동안에는, 우월한 인간들이 계속 우월하기 위해서는 광부들이 피땀을 흘려야 한다는 자각을 똑똑히 할 수 있기 때문이다."

그런데 "제국주의를 혐오하기 위해서는 그 일원이 되어 봐야 한다." 밖에서 보면 영국의 인도 지배는 호의적이며 필요하기까지 한 것으로 보인다지만, "그런 지배 체제의 일원이 되면 그것을 정당화할 수 없는 압제로 인식하지 않는 게 불가능하다. 누구보다 낯 두꺼운 인도 거주 영국인이라도 그런 사실을 알고 있다. 길에서 '원주민'의 낯을 대할 때마다 자신이 극악무도한 침략자라는 사실을 실감하게 되는 것이다." 본국 출신 식민지 관리의 반영反英의식은 잘 이해가 안 간다. 하지만 영국의 엄밀한 계급구조를 고려하면 그렇지도 않다. 식민지에 파견되는 계층은 오웰이 속한 '하급 상류 중산층'이다. 어쨌거나 "모든 피압제자는 언제나 옳으며 모든 압제자는 언제나 그르다."

어찌 보면 계급간 반목은 불가피하다. "계급간 반목이 줄어드는 듯 보이는 이유는 요즘엔 그런 감정이 인쇄물로 잘 표출되지 않아서인데, 그것은 우리 시대가 표현에 인색한 습성을 갖게 된 때문이기도 하거니와 신문뿐 아니라 책까지도 노동계급인 대중의 눈치를 봐야 하는 탓이기도 하다." 우리나라 세법에서 내가 하는 일은 '사업자등록증 없는 자영업'으로 분류된다. 또 나의 태생은 소시민 계층이다. 문자를 쓰면 프티부르주아 출신이다. 이런 내게 투철한 계급의식 같은 게 있을 리만무하다. 그렇다고 프롤레타리아와는 협력이 아예 불가능할 정도로 이해관계가 상반되는 것도 아니다. "이해관계가 같은 한 협력은 언제나 가능하다."

오웰의 기계에 대한 성찰은 도저하다. 대단히 논리적인 오웰의 '반反기계론'은 문명비판론을 연상시킨다. 지면관계로 오웰의 논지를 따라잡는 건 생략하고, 건강한 세상에 관한 짧은 예측과 '반기계론'의 핵심적 근거를 들어본다. "건강한 세계에서는 통조림 음식이나 아스피린, 축음기, 가스관 의자, 기관총, 일간신문, 전화기, 자동차 같은 것들에 대한 수요가 없을 것이다. 반면에 기계가 만들어 낼 수 없는 것들에 대한 수요는 꾸준할 것이다." "우리가 인간의 자질로 찬미하는 것 가운데 상당수는 사실 재앙이나 고통이나 어려움에 맞서는 과정에서만 발휘될 수 있다. 그런데 기계적 진보의 경향은 재앙이나 고통이나 어려움을 제거하는 것이다."

조지 오웰은 어떤 선언의 결구에 빗대 '실업을 다룬 세미다큐멘터리의 위대한 고전'을 마무리 짓는다. "계급차가 큰 사람들끼리 진정한 사회주의 정당을 결성하여 함께 싸운다면, 서로에 대한 감정이 달라질 것이다. 그런 뒤라야 계급적 편견이라는 재앙이 서서히 사라질 것이며, 가라앉아가는 우리 중산층은 더 이상 발버둥칠 것 없이 우리가 속한 노동계급 속으로 내려앉을 것이다. 그리고 그것은 아마 우리가 두려워하던 것만큼 끔찍한 일이 아닐 것이다. 결국 우리가 잃을 것은 우리의 'h' 발음밖에 없을 테니까." 'h' 발음을 제대로 한다는 건 교육을 받았다는 증거다. "교육을 못 받은 사람들은 'h'로 시작되는 단어를 발음할 때 '흐' 소리를 안 내는 경향이 있었다. 이를테면 말 horse를 '오스'라 발음하는 식이다."(173쪽 역주)

나는 지금껏 내가 좌파 무정부주의 성향이거나 내심 이를 지향한다고 여겼는데 이제 보니 그게 아니다. 나는 '비판적 개인'이면서 '민주적 사회주의자'다. 오웰에게 "진정한 사회주의자란 압제가 타도되는 꼴을 보기를 바라는(그냥 바람직한 것으로 받아들이는 게 아니라 적극적으로 바라는) 사람"이다. 또한 "우리가 함께 목표로 삼고 단결할 수 있는 이상은 사회주의의 바탕이 되는 이상밖에 없다"고 강조한다. "그것은 바로 정의와 자유다."

2

또 한 권의 환경 · 생태운동 흠집 내기용 서적
자넷 빌 · 피터 스타우든마이어의 『에코파시즘: 독일 경험으로부터의 교훈』

이른바 '주례사 비평'은 문학 비평만의 문제는 아니다. 덕담 일변도의 무색무취한 결혼식 주례사 같은 비평은 서평에서도 흔히 볼 수 있다. 최근 '책 사서 읽고 서평 쓰기'를 고집하는 서평자의 주가가 오르고 있는 것에는 관점 없는 뜨뜻미지근한 책읽기에 대한 반작용의 측면이 없지 않다.

공짜로 얻은 책에 대해 냉정한 비판을 가하는 것은 몰인정한 처사다. 하지만 우리의 도서관 체제가 제대로 갖춰져 있지 못해서 그렇지 책을 꼭 사서 읽을 필요는 없다. 제 값을 치르고 책을 사는 것이 서평자가 갖춰야 할 기본적인 태도라는 데에는 동의하지만 그것을 엄정한 서평의 전제 조건이라고 하기에는 미진한 구석이 있다.

완전무결한 사람이 없듯이 완벽한 책은 존재하지 않는다. 그럼에도 평자들이 서평, 리뷰, 독후감 등을 쓰면서 책의 단점에 대해 애써 눈감는 가장 큰 이유는 뭘까? 그것은 우리 사회가 '낯짝 사회'이기 때문이다. 책을 쓰고, 우리말로 옮기고, 만든 이들과의 인간관계에서 서평자는 결코 자유롭지 못하다. 우리 학계와 출판 동네의 범위는 의외로 좁아서 전혀 낯을 모르는 사람도 한 다리만 건너면 아는 사람이기 십상이다. 그런 점에서 날카로운 질문을 던지기 위해 잠재적인 인터뷰 대상자와의 친밀한 만남을 꺼린다는 어느 방송인의 태도는 본받을 만하다. 아무튼 나는 이 지면에서만큼은 안면을 몰수하려 한다.

그들은 왜 내부고발자가 됐을까

자넷 빌 · 피터 스타우든마이어의 『에코파시즘』(김상영 옮김, 책으로만나는세상, 2003)은 유행에 편승한 책이다. 이 책은 최근 우리 출판계에 화제를 몰고 온 비외른 롬보르의 『회의적 환경주의자』(홍욱희 · 김승욱 옮김, 에코리브르, 2003)에 이은, 환경 · 생태운동 홈집 내기 서적이다. 두 권을 갖고서 유행한다고 하는 것이 약간 민망하기는 하지만, 이 두 권이 근자에 숫자가 크게 불어난 환경 · 생태도서들과는 아주 다른 시각을 보여 준다는 점은 주목할 만하다.

환경 · 생태도서의 출간이 활발한 것은 반가운 일이다. 그런데 환경 · 생태도서들이 독자적인 영역을 확실하게 구축하고 있지는 않다. 환경 · 생태도서라는 테두리는 주제에 따른 분류여서 여기에 속하는 대부분의 책들은 시, 소설, 산문 같은 기존의 출판 장르에도 포함된다. 환경공학 관련서와 자연과학의 한 갈래인 생태학 관련서 정도가 본래의 환경 · 생태도서라고 할 수 있다. 전문서적으로 분류되는 이런 책들이 일반 독자의 관심을 끄는 경우는 드물다.

이에 비하면, 환경 · 생태운동 홈집 내기 서적 두 권은 책에 담긴 메시지가 비판적 형식에 의해 선명하게 부각될 뿐만 아니라 일반적인 독자를 대상으로 한다. 또한 흥미로운 것은 두 책이 '내부자 고발'의 성

288

격을 지닌다는 점이다. 롬보르는 자신이 "오래 전부터 좌익 성향의 그린피스 회원으로 활동했고 또 환경문제에도 커다란 관심을 갖고 있었다"고 밝힌다. 『에코파시즘』의 공저자들 역시 머레이 북친의 사회생태론을 따르는 좌파 생태운동가다.

두 책이 환경·생태운동을 비판하는 방식은 다르다. 『회의적 환경주의자』가 환경비관론의 근거가 되는 방대한 분량의 각종 통계 자료를 반박하는 형식을 취한다면, 『에코파시즘』은 생태학의 역사에 대해 비판의 잣대를 겨눈다. 어떤 사회운동에도 잘못이 없을 수 없으므로 환경·생태운동을 향한 비판은 당연하다. 다만 그러한 비판에 얼마나 설득력이 있는지는 꼼꼼하게 따져볼 일이다.(『회의적 환경주의자』의 문제점은 〈녹색평론〉(제73호, 2003년 11-12월호)에 실린 필자의 글 참조 바람) 아울러 그런 책들을 번역·출간한 의도도 살펴볼 필요가 있다.

『회의적 환경주의자』를 펴낸 출판사의 대표는 공개된 자리에서 환경·생태운동의 대세에 맞서는 반론을 제출해 담론의 활성화를 꾀한다는 출간 의도를 밝힌 바 있다.(책을 통해 경제적 이득을 취할 목적이 있는 것은 불문가지다.) 담론의 활성화는 어떨지 몰라도 '언론 플레이'에 힘입어 초판 1쇄는 무난히 팔렸기에 출판사로서는 소기의 목적은 달성한 셈이다.

한데 『에코파시즘』의 출간은 고개를 갸우뚱하게 한다. 환경·생태운동에서 나타나는 파시즘적 요소를 경계하는 것은 우리 현실과는 거리가 있어서다. 더구나 생태적 요소와 파시즘이 뒤섞인 사례를 굳이 멀리서 찾지 않아도 된다. 나치처럼 생태철학에 바탕을 둔 것은 아니지만, 박정희 정권도 '자연보호헌장'을 반포하고 '그린벨트'를 설정하지 않았던가. 이 책의 판매가 그리 신통치 않으리라는 것은 출판사도 예상하고 있으리라. 더구나 책을 펴낸 출판사는 '언론 플레이'에도 능숙하지 못하다. 이 책에 대한 리뷰는 가장 진보적이라는 신문에만 나왔다. 그렇다면 무슨 숨은 의도라도 있지 않을까?

독일 파시즘과 생태론

생태론의 기원과 전개 양상을 독일 파시즘의 과거와 현재에 비춰보는 『에코파시즘』은, 크게 두 개의 글로 이뤄져 있다. 먼저 피터 스타우든마이어의 「파시스트 생태론 나치당의 녹색 분파와 그 역사적 전례」는 과거에 초점을 맞춘다. 스타우든마이어는 에코파시즘을 오늘의 정치문화에서 간과하기 쉬운 치명적인 파시즘적 경향의 하나로 간주한다. 에코파시즘은 "환경주의적 관심을 수반한 진정한 파시스트 운동에의 몰두 현상"을 말하는데 스타우든마이어는 환경주의와 파시즘이 이질적으로 결합한 실제 사례를 독일 민족사회주의의 '녹색 분파'에서 찾는다. 그는 이 글에서 나치즘의 생태론적 분파를 개관하고, 그들이 나치 이데올로기에서 수행한 중심적인 역할을 살펴보며, 이른바 제3제국 시기에 실행된 '친환경' 정책들을 제시한다.

스타우든마이어는 '환경주의'와 '생태주의'를 뒤섞어 현대의 환경운동과 연계된 관념·태도·실천 따위를 가리키는 용어로 사용한다. 그가 '환경주의'와 '생태주의'를 구별하지 않는 것은 "단지 오늘날의 관심사들과의 연계성을 부각시키려는 해석적 의도"라지만, 웬일인지 스타우든마이어는 '생태주의' 쪽에 비판의 화살을 겨눈 듯하다. 영국의 정치학자 앤드루 돕슨이 『녹색정치사상』(정용화 옮김, 민음사, 1993)에서 지적한 대로 "생태주의는 환경주의와는 달리 정치, 경제, 사회적 관행의 전체에 대해 근본적인 의문을 제기"하는 데도 말이다. 그래도 환경테마를 수용한 것이 나치 운동의 대중화와 나치 집권에 결정적 요소로 작용했다는 지적은 귀담아 들을 만하다. 하지만 나치의 '녹색 분파'가 힘을 잃은 나치정권의 마지막 3년간 오히려 '녹색 분파'의 활동이 씻을 수 없는 오점을 남겼다는 논리는 좀 허술하다.

이어지는 자넷 빌의 「생태론과 독일 극우파 안에서의 파시즘의 현대화」는 오늘의 독일 정치 지형도에서 낮은 언덕쯤으로 짐작되는 에코파시스트 정당들을 탐색한다. 이들 에코파시스트 정치결사체의 면면은, 구성원이 많이 겹치고 '에코파시스트 네트워크'를 형성하고 있다고는 하지만, 분열이 좌파의 전유물은 아니라는 점을 보여 준다. 자넷 빌은 독일 에코파시스트 정당을 일별한 다음, '녹색 아돌프'의 필요성을 역설한 루돌프 바로 비판에 집중한다. 바로를 편들 생각은 없지만 자넷 빌의 바로 비판은 적잖은 문제점을 안고 있다.

피터 스타우든마이어와 자넷 빌의 핵심 논지는 다음과 같은 생태주의자의 정치적 지향에 대한 반발로 집약된다. "우리는 왼쪽도 아니고 오른쪽도 아니다. 우리는 앞쪽일 뿐이다." 두 사람은 생태주의자의 탈이념적 태도를 거세게 비판한다. 스타우든마이어는 단독으로는 어떤 정치적 규정도 하지 않는 생태론이 "정치적 의미를 획득하기 위해서는 사회에 대한 어떤 이론을 통해 해석되고 매개돼야 한다"고 주장한다. "생태의 정치화는 바람직할 뿐만 아니라 필수적"이라는 자넷 빌은 생태정치는 "사회적 억압에 대한 합리적이고 인간주의적이며, 진정으로 평등주의적인 비판인 좌파의 국제주의에 굳게 뿌리내려야 한다"고 강조한다.

좌우파의 생태위기 책임공방

생태 운동 혹은 정치에 이를 이끌 보호자가 필요하다는 식의 주장은 낯설지 않다. 마르크스는 「루이 보나파르트의 브뤼메르에서의 18일」에서 프랑스 농민을 가리켜 "이들은 자기네 대표자를 내세우지 못한다. 누군가가 이들의 대표자 노릇을 해주지 않으면 안 된다"고 했다. 피터 스타우든마이어와 자넷 빌은 마르크스의 후예답게 생태계 파괴의 근본 원인을 '경제적 시장관계'에 돌린다. 그러면서 유물론을 생태위기의 직접적인 원인으로 보는 시각에는 발끈한다. 그러나 생태 위기의 책임을 자본주의나 공산주의 어느 한쪽에만 묻는 것은 온당치 않다. 나는 양쪽에 절반씩 생태 위기의 책임이 있다고 생각한다. 두 사람은 사회생태주의자다. 그런데 두 사람의 이념적 지향점은 '생태'보다 '사회' 쪽으로 기운 듯하다.

나는 환경 · 생태운동이 사회적 불평등을 외면해선 안 된다고 생각한다. 그렇다고 환경 · 생태운동의 섣부른 정치세력화와 '녹적연대' 혹은 '적록연대'에는 동의하지 않는다. 조절이론가에서 생태주의자로 변신한 알랭 리피에츠의 이념적 전향 사유에는 공감하나 그가 펼치는 『녹색 희망』(허남혁 옮김, 이후, 2002)은 미심쩍다. 어째 분홍빛에 가깝다. 『녹색은 적색이다』(조성만 옮김, 북막스, 2002)라고 외치는 폴 먹가의 색맹적 슬로건은 비료의 사용과 유전자조작 농산물을 용인하는 그의 기이한 아량만큼이나 터무니없다. 생태운동과 생태 사회의 창출에서 이성, 과학, 기술의 중요성을 인정한다는 점에서 피터 스타우든마이어와 자넷 빌의 견해는 폴 먹가와 비슷하다.

생태운동에서 이론의 우위, 그것도 사회주의로 짐작되는 진보 이념의 주도권 행사를 당연시하는 것은 이 책의 번역자도 공유하는 바다. 하지만 "이데올로기는 공백을 싫어한다. 이론이 결여된 장소에 이데올로기는 충만하다"는 번역자의 진술은 공허하기 짝이 없다. 괴테의 말마따나 "모든 이론은 회색이며 오직 영원한 것은 저 푸른 생명의 나무인 것을." 어쨌든 '에코파시즘' 번역 출간의 숨은 의도를 이제야 알 듯하다. 그것은 철 지난 이념과 이론의 지배력을 되찾기 위한 부질없는 시도라고 하겠다. 이 책이 "단지 하나의 입장으로 치부되지 않기를 바란다"는 번역자의 소망을 나는 이렇게 바꾸고 싶다. 환경·생태운동이 다른 분야의 지도를 받아야 하는 여러 사회운동 가운데 하나로 여겨지지 않기를 바랄 따름이다. (2004. 1)

3

책 · 출판 · 독서에 대한 옅은 인식

천정환의 『근대의 책읽기』

나는 천정환의 『근대의 책읽기』(푸른역사, 2003)를 아주 비판적으로 읽었다. '불신의 자발적 정지'라는 비평의 덕목을 모르는 바 아니나, 남들이 좋다고 하는 책에 대해서는 의심의 눈초리를 겨누는 것이 유익하다는 점을 알게 되었다. 또한 비판적 읽기는 독서의 기본자세이기도 하다. 이 책에 대한 호의적인 평가를 미리 접하고 책을 집어 들었지만 책을 읽을수록 불신감은 커져만 갔다. 불신이 처음에는 심증 차원에 머물렀으나 나중에는 물증도 찾을 수 있었다. 이 책에 대한 비판적 독서에는 다른 책들의 도움을 많이 받았다. 특히 이 책과 비슷한 시기에 읽은 로버트 단턴의 『책과 혁명─프랑스 혁명 이전의 금서 베스트셀러』(주명철 옮김, 길, 2003)에 크게 힘입었음을 밝혀둔다.

빈곤한 실증과 해석의 과잉

『근대의 책읽기』는 지난해 인문 · 사회분야 출판의 중요한 흐름으로 꼽힌 소장 국문학자를 중심으로 한 우리 근대 탐구의 하나다. 다른 책들이 우선 "재미가 없"고, 실증과 해석에 무리가 따른다는 지적을 받은 데 비해 이 책은 모든 매체에서 긍정적인 평가를 받았다. 신문과 잡지, 그리고 출판단체의 추천도서로 고루 선정되었다. 〈한겨레〉는 이 책을 지난해 하반기 '10권의 책' 중 한 권으로 뽑으면서 이런 설명을 붙였다. "일제 강점기라는 강요된 근대화시기에 어떤 책들이 들어와 어떻게 읽혔는지 실증적으로, 그러니까 역사적 자료들을 샅샅이 뒤져 재구성한 '책의 사회사' 연구서다." 실증적 측면을 칭찬하기는 다른 매체들도 마찬가지다. 물론 이 책은 우리의 근대를 탐구한 다른 책들보다 재미가 있고 실증성이 강한 것은 사실이다.(이건 어디까지나 상대적 우위다.)

하지만 이 책의 실증이 그리 탄탄한 것은 아니다. 게다가 빈곤한 자료로 무리한 추론을 감행해 해석의 과잉을 빚기도 한다. 그럼에도 각종 추천도서의 선정과정에서 이 책의 아쉬운 측면이 지적되지 않은 것은 실로 유감이다. 이 책의 부족한 면을 유일하게 언급한 것은 한국출판인회의가 주관한 '이 달의 책' 인문 분야 선정위원들이었다. 제29차 '이 달의 책' 선정회의에서 선정위원들은 '식민지 근대화론을 승인하는 시각'과 '일본의 사례를 우리의 상황에 그대로 대입한 것'에 우려를 표명하고 유보적 태도를 취했다.

이 책의 실증과 해석이 문제가 되는 것은 이 책이 '근대의 책읽기를 해부한다'는 야심찬 기획을 시도하고 있어서다. 이 책은 지은이의 서울대 박사학위 논문을 바탕으로 한다. 본연의 주제인 '한국 근대소설 독자와 소설수용양상에 관한 연구'에서는 이만한 실증과 다소 과장된 해석이 용납될 수도 있다. 하지만 '근대의 책읽기'에 대한 논의는 다르다. 명백한 근거와 신중한 해석이 요청된다. 표지와 책 등에 인쇄된 부제목 '독자의 탄생과 한국 근대문학'은 원재료와 가공물 사이의 간극을 좁히려는 출판사의 고육책으로 보인다. 이것 역시 '독자의 탄생' 부분은 버겁게 다가오지만 말이다.

이 책이 탐구하는 근대는 1920년대와 30년대다. 지은이가 이 시기에 주목하는 이유는 "1920년대를 거치면서 근대적인 의미의 책읽기 문화가 확고하게 자리 잡고 제도화"된 것으로 보기 때문이다. 그런데 1920년대 중반에서 30년대 중반의 약 10년 사이에 발표된「감자」「모밀꽃 필 무렵」「삼대」같은 한국문학의 명작소설이 여태껏 읽히는 까닭은 뜬금없어 보인다. "'역사'의 어떤 '신비한' 힘이 작용하여 후손들 모두가 저 소설을 읽게끔 만든 것이다." 내가 보기에 이 소설들이 지금까지 읽히는 것은 시험에 나오기 때문이다.

또 지은이는 문학사에서 정전正典이 만들어지는 과정을 "투쟁의 최고봉"이라 이르며, "정전이 되는 텍스트는 '가장 훌륭하기 때문'이 아니라, 선택자들의 합의를 매개할 수 있기 때문에 선택된다"고 설명한다. 하지만 나는 "우리는 우리의 교수님들에게서 고전에 대한 관념을 물려받는다. 그러나 우리의 교수님들도 그들의 교수님들에게서 그 관념을 물려받았다"는 단턴의 설명에 더 공감한다. 그리고 국문학 연구자들이 1920년대와 30년대를 이제는 좀 그만 우려먹었으면 한다.

그때 정말 그랬을까

이 책이 다루는 주제는 내게 더없이 매혹적인 것이다. 이 책에는 세부적으로 유익한 내용도 적지 않다. 그런데도 이 책의 내용에 몰입하지 못하고 저자의 논리를 삐딱하게 보는 것은 책의 전제가 된 가설을 도저히 수긍할 수 없는 탓이다. 지은이는 1920~30년대의 소설 독자층을 크게 '전통적 독자층' '근대적 대중독자' '엘리트적 독자층'의 세 부류로 나눈다. 그러면서 "이러한 구분은 여러 자료에 나타난 복잡한 '구별'을 통해 추론한 결과"임을 내세운다.

하지만 "복잡한 '구별'"의 양상은 좀처럼 잡히지 않는다. 다만 페이지를 한참 넘기면 '근대적 대중독자'와 '엘리트적 독자층'의 사회 · 경제적 배경이 언급된다. "가장 규모가 큰 '근대적 대중독자'는 초등학교에서 중학교(고등보통학교) 정도의 학력을 가진 도시 거주자들이 대다수를 차지하고, '엘리트적 독자층'에는 전문학교 이상의 과정을 이수했거나 그에 준하는 학력과 문학에 관심을 가진 층이 주로 포함된다." 결국 '근대적 대중독자'와 '엘리트적 독자층'을 가르는 기준은 가방끈의 길이인 셈이다.

지은이가 1920~30년대 책읽기의 양상을 재현하기 위해 내세운 자료 중에는 처음 접하는 것이 꽤 있다. 하지만 그것들로 당시 책읽기의 전모를 밝히는 것은 역부족이다. 더욱이 신문의 책 광고에 의미를 부여한 것은 무모하기 짝이 없다. 같은 책이라도 찍은 책과 팔린 책, 그리고 실제로 읽힌 책의 숫자는 같지 않다. 인쇄된 것보다 더 많이 읽히는 예외적인 경우가 있기는 하지만 책이 만들어져 읽히는 과정에서 단계별로 소용되는 책의 숫자는 줄어드는 것이 보통이다. 이렇게. 발행부수〉판매부수〉독서부수.

그러니까 팔렸다고 읽히리라는 보장은 없다. 광고의 빈도는 열독의 근거가 되지 못한다. 더구나 광고는 책을 팔기 위한 사전정지작업이지 않은가. 재쇄 · 삼쇄한 책을 더 팔 목적으로 광고를 하는 것이 당시의 출판마케팅 전략이라고 해도 말이다. 이 책에서 1920~30년대 일반 독자의 독서체험을 짐작케 하는 자료는 〈동아일보〉의 독서 앙케트 3 개가 전부다. 그것도 표본의 숫자가 너무 적고 지나치게 단편적이다. 이 책에 들어 있는 자료만 갖고서는 1920~30년대의 누가, 어떤 책을, 어떻게 읽었는지 알 수가 없다. 이와 아울러 책에서 드러나는 지은이 의 책·출판·독서에 대한 인식의 엷음은 이 책의 치명적인 약점으로 작용하고 있다.

잔 실수 혹은 지적 부정직

전자책은 물론이고 컴퓨터나 휴대전화 화면 위의 글 뭉치들도 마땅 히 책의 일종으로 봐야 한다는 지은이의 관점부터 문제가 많다. 게다 가 독서의 방식이 소리 내어 읽기에서 잠자코 읽기로 변화하는 과정을 서술한 대목은 더 큰 문제가 있다. 여기에는 지은이의 의도와는 무관 하게 오해를 살 만한 구석도 있다. "리스먼D. Riesman은 『고독한 군중』 에서 '음독에서 묵독으로의 이행'이 영국에서 17~18세기에 걸쳐 일 어난 변화라 명시하며 17세기까지 책읽기란 예외 없이 소리 내어 읽 는 것을 의미했다고 하였다"(115~116쪽)가 문제의 구절이다. 데이비 드 리스먼의 『고독한 군중』(이상률 옮김, 문예출판사, 1999)에는 그런 내 용이 없다. 이게 어찌된 영문인가.

이를 해명할 열쇠는 일본 릿쿄대학 문학부 교수를 지낸 마에다 아이 의 『일본 근대 독자의 성립』(유은경 외 옮김, 이룸, 2003)이 쥐고 있다. 『근대의 책읽기』에 참고문헌으로 인용된 이 책에 문제의 구절이 등장 한다. 그런데 마에다 아이가 리스먼의 견해를 인용하면서 전거로 삼은 것은 『고독한 군중』이 아니라 '구술 전통, 인쇄된 문자, 영상 이미지'

정도로 옮겨지는 논문이다. 그러면 어째서 이런 일이 벌어졌을까? 그것은 지은이가 마에다 아이의 책을 인용하는 과정에서 빚어진 착오로 보인다. 차라리 지은이가 리스먼의 견해를 마에다 아이의 책에서 재인용한 형식을 취했다면 이런 문제는 발생하지 않았을 것이다. 이건 순전히 내 추측이지만, 지은이는 리스먼 같은 유명한 저자의 견해를 일본 학자의 책에서 재인용할 용기(?)가 나지 않았던 것 같다. 하지만 모든 문필가에게 정직은 최선의 방책이다. 이제는 외국 책에서 읽은 걸 어설프게 써먹다간 금방 들통 나게 돼 있다.

나는 이런 사실을 우연히 발견했다. 음독에서 묵독으로의 전환을 뒷받침할 전거로는 리스먼의 『고독한 군중』보다 『사생활의 역사 3』(이영림 옮김, 새물결, 2002)가 더 적절하리라는 고정관념 때문이다. 결과적으로 리스먼도 이에 대한 성찰을 남겼다는 사실을 확인했지만 말이다. 그런데 문제의 구절이 포함된 단락 끝에 붙어 있는 후주를 보니, 『사생활의 역사 4』가 참고문헌에 포함돼 있다. 로제 샤르티에가 집필한 묵독에 관한 내용은 『사생활의 역사』 셋째 권에 들어 있다. 한편 지은이가 "하나의 읽을거리를 가족이나 지역·직업공동체가 공유하는 것을 의미"하는 것으로 사용한 '공동체적 독서'라는 용어는 논란의 여지가 많다. 차라리 마에다 아이의 "공동의 독서 방식"이라는 표현이 더 나아 보인다.

나는 이 책에 유감이 전혀 없다. 오히려 이 책은 내게 지적 자극을 주는 훌륭한 읽을거리였다. 다만 이 책이 세간의 평판만큼 뛰어난 책은 아니라는 사실을 말하고 싶었다. 그것은 '나쁜 책'을 솎아내는 작업도 신중해야 하지만 '좋은 책'을 고르는 일에도 신중해야 하기 때문이다. 한번 찍힌 '나쁜 책'의 낙인을 씻는 것도 쉽지 않은 일이지만 한번 드리워진 '좋은 책'의 후광을 걷어내는 것은 더욱 어려운 까닭이다.

(2004. 2)

4

추리소설이 만만하다고?

필립 커의 『철학적 탐구』

선부른 예측일지 몰라도 사이쇼 히로시의 『인생을 두 배로 사는 아침형 인간』(최현숙 옮김, 한스미디어, 2003)은 올해 가장 많이 팔린 책이 될 것 같다. 약간 과장하면 전철 칸마다 이 책을 읽고 있는 이가 한 명씩은 꼭 있다. 전철에서 책 읽는 사람이 줄어든 요즘, 이건 엄청난 열독률이다. "발간 4개월 만에 60만 독자"라는 1월 말일자 신문에 실린 광고는 벌써 낡은 것이 되었다.

베스트셀러는 먹잇감

이 책의 성공은 의미가 깊다. 베스트셀러를 만들기 위해 책을 사재기하는 장난을 치지 않았고, 방송사의 추천도서로 선정되기는커녕 출간 직후 신문 출판면에 제대로 소개되지도 않았기 때문이다. 이 책은 제 힘으로 베스트셀러가 됐다. 신생 출판사의 노력이 시류와 멋지게 맞아떨어진 것이다. 책 판매가 30만 부를 넘어설 즈음, 간접적으로 전해들은 출판사 대표의 하소연은 그 출판사의 공력을 더욱 미덥게 했다. 출판사 대표는 책이 너무 많이 팔려 두려울 정도라고 했다.

이쯤 되면 이 책은 이제 욕먹을 일만 남았다. 우리나라에서 베스트셀러가 된다는 것은, 곧 먹잇감이 된다는 것을 뜻한다. 베스트셀러라는 목표물이 나타나면 사방에서 달려들어 이리 물어뜯고, 저리 흠집 내려고 난리가 난다. 게다가 이 책은 비판적인 독자들이 한 수 접고 보는 경영 처세서가 아닌가. 공교롭게도 지면과 술자리에서 접한 이 책에 대한 평가는 시간이 지날수록 긍정에서 부정으로 치달았다.

그러나 '생활 철학서' '환상을 심어 주는 책' '노동자의 아침 시간마저 쥐어짜려는 자본의 계략'이라는 세 갈래 평가 중에서 나는 삶의 철학을 제시한다는 쪽에 무게를 싣고 싶다. 아침 일찍 일어나는 건 좋은 일 아닌가. 아침 일찍 일어나야겠다는 다짐을 하게 하는 책은 좋은 책 아닌가. 야밤형인 나는 이 책을 읽고 아침 일찍 일어나고 싶어졌다. 이것이 내가 이 책을 높게 평가하는 단순한 이유다.

수사과정이 곧 철학

하지만 추리소설은 다르다. 빈번하게 묘사된 살인 장면을 따라하게 해선 안 된다. 사람을 죽여서는 안 된다는 생각이 들게 하는 것이 바람직하다. 혹여 잔혹한 광경을 읽고 남을 해치고자 하는 충동을 느끼는 독자가 있을 가능성에 대해서도 크게 걱정할 필요는 없을 듯하다. 추리소설 읽고 남을 해칠 자는 추리소설을 읽지 않아도 남을 해칠 것이기 때문이다. 아침형 인간이 되라는 책을 읽고 아침 일찍 일어날 마음이 생겼을 뿐, 나는 아직 야밤형 생활에서 탈피하지 못하고 있다. 마찬가지로 추리소설은 살인 매뉴얼이 아니다.

처세서와 추리소설은 닮았다. 우리 출판계에서 천대받는 장르라는 점이 그렇다. 제대로 된 평가를 받지 못한다는 것이 또한 그렇다. 이것이 바로 추리소설을 잘 안 읽는 내가 추리소설을 옹호하고자 하는 까닭이기도 하다. 추리소설에 문외한이나 다름없는 내가 그럴 엄두를 낸 것은 필립 커의 『철학적 탐구』(임종기 옮김, 책세상, 2003)라는 임자를 만났기 때문이다. 『철학적 탐구』는 추리소설이란 시간 때우기 용 싸구려 읽을거리에 불과하다는 편견을 불식시키는 만만찮은 작품이다. 그렇다고 이 소설이 추리기법을 활용해 철학을 했다는 기호학자 움베르토 에코의 『장미의 이름』마냥 폼을 잡지도 않는다. 『철학적 탐구』는 추리소설의 장르적 속성과 문법에 충실하다. 추리소설의 재미를 만끽하게 하면서도 만만찮은 생각할 거리를 제공한다.

『철학적 탐구』는 중의적 표현으로 일단, 수사과정을 가리킨다. 이런 점은 소설에서 이사도라 제이코비치 경감이 자문하는 철학 교수이자 저명한 탐정소설가로 등장하는 제임슨 랭 경의 발언에 잘 나타나 있다. "범죄 수사와 철학은 모두, 어떤 것은 밝혀질 수 없다는 생각을 만들어내요. 우리의 활동 무대에는 현실의 참된 그림을 생산하기 위해서는 함께 맞춰야 하는 단서들이 수반됩니다. 경감님이나 저나 모두 각자가 노력하고 있는 것의 핵심은 어떤 이유에서든 숨어 있는 의미와 진리를 찾는 것이죠. 외관의 배후에 존재하는 진리 말입니다." 랭 교수는 철학자가 명제를 검증하려는 것과 마찬가지로 수사관은 용의자의 알리바이를 검증하려 한다고 덧붙인다.

다른 하나는 20세기를 대표하는 철학자 루트비히 비트겐슈타인의 저서를 가리킨다. 프랑스의 교육학자 이브 뢰테르는 『추리소설』(김경현 옮김, 문학과지성사, 2000)에서 "추리 장르가 독자성을 갖게 되는 현상은 하나의 역사를 가정한다"면서 어떤 작가들은 "그 독자성의 기반을 증명하기 위해 매우 오래된 원천들을 끌어들였다"고 말한다. 필립 커 역시 그런 부류의 작가다. 이 소설에는 키르베로스, 헤라클레스, 오르페우스, 에우리디케 등의 그리스 신화에 나오는 동물과 인물, 톨스토이의 『전쟁과 평화』 같은 명작, 그리고 여러 작가의 추리소설이 언급된다. 『장미의 이름』의 한 구절도 인용된다.

비트겐슈타인에게 빚진 소설

그렇지만 이 소설이 크게 빚지고 있는 것은 역시 비트겐슈타인이다. 필립 커는 비트겐슈타인의 저서를 소설의 뼈대로 삼았고, 비트겐슈타인의 생애로 살을 붙였다. 비트겐슈타인의 『논리철학논고』와 『철학적 탐구』에서 인용한 구절들을 무시하고 넘어가도 내용을 이해하는 데 큰 지장은 없지만 그러한 독서는 "진귀한 능력"을 발휘하기 어렵다. 필립 커가 비트겐슈타인의 수고手稿인 『청색노트』와 『갈색노트』까지 소설적 장치로 호출하고 있음에랴.

비트겐슈타인은 소설의 주인공이나 다름없다. 정신과 의사 토니 첸 박사가 최면을 통해 떠올린 코드명 비트겐슈타인의 인상착의는 바로 철학자 비트겐슈타인의 그것이다. "키는 중간 정도, 갈색의 물결 모양 머리, 크고 날카로운 푸른 눈, 골똘해 보이는 얼굴 표정, 그의 이마는 항상 생각에 열중하고 있는 듯 날카로워 보여요. 코는 매부리코에 가깝군요. 입술은 다소 까다로워 보이는데, 여자 입술과 닮았다고나 할까요. 거울을 뚫어지게 들여다보고 있는 것만 같아요. 야위었는데 건강해 보이지 않아요."

최근 번역된 추리소설의 줄거리를 요약하는 것은 개봉 영화의 내용을 발설하는 것만큼이나 잠재적인 독자에게는 김새는 일이겠지만, 이해를 돕기 위해 500쪽이 넘는 소설의 내용을 두루뭉술하게 정리해 보겠다. 소설의 배경은 2013년 영국 런던이다. 그러니까 SF 스릴러로도 볼 수 있지만 구체적인 지명이 리얼리티를 확보한다. 런던 경찰청은 연쇄살인사건을 추적중이다. 이 사건들은 이른바 '롬브로소 프로그램'과 관련이 있다. '롬브로소 프로그램'은 유럽공동체 차원에서 마련한 일종의 예비검속 또는 범죄예방책으로, 남성의 호전적 반응을 억제하는 뇌의 '시상하부 배 안쪽의 핵(VMN)'이 결핍된 잠재적 범죄자를 첨단기술로 가려내 보호하는 프로젝트다. 말이 보호지 범죄 발생을 막기 위한 사전 예방적 조치인 셈이다. 2011년 이후 영국 거주 남성 400만 명을 대상으로 브이엠엔 결핍검사를 시행한 결과, 0.003%(120명)가 반反브이엠엔인 것으로 밝혀졌다. 연쇄살인의 남성 희생자는 모두 반브이엠엔 판정자들이었다. 그런 의미에서 한국어판 부제목은 '비트겐슈타인 프로그램'보다 '롬브로소 프로그램'이 더 나았을 성싶다.

왜 사람을 죽여서는 안 되는가?

희생자들은 또 다른 공통점이 있는데, 신원노출을 막기 위해 이들에게 부여된 코드명은 대부분 서양 철학자의 이름이었다. 결국 제이코비치 경감과 런던 경찰청 수사관들의 활약으로 범인의 윤곽이 잡힌다. 물론 독자는 소설 속의 경찰들보다 먼저 누가 범인인지 알게 된다. 여성 연쇄살인범에게는 약간의 트릭이 설정돼 있다.

이 소설에는 '소설가 소설'로 읽히는 대목도 더러 있다. 추리소설

전문서점의 썰렁한 저자 사인회 광경도 그렇지만 제이코비치 경감의 독서취향에서 보여지는 추리 작가들의 영 딴판인 외모 묘사는 더욱 그렇다. 책날개에 실린 사진을 보면, 필립 커는 마음씨 좋은 아저씨 같다. 또 필립 커는 코드명 비트겐슈타인의 입을 빌려 연쇄살인범의 행동을 사적 유물론의 산물로 보는 고전적인 마르크스주의 이론을 소개하기도 한다. "이 이론은 사회의 근본적인 희생자가 사회의 적대자로 변모한다고 설명한다."

펭귄판 『자본』의 서문을 집필한 경제학자 에르네스트 만델의 『즐거운 살인』(이동연 옮김, 이후, 2001)은 이러한 관점에서 범죄소설을 분석했다. 이 책에서 만델은 추리소설과 범죄를 다루는 비非통속문학을 구분하는데, 그 기준은 작가의 주관성이다. "통속문학의 경우에는 이러한 주관성이 부재하고, 그 상업적 목적으로 인해, 독자들이 지녔을 것이라고 추정된 욕구를 충족시켜 주는 한에서만 사회를 '반영한다.'"

그럼에도 나는 통속문학임을 부인할 수 없는 필립 커의 『철학적 탐구』에 진정한 문학의 면모가 담겨 있다고 주장하고 싶다. 그것은 기술 본위 사회의 암울한 미래상을 생생하게 묘사한 데 있지 않다. 이 소설의 진정성을 말해 주는 징표는 다음 한마디로도 충분하다. "살인을 하지 말아야 할 논리적 이유가 없어서 나는 살인을 한다." (2004. 3)

상다리 휘는 현대 사상의 잔칫상

그레고리 베이트슨의 『마음의 생태학』

"상다리가 휘어지게 차려 놓은 현대 사상의 잔칫상이다." 노먼 커즌스
가 프리초프 카프라의 『탁월한 지혜』를 가리켜 한 말은 그레고리 베이
트슨(1904~1980)의 『마음의 생태학』(박대식 옮김, 책세상, 2006)에도 그
대로 들어맞는다. 베이트슨은 카프라가 마련한 지혜의 성찬에 초대받
은 손님이기도 하다. 베이트슨은 '전공이 도대체 뭐냐?'는 질문을 받
을 정도로 여러 지식 분야를 파고들었다.

그는 자신은 박식한 철학자가 아니며, 철학은 그의 본업이 아니라고
했다. 또 박식한 인류학자도 아니며, 정확히 말해 인류학은 그의 본업
이 아니라고 했다. 물리학에는 무관심했던 베이트슨은 스스로를 생물
학자라 자부했다고 한다. 그가 관여한 분야들을 생물학의 분과로 보
았다.

『마음의 생태학』은 인류학, 정신의학, 생물의 진화와 유전, 그리고
체계이론과 생태학에 바탕을 둔 새로운 인식론 등 베이트슨의 다양한
지적 편력을 반영한다. 선집 형태의 이 책은 베이트슨의 사상을 집대
성하고 있다.

"에세이와 강좌들을 모은 이 책의 제목은 책의 내용을 명확히 정의하기 위해 의도된 것이다. 35년에 걸쳐 쓴 이 에세이들을 여기 한데 모은 것은 관념, 그리고 내가 '마음'이라 부르는 관념들의 집합에 대한 새로운 사고 방법을 제안하기 위해서다. 이러한 사고 방법을 나는 '마음의 생태학' 또는 관념의 생태학이라 부른다."

개체보다 '관계'의 중요성

베이트슨은 동물의 좌우 대칭, 식물에서 잎들의 패턴화한 배열, 군비 경쟁의 심화, 구애의 과정, 놀이의 본질, 문장의 문법, 생물 진화의 신비, 인간과 환경의 관계에서 현재의 위기와 같은 문제들이 그가 제안한 관념의 생태학이라는 관점에서만 이해될 수 있다는 그의 믿음을 이야기하고 싶다고 덧붙인다. "이 책이 제기하는 질문들은 생태학적"이고, "책의 주된 목표는 그러한 문제들이 의미 있게 질문될 수 있도록 방식을 명확히 하는 것이다."

이 책의 원제목은 '마음의 생태학의 단계들(Steps to an Ecology of Mind)'인데, 제목의 '단계들'은 새로운 과학의 영역이 분명해지면서 나타나는 기준점을 말한다. 이 책이 질문하는 문제들과 관련된 경험과 생각으로 과학자나 예술가를 안내하는 "보다 깊은 마음의 단계들"을 일컫기도 한다. 글은 베이트슨이 관련 분야에 관심을 가졌던 순으로 배열했다. 1부에 놓인 대화 형식의 '메탈로그metalogue'들은 베이트슨 사상의 핵심 내용이자 본질적 요소의 일부였던 자신의 생각을 펼치는 방법을 보여 준다.

베이트슨은 '관계'들을 생물계의 정수로 보았다. 생물계에 대한 가장 효과적인 서술은 이야기 형식을 통해 이뤄진다고 강조하기도 했다. 베이트슨은 이야기에 나오는 사람이나 사물, 또는 이야기의 줄거리를 중요시하기보다는 그들 사이의 관계를 참다운 것으로 여겼다. 베이트슨은 이야기나 대화의 형식을 빌려 자신의 생각을 전달하는 걸 즐겼다. 메탈로그는 불확실한 어떤 문제에 관한 대화를 말한다.

베이트슨은 인류학자로 학계에 첫발을 디뎠다. 그는 초기 저서인 『네이븐』(1936)을 쓸 때부터 개체에 앞서 관계가 있다는 사고방식을 가졌다고 한다. 2부에 실린 인류학 논문에선 의식의 절약을 언급한 대목이 인상적이다. "의식은 반드시 정신 과정에서 다소 작은 부분으로 반드시 제한되어야 한다. 따라서 의식이 적어도 유용하기 위해서는 반드시 절약해서 사용해야 한다. 습관과 관련된 무의식은 사고와 의식을 모두 절약하는 행위이며, 지각 과정에 접근할 수 없는 것도 그와 마찬가지다."

또한, 습관은 의식적 사고의 큰 절약이다. 어떤 체계라도 완전히 의식화된다는 것은 생각할 수 없기 때문에 모든 유기체는 적은 의식에 반드시 만족해야 한다. "의식이 어떻든 유용한 기능이라면(증명된 적은 없지만 사실일 것이다), 의식의 절약이 최우선적으로 중요해질 것"이고, "의식 수준에서 다루어질 수 있는 문제를 의식화할 수 있는 여유를 가진 유기체는 없다. 이것이 습관의 형성으로 성취되는 절약이다."

정신의학 분야에서 베이트슨은 '이중 구속' 이론을 심화하는 데 기여했다. 그는 맥락의 짜임과 맥락을 제안하는 메시지의 짜임이 '이중 구속'이라 불리는 이론의 주요 문제로 본다. 베이트슨은 습관의 전제나 규칙의 얽힘이 발생하는 것은 경험적 요소와 관계가 있다는 '이중 구속' 이론에서 한걸음 나아간다.

"맥락 구조의 짜임에서 경험으로 얻어진 부조화가 바로 '이중 구속'이며, (만약 경험으로 얻어진 부조화가 적어도 학습과 적응의 계층적 과정에 도움이 된다면)" 그가 초맥락 증후군이라고 부르는 것을 필연적으로 조장한다는 것이다. '이중 구속' 가설과 '정신분열증'에 관한 새로운 개념적 틀과, 학습의 맥락과 수준을 새롭게 보는 방식을 제안하는 3부에 수록한 정신의학 관련 논문들은 결코 쉽지가 않다.

정신의학 '이중 구속' 이론 심화

4부의 생물학 논문들도 어렵기는 마찬가지이나, 상식을 거스르고 궁금증을 풀어 주는 이야기가 흥미를 돋운다. "동물이 자신의 높은 수준의 지능을 사용하지 못하게 하는 것이 서커스 공연을 성공적으로 수행할 수 있는 일차적 조건"이라거나, 눈먼 사람이 사람들을 불편하게 하는 이유가 그렇다. 사람들이 눈먼 사람을 불편해하는 까닭은 "그가 볼 수 없기 때문이 아니라—못 보는 것은 눈먼 사람의 문제이며, 우리는 그 사실을 희미하게 의식하고 있을 뿐이다—, 그가 눈의 움직임을 통해 우리가 기대하고 필요로 하는 메시지를 우리에게 전달하지 못함으로써 우리로 하여금 그 사람과 우리의 관계 상태를 알고 확신하게 하지 못하기 때문이다."

아날로그 커뮤니케이션과 디지털 커뮤니케이션의 대비도 흥미롭다. 외국어는 못 알아들어도 외국 사람의 몸짓과 목소리의 톤은 부분적으로라도 이해할 수 있는데, 이것은 "언어는 디지털이고, 몸짓과 준언어는 아날로그이기 때문이다." 한편, "우리 인간들은 다른 사람이 관계에 관한 말로 우리의 자세와 태도를 번역하여 해석하기 시작하면 매우 불편해진다. 우리는 이런 주제에 관한 우리의 메시지들이 아날로 그적이고, 무의식적이고, 불수의적으로 남아 있는 것을 더 좋아한다. 우리는 관계에 관한 메시지를 가장할 수 있는 자들을 불신하는 경향이 있다."

5부와 6부는 생태학을 다룬 글을 모았다. 베이트슨은 인간의 생존을 위협하는 생태학적 위기의 근원으로 기술의 진보, 인구 증가, 잘못된 가치관을 꼽는다. 현재의 시점에서 가장 치명적 형태로 우리의 문명을 지배하는 생각들은 산업혁명에서 유래한 것이다. 그러나 "우리의 방식이 인간의 유일한 방식은 아니다. 생각건대 그것은 변화 가능하다."

생태학자의 목표는 융통성

베이트슨은 '인간 문명의 건강한 생태계'를 "지속적인 복잡계를 만들기 위해 문명의 융통성이 환경의 융통성과 조화되어야 하는 고도의 문명과 환경이 결합된 단일 시스템이 심지어 기본적인 (하드-프로그램된) 특성의 완만한 변화를 위해서도 개방되어 있는 것"으로 정의하면서 생태학자에게 다음과 같은 임무를 부여한다.

"생태학자의 목표는 융통성을 증진시키는 것이며, 이런 범위 내에서 그는 대부분의 복지 계획 입안자들(법적 통제를 증가시키는 경향이 있는 사람들)보다 덜 전제 군주적인 반면에, 그는 또한 이미 존재하거나 창출될 수 있는 융통성을 보호하기 위한 권위도 행사해야만 한다는 결론이 나온다. 이 점(대체할 수 없는 자연 자원의 문제)에서, 그의 권고는 전제 군주적이어야 한다."

여기서 융통성은 구속받지 않은 변화의 잠재성을 뜻한다. 이 풍요로운 잔칫상 앞에서 설레지 않을 독자는 아마 없을 것이다.

6

서양의 광기를 탐사한 '소외의 고고학'

미셸 푸코의 『광기의 역사』

나병의 소멸

"중세 말에 나병癩病이 서양 세계에서 사라진다." 이렇게 시작하는
『광기의 역사』(이규현 옮김, 나남출판, 2003)에서 미셸 푸코는 서구의 '광
기에 대한 담론'을 네 시기로 나눈다. 중세, 르네상스, 프랑스적 의미
의 고전시대(17세기와 18세기), 그리고 19세기다. 서양 중세에 광기는
신성한 것으로 여겨졌고, 르네상스 때는 고상한 이성理性의 특별한 형
태로 받아들여졌다.

하면, 나병이 자취를 감춘 것과 '미친 기운'은 어떤 관련이 있을까?
푸코는 "나병의 기이한 소멸"은 오랫동안 시행된 모호한 의료행위의
결과가 아니라, 나병 환자의 격리로 인한 자연스럽고 십자군 전쟁이
끝나면서 감염 원천 지역과 교류가 끊김에 따라 나타난 결과로 본다.
하지만 나병이 사라지고 나환자가 사람들의 기억에서 희미해져도 사
회적 축출이자 영적 재통합인 엄격한 분할의 주된 형태는 남는다. 예
전에 나환자가 맡은 역할을 가난한 사람, 부랑자, 경범죄자, 그리고

313

'머리가 돈 사람'이 맡게 된다.

　나병은 먼저 성병性病과 교대했다. 15세기 말엽 성병은 마치 상속자인 양 나병의 뒤를 잇는다. 그렇지만 중세문화에서 나병이 차지하던 역할까지 고전주의 시대의 세계에서 성병이 떠맡진 않았다. 성병은 오래지 않아 다른 질병들 사이에 자리를 잡는다. 성병이 일찍부터 의학의 대상이 된 것은 나병과 다른 점이다.

　아주 오랜 세월이 흐른 뒤에야 비로소 의학으로 편입될 매우 복잡한 현상에서 나병의 진정한 유산을 찾을 수 있다. 그건 바로 광기狂氣다. "17세기 중엽 광기가 통제되기 전에, 광기에 대한 호의적 배려의 오랜 관습들이 다시 나타나기 전에, 광기는 이미 르네상스 시대의 모든 주요한 경험과 끈질기게 연결되어 있었다."

'광인들의 배'

　'광인들의 배'는 문학적 창작물로서 라인란트의 잔잔한 강들과 플랑드르 지방의 물길을 따라 떠다닌 기이한 취선醉船을 일컫는다. 당시 광인들은 유랑의 삶으로 내몰렸다. 걸핏하면 도시 바깥으로 쫓겨나거나 상인과 순례자 집단에 내맡겨졌다. 외딴 시골에서 이리저리 떠돌아다니기도 했다. 이러한 관습의 진원지는 독일이다. 예컨대 뉘른베르크에서는 15세기 전반기 동안 등록된 광인 62명의 절반인 31명이 내쫓겼다. 광인들이 선원들에게 위탁된 경우도 흔했다.

　광인을 선원에게 맡기는 것은 광인이 도시의 성벽 아래서 무한정 배회하는 것을 확실히 막는 길이자, 광인이 멀리 떠나리라는 것을 확인하는 길이며, 광인을 이러한 출발의 포로로 만드는 길이었다. "광인이

물결 따라 흔들리는 작은 배를 타고 향하는 곳은 다른 세계이고, 하선할 때의 광인은 다른 세계에서 온 사람이다. 광인의 이 항해는 엄격한 분할이자 동시에 절대적인 통과이다."

또한 '광인들의 배'는 중세 말엽 유럽문화의 지평 위로 갑자기 떠오른 불안 전체를 상징한다. 광기와 광인은 위협과 경멸, 세계의 엄청난 비이성非理性과 사람들의 하찮은 조롱거리 사이에서 그 성격이 명확하게 규정되지 않은 가운데 주요 배역을 떠맡는다. 푸코는 설화와 교훈극, 식자층 문학에 나타난 광기의 양상을 살피고 나서, 이 진지한 활동들의 중심에 플레더와 에라스무스를 비롯한 인문주의자들의 텍스트가 있다고 의미를 부여한다.

"광기는 앎이다." 광기는 인간을 현혹시킨다. 광기로 인해 생겨나는 맹목적이고 어리석은 행위의 덧없는 이미지들이야말로 세계에 대한 커다란 앎이다. 광기에서 앎이 중요한 것은 광기가 앎의 비밀을 지니고 있어서가 아니다. "오히려 광기는 어떤 터무니없고 쓸데없는 지식에 대한 징벌이다. 광기가 앎의 진실인 것은 그러한 앎이 보잘 것 없는 것이기 때문이며 또한 앎의 경험이라는 위대한 책에 호소하지 않고 먼지 쌓인 책들과 쓸데없는 토론으로 귀착하기 때문이다. 잘못된 지식의 과잉으로 지식은 광기 속에서 전복되어 버린다."

광기는 위대한 정신의 일부

푸코는 이런 글귀를 인용한다. "광기가 섞여 있지 않은 위대한 정신은 없다." 그러면서 18세기까지 존속하는 광기의 가장 중요한 형태들을 거론하는데, '소설적 동일시에 의한 광기'는 가장 지속적일 수 있다. 이 광기의 특징은 세르반테스에 의해 결정적으로 정해지나 이 주제는 꾸준히 이어진다. 예술의 창안은 착란된 상상력에서 기인한다는 주장은 우리도 익숙하다. 한때 시인과 소설가의 이미지는 병적인데다 위악적僞惡的이기까지 했다.

'헛된 자만의 광기'는 '소설적 동일시에 의한 광기'와 가까이 있다. 광인은 하나의 문학적 모델에 자신을 가두지 않는다. 광인이 동일시하는 것은 자기 자신이며, 그것은 상상적 일체감을 통해 가능하다. 이러한 일체감에 힘입어 광인은 자신에게 없는 자질과 미덕과 능력이 자신에게 있다고 믿는다. '헛된 자만의 광기'는 광기들 중에서 가장 덜 극단적이다. 이것은 모든 사람이 자기 자신과 맺는 상상적 관계다. 여기서 광기의 결함 가운데 가장 일상적인 게 발생한다. 이 광기를 비난하는 것은 모든 도덕적 비판의 첫 단추이자 마지막 단추다.

'정당한 징벌의 광기' 역시 도덕의 영역에 속한다. 이것에 의해 정신의 무질서와, 나아가 감정의 혼란에 징벌이 내려진다. '정당한 징벌의 광기'는 다른 권능이 있는데 이 광기에 의해 징벌이 내려지고 진실이 드러남에 따라 징벌은 무수히 늘어난다. 그것이 진실을 말한다는 것이 이러한 광기의 정당성이다.

광기의 마지막 유형은 '절망적 정념의 광기'다. 너무 지나쳐 실망만 안겨준 사랑, 무엇보다 죽음의 숙명 때문에 배신당한 사랑은 발광發狂 이외의 다른 출구가 없다. 미친 사랑은 정신착란의 허공 속에서 외롭게 추구된다. 징벌로 죽음을 맞는다 해도, 이 죽음은 사랑하는 이들을 결코 다시는 떼놓을 수 없다. "광기는 '착각'의 가장 순수하고 가장 완전한 형태이다."

대감호大監護-추방당한 광기

고전주의 시대에 광기는 추방당한다. 중세에는 가난한 사람, 비참한 처지의 사람, 자신의 생활을 책임지지 못하는 무능한 사람이 특별한 모습으로 비치지 않았다. 그러나 16세기로 들어와 상황이 달라졌다. 이제 광기는 구빈원救貧院의 벽들 사이에만, 모든 가난한 사람 옆에서만 환대를 받는다. 광인은 도시민들의 질서와 관련된 '통치' 차원에서 뚜렷하게 부각되었다.

"예전에 광인이 사회에 받아들여진 것은 그가 다른 곳에서 왔기 때문이다. 그러나 이제 광인이 배제되는 까닭은 그가 바로 이곳에서 생겨난 존재이기 때문이다. 그리고 가난한 사람, 궁핍한 사람, 부랑자 사이에 끼기 때문이다. 광인을 받아들이는 환대는 새로운 불확실한 상황 속에서, 광인을 회로回路 밖으로 내모는 숙정肅正 조치가 될 것이다."

이 대목에서 푸코는 '수용收容의 문제'를 깊이 있게 논의한다. 기독교국가에서 수용은 신교와 구교를 막론하고 통치의 영역이 종교의 원리와 전혀 어긋나지 않았다. 게다가 수용은 통치의 규칙과 종교의 요구사항이 전적으로 충족되는 행복한 사회의 신화를 권위적인 본보기의 형태로 제시되기도 했다. 한편, '감호監護'에는 국가 형이상학과 동시에 종교 정치학이 숨겨져 있었다. 감호는 종합적 '압제壓制'의 노력이다.

『돈키호테』와 『리어왕』에서 그랬듯이 얼마 전까지만 해도 광기는 환한 대낮에 논의되었다. 하지만 이제는 그럴 수 없다. "반세기도 안 되어 광기는 갇히고 고립되었으며 수용의 요새에서 이성에, 도덕규범에, 그리고 도덕규범의 획일적 어둠에 묻혀 버렸다."

감금의 시대

구빈원이 창설되고 독일과 영국에서 최초의 교도소가 개설된 시기부터 18세기 후반까지 고전주의 시대는 감금의 시대다. 이때부터 광기에 죄의 굴레가 들씌워진다. 광인의 수용은 필연적으로 투옥이 되지 않을 수 없다. 징벌과 치료의 혼동이 합리주의의 산물이라는 점은 기이하다. 비이성적 인간은 사회가 식별하고 분리하는 구체적 인물이다. 자유사상가도 여기에 포함된다.

"17세기에 이성과 비이성의 커다란 근본적 단절이 실현되면서 이성과 비이성의 통일성은 깨진다. 수용은 이와 같은 단절의 제도적 표현일 뿐이다. 이성과 비이성의 인접, 그리고 흔히 혼동의 불안한 경험이 바탕을 이루었던 17세기 초의 '자유사상'은 바로 이러한 이유로 인해 사라진다."

의학적 판단이 광기의 세계로 들어가는 길목이지만, 전혀 다른 유형으로 구조화한 수용의 실천은 의학적 판단에 종속되지 않았다. 수용 영장슈狀의 발부는 치안판사의 몫이었다. "광기의 사실여부를 결정하고 광인을 격리시킬 수 있는 것은 의료 과학이라기보다는 오히려 추문에 민감한 의식이다."

일반적으로 광기의 역사는 어떤 경우에도 정신병의 병리학을 정당화하는 수단이 보완해 주는 지식으로 작용할 수 없었다. 다만, 18세기 후반에서 19세기 말까지 영국 요크 요양소의 윌리엄 튜크와 프랑스 파리의 필리프 피넬이 주도한 정신의학의 개혁운동, 곧 정신의학의 태동기는 법원 판결이 광인 수용의 선결조건으로 등장한 시기와 일치한다. 이어 지크문트 프로이트가 등장한다.

'정신의학의 고고학'

프랑스의 철학자 미셸 세르는 『광기의 역사』를 '정신의학의 고고학'이라 부르면서 긍정적으로 평가했다. "푸코의 모든 역사적 발굴은 근대적 지식의 곤경을 명석하게 밝혀내기 위한 것이었다."(J. G. 메르키오르, 이종인 옮김, 『푸코』, 시공사, 1998) 『광기의 역사』는 『말과 사물』, 『임상의학의 탄생』과 함께 '일련의 기술적記述的 실험'에 대한 밑그림이다. 우리말 완역판 뒤표지에 인쇄된 철학자 모리스 블랑쇼의 코멘트보다 더 적절한 언급을 찾기는 쉽지 않을 듯싶다.

"이 책은 원칙적으로 중세에서 19세기까지 감금되는 광기에 관한 이야기이고, 더 심층적으로는 수용이라는 그런 구조의 연구를 통해 광기와 비이성 사이의 대화를 확립하려는 시도이며, 요컨대 완결되자마자 필연적으로 잊혀진 그 모호한 행위, 즉 '한계'의 역사이다. 하나의 문화는 어떤 것을 이 한계 쪽으로 배척하는데, 그것은 그 문화의 외부가 된다."

7

지능은 IQ 검사로 잴 수 없을 뿐더러 유전되지도 않는다

스티븐 제이 굴드의 『인간에 대한 오해』

생물학적 결정론 비판

스티븐 제이 굴드의 『인간에 대한 오해』(김동광 옮김, 사회평론, 2003)는 지능검사의 특정한 방식을 특수하게 해석하여 지지받는 특정한 지능이론에 대한 비판을 담았다. 다시 말해 "단일하고, 유전에 기초하며, 변하지 않는 지능이라는 이론에 대한 반박인 것이다." 또한 이 책의 밑바탕에는 그릇된 이론인 생물학적 결정론에 대한 비판의식이 깔려 있다.

굴드는 생물학적 결정론에 대한 비판은 언제라도 의미가 있다고 말한다. 왜냐하면 생물학적 결정론의 오류가 매우 뿌리 깊고 음험하며, 우리들이 공유하는 본성의 최악의 현시顯示에 호소하고 있어서다. 여기서 뿌리가 깊다는 것은 생물학적 결정론이 철학적 전통의 가장 오래된 일부 쟁점이나 잘못과 관련돼 있다는 얘기다.

이를테면 환원 불가능한 현상을 최소의 구성부분의 결정론적인 움직임으로 설명하려는 갈망인 환원주의, 지능과 같은 추상적인 개념을 확고한 실체로 변화시키려는 경향인 물화物化, 복잡하고 연속적인 실체를 둘로 분할하려는 갈망인 이분법, 그리고 모든 사물을 선형으로 증가하는 가치로 서열화시키려는 경향인 계층화 등이 그것이다.

굴드는 지능검사에서 생물학적 결정론의 일반적인 오류를 낳는 환원주의, 물화, 이분법, 계층화의 요소가 극명하게 표출된다고 지적한다. 대학입시 수학능력시험 점수의 파급력에는 못 미치지만 우리 사회에서도 지능지수Intelligence Quotient는 머리가 좋고 나쁨을 판단하는 잣대로 받아들여지고 있다. 더구나 최근에는 사회생물학으로 표상되는 생물학적 결정론에 대한 관심도 느는 추세다. 하지만 굴드는 생물학적 결정론이 인기를 누리는 까닭은 "잘못된 논리와 결함 있는 정보 때문"이라고 잘라 말한다.

또, 굴드는 생물학적 결정론이 되풀이해 부각되는 이유를 사회정치적인 것에서 찾기도 한다. "사회적 프로그램에 대한 지출을 줄이려는 캠페인을 비롯해서, 사회적 비용을 절감하려는 정치적인 에피소드, 축복받지 못한 그룹의 사람들이 심각한 사회적 불안을 야기하거나 권력을 위협하는 시기에 엘리트 지배층의 불안감이 고조되는 것과 관련이 있다"는 것이다.

미국의 발명품, IQ

IQ 검사는 프랑스의 심리학자 알프레드 비네에게서 유래한다. 1904년 비네는 교육부장관으로부터 구체적이고 실용적인 목적을 위한 연구를 위임받는다. "그것은 보통 학급에서 학습 성적이 떨어지는 학생들을 식별하는 기술을 개발하는 것으로, 일종의 특별교육의 필요성을 암시하는 것이었다." 1905년의 최초 버전에선 단지 난이도 순서로 과제들을 배열하지만, 1908년 버전은 이른바 IQ 측정의 기준을 확립한다.

먼저, 비네는 특정한 연령 수준에 개별 과제를 부여하여 보통의 능력을 지닌 아이들이 그 과제를 성공적으로 해결하는 최저연령을 설정했다. 그리고는 피실험자인 어린이가 가장 낮은 수준의 과제에서 비네 테스트를 시작해 연령대를 높여간다. 이때 그 아이가 수행한 마지막 과제가 '정신연령'이 된다. '생활연령'에서 '정신연령'을 뺀 값이 일반적인 지능수준으로 간주되었고, 그 값이 클수록 특별 교육프로그램이 필요한 아이로 판정되었다.

1912년 독일의 심리학자 W. 슈테른은 정신연령과 생활연령의 차가 아니라 정신연령을 생활연령으로 나눈 값이 되어야 한다고 주장했고, 그 결과 지능지수(IQ)가 생겨났다. 그런데 비네는 자신의 척도에서 "타고난 지능과 학습을 분리하려고" 시도했다고 한다. 비네는 지능이 단일한 수치로 포착하기에는 너무 복잡하다고 단언했다. "이 척도는 지능의 척도로 허용되지 않는다." 지능의 성질은 위아래로 구분할 수 있는 것이 아니어서 줄 세우기 하듯 측정할 순 없다는 것이다.

비네는 그의 테스트를 사용할 때 고려해야 할 세 가지 기본원리를 강조하기도 했다. 첫째, 수치는 실용적인 고안물이며, 어떠한 지능이론도 뒷받침하지 않는다. 이 수치는 천성적이거나 항구적인 그 무엇도 규정하지 않는다. 둘째, 이 척도는 특별한 도움이 필요한 정신지체아나 학습 불능아를 식별하기 위한 조잡하고 경험적인 지침이다. 정상아를 서열화하려는 고안물은 아니다. 셋째, 낮은 득점이 아이들의 선천적 무능을 나타내는 데 쓰여선 안 된다.

하지만 미국의 심리학자들은 비네의 의도를 왜곡하여 IQ의 유전적 결정이론을 만들어낸다. 그들은 비네의 점수를 물화함으로써, 그것이 지능이라 불리는 실체에 대한 측정값이라고 여겼다. "그들은 지능이 대체로 유전적이라고 가정하여, 선천적 특성과 문화적 차이를 혼동시키는 일련의 그럴싸한 주장을 전개했다. 그들은 유전적인 IQ 점수가 사람들이나 집단에 피할 수 없는 사회적 지위를 결정해 준다고 믿었다. 그리고 그들은 집단간의 평균 IQ 차이가, 그 집단간의 엄청난 생활의 질의 편차에도 불구하고, 대부분 유전의 산물이라고 믿었다."

지능지수의 허구성

굴드는 1988년 번역된 『다윈 이후』(홍동선·홍욱희 옮김, 범양사출판부)에서 지능지수의 허구성을 단계적으로 반박한 바 있다. 굴드는 먼저 "IQ가 무엇을 의미하는지 누가 알고 있을까?"라는 물음을 던지며 IQ와 지능의 등식화를 문제 삼았다. IQ는 학교에서 '성공'의 예측수단이 되지만, 그와 같은 성공이 지능과 치맛바람, 사회의 기득권층이 선호하는 가치의 습득 가운데 어느 쪽의 결과인지 되묻는다.

한 걸음 물러나 IQ가 지능의 어느 측면을 계측할 수 있다고 가정한다면, 이제는 그것의 유전성이 문제가 된다. 굴드는 '유전적'이라는 말이 갖는 일상적인 의미와 전문용어 사이의 혼란을 우선 검토한다. 일반인에게 유전적인 것은 '고정된 것', '어찌할 수 없는 것'을 뜻하지만, 유전학자에게 이 말은 공통되는 유전자를 가진 친족관계에 있는 개체들에게 나타나는 유사성을 의미한다. 이어서 IQ가 80%의 유전성을 갖는다는 주장을 곱씹는다. 이러한 주장의 근거들은 결함이 많다는 것이 굴드의 분석 결과다.

다시 한 걸음 물러나 굴드는 IQ의 유전성이 최고 80%라는 가설을 수용한다. 그리고는 인간 지능의 연구를 둘러싼 생물학적 결정론에 결정타를 날린다. 결정론자들은 집단 내부의 변이와 집단간 변이를 혼동하고 있다는 것이다. 결정론자들은 백인과 흑인의 IQ 편차가 IQ의 유전적 속성에서 온다고 주장한다. 굴드에게 이런 주장은 터무니없는 것이다. 굴드의 반론은 이렇다. 키의 유전성이 IQ의 유전성보다 훨씬 크다는 사실은 명백하다. 그런데 키에 있어 높은 유전성은 작은 부모가 작은 자손을, 큰 부모가 큰 자손을 낳을 경향 이상의 의미는 없다. 여기서 적절한 영양분의 공급 여부는 애당초 고려의 대상이 안 된다.

"나는 지능을 어떻게 정의하든 유전적인 기반이 전혀 없다고 주장하려는 것은 아니다.— 나는 단지 설사 그런 근거가 있다고 하더라도, 그 의미는 보잘 것 없고, 관심을 끌 수 있는 자료가 아니며 중요하지도 않다고 생각한다. 어떤 형질의 표현은 유전과 환경의 복잡한 상호작용의 결과이다." 그런 까닭에 "우리들의 임무는 오로지 모든 개인들이 그들의 잠재력을 충분히 실현할 수 있도록 유리한 환경을 조성하는" 것으로 귀결된다. 덧붙여 굴드는 "어느 개인을 그 사람이 속한 집단의 평균에 의해 판단해서는 안 된다"고 경고한다.

'인간이라는 잘못된 척도'

『인간에 대한 오해』는 19세기 후반과 20세기 전반에 뇌의 크기 및 IQ와 지능 사이의 상관성을 밝히기 위해 맹활약한 생물학적 결정론자들의 주장에 나타나는 과학적인 약점을 파헤치면서 그것의 정치적 맥락을 드러내고 있다. 그런데 굴드가 중점적으로 살펴본 편견에 사로잡힌 골상학자와 심리학자의 면면은 우리에게 낯선 편이다.

하지만 살짝 언급되는 인물 가운데는 우리 귀에 익숙한 이름도 더러 있는데 마리아 몬테소리와 올리버 웬델 홈스가 그들이다. 교육학자로 유명한 몬테소리가 롬브로소의 선천적 범죄이론을 지지했다는 사실이 놀랍거니와 '위대한 반대자'로까지 지칭되는 미국 연방대법관이었던 홈스가 단종법을 지지했다는 사실 또한 놀랍다. 개인에게 시대의 한계를 뛰어넘기를 요구하는 것이 무리일 수도 있겠으나 적어도 홈스와 몬테소리는 "사회적인 기준에 해당하는 판단에 소극적으로 동의한 개인"은 아닌 걸로 보인다.

이 책의 원제목(*The Mismeasure of Man*)은 '인간이라는 잘못된 척도'로 옮겨지는데 여기에는 두 겹의 의미망이 있다. '인간이 만물의 척도'라는 프로타고라스의 격언에 대한 패러디이자 남성을 인간의 기준으로 간주해 여성을 무시하고 인간의 잘못된 척도로 삼았던 데에 대한 반성이 담겨 있다. 인간 집단의 서열화에 관한 특정 형태의 정량화된 주장을 다룬 이 책은 600쪽이 넘는 방대한 분량이지만 책의 주제는 다윈의 『비글호 항해기』에서 인용한 구절에 함축돼 있다 해도 지나친 말은 아니다. "빈곤의 비참함이 자연법칙이 아니라 우리들의 사회제도에 의해 비롯되었다면, 우리의 죄는 중대하다."

진보와 대중화

사람은 자신이 아프거나 아파본 적이 없이는 다른 사람의 아픔을 죽어도 모른다. 내 경험칙이다. 그래서 자신은 멀쩡한데도 남의 아픔을 헤아리는 극소수를 위인으로 받드는 것이리라. 굴드는 고생물학자로서 사회문제를 보는 시각이 진보적이었다. 또 그는 어느 한 편으로의 치우침이 없다. "천성과 양육 양쪽 다 우리에게 많은 것을 가르쳐 줄 수 있으며, 우리의 행동과 심리가 풍부하다는 것 자체는 이런저런 요인들이 복잡하고 깨뜨릴 수 없는 조합을 이루고 있다는 사실을 말해 준다." 굴드의 진보색채와 균형감은 그가 장애인 아들을 둔 것과 무관하지 않아 보인다. 이런 점은 일본의 작가 오에 겐자부로 역시 마찬가지다.

한편, "우리 문화에서 고전이나 스테디셀러로 꼽히는 논픽션은 대부분 그 중심에 저자들의 깊은 신념이 깔려 있다"며, 그의 동료 대부분이 어찌 그리 열정에 사로잡혀 자전적 이야기를 할 수 있는지 의심스러워한다. 대중적인 과학교양물의 저자로 이름이 높았던 굴드가 생각하는 대중화는 이런 것이다. "대중화란 진지한 학문의 위대한 휴머니즘적 전통의 일부분이지 단지 즐거움이나 이익을 위해 쉽게 고쳐 쓰는 훈련이 아니다."

8

인간 자유의 발자취를 찾아서

에리히 프롬의 『자유로부터의 도피』

1. 프랑크푸르트학파

에리히 프롬(Erich Fromm, 1900~80)은 프랑크푸르트학파의 일원이다. 프랑크푸르트학파(Frankfurter Schule)는 1920년대 초반 문을 연, 독일 프랑크푸르트대학 부설 '사회연구소'에 참여한 학자들을 통칭한다. 이 학파는 마르크스주의에 대한 새로운 해석을 바탕으로 프로이트 정신분석학과 미국 사회학의 방법론을 더해 현대 산업사회에 관한 '비판이론'을 펼친다. 마르크스를 새롭게 봤다는 이유 때문인지 우리나라에선 프랑크푸르트학파를 신좌파(뉴레프트, New Left)의 하나로 보기도 한다. 1980년대 중반, 우리 대학의 『국민윤리』 교재는 프랑크푸르트학파를 신좌파에 엮어 넣어 이념 비판의 대상으로 삼았다.

프랑크푸르트학파는 1930년대에 들어서 기틀을 다진다. 1931년 막스 호르크하이머가 연구소 소장이 되면서 다양한 분야 젊은 학자들의 참여를 이끈다. 경제학자 프리드리히 폴록, 문학사회학자 레오 뢰벤탈, 중국연구가 칼 비트포겔, 그리고 법학자 프란츠 노이만과 오토 키르히하이머가 그들이다. 문예비평가 발터 벤야민 또한 이 학파의 한 사람으로 분류할 수 있다. 프랑크푸르트학파의 주요 업적은 1932년부터 1941년까지 연구소 기관지 〈사회연구〉를 통해 발표된다. 이 시기 〈사회연구〉는 독일이 아니라 프랑크푸르트학파 학자들이 나치의 탄압을 피해 떠난 망명지 미국에서 주로 발행되었다.

'비판이론'은 요약하기가 쉽지 않은 개념이지만, 자본주의 사회의 질서를 그 밑바탕에서 파악하여 자본주의의 여러 모순을 지양하는 과정을 통해 사회를 변혁시킬 수 있는 이론을 뭉뚱그려 말한다. 비판이론의 방법론으로는 역사성, 변증법, 총체성이 있다. 역사성은 비판이론의 출발점이다. 비판이론은 역사적이고 사회적인 운동법칙과 모순을 변증법적으로 파악한다. 역사를 융합하는 모순과 상호 대립하는 모순, 그리고 그것들이 번갈아가며 되풀이되는 단계로 이해한다. 또 사회적 사실에 총체적으로 다가선다. 어떤 사회적 현상을 야기한 사회·경제적 관계의 맥락이 중요해서다. 한편, 비판이론은 사회과학의 대상은 주관성을 지닌다는 이유로 사회과학 방법론에 자연과학적 모델을 끌어들이는 것에 반대한다.

프랑크푸르트학파의 저명한 학자들이 지은 책은 이제 현대의 고전으로 통한다. 이 학파의 수장이었던 막스 호르크하이머는 『도구적 이성 비판·이성의 상실』(박구용 옮김, 문예출판사, 2006)을 썼고, 테오도르 아도르노와는 『계몽의 변증법』(김유동 옮김, 문학과지성사, 2001)을 공저했다. 아도르노는 『부정변증법』(홍승용 옮김, 한길사, 1999)이 유명하다. 또 『일차원적 인간』(박병진 옮김, 한마음사, 1993)과 『에로스와 문명』(김인환 옮김, 나남출판, 2004)은 헤르베르트 마르쿠제의 대표작이다. 프랑크푸르트학파의 마지막 세대라 할 수 있는 위르겐 하버마스는 책을 여러

권 집필했는데, 그 중 『의사소통행위 이론』(장춘익 옮김, 나남출판, 2006)
이 널리 알려져 있다.

2. 베스트셀러 작가, 프롬

프롬은 하버마스 못잖게 책을 많이 펴낸 저자다. 출간 종수는 프롬
과 하버마스가 비슷할지 몰라도 판매 면에선 프롬의 책이 훨씬 많이
팔렸다. 하버마스가 세계적인 학자라면, 프롬은 세계적인 베스트셀러
저자다. 우리나라도 그런 국제적 흐름에서 예외가 아니어서 프롬의
『소유냐 삶이냐』(김진홍 옮김, 홍성사, 1978)는 1970년대 후반 베스트셀
러였다. 『건전한 사회』(김형익 옮김, 범우사, 1975)는 출간 두 달 만에 초
판 1만 부를 모두 소화하기도 한다. 출판사 여러 곳에서 펴낼 만큼 『사
랑의 기술』은 인기가 높았으나, 그것은 다분히 독자들의 착각 덕분인
것 같다. 이 책은 통속적인 연애론이 아니다. 프롬은 이 책에서 사랑을
잘 하려면 사랑의 본질을 알아야하고 거기에 맞는 훈련이 뒤따라야 한
다고 본다. 사랑은 '창조적 기술'이라는 얘기다.

프롬의 생애와 사상을 다룬 『우리는 사랑하는가』(박홍규, 필맥, 2004)
에서 영남대 박홍규 교수는 "프롬의 책은 결코 쉽지 않다. 그러나 철학
책치고는 쉬운 편이고 그 내용도 포괄적"이라고 지적한다. 맞다. 프랑
크푸르트 사회연구소 동료들이 난해한 연구에 집중한 것에 비하면 더
욱 그렇다. 앞에 나열한 그들의 책은 프롬의 책보다 아주 어렵다. 프롬
은 마르크스주의, 프로이트 정신분석학, 실존철학을 종합하려고 시도
한 사상가로 평가받는다. 특히, 마르크스와 프로이트를 결합한 것은
돋보이는 업적이다.

『자유로부터의 도피Escape from Freedom』(지경자 옮김, 홍신문화사, 1988)
는 프롬이 처음으로 집필한 본격적인 저서다. 프롬은 이 책의 속편격
인 『건전한 사회』(이규호 옮김, 삼성출판사, 1976)의 머리말에서 『자유로
부터의 도피』를 이렇게 설명한다.(박홍규의 책에서 재인용)

"나는 『자유로부터의 도피』에서 사람들이 근세에 이르러 획득한 자
유로부터 도피하려는 깊은 갈망이 전체주의적 운동에 호응한 사실을
밝히려 하였으며, 또한 중세기적인 속박을 벗어난 근대인이 이성과 사
랑에 기초를 둔, 의미 있는 삶을 자유롭게 구축할 수 없게 되자 지도자
나 인종이나 국가에 복종함으로써 새로운 안정을 찾으려 한다는 사실
을 밝히고자 하였다."

인터넷으로 검색한 브리태니커 백과사전의 풀이 또한 저자의 설명
과 크게 다르지 않다. "『자유로부터의 도피』에서 프롬은 중세에서 현
대에 이르는 인간의 자유와 자각의 발전을 도식화하고, 정신분석학적
방법을 이용하여 현대의 해방된 인간이 나치즘 같은 전체주의로의 회
귀를 통해 새로운 피난처를 구하려는 경향을 분석했다."

3. 자유의 발자취

『자유로부터의 도피』는 사회적인 과정 전반에 걸쳐 심리적 요소의
역할을 강조한다. 개인과 사회의 관계가 동적이라는 가정 아래, 각 개
인과 세계와의 관련성을 분석한다. 프롬은 인간의 역사를 증가하는 개
체화와 증가하는 자유의 과정으로 특징짓는다. 그리고 근대인에 대한
자유의 의미를 파악하고자 중세 말엽으로 거슬러 오른다.

근대사회에 견줘 중세사회의 특징은 개인적 자유의 결여다. 중세사

회는 개인의 자유를 빼앗지 않았다. '개인'이라는 관념이 아예 없었던 탓이다. 르네상스 시기, 이탈리아 사람들이 최초의 개인으로 등장한다. 개인의 출현은 자본주의 덕분이다. 하지만 개인적인 자유를 얻게 되면서 동요, 무력감, 회의, 고독, 불안을 함께 떠안는다. 하여 프로테스탄티즘과 칼뱅주의가 새로운 자유의 감정을 나타내는 동시에 자유라는 무거운 짐에서 벗어나는 도피처 구실을 하게 된다. 이 대목에서 우리는 '면죄부'의 긍정적 측면과 '종교개혁'의 부정적 측면을 접한다.

"면죄부를 사는 관례는 중세 후기에 이르러서는 더욱 중요해져 루터의 주요 공격대상이 되었지만, 그 관례는 인간 의지와 노력의 효용이 더욱 증대되었다는 사실과 관계가 있었다. 교황의 밀사로부터 면죄부를 사들임으로써 사람은 영원한 형벌 대신으로 생각되는 현세의 형벌을 면했다."

당시 이것은 인간이 모든 죄악으로부터 사면될 수 있다는 기대감을 품는 충분한 근거로 작용하였다. 또한 면죄부와 관련해 그것을 사들이는 자가 죄를 참회했다는 전제가 있어야 비로소 효력을 발휘한다는 점과, 죄를 개인의 결정적인 악으로 여기지 않고 이해할 수 있는 인간적인 약점으로 생각하게 된 것을 감안해야 할 것 같다.

근대에 와서 자유는 인간에게 독립과 합리성을 부여하는 한편, 근대인을 고립시킴으로써 그를 불안에 싸인 무력한 존재로 만든다. 이러한 고립은 견디기 어려운 것이다. 따라서 근대인은 자유라는 무거운 짐으로부터 도피하여 새로운 의존과 복종을 찾느냐, 아니면 인간의 독자성과 개성에서 비롯된 적극적인 자유의 실현을 위해 앞으로 나아가느냐의 갈림길에 서게 된다. 아무튼 자유로부터의 도피는 소극적인 '자유로부터의 자유'라고 할 수도 있겠다.

4. 도피의 메커니즘

(1) 사디즘과 마조히즘

프롬은 자유로부터의 도피에 대한 최초의 메커니즘인 사디즘sadism, 加虐的性倒錯症과 마조히즘masochism, 被虐的性倒錯症이 견딜 수 없는 고립 감으로부터의 도피라고 설명한다. 마조히즘적인 인간은 외부적 권위, 내면화된 양심, 심리적 강제 가운데 어느 하나를 주인으로 정해 스스로의 자유를 포기함으로써 결정을 내리는 일에서 벗어난다. 사디즘적인 충동의 본질은 남을 완전히 지배하려는 일념으로, 그를 자신의 의지에 무조건 복종하는 대상으로 삼아 그에게 군림하는 신과 같은 지배자가 되어 마음껏 조종하는 것이다. 권력에 대한 욕구는 사디즘의 가장 중요한 표현 방식이다. 사디즘과 마조히즘은 사도마조히즘sado-masochism이라는 맞물린 형태로 나타난다.

(2) 권위주의

권위주의적 성격은 인간의 자유를 옭아매는 조건을 좋아하며, 기꺼이 운명에 복종한다. 또 권위주의적 성격은 과거를 떠받든다. 전부터 있었던 일은 앞으로도 계속될 것이고, 마땅히 그래야 한다. 전례가 없는 일을 하거나 바라는 것은 죄악이고 미친 짓이다. "모든 권위주의적 사고에 공통된 특징은 인간의 삶이 자아와 관심, 그리고 소망을 초월한 어떤 힘에 의해 결정된다고 믿는 확신이다. 인간이 행복해지는 유일한 방법은 이러한 힘에 복종하는 길밖에 없다."

(3) 파괴성

현대에 접어들면서 독일 하류 중산계층의 파괴성은 나치즘을 발홍

시키는 중요한 요인이었다. 나치즘은 이를 적절히 이용했다. 하류 중산계층에서 나타나는 파괴성은 개인의 고독 및 성장에 대한 억압과 깊은 관련이 있다. 그리고 이 두 가지는 상류층이나 하층민보다는 하류 중산계층에게 더 절실한 것이었다.

(4) 자동순응성

근대사회에서 개인의 자동기계화는 인간의 무력함과 불안감을 증폭시켰다. 이로 말미암아 인간은 안정감을 주거나 회의감에서 벗어나게 한다는 새로운 권위에 쉽사리 복종한다. 사람들이 어떤 결정을 내리거나 뭔가를 원할 때, 그것이 실제로는 '그래야만 할 것' 같은 안팎의 압력에 순순히 따르는 것에 불과하다.

5. 나치즘의 심리적 기반

노동자 계층, 자유주의적이고 가톨릭적인 부르주아지의 소극적인 태도와는 대조적으로 나치 이데올로기는 작은 상점주인, 직공, 화이트칼라 등으로 구성된 하류 중산계층의 뜨거운 호응을 얻는다. 그들에게 지도자에 대한 맹목적 복종, 인종적 정치적 소수자에 대한 증오감, 정복과 지배에 대한 갈망, 독일 민족과 '북유럽 인종'에 대한 찬미 따위의 나치 이데올로기는 매력덩어리였다.

이들 독일 하류 중산계층은 몇 가지 역사적 특성이 있다. 강자에 대한 사랑, 약자에 대한 혐오, 소심함, 적개심, 인색함, 금욕주의가 그것이다. 인생관이 협소한 그들은 다른 나라 사람들을 못 믿으며 몹시 싫어한다. 억측하기를 좋아하고 질투심이 강한데다 질투를 도덕적인 분노로 합리화한다. 그들의 삶은 심리적으로나 경제적으로나 결핍의 원칙을 따른다.

나치즘에 대한 프롬의 동시대적 고찰(프롬은 『자유로부터의 도피』를 1941년에 썼다)은 의외로 현재적인 의미가 풍부하다. 예컨대 '정보의 강조'에 대한 비판적인 생각을 보라!

"보다 많은 사실을 알면 알수록 실제의 지식에 보다 확실하게 도달한다는 슬픈 미신이 널리 퍼져 있다. 산발적이며 서로 상관없는 사실들이 학생들의 머릿속에 주입된다. 그들의 시간과 에너지는 사실을 보다 많이 주입받기 위해 소비되어 거의 생각할 틈조차 없다. 분명히 사실에 대한 지식이 없는 사고는 공허하며 허구적이다. 그러나 '정보'만으로는 정보가 없는 것만큼이나 사고에 장애가 된다."

9

청년 마르크스의 휴머니즘과 '소외'

칼 마르크스의 『1844년의 경제학-철학 수고』

위대한 사상가와 예술가의 철학세계와 작품세계는 한마디로 규정하기가 곤란하다. 그래서 구분을 짓기도 한다. 헤겔 사상은 후대에 끼친 영향에 따라 '청년 헤겔(Junghegelianer, 헤겔 좌파)'과 '노장 헤겔(Althegelianer, 헤겔 우파)'로 나뉘고, 피카소의 청년기 화풍은 '청색시대'와 '적색시대(장밋빛시대)'로 구별한다.

칼 마르크스(Karl Marx, 1818~83)도 예외가 아니어서 그의 저서는 『자본』과 그 이전의 저작으로 나눌 수 있다. 마르크스의 초창기 저술인 『1844년의 경제학-철학 수고』(강유원 옮김, 이론과실천, 2006)는 그의 책 중에서 독특한 위치를 점한다. 이 책은 마르크스의 생전에 출간되지 않았다. 1932년 초고(Manuskripte) 형태로 발견되어 뒤늦게 빛을 보았다. 사람의 얼굴을 지닌 사회주의를 바라던 이들에게 환대를 받았고, 프랑크푸르트학파의 비판이론에 젖줄이 되기도 했다.

150쪽밖에 안 되지만 이 책의 내용은 매우 어렵다. 이 책에 비하면, 분량이 비슷한 마르크스와 엥겔스의 『공산당 선언』(1848)은 쉬운 편이다. 마르크스 사상의 맹아인데다 원고를 깔끔하게 다듬지 않은 초고여서 난해함이 더한 것 같다. 그렇지만 이 책은 마르크스의 사상에서 큰 의미가 있다. 마르크스 · 엥겔스 전집(*MEGA*)의 해설자는 『경제학-철학 수고』가 경제학 연구를 개괄하고 주류 경제학에 비판적으로 대결하려는 마르크스의 첫 번째 시도로 본다.

『경제학-철학 수고』는 마르크스가 젊은 시절 작성한 세 권의 노트를 엮은 것이다. 임금 · 자본의 이득 · 지대地代를 다룬 첫째 노트는 부르주아 사회의 계급구조, 봉건제 해체에서 부르주아지의 역사적 역할, '인간 해방'의 실현을 위한 프롤레타리아트의 역사적 역할 등에 대한 본질적인 통찰이 바탕을 이룬다. 둘째 노트에선 리카도의 이론을 위대하고 필연적인 진보이자 사적 소유의 이해를 직접적이고도 솔직하게 대변하는 것으로 평가한다. 셋째 노트는 전체적으로 논리적인 틀을 갖춘 완결된 논문이 아니라 서로 다른 여러 종류의 글로 이뤄져 있는데 노동 분업과 화폐에 관한 단편이 들어 있다.

세 개의 초고가 출판되자 학자들은 청년 마르크스의 휴머니즘과 '소외疎外' 개념에 주목하였다. 첫째 초고에서 마르크스는, 국민경제학은 노동자(노동)와 생산물의 직접적 관계를 고찰하지 않음으로써 노동의 본질 속에 깃들어 있는 소외를 은폐한다고 지적한다. 부연하면, "이 점은 확실하다. 노동은 부자를 위해서는 기적을 생산하지만, 노동자를 위해서는 궁핍을 생산한다. 노동은 궁전을 생산하지만 노동자를 위해서는 지옥을 생산한다"는 것이다. 또, 첫째 초고에는 마르크스의 널리 알려진 인간에 대한 정의가 나온다.

"인간은 유적 존재類的 存在다. 인간은 실천적으로나 이론적으로나 유類, 곧 자기 자신뿐만 아니라 그 밖의 다른 사물들의 유를 자신의 대상으로 삼으며, 또한 동시에―이것은 동일한 주제의 또 다른 표현이다―인간은 지금 살아 움직이는 유로서의 자기 자신과 관계를 맺고 있다. 곧 인간은 총괄적인(universal), 따라서 자유로운 존재로서의 자기 자신과 관계를 맺는다."

셋째 초고에선 돈에 대한 성찰이 인상적이다. '그대의 돈은 진정한 능력'이라거나 "그대는 그대에게 속한 모든 것을 판매할 수 있는 것으로, 곧 유용한 것으로 만들어야 한다"는 관점을 맛 뵈기로 보여 준 다음, 「화폐」에서 돈의 속성과 본질을 본격적으로 파헤친다. 괴테의 『파우스트』한 구절과 셰익스피어의 『아테네의 티몬』한 대목을 인용하고 나서, 마르크스는 돈으로 할 수 있는 일들을 열거한다.

"화폐는 신실함을 비신실함으로, 사랑을 미움으로, 미움을 사랑으로, 덕을 패덕悖德으로, 패덕을 덕으로, 종을 주인으로, 주인을 종으로, 어리석음을 오성으로, 오성을 어리석음으로 전환시킨다." 이것만이 아니다. "용감성을 구입할 수 있는 사람은 비록 그가 비겁하다 할지라도 용감하다." 한마디로 돈은 전능하다. 못하는 게 없다. 이어 마르크스는 사랑은 주는 게 아니라 받는 거라고 말한다.

"만일 그대가 사랑을 하면서도 상대방의 사랑을 불러일으키지 못한다면, 다시 말하자면 그대의 사랑이 사랑으로서 발현되면서도 상대방의 사랑을 산출하지 못한다면, 그리하여 그대가 사랑하는 사람으로서 그대의 삶을 표현했는데도 이를 통해 그대를 사랑받는 인간으로 전화시키지 못한다면, 그대의 사랑은 무력한 사랑이요 하나의 불행에 지나지 않을 것이다."

미국의 정치학자 마샬 버먼은 혈기 왕성하던 젊은 날, 토론상대였던 교수로부터 사람이 어떻게 살아야 하는가에 관한 대안적 전망을 제시하는 책으로 『경제학-철학 수고』를 추천받아 읽고서 감동에 휩싸인다. 감동을 못이긴 버먼은 책을 여러 권 구입해 이런 말과 함께 그의 주변 사람들에게 나눠 준다. "읽어보면 깜짝 놀랄 겁니다. 물론 마르크스의 책이지만, 우리가 흔히 알고 있는 마르크스가 되기 이전에 쓴 겁니다. 이 책은 우리의 삶 전체가 어떻게 잘못되어 있는지 보여 주지만, 또 당신을 행복하게도 해줄 겁니다."

버먼은 마르크스의 초창기 에세이들이 '교양(Bildung)'과 소외된 노동의 갈등을 명료하게 표현한다고 본다. 여기에다 마르크스는 "위대한 문화 전통의 일부이며, 고통을 겪는 근대인을 동정했다는 점에서" 키츠, 디킨스, 조지 엘리엇, 도스토옙스키, 카프카와 같은 위대한 근대인이다. 하지만 마르크스는 "그 고통이 어떻게 만들어지는지를 알아냈다는 점에서 유일무이한 존재"다.

『경제학-철학 수고』에서 그에게 읽히는 '마르크스주의 휴머니즘'은 1950년대의 문화와 1960년대 문화의 종합이고, 획기적인 도약과 환희에 대한 갈망과 결합된 복잡성, 아이러니, 그리고 역설을 위한 감수성이다. '마르크스주의 휴머니즘'은 고통을 주는 역사 속에서도 안락함을 느끼게 도와줄 수 있으며, 이것 덕분에 "사람들은 자신들이야말로 '전인적 인간의 욕구'를 지닌 '전인적 인간'임을 깨닫고, 자신들에겐 생각한 것 이상의 무언가가 있다는 사실을 깨우칠 수 있다."

10

어떤 것이 공동사회이고, 어떤 것이 이익사회인가

페르디난트 퇴니스의 『공동사회와 이익사회』

어떤 것이 공동사회이고, 또 어떤 것이 이익사회인지 가려내라는 건 쉬운 문제에 속한다. 정작 1980년대 초반 '세계사상전집'의 한 권으로 칼 만하임의 저서와 함께 묶인 『공동사회와 이익사회/이데올로기와 유토피아』(황성모 옮김, 삼성출판사, 1982)는 쇄를 거듭했으면서도 일반 독자와는 거리가 있었다. 그나마 이 번역본마저 절판되어 헌책방에서 나 구할 수 있는 실정이다.

독일의 사회학자 페르디난트 퇴니스(Ferdinand Tönnies, 1855~1936) 는 보수적 성격을 지녔으나, 사상과 정치적 성향은 꽤 진취적이었다. 그는 사회주의와 노동조합 운동에 큰 관심이 있었고, 소비조합운동에 참여했으며, 핀란드와 아일랜드의 독립운동을 지지했다. 『공동사회와 이익사회 Gemeinschaft und Gesellschaft』(1887)에는 그런 측면들이 잘 나타 난다. 이 책은 퇴니스가 독일의 킬 대학에서 취득한 교수자격논문 (1881)을 바탕으로 한다.

책에선 논하는 순서가 바뀌었지만 공동사회와 이익사회를 이해하 려면 '본질의지'와 '선택의지'에 대해 먼저 알아둬야 한다. 퇴니스는 이 책의 목적은 '인간의지'를 파악하는 거라고 하면서 이를 둘로 나눈다. '자연의지'라고 해도 무방한 '본질의지(Wesenwille)'는 여러 가지 행동 가운데 고의성 없는 행동 의지를 말한다. '선택의지(Kürwille)'는 합리적·의식적 의지를 일컫는다.

본질의지에서 나타나는 어떤 사회적 실체의 일반개념이 '공동사회'라면, '이익사회'는 선택의지에서 나타나는 사회적 실체의 일반개념이다. 여기서 퇴니스가 생각하는 '사회적 실체'란 각 개인에게 어떤 일정한 요구를 제시하고 그들에게 의무를 부과하는 동시에 권리를 부여하면서, 그 속에 있는 개인들에 대해서 어느 정도 객관적인 존재로서 작용하는 욕구의 한 형태다. 또한, 퇴니스는 공동사회와 이익사회가 이념형(理念刑, Idealtypen)이라기보다는 규범형(規範型, Normaltypen)에 가깝다고 본다. 공동사회와 이익사회는 사회 결합의 두 가지 형태다.

게마인샤프트(공동사회)는 그 어떤 특정한 의도에 근본을 두지 않고, 구성원이 서로 감정적으로 융합하고, 전인격全人格을 지닌 자들끼리 결합하여 운명을 함께 하는 결합형태를 말한다. 어머니와 자식, 부부, 형제 사이에서 공동사회적 결합이 가장 두드러진다. 특히, 가족 내부에서 어머니와 자식의 결합은 게마인샤프트의 가장 순수한 형태다.

공동사회가 그 본질을 발전시키고 형성해 나가는 관계의 진정한 기관器官은 언어다. 모자간의 깊은 이해심으로 어머니에게 배운 모국어가 가장 자연스럽고 활기차게 생성되는 것은 두 말할 나위없다. 비록 언어를 통해 개념에 대한 많은 표현체계가 만들어진다 해도 언어 자체는 인공적으로 만들어지지 않는다. 공동사회의 현실성을 가장 보편적으로 나타내는 것은 가족의 이념이다.

게젤샤프트(이익사회)는 그 구성원의 확실한 의도에 따라서 성립되는 결합형태다. 각자의 이익을 효과적으로 추구하기 위하여 그 목적에 관계되는 인격의 일부분만을 서로 결합시킨다. 일반적으로 상인들, 사업 또는 회사, 주식회사들이 국내외 시장 및 주식거래에서 서로 병립하는 곳에선 이익사회의 성격은 굴절되어 나타난다. 이익사회에서는 모든 사람이 각자 자신의 이익을 추구할 뿐, 다른 사람이 자기 이익을 추구하는 것을 긍정하고 상관하지 않는다. 이에 따라 만인의 만인에 대한 긴장감은 수면 아래로 잠복한다.

퇴니스의 이익사회 이론은 자본주의 경제의 작동원리에 관한 탐구이기도 하다. 그는 주식회사가 아니라 노동자 이익사회가 물품과 가치를 만들어낸다고 여긴다. 또 노동을 모든 가치의 원천으로 본다. 그러나 리카도-로베르투스-마르크스로 이어지는 노동가치론과는 선을 긋는다. 물론 그 핵심과 기본사상은 인정하고 노동만이 새 가치를 창조한다는 명제를 지지한다. 하지만 퇴니스는 때로는 노동이 노동을, 때로는 노동이 적합한 생산수단을 갖고서 같은 시간 안에서도 다양한 가치를 창조한다는 사실에 더 주목한다.

공동사회와 이익사회는 대조적이다. 우선, 공동사회는 오래된 것이고 이익사회는 새로운 것이다. 공동사회시대는 일치조화·인습·종교 같은 사회적 의지에 따라, 이익사회시대는 협약·정치·여론에 따라 특징지어진다. 공동사회는 연속적인 진정한 공동생활이며, 이익사회는 일시적이고 외양적인 생활이다. 이익사회란 사람에 의하여 성취되는 것이지만, 누구도 공동사회의 성취를 타인에게 맡길 순 없다. 퇴니스가 '공동사회'를 강조할 때는 친밀하고 기분에 알맞은 사회생활의 형성체라는 뜻이 담겨 있고, '이익사회'라고 할 때는 냉정하고 목적결정적인 사회생활을 의미하는 경향을 보인다.

그렇다고 공동사회와 이익사회의 개념이 엄격하게 구분되거나 동떨어져 있는 건 아니다. 왜냐하면 순수하게 이익사회적 사회질서는 있을 수 없고, 생각할 수도 없어서다. 결코 인간은 지능과 이성만으로 그의 사회적 태도를 결정하진 않는 까닭이다. 마찬가지로 사회관계가 공동사회적 관계에 입각해서만 존재한다고 보기도 어렵다.

이 책은 한때 우리 지식인 사이에서 유행했던 '컨센서스'의 뜻을 명확하게 새긴다. "상호 공동적이며 구속성을 가진 심정心情은 한 공동사회의 고유한 의지로서, 여기서는 '합의(consensus)'라고 부르고자 한다. 그 심정은 특수한 사회적 힘과 공감이며, 그것은 인간을 전체의 구성원으로서 통합한다."

퇴니스가『공동사회와 이익사회』에서 전개한 자본주의 비판은 게젤샤프트는 자유로운 게마인샤프트에 의해 극복돼야 한다는 점을 시사한다. 아울러 그는 모든 사회적 연합체를 유기체로 보는 낡은 사회이론과 그것을 계약에서 발생한 장치로 보는 합리주의적 사회이론을 모두 극복한다. 사회적 실체의 두 가지 존재형태는 함께 존재할 수 있다는 것이다.

11

어린 왕자와 그 '신하'들

『어린 왕자』와 부속도서 읽기

어려서 읽은 것은 손바닥만 한 '영한대역' 『어린 왕자』였다. (『어린 왕자』는 영어판과 불어판이 거의 동시에 나왔기에 영어로 된 『어린 왕자』는 일정한 '지분'이 있다.) 나는 당연히 우리말로 된 부분만 읽었다. 작은형이 영어독해력을 늘리고자 장만한 『어린 왕자』의 '국역' 내용은 대부분 잊었다. 책을 읽고 나서 한참 후, 어린 왕자의 프랑스어 '어린'과 프랑스어 소시민의 '소'가 같다(petit)는 걸 알고 '그렇군!' 했던 기억이 오히려 또렷하다.

이번에 읽은 『어린 왕자』(문학동네, 2007)는 김화영 교수가 옮겼다. 우선 작가의 긴 이름이 눈길을 모은다. 앙투안 마리 로제 드 생텍쥐페리(Antoine Marie Roger de Saint - Exupery, 1900~1944). '생텍스'는 작가의 애칭이다. '토니오'라고도 한다. 아무리 전에 읽은 것의 기억이 흐릿해도 『어린 왕자』의 아이콘인 "코끼리를 삼키고서 소화시키는 보아구렁이를 그린" 삽화마저 잊을 순 없었다.

"그게 바로 바오밥나무의 씨였다. 그 별의 땅에는 온통 바오밥나무 씨가 널려 있었다. 그런데 바오밥나무란 자칫 손을 늦게 쓰면 영영 없앨 수 없게 된다. 그놈은 별 전체를 다 차지하면서 그 뿌리로 별에 구멍을 뚫어놓는 것이다. 그래서 별은 작은데 바오밥나무가 너무 많게 되면 별이 산산조각나고 마는 것이다."

어린 왕자의 '왕국' 혹은 '주거지' B612호 소혹성을 위협하는 바오밥나무의 존재감을 예전엔 실감하지 못했다. 여행사진가 신미식의 포토에세이 『나는 사진쟁이다』(푸른솔, 2007)에서 실물을 보고 나서야 '위용'을 알 수 있었다. 마다가스카르의 바오밥나무들은 크기도 엄청나거니와 잔가지 없이 곧게 뻗은 매끈하고 굵직한 몸통이 인상적이었다.

'길들인다'와 '간단한 비밀'은 길을 나선 어린 왕자가 일곱 번째 행선지에서 만난 여우가 들려준 '철학'이다. '길들인다'는 '관계를 맺는다'는 뜻이다. "네가 나를 길들인다면 우리는 서로를 필요로 하게 되는 거야. 너는 내게 이 세상에서 하나밖에 없는 존재가 되는 거야. 난 네게 이 세상에서 하나밖에 없는 존재가 될 거고……" 그리고 잊지 말아야 할 것. "네가 길들인 것에 대해서 너는 영원히 책임이 있는 거야. 너는 네 장미꽃에 대해 책임이 있어."

뒤표지 커버에도 있는 여우가 왕자에게 들려준 비밀은 105쪽에 나온다. "그럼 비밀을 가르쳐줄게. 아주 간단한 거야. 오직 마음으로 보아야 잘 보인다는 거야. 가장 중요한 건 눈에 보이지 않아." 다음은 내 눈에 띈 구절이다. "해가 뜰 무렵이면 모래가 꿀 빛깔이 된다." 이 책은 권말의 '생텍쥐페리 연보' 말고는 별다른 군말이 없다. 여기엔 이유가 있다.

김화영의 『어린 왕자를 찾아서』(문학동네, 2007)는 단행본 '역자 후기'다. 프랑스에서 불어판이 출간된 1946년을 기준 삼아도 『어린 왕자』는 환갑이 훨씬 넘었다. "그러나 어린 왕자는 늙지 않는다. 그것이 '어린' 왕자의 본질적 의미인 동시에 존재 이유다. 어린 왕자는 영원히 어리고 영원히 변함없는 순수함의 광채로 우리의 마음 깊은 곳에서 사막의 샘물처럼 되살아난다."

『어린 왕자』는 출판 기록을 몇 가지 보유하고 있다. 먼저 160개 국어로 옮겨졌다. "최근에는 남부 아프리카의 쇼사어 번역이 나왔다." 8,000만 부가 팔린 세계적 베스트셀러다. 무단번역과 해적판을 합하면 "일억 부를 육박할 것으로 추산된다." 1,100만 부에 이르는 프랑스에서의 판매량은 "단일 책으로는 최고의 기록이다."

한편 "『어린 왕자』는 글로 쓴 '이야기'가 저자의 독특한 '그림'과 하나의 유기적인 전체를 이루고 있다는 점이 그 특징인 동시에 매력이다." 이를 2006년 갈리마르 판 생텍쥐페리 『데생집』 편집자 알방 스리지에는 다음과 같이 부연한다. 생텍쥐페리의 "데생은 그의 우화의 가장 귀중한 보조물이 되어 사물과 존재들에 던지는 순진한 시선, 내면적인 울림이 풍부한 진정한 시선을 억압하는 모든 것으로부터 우리들 저마다가 해방될 것을 권유하는 것이다."

생텍쥐페리는 망명지 뉴욕에서 『어린 왕자』를 썼다. "『어린 왕자』는 1942년 미국 어린이들을 위한 크리스마스 선물용으로 주문 생산된 작품이다. 생텍스가 그때 미국에 있지 않았다면, 그리고 그의 출판사, 에이전트, 번역자가 강권하지 않았다면 결코 이 작품을 쓰지 않았을 것이다."(올리비에 다게)

생텍쥐페리는 1943년 3월, 뉴욕에서 영어로 먼저 출판된 『어린 왕자』를 두 사람한테 바쳤다. 눈에 보이는 헌사는 "레옹 베르트에게"다. 그는 22년 연상의 친구로 작가 겸 평론가다. 레옹 베르트에게 책을 바치는 세 번째 이유는 친구가 유대인이기 때문이다. "그 어른이 지금 프랑스에 살고 있는데 그곳에서 춥고 배고픈 처지에 놓여 있다는 점이다."

생텍쥐페리가 마음속으로 『어린 왕자』를 바친 대상은 그의 아내 콘수엘로다. 생텍스는 아내에게 보낸 편지에서 누구를 위해 『어린 왕자』를 썼는지 밝혔다. "알다시피 장미는 바로 당신이야. 내가 당신을 항상 돌봐주지는 못했지만 나는 늘 당신이 예쁘다고 생각했소."

김화영은 "『어린 왕자』가 비교적 단순하지만 정교한 환유(換喩, metonymie)의 연쇄로 이루어져 있다는 사실"에 주목한다. "수사학에서 흔히 말하는 '환유'는 하나의 현실 A를 가리키는 낱말이 실제로든 생각으로든 인접성, 공존성, 의존성의 상관관계에 의하여 현실 B를 대신할 때 그 관계의 비유방식을 두고 하는 말이다."

『어린 왕자』의 환유체계는 모자, 상자 속의 양, 어린 왕자의 별, 꽃이 홀로 남아 있는 별, 어딘가에 우물이 있는 사막, 보물이 감춰진 오래된 집으로 짜여 있다. 김화영 교수가 본문에선 생략했지만, 각주를 통해 보충한 바오밥나무의 상징은 이렇다. "바오밥나무는 작자가 멀리 두고 온 유럽을 휩쓸고 있는 독일 나치즘의 상징이라는 몇몇 해석자들의 주장은 상당한 설득력이 있다."

불문학자 민희식 선생이 번역한 『어린 왕자-해설판』(문학출판사, 1986)에는 역자의 「어린 왕자의 심층분석」이 실렸다. 약간 무겁게 읽히는 '심층분석'은 『어린 왕자』를 조목조목 '다시' 해석한다. 본문을 앞세우거나 뒤세운 다음, 분석을 시도한다. 예컨대 이런 식이다.

"지구는 흔히 볼 수 있는 그런 별이 아니다! 그곳에는 1백 11명의 왕과(물론 흑인 왕도 포함해서), 7천 명의 지리학자와 90만 명의 실업가와 7백 50만 명의 술꾼과, 3억 1천 1백만 명의 허영장이, 다시 말해서 거의 20억 가량의 어른들이 살고 있다."(p. 58)

그리고 이에 대한 분석이 뒤따른다. "정확한 통계에 의한 듯이 표현된 이 가공架空의 거대한 숫자의 나열은 저 유명한 16세기의 풍자작가 라블레를 연상케 한다. 그런데 '흔히 볼 수 있는 그런 별이 아닌' 지구임에도 불구하고 거기에는 특별난 다른 것이 있는 게 아니다. 왕, 지리학자, 실업가, 술꾼, 허영장이, 점등인 등 어린 왕자가 이제까지 만나고 온 어른들이 숫자만 몇 천 배, 몇 억 배로 늘어나 있을 뿐이다.

다시 말해서 지구는 이제까지의 소혹성들과 이질적異質的인 존재가 아니라, 단순히 그들의 수량적 확대일 뿐이다. 그래서 소혹성에서는 점등인 하나가 밤에 한번 가로등에 불을 켰다가 아침이면 끄게 되지만 지구에서는 대지의 위치에 따라 점등하는 시간에 차이가 있다. 수많은 점등인들은 각기의 대륙에서 점등 순서에 따라 질서정연하게 차례차례로 가로등에 불을 켜면서 화려한 불꽃의 춤을 추는 것이었다."

일본 동화작가 요시다 히로시의 『어린 왕자의 수수께끼가 풀린다 – 생텍쥐페리가 우리들에게 하고 싶었던 이야기』(이가연 옮김, 조미디어, 2006)는 다소 자의적이다. "왜 주인공은 '왕자'여야만 했을까?" 요시다 히로시는 동화작가의 관점에서 답을 구한다. "어른의 비판정신을 겸비하면서도 순진함을 잃지 않는 존재는 '어린 왕자'밖에 없"기 때문이란다.

또 "왜 '어린 왕자'에게는 이름이 없을까?" 이를 요시다 히로시는 "구체적인 이름을 붙임으로써 후에 (등장)인물의 모델이 누굴까 궁금해 하는 독자들에게 잘못된 힌트를 주지 않으려는 의도"로 해석한다. 어떤 면은 부정확하다. "생텍스는 이 작품을 어린 시절의 친구에게 바쳤는데"가 그렇다. 생텍쥐페리는 『어린 왕자』를 "어린 소년이었을 때의 레옹 베르트에게" 헌정했다.

때로 그의 수수께끼 풀이는 '과연 그럴까'라는 의문이 든다. 어린 왕자가 양을 매 놓을 고삐는 필요 없다고 말한 까닭을 "나치의 강제수용소에 대한 항의인 동시에 획일적인 관리사상에 대한 부정"이라고 보는 건 확대해석이 아닐는지.

장 피에르 다비트의 『다시 만난 어린 왕자』(김정란 옮김, 이레, 1998)는 생텍쥐페리가 남겨둔 '여지'에서 출발한다. 우리는 어린 왕자와 재회하기 위해 『어린 왕자』의 마지막 페이지로 되돌아간다. 이 때 길은 끝난 곳에서 다시 시작된다는 말은 '참'이다.

"만일 금발머리를 가진 어떤 사내아이 하나가 당신에게 다가와 미소를 지어 보인다면, 그리고 말을 건네도 아무 대답도 하지 않는다면, 당신은 그 아이가 누군지 알 수 있으실 겁니다. 그러면, 제게 친절을 베풀어 주십시오, 날 이토록 슬픔에 잠겨 있게 내버려 두지 마시고 그 아이가 돌아왔다고 편지를 써서 알려 주십시오……."

『다시 만난 어린 왕자』는 이러한 생텍스의 간절한 바람에 대한 장 피에르 다비트의 응답이다. 미얀마의 아라칸 연안 평야에 있는 '키욕퓨'를 찾아 나선 '안방 모험가'는 얻어 탄 낡은 화물선이 거센 폭풍을 만나 안다남 해의 작은 섬에 표류한다. 그는 거기서 어린 왕자를 만난다. "아저씬 호랑이 사냥꾼이야?"

이 『어린 왕자』의 적극적인 패러디물은 원전原典에 비하면 즉물적이다. 아무래도 원전을 읽을 때만큼의 긴장감은 요구하지 않아서 상대적으로 편안하게 읽을 수 있었다. 하지만 어린 왕자가 "중간 정도의 크기를 가진 별"에서 만난 온통 초록색으로 치장한 남자의 '색깔론'은 매우 불편했다.

어린 왕자가 들른 또 다른 별에 사는 환경주의자는 경직된 사고와 행동을 보인다. 자이나교의 불살생을 본뜬 환경주의자의 행동거지는 우스꽝스럽다. 어린 왕자는 끝내 호랑이 사냥꾼을 만나지 못한다. 그 대신 만난 사자가 들려주는 "인간이란" 정말 "이상한 족속"이다.

"인간은 무엇이든 굴복시키지 않으면 직성이 풀리질 않아. 자기들끼리도 그래. 인간에게는, 모든 것이 조직되고, 정리되고, 구획되고, 합리화되어야만 해. 사실은, 자기 자신도 통제할 능력이 없는 주제에 말야. 인간은 자기 생각만 하면서, 가장 추악한 잔혹행위들을 저지르지. 이렇게 행동하는 이면에는 교만이 숨어 있어. 인간은 자기가 우주의 중심이라고 생각하는 거야."

『다시 만난 어린 왕자』는 우리 독자들의 호응을 얻었다. 내가 이 글을 쓰려고 구입한 2007년 11월 20일 발행의 그 책은 1판 25쇄다. "그게 뭐가 중요해? 집에서 멀리 떨어져 있을 땐, 집은 언제나 여기 있는걸. 그는 가슴이 뛰고 있는 곳에 손을 올려놓고 철학자처럼 말했습니다." 이 대목만으로도 어린 왕자와의 재회는 뜻 깊다.

나는 '돌아온' 어린 왕자도 반가웠다. 만화가 김태권의 『어린 왕자의 귀환-신자유주의(의) 우주에서 살아남는 법』(돌베개, 2009)은 『어린 왕자』의 틀을 가져와 신자유주의 시대의 고단하고 팍팍한 현실을 빗 댄다. 예의 작가의 재치가 빛난다. "서민을위○○○는없다." (229쪽의 핵심어는 선거법 위반으로 엮일 수도 있어 드러내지 않음. 아니, 그렇게 못함.)

"나는 이 책에서 우리 시대의 새로운 이데올로기에 대해 다루고 싶었다. '자연스러운' 경제 논리를 정치적 논리로 재단하지 말라는 참견과 명령을, 우리는 자주 듣는다. 시장원리는 '자연스러운' 것이므로 이데올로기의 대상이 되어서는 안 된다는 것이다. 그러나 이 역시 또 하나의 이데올로기가 아닐까? '보이지 않는 손'은 '겉보기와 달리' 가치 중립적이지 않다."(「작가의 말」)

"사회의 모순적 상황들을 유쾌한 풍자로 비꼬는 이야기, 그리고 그 황당함을 직면하며 난감해하는 주인공들은 김태권 만화 최고의 필살기. 브레이크가 고장난 상태로 전속력으로 달려가느라 바쁜 자본주의 과잉 사회에서, 이 앞은 절벽이라고 딴지를 거는 작업에 더할 나위 없이 적합하다. 5시에 책이 배달된다면 4시부터 설렐 책."(만화평론가 김낙호)

레옹 베르트의 『생텍쥐페리에 대한 추억』(양영란 옮김, 끌리오, 1999)은 절판도서다. 내가 인터넷 헌책방에서 산 첫 책이다. 주문한 이튿날 책이 왔는데, 참 좋다. 내 맘에 쏙 든다. 레옹 베르트와 생텍쥐페리는 또 하나의 '놀라운' 우정 커플이다. 두 사람은 친구간의 나이 차이는 단지 숫자에 불과하다는 것을 보여 준다.

"단 한마디의 말. 일종의 재치 문답이었으나 그보다는 덜 형식적이면서 훨씬 자유스러운 화법. 하지만 이 말을 글자로 옮긴다는 것은 우정을 배반하는 행위이다. 주고받았던 말은 글로 옮겨 적지 말아야 한

다."(레옹 베르트, 1940년 10월 15일 일기)

"그에게 너무 많은 빚을 지고 있다. 그는 내 젊음을 되찾아주었다. 내가 젊음을 잃고 쩔쩔맬 때 그는 새로운 젊음을 내게 선사한 것이다.(레옹 베르트, 1940년 11월 16일 일기)

"레옹 베르트 그리고 쉬잔, 나를 당신들과 같은 행성에서 살게 해준 축복받은 우연 덕분에 늘 기쁩니다. 게다가 동시대에 살 수 있으니 더욱 고마운 우연이지요! 우주에 떠다니는 그 엄청난 별들과 끝없는 시간들을 생각해 본다면, 그건 거의 천에 하나, 만에 하나라도 일어나기 힘든 우연이지요."(토니오의 편지)

"절대로 실망하지 않을 수 있을 때 진정한 우정을 깨달을 수 있다." (생텍쥐페리) 그리고 "생텍쥐페리의 우정에는 체면을 차리기 위한 점잔 빼기는 없다. 그의 우정은 친구가 내심 털어놓고 싶어 하면서도 차마 그러지 못하고 애써 감추려 드는 고통을 알아차리지 못하는 행동은 용납하지 않는다."

"우정이 성립하려면 최소한 두 사람이 있어야 한다. 독일군 점령 치하에서 그가 대서양 너머에까지 들리도록 나에 대한 우정을 큰소리로 외친 것은, 자신의 충실한 마음을 전달하기 위해서는 그것을 공개하는 수밖에 다른 방법이 없었기 때문이다."

『생텍쥐페리-지상의 어린 왕자』(나탈리 데 발리에르 지음, 김병욱 옮김, 시공사, 2000)는 화보가 풍성한 작가의 전기다. 시공 디스커버리 총서로 출간된 이 책의 저자는 생텍쥐페리의 종손녀. 그런 인척관계 덕분에 생텍스의 생애와 작품에 관해 잘 알게 되었다고 한다. 생텍스의 풀 네임, 정말 길다. "금세기 첫해 초여름, 앙투안 장 밥티스트 마리 로

제 드 생텍쥐페리는 리옹에서 태어난다."

『어린 왕자』 관련 내용은 생각보다 적은데, 지혜로운 여우의 모델은 생텍스의 여자 친구 실비아 라인하르트다. "별을 보고 길을 찾는 모든 이들과 비행사들의 책들 틈에서 『어린 왕자』 같은 동화가 아직 튀어나올 수 있는 것이라면, 그림 형제가 없다고 슬퍼할 필요가 없을 것이다."(『메리 포핀스』의 저자 P. L. 트래버스)

"언제나 생텍쥐페리는 원고를 늦게 보내곤 했다. 일단 원고가 작성되면 파리로 전화를 걸어 속기타자수에게 불러주었다. 언젠가는 여타자수가 눈물을 흘리는 것을 보고 편집장이 놀라 저자에게 무슨 일이 있는지 물어본 적이 있었다. 그러자 그 아가씨는 리포터가 보낸 글의 아름다움에 감동하여 한 문장씩 타자해 나가는 동안 눈물을 멈출 수 없었노라고 설명했다고 한다."

생텍쥐페리는 우정을 매우 중요시했다. "오랜 친구는 만들 수 있는 게 아니다." 그런데 프랑스에서 생텍스의 작품을 독점 출판한 갈리마르 출판사의 단순한 표지 장정이 어딘지 눈에 익다. 지금은 절판된 어느 출판사의 총서시리즈 표지가 이와 비슷했다. 설마 베꼈나? 아무튼 내가 보기에 한국판 어린 왕자는 프로야구계의 김원형 투수다.

12

'영혼은 자연적 실체의 제일 현실태'

아리스토텔레스의 『영혼에 관하여』

아리스토텔레스(Aristotle, BC 384~322년경)의 『영혼에 관하여』(유원기 역주, 궁리, 2001)는 가독성 있는 번역문과 역주자가 붙인 상세한 각주에도 불구하고, 20여 년 전 읽은 그의 『시학』만큼이나 쉽지 않다. 아리스토텔레스의 『시학』은 어찌나 난해하던지 지금 기억에 남아 있는 내용이 하나도 없을 뿐더러 움베르토 에코가 『장미의 이름』에서 이 책을 수도원 도서관의 장서 가운데 가장 흥미로운 책으로 설정한 것이 의아할 정도다.

아리스토텔레스는 방대한 저작을 남겼다. 현전하는 그의 작품은 위작의 의심이 드는 16개를 제외해도 32개에 이른다. 그 중에 처지는 작품이 거의 없는 아리스토텔레스는 전집의 작가다. 또한 그의 작품은 밀접하게 서로 얽혀 있다. 이러한 상호연관성은 아리스토텔레스 작품의 까다로움을 더하는 요소로 작용한다. 하여 그의 작품 가운데 달랑 하나만 읽고선 '완결된 사상'을 찾기가 어렵거니와 여러 작품을 겹쳐 읽지 않는다면 아리스토텔레스의 전반적인 이론은 감을 잡기조차 어렵다.

『영혼에 관하여』(기원전 335년경)는 아리스토텔레스 사상의 완숙기에 씌어진 작품으로 평가받고 있으며, 후대 학자들은 이 작품을 일련의 '자연학 단편집'과 함께 심리 철학적 저술 목록에 집어넣는다. 이 책에서 그는 크게 두 가지 주제를 이야기하는데 영혼을 가진 생물들이 지닌 능력과 기능이 그 하나고, 다른 하나는 생물들이 그러한 능력을 수행하는 과정에 따르는 영혼과 신체의 관련성이다. 영혼을 가진 생물을 식물, 비지성적 동물, 지성적 동물인 인간 등 셋으로 나누는 아리스토텔레스는 이들에게 영양섭취, 감각, 욕구, 장소운동, 사고력 같은 다섯 가지 능력이 있다고 본다.

아리스토텔레스가 말하는 영혼은 다의적이다. 희랍어로 '영혼(psyche)'은 식물과 동물은 갖고 있으나 생명 없는 것들은 갖고 있지 않은 모든 힘을 뜻한다. 하지만 영혼은 마음, 정신, 심리, 사고, 생각, 지식 따위로 얼마든지 해석할 수 있다. 단, 신념은 영혼의 등가물이 될 수 없다. 아리스토텔레스는 사고가 신념과 같지 않다는 것은 분명하다고 단언한다. 왜냐하면 상상이 없이는 신념이 발생하지 않는 까닭이다. 또한, 상상은 감각과도 다르고 추론적 사고와도 달라서다.

영혼의 담지자를 식물과 동물로 한정하는 아리스토텔레스는 바위에도 영혼이 깃들어 있다고 믿는 원시신앙과는 한 발짝 떨어져 있는 셈이다. 아리스토텔레스는 정령주의(精靈主義, 애니미즘)에서 산천과 초목을 분리했으나, 동·식물의 어디에 영혼이 깃들어 있는가는 명확한 해명을 못했다. "그것(=영혼)은 신체가 아니지만, 신체와 관련된 어떤 것이며, 따라서 신체에, 어떤 특정한 종류의 신체에 속한다." 영혼의 거처에 대한 아리스토텔레스의 설명은 정신작용을 '물질대사의 고양된 상태'로 보는 유물론적 시각과 일맥상통하는 것처럼 보인다. 오늘날의 의학상식에 비추면, 영혼의 거처는 의당 뇌가 될 터이다. 하지만 마음의 거처가 심장이라는 속설 또한 건재하다. 역시 은유적 표현이기는 하나 '위장이 또 하나의 뇌'라는 견해 역시 설득력을 얻고 있다.

아리스토텔레스는 '영혼은 신체 없이 존재할 수 없으며, 또한 그 자체가 신체의 일종도 아니다'라고 생각했던 사람들의 견해를 존중한다. 그런데 목숨이 다 하고 난 이후, 영혼의 존재 여부에 대해서는 별다른 언급이 없다. 단지, 영혼이 신체를 떠나면, 신체는 해체되고 부패하는 걸로 여겼다. 그러나 아리스토텔레스는 적어도 영혼불멸을 믿진 않았던 걸로 보인다. 이 점은 그가 내린 영혼에 관한 정의에서 미뤄 짐작할 수 있다. "영혼은 반드시 '생명을 잠재적으로 가지는 자연적 신체'의 형상이라는 의미에서의 실체여야 한다." 그러니까 아리스토텔레스가 그의 '영혼론'에서 감각에 대한 설명에 많은 지면을 할애하고, 먹어야 산다는 논리*를 구사한 것은, '영혼은 생명을 잠재적으로 가지는 자연적 실체의 제일 현실태'라는 자신의 영혼관에서 비롯한 것이다.

『영혼에 관하여』에서 아리스토텔레스는 '형상'과 '질료'라는 개념을 '영혼'과 '신체'로 표현을 바꿔 논의를 전개한다. 자신의 독특한 철학인 질료/형상 개념을 영혼론에 적용한 것이다. 아리스토텔레스에게 질료質料는 "형상形相에 대응하는 개념이다. 예컨대 집의 구조를 형상이라 한다면, 재목材木 등이 질료이다. 질료는 형상에 의해서 한정되는 것이며, 형상이 실현될 가능성으로 간주되고 있다. 목재는 집에 있어서는 질료이지만, 목재로서의 형상도 지니고 있다. 이와 같이 양자의

---

* "살아 있고, 영혼을 가진 모든 (생물들은) 태어나서 죽을 때까지 반드시 영양 섭취혼을 가져야 한다."

관계는 상대적이다."(『철학사전』, 이삭, 1983, 355쪽)

질료와 형상의 관계가 상대적이라는 『철학사전』의 설명에 주목할 필요가 있다. 곧, 몸이 질료이고, 영혼이 형상이라고 간주할 수도 있으나 몸과 영혼은 불가분의 관계에 있다고 보는 편이 더 타당할 듯싶다. 이에 대해 아리스토텔레스는 다음과 같이 말한다. "(영혼은) 형식 또는 형상이며, 질료나 주체가 아니다. 이미 말했듯이, 실체는 '형상, 질료, 그리고 그 두 가지로 구성된 것'의 세 가지 의미로 말해질 수 있다. 이 가운데 질료는 잠재태이며, 형상은 현실태이다. 그 두 가지로 구성된 것은 '영혼을 가진 것'이므로, 신체는 영혼의 현실태가 아니며, (오히려) 영혼이 어떤 신체의 현실태이다."

질료와 형상, 육체와 영혼의 이분법은 현대적 죽음의 판정에 논란거리를 제공한다. 질료와 형상의 스러짐 사이에 시차가 거의 존재하지 않았던 과거에는 영혼의 죽음은 그대로 육체적 죽음을 의미했다. 하지만 의학기술 발달에 따라 영혼의 죽음이 육체적 죽음을 뜻하지 않는 시대가 도래한다. 뇌사는 육체의 죽음이 동반되지 아니한 영혼의 죽음이라고 할 수 있다. 인공호흡기에 의지해 연명하는 식물인간은 죽은 사람이 아니다.

뇌사와 심장사를 둘러싼 논란은 의료계를 넘어 우리 사회의 뜨거운 감자다. 몇 년에 한 번꼴로 사회적 의제로 부상하지만 이렇다 할 해결점을 찾지 못하고 이내 잠복한다. 이 문제가 사회 구성원들의 주의를 제대로 끌지 못하는 이유는 하루하루를 살아가기도 바쁜 탓도 있지만, 내가 보기에는 뇌사가 장기이식 활성화를 위한 전제조건으로 논의되는 것 또한 뇌사 인정의 걸림돌로 작용하는 것 같다.

13

소크라테스의 입을 빌려 철학을 펼치다

플라톤의 『국가 · 政體』

2002년 12월 18일 밤 10시 30분경 대변인을 통해 발표된 정몽준 씨의 갑작스런 지지철회 선언을 놓고, 네티즌 사이에선 이튿날의 선거결과와 관련한 풍자가 한동안 끊이지 않았다. 그 중에서 내가 가장 공감한 내용은 '시험지 제출 직전 고친 답안은 반드시 틀린다'였다.

답안 고치기의 머피의 법칙은 고대 그리스 철학자 세 사람—소크라테스, 플라톤, 아리스토텔레스—의 영향관계를 묻는 문제에서도 입증될 가능성이 높다. 세 철학자의 연관성을 단순암기한 수험생에게는 더욱 그러하다. 그런데 이 문제에서 답안 고치기의 머피의 법칙을 빠져나갈 확실한 방법이 있다. 세 철학자 중에서 연결고리에 해당하는 플라톤의 저작을 읽으면 문제는 아주 쉽게 풀린다.

플라톤 저작의 독서가 단답형 문제 풀이에만 쓸모 있는 것은 아니다. 서양철학의 바탕을 이해하는 데에도 보탬이 된다. 철학자 알프레드 화이트헤드는 "서양철학의 전통은 플라톤 저작에 대한 일련의 각주"라고 갈파하지 않았던가. 30여 편의 「대화」편 가운데 하나인 『폴리테이아*Politeia*』만 해도 그렇다. 여기에는 근 · 현대 철학자에 의해 재해

석된 철학 용어들이 여럿 등장하는데 에피스테메epistēmē, 독사doxa, 미메시스mimēsis 등이 그런 것들이다.

고전적 저작은 난해하다는 것이 우리의 통념이다. 서양사상의 젖줄이라는 플라톤의 저작은 오죽 어려울까. 하지만 꼭 그렇지만도 않다. 『폴리테이아』는 방대한 분량임에도 잘 읽힌다. 『폴리테이아』가 생각밖으로 술술 읽히는 데에는 이유가 있다. 우선, 대화체로 된 서술 방식이 독서를 용이하게 한다.

플라톤은 대화의 형식을 통해 자신의 철학을 개진한 유일무이한 철학자다. 레제드라마를 방불케 하는 플라톤의 「대화」편에서 소크라테스는 『법률』편을 제외하고, 단골로 등장한다. 후기 「대화」편에서는 소크라테스의 비중이 떨어지는 편이나 중기작에 속하는 『폴리테이아』에서 소크라테스는 당당한 주역이다. 플라톤이 소크라테스의 입을 빌려 자신의 철학을 펼친 것이지만 말이다.

『폴리테이아』에서 대화는 아테네에 있는 케팔로스의 집에서 진행된다. 케팔로스는 시라쿠사이 출신의 거류민으로 방패제조업을 통해 부를 쌓은 상속 재산가이다. 소크라테스는 플라톤의 형인 글라우콘과 함께 아테네의 외항外港 피레우스에서 열린 축제에 갔다가 케팔로스의 아들 폴레마르코스를 만난다. 폴레마르코스의 제의로 그의 집에 잠시 머물게 된 소크라테스는 케팔로스에게 인생역정을 들려달라고 청한다.

케팔로스는 소크라테스의 청을 받아들여 이야기를 시작하지만 얼마 안 있어 뒷전으로 물러나고, 대화는 소크라테스가 주도한다. 그렇지만 책의 서두에서 대화의 중요성을 강조하는 내용은 케팔로스의 발언에 들어 있다. "적어도 내 경우에는 육신과 관련된 다른 즐거움이 시들해짐에 따라, 그만큼 대화에 대한 욕망과 즐거움이 증대된다는 사실을 선생님께서는 잘 아셔야 한다는 말입니다." 여기서 선생님은 소크라테스를 가리킨다.

앞에서 이름이 거명된 네 사람—소크라테스, 케팔로스, 폴레마르코스, 글라우콘—말고 『폴리테이아』에 나오는 대화자로는 제1권에서 소크라테스와 대거리를 하는 이름난 소피스테스인 트라시마코스와 플라톤의 또 다른 형인 아데이만토스가 있다.

유려하면서도 쉬운 번역은 『폴리테이아』의 가독성을 높여 주는 빼놓을 수 없는 요소다. 박종현 교수가 옮기고 주석을 붙인 『국가 · 政體』(서광사, 1997)는 그리스 고전 번역에 평생을 바친 박 교수의 열정이 담긴 책이다. 1972년과 1987년에 번역한 것을 토대로 재번역에 착수한 지 4년 반 만에 맺은 결실이기도 하다.

박종현 교수의 한글판 『폴리테이아』에는 번역자의 열의와 정성이 그대로 드러난다. 특히, 플라톤 사상의 정확한 전달을 위해 우리말 선택에 세심한 주의를 기울인 점이 돋보인다. 제목은 그 단적인 보기라고 할 수 있다. 그간 『폴리테이아』는 '국가' '공화국(론)' 따위로 옮겨졌으나, 박종현 교수는 '정체政體'가 올바른 번역이라고 말한다.

그렇다고 박 교수의 번역에 아쉬운 점이 전혀 없는 것은 아니다. 입말 위주의 직역은 고전의 진입장벽을 깨는 장점이 있는 반면, 자칫 속독으로 인해 의미를 제대로 새기지 못할 우려가 있다. 또한, 희곡의 형태를 취한 다른 한글판과 달리 큰 따옴표 앞에 발언자의 이름이 없어서 말하는 이가 누구인지 헷갈릴 때가 있다. 정신을 바짝 차려야 쉬운 우리말 표현 속에 담긴 플라톤 사상의 고갱이를 놓치지 않는다.

귀동냥이나 다이제스트로 고전을 읽은 것인 양 행세하는 것은 얌체

심보나 다름없다. 하지만 고전을 날 것 그대로 꿀꺽 삼켜 소화하기를 바라는 것 역시 고전을 대하는 바람직한 태도가 아니다. 고전의 이해에는 참고서가 필수다. 들뢰즈와 가타리의 『천개의 고원』(김재인 옮김, 새물결, 2001)의 해설서랄 수 있는 이진경의 『노마디즘』(휴머니스트, 2002)은 해석 대상에 견줘 분량이 거의 곱절에 이른다.

현대의 고전이 이럴진대, 2,400년이나 묵은 플라톤의 저작을 제대로 이해하려면 더욱 풍부한 해설이 필요한 것은 당연지사. 하지만 여기서 참고문헌의 도움을 받는 것은 최소한으로 그칠 작정이다. 이 글의 목적이 고전 연구에 있는 것이 아니라 교양의 함양을 돕는 데 있기 때문이다.

첫번째 참고서인 조지 세이빈의 『정치사상사』(성유보 외 옮김, 한길사, 2008)는 『노마디즘』처럼 두 권짜리인 데다 꽤나 두껍다. 허나, 안심하시라! 우리에게 필요한 것은 첫째권에서 플라톤의 정치사상을 다룬 세 장이다. 그 중에서도 제1부 제4장 「플라톤: 『공화국론』」이 주목을 요한다. 세이빈은 『폴리테이아』를 "분류가 곤란한 책"으로 본다. 그것은 인간의 삶을 전체적으로 다룬 이 책의 내용이 현대의 사회과학 범주를 뛰어넘기 때문이다.

그렇다고 『폴리테이아』가 현대 사회과학의 연구대상에서 배제되는 것은 아니다. 비중이 높다고 판단되는 어느 한 측면을 부각시키면 개별 학문 분과로의 편입이 얼마든지 가능하다. '어떻게 올바른 삶을 살 것인가'라는 주제의식이 저변에 깔려 있다는 점에서 『폴리테이아』는 철학, 그것도 윤리학의 연구대상이 된다. '국가' '공화국' '정체' 등의 번역 제목이 시사하듯이, 정치학자들이 텍스트 분석의 주도권을 쉽게 양보할 것 같지는 않다. 한편, 세이빈은 『공화국론』이 전혀 정치적 저작이 아니라 이제까지 씌어진 책들 중에서 교육에 관한 가장 위대한 저작"이라는 루소의 견해를 언급하고 있기도 하다.

그런데, 나는 이 책이 문학작품으로도 손색없다고 생각한다. 실제로도 헤르만 헤세는 자신의 장서목록인 '세계문학문고'에 플라톤의 저작집을 포함시켰다.

세이빈은『폴리테이아』의 구절을 일부 인용하고 있는데 인용문에 딸린 각주의 출전 지면 표시가 좀 독특하다. "370c"나 "368d"로 되어 있다. 이런 표시는 한글판『폴리테이아』에도 보인다.『국가 · 政體』본문의 좌우 여백에는 372a~621d의 표시가 있다. 이 책의 '일러두기'에 따르면 이 기호를 '스테파누스 쪽수(Stephanus pages)'라고 하는데, 플라톤의「대화」편을 인용할 때는 이 기호를 반드시 쓰게 돼 있다. '스테파누스 쪽수'는 1578년 프랑스 사람 앙리 에스티엔Henri Estienne이 편찬한『플라톤 전집』에서 유래한다. 숫자는 1578년판『플라톤 전집』의 쪽 번호이고, a~d는 각 쪽에 있는 각각의 난欄을 가리킨다. Stephanus는 Estienne의 라틴어 식 표기이다.

그러니까 '스테파누스 쪽수'는 음악으로 치면, 쾨헬이 모차르트의 작품을 분류해 붙인 작품번호인 셈이다. '작은 밤음악(아이네 클라이네 나하트 무직)'이라는 제목으로 잘 알려진 감미로운 멜로디의 모차르트 세레나데 13번의 쾨헬 작품번호는 K.525다.

세이빈은 플라톤이 바람직한 정치형태를 궁구한 끝에 내린 결론—지성에 의한 정부는 소수의 정부일 수밖에 없다—은 '개명전제주의開明專制主義'의 혐의를 지우기 어렵다고 지적한다. "정치가 순전히 과학적 지식의 사항이며 대중은 고도로 훈련된 소수의 전문가들의 수중에 위촉될 수 있다는 가정은 인간이 자신을 위하여 내려야 하는 어떤 결정 사항이 존재한다는 심오한 신념의 여지를 지워 버리는 것이다."

　대중의 정치참여를 배제하는 플라톤의 귀족정치관에 대한 현대인의 비판적 인식은 또 하나의 참고서인 클로드 퓌자드 르노의 『플라톤은 아팠다』(고재정 옮김, 푸른숲, 2001)에서도 발견된다. "우리는 권력이란 태생이 좋고 똑똑하며 기왕이면 잘생기고 힘있는 사람의 것이어야만 한다고 생각했다." 소설에 묘사된 플라톤의 독백이다. 그런 점에서 플라톤은 민중이 관찰자의 위치에서 벗어나 민주 정치라는 경기장에 직접 들어가려는 것을 민주주의의 훼손으로 여겨 몹시 꺼리는 미국 지배층의 스승이라 할 만하다.

　장편소설 『플라톤은 아팠다』는 이질에 걸려 스승 소크라테스의 임종을 지키지 못한 제자 플라톤의 자괴감을 모티프로 하는 독특한 철학소설이다. 이 소설은 『폴리테이아』에서 케팔로스가 화두로 꺼냈던 대화의 유용성을 강조하는 대목이 심심찮게 나타난다.

　"언어의 참 맛은 살아 있는 소크라테스 같은 사람과의 대화를 통해서만 생성될 수 있다고 믿는 걸까?" "소크라테스가 대화를 추진시켜 나갈 때의 그 엄정함과 자유로움의 조화를 나는 얼마나 사랑했던가?" "지혜와 진리는 그것을 구하고자 하는 강렬한 욕망으로 달아오른 사람들 사이의 대화를 통해서만 이끌어낼 수 있다."

　또한 『플라톤은 아팠다』는 플라톤의 이름에 얽힌 정보도 제공한다. 플라톤의 본명이 아리스톤텔레스란다. 플라톤 아버지의 이름이 아리스톤이니 그럴 법도 하다. '어깨 넓은 사람'이란 뜻의 플라톤은 그의 체구에 빗대 붙여진 별명이라는 것. 아리스톤텔레스가 플라톤의 본명이고, 플라톤이 본명으로 불렸다면 소크라테스–아리스톤텔레스–아리스토텔레스의 연관성을 묻는 문제는 답안 고치기에서 머피의 법칙이 더욱 기승을 부릴 것이다.

『폴리테이아』는 분량면이나 내용면에서 플라톤의 대표작이다. 분량이 전체 「대화」편에서 18%를 차지하거니와 '철인 정치'를 비롯한 플라톤 사상의 정수가 담겨 있기 때문이다.

"철학자들이 나라들에 있어서 군왕들로서 다스리거나, 아니면 현재 이른바 군왕 또는 '최고권력자'들로 불리는 이들이 '진실로 그리고 충분히 철학을 하게(지혜를 사랑하게)' 되지 않는 한, 그리하여 이게 즉 '정치 권력'과 철학(지혜에 대한 사랑)이 한데 합쳐지는 한편으로, 다양한 성향들이 지금처럼 그 둘 중의 어느 한쪽으로 따로따로 향해 가는 상태가 강제적으로나마 저지되지 않는 한, 여보게나 글라우콘, 나라들에 있어서, 아니 내 생각으로는, 인류에게 있어서도 '나쁜 것들의 종식'은 없다네."(473d)

철인 치자의 사상을 단적으로 드러낸 구절 외에도 『폴리테이아』에는 '시인 추방론' '동굴의 비유' '이데아론' 같은 플라톤의 기본개념이 대거 등장한다. 이른바 '플라토닉 러브'의 전거를 발견하진 못했지만 그와 비슷한 플라톤의 진정한 사랑관은 눈에 띄었다. "어떤 사람이 뭔가를 사랑한다고 우리가 말할 경우에, 이에 대해 옳게 말하려면, 이 사람이 그것의 일부는 사랑하되 일부는 사랑하지 않는 게 아니라, 그 전부를 좋아한다고 말해야만 된다(네)."(474c)

뿐만 아니라 이 책은 고대 그리스 풍속을 엿보게도 한다. 물론 각주에 나타난 번역자의 부연설명을 통해서지만 말이다. 헬라인들은 포도주 원액을 물과 섞어 마셨는데 아침 식사에서 반주로 먹는 포도주는 원액 그대로였다. 또, 그들은 부정적 의사표시로 고개를 천천히 뒤로 젖히는 짓을 반복했다.

『폴리테이아』는 놀라울 정도로 현재적이다. 그러나 이것은 '어떻게 살 것인가'라는 주제가 그렇다는 것이지, 이에 대한 플라톤의 처방마저 현재성이 있다는 것은 아니다. 150년 전, 마르크스가 내린 처방이 완전히 낡은 것으로 치부되는 형편에서 플라톤의 2,400년 전 해법을 오늘에 적용하는 것은 어불성설이다.

개성이 물씬 풍기는 고전 독서 에세이인 『호메로스와 테레비』(황건 옮김, 한국경제신문사, 1998)에서 미국의 영화평론가 데이비드 덴비는 『폴리테이아』에 나타난 검열의 문제를 꼼꼼하게 따진다. 사실, 플라톤은 검열을 노골적으로 옹호한다. 다음과 같은 대목은 1980년대 신군부에 의한 보도지침의 한 구절을 떠올리게 한다.

"그가 (보기 글) 식으로 그리지도 않도록 말일세. 그러나 우리가 이런 것들보다도 훨씬 더 강하게 요구할 것은 신들이 통곡을 하면서 이런 말을 하는 것으로 묘사하는 일이 없도록 하는 것일세."(388b)

그렇지만, 앞서 인용한 진정한 사랑관에서 보듯, 시공을 초월한 보편적 정서는 생명력이 여전하다. "늙어 가면서는 달리기보다도 더 할 수 없는 게 배우는 것이라네"(536d)는 주희의 권학문을 연상케 한다(少年易老學難成). 아무튼 플라톤의 문제의식이 여전한 생명력을 지닌 까닭은 인간의 존재조건이 그때나 지금이나 크게 다름이 없다는 것과 이런 측면을 진작에 간파한 플라톤의 천재성 덕분이다.

본문이 667쪽에 이르는 고전을 독파하면, 뿌듯한 성취감을 느낄 줄 알았는데 그렇지가 않다. 어찌된 일일까? 분량을 감안해 책 읽는 속도를 높인 것이 독서의 즐거움을 반감시켜서일까? 아니면, 현실정치에서 만끽한 극적인 승리의 기쁨이 아직 진정되지 않아서일까? 어쨌든 이 책은 내게 두 가지 의미가 있다.

하나는 이 책을 통해 고전 읽기의 첫발을 디딘 것이고, 다른 하나는 소크라테스의 애제자가 아리스토텔레스가 아니라 플라톤이라는 사실을 분명히 확인한 것이다.

14

「목사의 딸들」에 나타난 부르주아적 결혼

D. H. 로렌스의 『목사의 딸들』

D. H. 로렌스의 소설을 읽고 우선 깨달은 점은 '푸딩의 맛을 알려면 푸딩을 먹어봐야 한다'는 말을 실감한 것이다. 우리는 흔히 로렌스를 성 문학의 대가로만 치부해 왔지 그의 진면목은 못 본 것 같다. 이러한 오해는 상업주의 저널리즘의 영향 때문인데, 특히 영화의 입김이 크게 작용한 탓일 것이다. 그래서 소설의 영화화는 신중해야 하고, 소설과 영화는 분명히 다른 영역이므로 영화를 갖고서 원작소설을 평가하는 것은 위험한 일이다. 로렌스에 대한 오해를 더욱 부추긴 영화 〈채털리 부인의 사랑〉만 하더라도 이미 소설가 로렌스와는 무관한 영화감독의 〈채털리 부인의 사랑〉으로 평가해야 마땅하다.

    D. H. 로렌스는 셰익스피어 이래로 빛나는 영문학의 전통을 계승한 적자임이 분명하다. 그의 단편선집 『목사의 딸들』(백낙청 옮김, 창작과비평사, 1991)은 비록 번역본이기는 해도 그러한 증거로서 충분하다. 주옥같은 중·단편들 속에서 그의 모든 작품을 관류하고 있는 특징을 엿보는 것 또한 어렵지 않은 일이다. 로렌스는 다른 계급 또는 같은 계급에 속한 남녀 사이의 연애를 통해서 자본주의 사회의 삶을 보여 주고

있다. 이 글에서 살펴볼 「목사의 딸들」 역시 그렇다.

이 글의 제목에서도 드러나듯이 마르크스주의의 관점에서 「목사의 딸들」에 나타난 부르주아적 결혼의 양상에 대해서 살펴보고자 한다. 이 작품 초고의 제목인 「두 결혼」이 시사하듯, 소설 속 두 개의 결혼 가운데 특히 언니 메어리의 결혼을 통해서 부르주아의 결혼관이 어떻게 구현되고 있는지 살펴보기로 한다.

결혼은 배타적 소유의 한 형태다.[1] 결혼을 통해서 형성된 가족은 남편과 아내 사이의 불평등이라는 물질적 기초 위에 의존하고 있으며, 아내 단지는 침식 제공에 대한 대가로서 재산 양도의 법적 상속자를 출산한다.[2] 또한 부르주아 시대의 결혼은 '계산 결혼'이다. 유산계급은 결혼할 때 항상 신분이라든가 연고를 가장 중요시했다. 하지만 연애를 상품화하게 되는 현상이 근대 부르주아 사회만큼 노골적인 때는 없었다. 곧 연애의 상품성은 부르주아적인 결혼의 가장 두드러진 특징인 것이다.[3]

"린들리 씨는 자신이 두말할 여지없이 상층계급 혹은 명령하는 계급에 속해 있다고 생각해 왔었다."(41면) 적은 목사 봉급으로 우월한 사회적 지위를 유지해야 하는 형편이면서도, 린들리家는 적어도 관념상으로는 우월한 상층계급의식을 지닌 부르주아다. 더구나 메어리가 스물세 살 때 린들리 씨가 심하게 앓게 되어 집안은 극도로 가난해지지만 그러한 의식은 변함이 없다. "들어갈 돈은 엄청났고 들어올 돈은 거의 없었다. 메어리에게도 루이자에게도 구혼자가 없었다. 그럴

---

1) G. 베케만, 『맑스·엥겔스 용어사전』, 논장, 1989.
2) T. 보토모어 외, 『마르크스 사상사전』, 청아출판사, 1988.
3) E. 푹스, 『풍속의 역사 4—부르주아의 시대』, 까치, 1989.

가능성이 어디 있었겠는가? 올드크로스에서는 선택할 만한 젊은이들을 만날 수가 없었다."(55면)

이때 나타난 사람이 바로 매씨 씨다. 그의 육체적 성격적 결함에도 불구하고 메어리는 그와 결혼하게 된다. 두 사람의 결혼을 가능하게 한 요인은 무엇인가? 먼저 메어리에게 들어보자. "뭔가 빠진 게 있지. 하지만 훌륭한 것도 있어. 그리고 진짜 선하거든ㅡ"(65면) 메어리가 생각하는 매씨의 훌륭하고 선한 덕목은 린들리 부인의 생각과 일치한다. "린들리 부인은 여전히 마음 한 구석에서 그가 정혼을 안 한 신사이며 얼마 안 가 일 년에 육칠백 파운드의 수입을 갖게 될 사람이라는 것을 기억하고 있었다. 금전적인 여유가 있다면 남자 자체가 뭐가 중요하단 말인가!"(57면)

메어리와 린들리 부인에게 있어서 매씨는 돈인 셈이다. 돈은 신실함을 비신실함으로, 사랑을 미움으로, 미움을 사랑으로, 덕을 패덕悖德으로, 패덕을 덕으로, 종을 주인으로, 주인을 종으로, 어리석음을 오성으로, 오성을 어리석음으로 바꾸어 버린다.[4] 메어리와 린들리 부인은 이러한 돈의 속성을 명확히 파악하고 있는 것이다. 이 '계산된 결혼'에서 메어리는 자신을 팔아넘기고 새로운 자유를 얻고자 한다. 그녀는 물질적인 것으로부터의 자유를 위해 육체를 팔아 버리는 것이다. 이러한 거래에 만족하는 것은 잠시뿐, 메어리는 "마치 노예가 느끼는 것과 같은 비겁자의 두려움을 그에 대해 마음속 깊이"(72면) 갖게 되고, 임신과 출산으로 인하여 또다시 육체적 존재로 추락하는 고통을 맛보게 된다. 한편 매씨는 인간적 감정에 대해서는 제대로 이해하지 못하면서

---

4) K. 마르크스, 『경제학－철학 수고』, 이론과실천, 1992.

아이에 대한 생각에 몰두한다. "그에게는 세상에 오로지 아기뿐이었다."(74면)

이상으로 메어리와 매씨의 결혼에 나타난 부르주아적 결혼의 양상과 결혼관을 살펴보았다. 로렌스는 메어리의 결혼을 통해서 자본주의 사회에서의 결혼은 이해타산적인 것이고, 여자가 자신의 육체를 영영 노예로 팔아 버린다는 것[5]뿐이라는 사실을 입증하고 있는 것이다. 마르크스주의의 세례를 받지 않았음에도 부르주아적 연애와 결혼의 본질을 파악할 수 있었던 것은 로렌스가 노동계급 출신 작가라는 점과 무관하지 않은 것 같다. 그렇지만 로렌스에게도 한계는 보인다. F. R. 리비스의 지적처럼 로렌스는 작품에서 계급 관계를 다루면서도 '계급 적대의식'은 보여 주지 않는다.[6]

이것은 로렌스가 공상적 사회주의자들의 협동공동체인 팔랑스테르나 뉴래니악과 같은 것을 실제로 이루고자 노력했던 점과 연관이 있는 것 같다. 「목사의 딸들」에서 광산 노동자인 듀란트가 점진적 사회주의자 모임인 페이비언 그룹의 사상을 견지하는 것도 로렌스가 계급 적대의식을 드러내지 않는 것과 관계가 있는 것으로 보인다. 하지만 프롤레타리아적 사랑에 근접한 루이자와 듀란트가 결혼 후에 외국으로 이민을 떠난다는 결말은 사회구조적인 변화가 없이는 순수한 사랑조차도 훼손될 수밖에 없다는 로렌스의 진보적 사상이 투영된 것으로 보인다. (1992)

---

5) F. 엥겔스, 『가족·사유재산·국가의 기원』, 아침, 1989.
6) F. R. Leavis, D. H. Lawrence: Novelist, Penguin Books, 1955.

15

어디나 있을 수 있되 아무데도 없는

토머스 모어의 『유토피아』 외

토머스 모어(Thomas More, 1478~1535)의 『유토피아*Utopia*』(주경철 옮김, 을유문화사, 2007)가 에라스무스(Desiderius Erasmus, 1469~1536)의 『바보 예찬*Eloge de la Folie*』(문경자 옮김, 랜덤하우스중앙, 2006)에 견줘 덜 흥미로운 것은, 내가 읽은 한국어판 「옮긴이 서문」의 어떤 명토 박음 때문이다.

옮긴이는 "이 책의 메시지를 너무 단편적으로 받아들이지 않는 것이 좋다"며, "유토피아 사회의 핵심을 재산공유제로 규정하고 모어를 최초의 공산주의 사상가로 받아들인 카우츠키 식의 해석이 대표적인 오독의 사례일 것"이라고 단언한다. 책을 읽는 내내 나는 옮긴이의 카우츠키 식 해석에 대한 '단죄'가 영 불편했다.

본문 제2부 16번 각주를 통해 "땅을 경작하지 않은 채 방치하면서도 다른 사람들이 자연법칙에 따라 그 땅을 이용하는 것을 방해하는 사람들에게 전쟁을 선포하는 것은 전적으로 정당하다"는 유토피아 사람들의 주장을 '제국주의 논리'로 규정한 것은 적절하다. 하지만 "이상적인 독자는 곧 이 책을 통해 영적인 가치에 눈뜨는 사람"(「해제」)이라는 데에는 다소 회의적이다.

사실 토머스 모어는 유토피아에 5년간 머물렀던 포르투갈인 뱃사람 라파엘 히슬로다에우스의 입을 빌려 수시로 사유재산제를 비판한다.

"그런데 모어 씨, 내 생각을 솔직하게 이야기하면 사유재산이 존재하는 한, 그리고 돈이 모든 것의 척도로 남아 있는 한, 어떤 나라든 정의롭게 또 행복하게 통치할 수는 없습니다. 우리 삶에서 가장 좋은 것들이 최악의 시민들 수중에 있는 한 정의는 불가능합니다. 재산이 소수의 사람들에게 한정되어 있는 한 누구도 행복할 수 없습니다. 왜냐하면 그 소수는 불안해하고 다수는 완전히 비참하게 살기 때문입니다."

이에 대해 토머스 모어는 모든 것을 공유하는 곳에선 사람들이 잘살 수 없다고 반박한다. "모든 사람들이 일을 안 하려고 할 텐데 어떻게 물자가 풍부하겠습니까? 이익을 얻을 희망이 없으면 자극을 받지 못합니다. 그래서 모두 다른 사람들에게 의지하려 하고 게을러질 것입니다."

제1부의 간략한 소개에 이어 제2부에선 유토피아의 지형, 강, 도시, 사람들, 관습, 제도, 법 등을 본격적으로 다룬다. 라파엘 히슬로다에우스가 유토피아의 이모저모를 설명한다.

"유토피아 사람들은 하루 24시간 중 여섯 시간만 일에 할당합니다. 이들은 오전에 세 시간 일하고 점심을 먹습니다. 점심식사를 한 후에는 두 시간 정도 휴식을 취하고 다시 나머지 세 시간 일을 하러 갑니다. 그 후에 식사를 하고 8시에 취침하여 여덟 시간을 잡니다."

「해제」에 따르면, 『유토피아』는 에라스무스의 『바보 예찬』에 화답한 작품이다. "이 텍스트에 모어는 라틴어 식으로 '누스쿠아마

Nusquama(아무데에도 없는 곳)'라는 제목을 붙였고, 에라스무스와 모어는 서신교환을 하면서 이 저작을 '우리의 누스쿠아마'라고 불렀다. 모어는 영국으로 돌아온 다음 라틴어 식 이름인 누스쿠아마를 그리스어 식 이름인 유토피아Utopia로 바꾸었다."

유토피아는 '아무데에도 없는 곳'이지만, 어디에나 있다. 우리는 소장 국문학자 서신혜의 『조선인의 유토피아』(문학동네, 2010)에서 그런 사실을 확인할 수 있다.

"동양의 이상사회는, 모든 것이 천부적으로 충족된 신화적 이상공간인 산해경형山海經型, 도교적 이상공간이되 인간이 거주할 수 없는 신국神國인 삼신산형三神山型, 인위적 권력을 배제하여 현실 속에 이룬 이상공간인 무릉도원형武陵桃源型, 현실 속에 이룩한 유교적 이상공간인 대동사회형大同社會型으로 나뉜다."

우리 옛 선조들의 문집이나 각종 설화에도 이상향을 가리키는 표현은 숱하다. "옥야沃野는 비옥한 땅을 나타내는 말이니 뛰어난 생산력을 강조한 용어이고, 복지福地는 아름다운 계곡이나 동굴 속 세상을 나타내는 말이다. 낙토樂土는 낙원이라는 말에서 볼 수 있듯이 세상 힘든 것이 없는 즐거운 땅이라는 의미이며, 부산富山은 물자가 풍족하여 가난이 없다는 의미를, 선경仙境은 신선이 살 만큼 깨끗하고 아름답다는 것을 강조한 말이다."

이상향을 나타내는 또 다른 이름으로는 청학동靑鶴洞, 이화동梨花洞, 동천洞天, 단구丹邱, 회룡굴回龍窟 등이 있다. 한편 다산 정약용이 소개한 미원薇源은 우리 선인들이 그려온 이상세계와 그리 다르지 않다.

"세상과 단절하여 오가지 않으면서, 누구나 땀 흘려 일하며, 최소한의 예의범절로 사회의 규칙을 지켜가는 소규모 가족 공동체가 바로 우리 선인들이 그린 이상세계요, 또한 미원이라는 이상세계의 모습이기도 하다."

'우리 할아버지의 할아버지가 꿈꾼 세계'에서 안평대군과 〈몽유도원도夢遊桃園圖〉의 비중은 높다. 〈몽유도원도〉는 안견安堅이 안평대군의 명을 받들어 그렸다. 안평대군이 꾼 꿈 이야기를 토대로 안견은 사흘 만에 〈몽유도원도〉를 완성했다. 그런데 안평대군의 꿈속에 등장한 인물들의 엇갈린 행보는 꽤 시사적이다.

프랑스 과학자 알베르 자카르(Albert Jacquard, 1925~)에게 유토피아는 '바람직한 미래상'이다. 또 그걸 제시하는 것은 일종의 당위다. 알베르 자카르의 『나의 유토피아Mon Utopie』(채계병 옮김, 이카루스미디어, 2009)는 이렇게 시작된다. "나름대로 생각하고 있는 유토피아를 제시하는 것이 하나의 의무인 나이가 되었다."

본질적으로 그의 "유토피아는 교육에 관한 계획"이다. 하지만 "실현할 수 없는 꿈을 묘사하는데 그치는 유토피아는 유용하기보다는 해롭다.""반면 '왜 안 되는데?'라는 반문으로 받아들여질 때 유토피아는 역동적 창조력의 근원으로 새롭게 힘을 얻을 수 있는 요인이 될 수 있다."

알베르 자카르는 오늘날 현실과의 괴리에도 불구하고 근본적 변화 계획이 '왜 안 되는데?'라는 반문으로 받아들여지는 영역들 중 몇 가지를 든다. 그중에서 "치료가 행해져야 하는 것은 치료로 인해 앞으로 사회에 발생할 수익 때문이 아니라 환자가 치료를 필요로 하고 있으며 공동체는 당연히 그에 대한 도움을 거부할 수 없기 때문이다."(「치료받을 권리」)

'정보에 대한 권리'의 측면에선 "첨단 정보과학 기술의 행복한 귀결은 중요하지만 그 영향이 너무 새롭고 광범위해 그 위험성을 따져 볼 필요가 있다." 알베르 자카르가 제시하는 유토피아의 틀은 다음과 같다.

"진화의 고리 한마디를 보태는 것을 의식하고 있는 인간, 어떤 종도 이제까지 탐험하지 못한 방향으로 진보하고 있는 인간, 자신의 고유한 존재를 의식하고 있는 인간, 특히 자신이 운명을 스스로 개척할 수 있다고 이해하는 인간이다."

일견 비슷해 보여도 '유토피아 이야기' 세 권의 구색은 제각각이다. 과학평론가 이인식이 쓰고 엮은 『유토피아 이야기』(갤리온, 2007)는 "이상사회를 묘사한 대표적인 저술을 문학작품 위주로 골라서 그 내용을 간추려 놓은 유토피아 길라잡이"다. 플라톤의 『국가』부터 조지 오웰의 『1984』까지 유토피아 걸작 아홉 편에 대해서 저자와 줄거리를 살피고 중요한 내용을 발췌했다.

서양의 이상사회는 코케인, 아르카디아, 천년왕국, 유토피아의 네 가지 유형으로 나뉜다. 먼저 코케인Cockayne은 가장 환상적이다. "도처에 꿀과 포도주 강물이 넘쳐흐르고 누구나 원하는 것을 구할 수 있는 지상낙원이다. 모든 사람이 성과 노동에서 해방되어, 환희와 열락으로 세월 가는 줄 모르는 환락향이다. 코케인은 농민과 노동자 등 가난한 사람이 꿈꾸는 천국이다. 세계 각국의 민담과 설화에는 코케인에의 소망이 담겨 있다."

그리스 펠로폰네소스 반도 중앙의 산악지대를 가리키는 아르카디아Arcadia는 "아름다운 풍광과 순박한 인정을 지닌 목가적 이상향을 뜻한다." 무한한 풍요의 세계라는 점에서 코케인과 크게 다를 바 없지만, 코케인이 무절제한 쾌락을 추구하는 반면 "아르카디아는 자연과 조화를 이루며 인간의 절제가 있다." 아르카디아는 "자연적 풍요의 개념에 도덕적 의미가 첨가된 이상사회"다.

천년왕국(Millennium)은 성서의 「요한계시록」에서 유래한다. "「요한계시록」에 따르면, 예수가 재림하여 그의 왕국을 건설한 후 최후의 심판이 오기까지 천 년 동안 지배하게 되어 있다. 천년왕국은 역사의 종말이 오기 전에 의롭고 착한 사람들만이 살 수 있는 이상향이다." 유토피아는 세 유형에 비해 현실적이지만, 이들의 핵심 요소를 모두 가지고 있다.

"네 유형의 이상사회는 성격을 달리한다. 코케인과 아르카디아는 과거에 속하지만 천년왕국과 유토피아는 미래에 존재한다. 코케인이 인간의 욕구 충족이 포화 상태인 환락원이라면 아르카디아는 욕망이 절제되고 자연과 조화를 이루는 안식의 고향이다. 천년왕국은 신의 섭리에 의해 실현되지만, 유토피아는 인간의 의지로 성취된다."

'유토피아 이야기'의 원조 격인 루이스 멈퍼드(Lewis Mumford, 1895~1990)의 『유토피아 이야기 The Story of Utopias』(박홍규 옮김, 텍스트, 2010)에선 유토피아를 도피 유토피아와 재건 유토피아로 구분한다.

"도피 유토피아는 외계를 그대로 방치하는 반면, 재건 유토피아는 외계를 변화시키고자 한다. 따라서 재건 유토피아는 사람들이 그 생활 조건 위에서 유토피아와 교섭할 수 있게 된다. 도피 유토피아는 사상 누각을 세우고자 하는 것이고, 재건 유토피아는 측량사나 건축가나 벽돌공과 상담하여 기본적인 욕구를 충족하는 집을 세우고자 하는 것이다."

루이스 멈퍼드는 유토피아라는 분리된 현실을 탐구한다. "이상국으로 분류되는 유토피아 그 자체는, 훌륭한 도시라는 형태의 공동체와 함께 '좋은 생활'을 과감하게 추구하는 하나의 독립된 세계다." 개인의 유토피아는 굳이 말하지 않아도 그 행위로 충분히 알 수 있다. "유토피아는 그것을 낳은 세계와 마찬가지로 인간적이고 따뜻하며 즐거운 곳"이며, "우리가 유토피아를 여행하는 유일한 이유는 유토피아를 넘어서기 위해서다."

문학평론가 임철규의 『왜 유토피아인가』(민음사, 1994/한길사, 2009)는 '유토피아, 문학, 이데올로기에 관한 비평'이다. 여기선 이 책의 표제글만 살펴본다. 먼저 유토피아의 뜻풀이다. "이 말은 그 어원 자체가 어원상 가지고 있는 두 가지 뜻 때문인지 부정적인 동시에 긍정적인 의미를 지닌 것으로 받아들여져 왔다."

'그 어디에도 없는 곳'은 부정적인 측면으로 "비현실적이고 실현 불가능하다는 의미를 함축하고 있다." 긍정적인 측면은 "인간의 가장 고귀한 꿈이 실현되는, 그리고 인간의 행복을 방해하는 모든 것이 제거되어 욕망과 그 성취 사이에 그 어떤 긴장과 대립도 존재하지 않는 '이상적인 곳'"이다.

"어떤 개념에 기대든 간에 유토피아는 이상사회를 표방하는 까닭에 당위의 세계이며, 현실에 대한 제도적인 비판과 개혁을 위한 제안을 하므로 또한 규범의 세계"다. 유토피아적 비전은 미래를 지향한다. "유토피아는 도시와 불가분의 관계를 가지고 있다." 역사와 유토피아는 일치하지 않는다. "지금 현재 우리에게 무엇보다도 절실히 요구되는 것은 유토피아로 향하는 노력이지 그 성취는 아닌 것이다."

함께 읽은 책

『거짓말의 딜레마-거짓말, 기만, 사기, 속임수의 심리학』(클라우디아 마이어,
 조경수 옮김, 열대림, 2008)

『거짓말하는 사회-우리는 왜 진실을 말하지 않는가?』(볼프강 라인하르트, 김
 현정 옮김, 플래닛미디어, 2006)

『건전한 사회』(에리히 프롬, 김형익 옮김, 범우사, 1975)

『건전한 사회』(에리히 프롬, 이규호 옮김, 삼성출판사, 1976)

『경제학의 기초이론』(백산서당 편집부, 백산서당, 1990)

『계몽의 변증법』(테오도르 아도르노 · 막스 호르크하이머, 김유동 옮김, 문학과
 지성사, 2001)

『고독한 군중』(데이비드 리스먼, 이상률 옮김, 문예출판사, 1999)

『고전의 향연』(이진경 외, 한겨레출판, 2007)

『근본주의의 충돌』(타리크 알리, 정철수 옮김, 미토, 2003)

『기호의 제국』(롤랑 바르트, 김주환 옮김, 산책자, 2008)

『나는 빠리의 택시운전사』(홍세화, 창작과비평사, 1995)

『나는 야한 여자가 좋다』(마광수, 자유문학사, 1989)

『나는 한번도 패배한 적이 없다』(아이반 노블, 공경희 옮김, 물푸레, 2005)

『나의 유토피아』(알베르 자카르, 채계병 옮김, 이카루스미디어, 2009)

『네 무덤에 침을 뱉으마!』(진중권, 개마고원, 2008)

『노마디즘』(이진경, 휴머니스트, 2002)

『녹색 희망』(알랭 리피에츠, 허남혁 옮김, 이후, 2002)

『녹색은 적색이다』(폴 먹가, 조성만 옮김, 북막스, 2002)

『녹색정치사상』(앤드루 돕슨, 정용화 옮김, 민음사, 1993)

『다윈 이후』(스티븐 제이 굴드, 홍동선·홍욱희 옮김, 범양사출판부, 1988)

『도구적 이성 비판─이성의 상실』(막스 호르크하이머, 박구용 옮김, 문예출판
　사, 2006)

『로즈의 일기』(파스칼 로즈, 이재룡 옮김, 마음산책, 2003)

『리버보이』(팀 보울러, 정해영 옮김, 다산책방, 2007)

『마광수는 옳다』(연세대학교 국어국문학과학생회, 사회평론, 1995)

『문명화과정』(전2권, 노르베르트 엘리아스, 박미애 옮김, 한길사, 1999)

『바보 예찬』(에라스무스, 문경자 옮김, 랜덤하우스중앙, 2006)

『100년 동안의 거짓말─식품과 약이 어떻게 당신의 건강을 해치고 있는가?』
　(랜덜 피츠제럴드, 신현승 옮김, 시공사, 2007)

『부정변증법』(테오도르 아도르노, 홍승용 옮김, 한길사, 1999)

『빅토르 하라』(조안 하라, 차미례 옮김, 삼천리, 2008)

『사생활의 역사 3』(필립 아리에스 외, 이영림 옮김, 새물결, 2002)

『세계사를 지배한 경제학자 이야기』(우에노 이타루 외, 신현호 옮김, 국일증권
　경제연구소, 2003)

『세계화의 덫』(한스 페터 마르틴?하랄트 슈만, 강수돌 옮김, 영림카디널, 1997)

『소유냐 삶이냐』(김진홍 옮김, 홍성사, 1978)

『She ─신화로 읽는 여성성』(로버트 A. 존슨, 고혜경 옮김, 동연, 2006)

『시사인물사전』(강준만, 인물과사상사, 1999)

『양심적 병역거부』(안경환·장복희 엮음, 사람생각, 2002)

『에로스와 문명』(헤르베르트 마르쿠제, 김인환 옮김, 나남출판, 2004)

『왜 유토피아인가』(임철규, 민음사, 1994/한길사, 2009)

『우리는 사랑하는가』(박홍규, 필맥, 2004)

『유토피아 이야기』(루이스 멈퍼드, 박홍규 옮김, 텍스트, 2010)

『유토피아 이야기』(이인식, 갤리온, 2007)

『의사소통행위 이론』(위르겐 하버마스, 장춘익 옮김, 나남출판, 2006)

『일본 근대 독자의 성립』(마에다 아이, 유은경 외 옮김, 이룸, 2003)

『일본 근대의 풍경』(유모토 고이치, 연구공간 수유+너머 동아시아 근대 세미나
　팀 옮김, 그린비, 2004)

『일차원적 인간』(헤르베르트 마르쿠제, 박병진 옮김, 한마음사, 1993)

『자본주의 역사 바로 알기』(리오 휴버먼, 장상환 옮김, 책벌레, 2000)

『정신병과 심리학』(미셸 푸코, 박혜영 옮김, 문학동네, 2002)

『정치사상사』(조지 세이빈, 성유보 외 옮김, 한길사, 2008)

『즐거운 살인』(에르네스트 만델, 이동연 옮김, 이후, 2001)

『지적 생활의 방법』(와타나베 쇼이치, 김욱 옮김, 세경멀티뱅크, 1998)

『책과 혁명―프랑스 혁명 이전의 금서 베스트셀러』(로버트 단턴, 주명철 옮김,
　길, 2003)

『천개의 고원』(들뢰즈 · 가타리, 김재인 옮김, 새물결, 2001)

『철학, 역사를 만나다』(안광복, 웅진출판, 2005)

『추리소설』(이브 뢰테르, 김경현 옮김, 문학과지성사, 2000)

『칼을 쳐서 보습을』(김두식, 뉴스앤조이, 2002)

『푸코』(J. G. 메르키오르, 이종인 옮김, 시공사, 1998)

『프란츠 파농』(알리스 셰르키, 이세욱 옮김, 실천문학사, 2002)

『프로이트와 비유럽인』(에드워드 사이드, 주은우 옮김, 창비, 2005)

『플라톤은 아팠다』(클로드 퓌자드 르노, 고재정 옮김, 푸른숲, 2001)

『한국 학교도서관 운동사』(김종성, 한국도서관협회, 2000)

『호메로스와 테레비』(데이비드 덴비, 황건 옮김, 한국경제신문사, 1998)

『회의적 환경주의자』(비외른 롬보르, 홍욱희 · 김승욱 옮김, 에코리브르, 2003)

『흡연여성 잔혹사』(서명숙, 웅진지식하우스, 2004)

도서관 같은 천국으로 떠난 사람

장성익(전 〈녹색평론〉 주간/저술가)

나는 이 책의 저자인 고故 최성일 선생과 여러 번 같이 일해 본 적이 있다. 주로 좋은 책을 고르고 그 책들에 대한 서평을 쓰는 일이었다. 이런 경우 가장 중요하고도 골치 아픈 일은 책 선정 작업이다. 우리는 같이 참여한 여러 사람들과 함께 책 선정을 위한 토론을 벌이느라 가끔 밤을 새우다시피 했다. 그럴 때마다 나는 종종 그의 입을 멀뚱멀뚱 쳐다보곤 했다. 왜, 책이란 게 그렇지 않은가. 이렇게 보면 좋은 책이지만 저렇게 보면 그렇지 않은 것 같고, 내 안목으론 괜찮은 책인 듯한데 다른 사람이 강력하게 반론을 제기하면 '어, 내 생각이 틀렸나?' 하며 헷갈리는 경우가 얼마나 많은가. 소심한 탓에 특히 이런 난감한 처지에 자주 빠지는 내가 그의 입이 먼저 열리길 기다린 건, 그가 토론의 실마리랄지 기준점 같은 것을 제공하는 발언을 자주 했기 때문이다. 요컨대 그는 우리가 어떤 책에 대한 판단을 머뭇거리거나 유보하고 있을 때 명쾌한 논리로 그 책에 대한 자신의 견해를 밝히곤 했던 것이다.

그랬다. 그는 입장과 관점이 분명한 사람이었고, 그것을 글에서도 솔직하게 드러내는 사람이었다. 잘 쓴 서평이라고들 하는 글도 막상 읽어 보면 칭찬과 비판 사이에서 어정쩡한 '균형'을 취하려고 애쓰는 경우나, 평자의 논지가 선명하게 드러나지 않고 모호하게 얼버무려진 경우를 자주 볼 수 있다. 이에 견주어 그의 서평은 호불호가 명확했다. 그것이 가지는 일종의 위험부담을 익히 알고 있을 터인데도, 책을 대하는 그의 그런 태도는 한결같았다.

이것을 엄격하고 치열한 비평정신이라 불러도 무방하리라. 사실 그가 순도 높은 감식안으로 쳐 놓은 촘촘한 비평의 그물망을 무사히 빠져나갈 수 있는 책은 아주 드물었다. 이와 관련해 나는 그가 속속들이 비주류이자 아웃사이더였다는 점을 강조해 두고 싶다. 이것은 그가 '자유인'이었다는 말이기도 하다. 어디에도 얽매이지 않고 무엇에도 길들여지지 않고 누구의 눈치도 볼 필요가 없었던 그는, 바로 그 때문에 세속의 현실에서는 손실이나 어려움을 어느 정도 감내할 수밖에 없었을지도 모른다. 하지만 동시에 그는 바로 그 덕분에 자신의 글과 나아가서는 자신의 삶에 대해서까지 당당할 수 있었고 또한 진솔할 수 있었다고, 나는 생각한다.

그는 어느 글에서 이렇게 쓰고 있다.

폭넓게 읽으라는 독서훈에 공감하지도, 동의하지도 않는다. 여기서 '폭'은 다양한 분야를 말하는 게 아니다. 세계관이다. 나하고 세상을 바라보는 관점이 다른 저자의 책은 쉽사리 읽어내기 어렵다.

그는 자신의 대표작이라 할 『책으로 만나는 사상가들』(전5권. 얼마 전이 다섯 권을 한 권으로 묶어 사전식으로 정리한 책이 그의 죽음에 때맞추어 나왔다)에 대해서도 이런 소회를 밝힌 적이 있다.

이 책은 번역서를 통한 외국 작가와 사상가 따라잡기라고 할 수 있다. 때로는 열심히, 때로는 띄엄띄엄 외국 저자의 책을 읽으며 그들의 시각과 주장에 공감하기보다는 거리감을 훨씬 더 많이 느꼈다. 그들은 우리가 아직 겪지 못한 문제에 대해 왈가왈부했다. 그러면서 우리가 한번 해봤는데 이건 아니니 너흰 따라할 생각을 아예 하지 말라는 식으로 이야기했다. 나는 그들의 사고에 배어 있는, 정도의 차이만 있지 예외가 없는 기독교 사상의 침윤, (은근한) 백인 우월주의, 제국주의 성향 따위가 몹시 거북하고 거슬렸다.

그러면서 그는 책에 등장하는 그 수많은 외국 사람들 가운데 프란츠 파농, 체 게바라, 에드워드 사이드 등 극소수만을 높이 평가했다. 생전에 생태문제에도 각별한 관심을 기울였던 그는 환경사상가이자 운동가로 널리 알려진 스코트 니어링이나 헬레나 노르베리-호지 등에 대해서도 날카로운 비판의 칼날을 겨누는 데 주저함이 없었다. 이처럼 그는 이른바 '비판적 책읽기'의 대가였다.

그의 이런 드맑은 비평정신의 원동력이 책에 대한 가없는 사랑과 열정이라는 건 두말할 나위도 없다. 그는 어떤 책이라도 결코 허투루 대하지 않았고, 많은 사람들이 가볍게 보아 넘기는 자잘한 사항들까지도 늘 꼼꼼하게 확인하는 버릇을 가지고 있었다. 들리기로는 어떤 잡지를 읽고서 누가 시킨 것도 부탁한 것도 아닌데 처음부터 끝까지 정성들여 교정·교열을 본 것은 물론 잘못됐거나 손질했으면 하는 사항들까지 일일이 적어서 우편으로 잡지사에 다시 보낸 적도 있다고 한다. 무엇보다 그는 책에 대해 얘기를 나누고 남한테 책을 선물하는 것을 좋아하는 사람이었다. 한마디로 그는 늘 '책과 연애하는 사람'이었다.

한편으로 그는 믿음직스러운 책 길라잡이이기도 했다. 그는 한 권의 책을 평하는 글에서도 종종 그 책과 관련된 다른 책들이나 출판 동향에 대한 얘기를 풍성하게 풀어 놓곤 했다. 그의 방대한 독서량과 해박한 지식을 보여 주는 대목이거니와, 독자 입장에선 별도의 수고 없이 여러 책들을 한꺼번에 살펴보는 행운을 얻게 되는 셈이다. 어떤 책을 살지, 무슨 책부터 읽을지 등을 고민할 때 이보다 더 요긴한 가이드라인이 어디 있겠는가. 아울러 이는, 한 권의 책을 제대로 논하기 위해서는 관련된 여러 책들을 동시에 섭렵하는 게 필요하다는 것을 시사하기도 한다. 이렇게 보면 성실함, 글에 대한 진지한 책임감, 글에 들이는 공력 같은 것들이 서평의 '품질'을 좌우하는 중요한 요소라는 걸 새삼 되새기게 된다. 사실 책을 대충 훑어만 보고 건성으로 써내려간 것처럼 느껴지는 무성의한 서평이 얼마나 많은가.

이 책에는 최성일 선생이 생전에 여러 매체에 발표했던 바로 이러한 서평들이 풍성하고도 다채롭게 담겨 있다. 아마도 독자 여러분은 우리나라는 물론 동서와 고금을 가로지르며 아름드리 펼쳐지는 사상과 지성과 문화의 숲을, 그가 안내하는 책이라는 오솔길을 따라 거닐면서 한껏 맛볼 수 있을 것이다. 아울러 그가 보여 주는 예리한 혜안과 웅숭깊은 통찰에 힘입어 진정한 '책읽기'란 무엇인가를 알 수 있는 한편으로, 인간과 세상을 보는 안목이 한결 높아지는 경험도 할 수 있을 것이다.

"천국은 필시 도서관 같은 곳일 것이다." 20세기 남미의 대표 작가 중 한 사람인 호르헤 루이스 보르헤스가 했다는 말이다. 안타깝게도 마흔다섯의 한창 나이에 생을 마감한 최성일 선생이 지금 가 있는 곳도 도서관처럼 생긴 천국이 아닐까? 내가 아는 그는 책과 더불어서만 행복할 수 있는 사람이니 말이다. 이 책은 그만 그의 유고집이 되어 버리고 말았지만, 그 천국의 도서관을 채울 책이 또 한 권 늘었으니 그로서도 무척이나 반갑고 기쁜 일일 것이다.

2011년 9월